U0611794

本书由国家社科基金西部项目（10XZW0027）

甘肃省教育厅科研项目（1108−09）

天水师范学院"青蓝"人才工程基金项目（2009年）共同资助

QIANZHANXING PIPING

XIAOFEI SHIDAIDE WENXUE YU YINGXIANG

前瞻性批评
消费时代的文学与影像

王贵禄 ◎ 著

中国社会科学出版社

图书在版编目(CIP)数据

前瞻性批评:消费时代的文学与影像 / 王贵禄著. —北京:中国社会科学出版社,2012.1

ISBN 978 - 7 - 5161 - 0293 - 0

Ⅰ.①前… Ⅱ.①王… Ⅲ.①中国文学 - 当代文学 - 文学评论②电影文化 - 研究 - 中国③电视文化 - 研究 - 中国 Ⅳ.①I206.7②J992

中国版本图书馆 CIP 数据核字(2011)第 230232 号

责任编辑　门小薇(xv_men@ 126. com)
责任校对　姚程程
封面设计　李尘工作室
技术编辑　戴　宽

出版发行　中国社会科学出版社
社　　址　北京鼓楼西大街甲 158 号　　邮　编　100720
电　　话　010 - 84029453　　传　真　010 - 84017153
网　　址　http://www. csspw. cn
经　　销　新华书店
印刷装订　三河君旺印装厂
版　　次　2012 年 1 月第 1 版　　印　次　2012 年 1 月第 1 次印刷
开　　本　880 × 1230　1/32
印　　张　12.25
字　　数　270 千字
定　　价　34.00 元

批评者何为

在阅读王贵禄博士的新著《前瞻性批评：消费时代的文学与影像》时，关于什么是"批评"，关于批评者的角色，以及当下中国的"批评现状与批评特征"是什么的问题，总是萦绕心头，挥之难去。这些年，有关这方面的讨论尽管不时出现，比如人们往往按照批评者所处单位（抑或工作身份）的不同（是指在高校从事文学教育与研究者与批评界专门从事批评的人），把当下中国文学批评区别为"学院派"或"批评界"（也称专业批评），但往往也只是谈谈而已，却很少有人细致分析或看取它们之间密不可分的联系以及共同点、不同点。其实，在当代中国从事文学批评的人，特别是年轻批评者，基本上都有学院的学术背景，只不过在从事具体的批评工作时，由于所身处的具体工作环境不同，其所关注的批评对象以及侧重点或视角不同罢了。就像大家所意识到的那样，学院派批评更加注重对象的历史感而缺乏对当下的关注，长期的所谓学术规范化训练和程式化思维似乎已经磨平了他们敏锐的感受力，从而造成了他们对于新鲜事物的感觉迟钝反应滞后，当下文坛已经不能激起沉浸在历史中的学院批评家们的言说兴趣。而批评界又极言或指斥学院派批评的缺乏感性与鲜活的批评灵性，一味地凭着自己的批评感觉抒发情绪，特别是对于历史（史料）的不屑以及对于学院批评所谓方法的悖逆形成了又让学院派更为不屑甚至相当排斥的一类。

这样的各逞其能自以为是的现象只能导致我们的评坛越来越糟。表面看来，学院批评与批评界（以时下的批评术语看，批评界又可称为"媒体批评"）似乎在各司其职，一方扮演老学究沉浸在历史资料当中，一方充当弄潮儿引领当前时代风潮，但实际上两者都与作为批评主体的最终指向有着相当的距离。法国著名批评家阿尔贝·蒂博在上世纪初就已经指出："一个聪明的，或者深刻和敏锐的批评家肯定会始终力图超越总结的范围，摆脱历史，利用历史而不受其限制，像哲学家或伦理学家那样，飞越时间。"（《六说文学批评》，赵坚译，北京三联书店1989年版）"利用历史而不受其限制"与"飞越时间"再确切不过地将真正的批评家的身姿推到了人们面前，它启示我们如何使学院批评与所谓专业化的圈子批评融为一体，这无疑是人们的一种希冀。文学是人学，无论是创作还是批评，无论这两者以什么样的言说方式出现，都不可避免地要与当下亦即现实发生联系，它充分地体现着作家批评家对人们当下生存状态的关注和思考，尤其是在我们这个有着赋予文学太多精神承载的传统的国度，文学更有着强烈的现实意义。因此，真正的批评家不应该把自己限制或封闭在文本之中，而不顾自己所置身的时代环境，而是应该在对文本的历史内涵的考量中，结合时代语境以及自己作为人文知识分子的精神坚守等文学的外部因素来确立自己的批评参照系。

不难发现，历史上那些颇有建树的批评家总是以自己的批评来言说现实，有着强烈的当下观照与批判意识。俄国大批评家别林斯基认为，批评就是"判断"，而他更强调真正的批评应该是一种"直率的"批评，批评家要"敢于把雇窃名位的名家从台上推下来，把应该代之而起的真正的名家指点出来"（《关于批评的讲话》，见《别林斯基选集·第三卷》，满涛译，上海译文出版社 1980 年版）。在别林斯基的批评实践中，他总是将批评的矛头直指丑恶的现实，人们总是可以从他的一系列批评文字中明显感觉到鲜明的爱憎情感和社会责任意识，这在他对众多俄国作家的批评中表现得格外突出，比如他对果戈理的批评从来都是坚持自己独立的分析判断。果戈理的《密尔格拉德》和《小品集》出版后，批评家们大加挞伐，但别林斯基没有随声附和，而是在中肯的分析之后，力排众议，对果戈理的"自然派"的创作进行了鼓励，从而奠定了俄国批判现实主义的理论基础，促进了当时俄国文学的发展，催生了《死魂灵》的问世。可见，有建树的批评家总是将自己的批评活动与当下现实密切联系，特别是那种有着独特价值的批评，作为影响极大、渗透力极强的精神行为方式，无可推卸地在国家民族的文化和文明进程中，负有充实民魂、鼓舞民心、振奋民志的美学责任。

令人欣喜的是，在我阅读王贵禄的批评文字时，依稀看到了这位年轻学者力图将学院批评的沉稳与专业批评角色的灵动和敏锐融为一体的践行努力。从书题《前瞻性批评：消费时代的文学与影像》可以看出，作者力图以"前瞻性"的批评眼光，着力于对进入消费时代的中国文学创作和批评现状给予富有当代意识的观照。作者的文字不是轻柔飘洒的，而是充满忧患的；不是无病呻吟的，而是有的放矢实实在在的。吸引我的注意力的，当然还是作者强烈的问题意识以及对这些问题在学理层面上的敏锐把捉与分析。这一系列问题是以自设的追问与阐释的形式出现的，它涉及了消费时代中国文学创作和批评的一些典型征候，也是人们或都思考甚而疑虑的问题。比如："谁是接受主体与文学应有的社会责任"一题，显然是针对"西潮"话语背景下的中国文坛理论匮乏与混乱现状而发的，作者有意识地以 20 世纪中国文化史、文学史上最重要的理论文献《在延安文艺座谈会上的讲话》切入，颇有深度地重新解读毛泽东《讲话》在中国经验中的价值和意义；而作者重读《讲话》的目的，是要在重返文本现场的前提下，从"接受主体"这个视角进入《讲话》的话语系统，以观察《讲话》精神的当代性与超越性，使《讲话》这样一个文本从历史的物质形态中走出来，成为一种鲜活的当代性的存在。又比如："谁的文学批评与文学批评何为"一题，反映出作者对当代中国批评现状的忧思与解析。作者所省察的 1990 年代以来，在文学批评领域出现的一种前所未有的悖论现象，即论文数量的几何级数增长和批评效应的日渐衰微，以及文学批评已经变成了无关痛痒、无病呻吟和无足轻重的"三无"批评现状，不无警示性。作者对这一问题的质询是从 1990 年代以来批评话语的转型与蜕变着眼的，其所揭示的

代序 批评者何为

"批评家与作家的关系发生了错位"、"批评资源的被垄断"、"批评话语体系的更专业化和最终'机械大生产'"等现象，反映出当代中国批评的内在阻力与深层矛盾；同时，作者对"全球化"背景下中国文学批评的"西化"现象所反馈出来的"文学批评的溃散和混乱"、"批评家社会身份的淡化和模糊"以及"文学批评的思想性的贫血和孱弱"等问题的独到判断与分析，是值得我们重视的。再如："谁的文学史与如何定位乌托邦时代的文学经典"的质询，更是醒目。众所周知，1990年代以来持续升温的"重写文学史"可谓此起彼伏，竞相角逐，一时成了中国学界和批评界的一道风景。然而，仔细窥视，即可发现所有的文学史重写即在对原有文学史拨正的同时，无不让人觉得似乎从过去的一个极端走向了现在的另一个极端，亦即从过去的"政治意识形态"限制中的文学史叙事走向了现在的所谓"审美观照"下的文学史叙事。在此，尽管我们没有足够的理由对这样一种文学史叙事的转型说三道四，但一个明显的事实是，某些曾经在文学史上已经成为了经典的作家和作品以及被视为主流的重大文学现象在重写中一味地被解构、被颠覆就意味着文学史叙事的真正回归本身吗，事实并非如此简单。作者也正是带着这样的问题，以1990年代以来当代文学史叙事中的50—70年代文学中的诸多重大问题与重要作家为切入点，从学理的高度给予历史的清理和辩证的分析，诚如作者所指出的，"从1990年代至今，学术界之于当代文学史叙事所普遍匮乏的，是以'左翼'史观来把脉文学发展的动向和规律，并反思底层大众文学在当下中国的命运。'左翼'史观从新时期以来被解构得支离破碎，某种意义上说已近乎'妖魔化'，而且，任何坚持

'左翼'立场的作家必遭史家的冷遇，像路遥这个新时期初极力捍卫'左翼'文学传统的作家最终都徘徊在文学史的大门之外，一直不能进入文学史，这至少说明我们的文学史并不是代表底层大众利益的文学史。远离'左翼'史观的当代文学史叙事所造成的直接后果，是'左翼'文学传统从当代文坛的淡出和其发展脉络的阻断，从而导致各种伪现实主义文风的蔓延。尽管近年来有不少反映工农大众生活的作品问世，但我们从中再也不能读出50—70年代文学的那种健朗和自信，这些缺少底气和底蕴的创作，正反馈出'左翼'传统缺场的征候。1990年代以来的文学在走向欲望化、琐碎化的同时也走向了贵族化，不远的将来亦将走向穷途末路——如果我们继续排斥'左翼'传统的话，如果我们继续走文学技术主义路线的话，如果我们继续逃离生活向壁虚构的话，如果我们不能真正代表工农大众的利益来言说文学历史的话"。这些话鲜明地体现出作者批评立场的历史观和价值观，也不失为对重写文学史中出现的弊端的再深思、再纠偏。

类似的质询话题还有很多，几乎穿行于该著的方方面面，在此无法一一例举。而与强烈的问题意识相联系的是，作者在他的文字中时时透射出来的那种对当代文坛创作与批评现状的冷静思考和批判意识，在这里，没有那种人云亦云随波逐流甚至无病呻吟以及"阿谀"的轻浮文字，而是从作者自身情感中涌流出来的那种与当代文坛的真诚对话和论辩。特别引人注意的是，作者批评视角的确立。我总以为，作为一个人文学者，其研究的视角的建立是非常重要的，这里的视角主要是指一种研究对象的选择以及最终所达到的认识程度。同时，作为一个

代序 批评者何为

人文学者，理性与情感的融合之于自己的研究对象，似乎比其他学科来得更加强烈，表现得也更加投入和生动。而这一切，又和研究者与批评者个人的生活经验、生命经历有着密切的关联。在读王贵禄的这本书时，这样的思考也不断地搅动着我，促使我对于一个人文学者所具备的综合素质深入认识。王贵禄自幼生活在西北最贫瘠的中部干旱地区，拥有了知识的他其思想情感并没有随着进入城市而与乡土从此告别。恰恰相反，知识的理性更促使他去深入思考中国的农民问题，特别是中国底层民众的生存问题。这从他近年来所选择的研究对象即可看出，他是把"西部文学"研究作为首选课题的，因为"西部文学"从某种意义上讲更是一种典型的"乡土文学"，从他的研究中不仅可以读出那种对于乡土难以释怀的情感（也不乏一种悲悯的同情与忧患），又可以看出其批评视角"下移"的价值取向与判断。这里的所谓"下移"，是指作者即使是以"西部文学"为研究课题，也是以其中最容易让人忽略但却是其创作中最富有光彩的西部"底层叙事"为言说对象，他将西部作家以"底层意识"为旨归的创作概括成"自为的文学与自觉的文学"表征，并将其最富有人文关怀与厚重的创作意蕴揭示出来。他认为："底层意识是西部作家贯穿始终的一种创作意识……西部作家的文学人生一直在诠释'为谁写作'的问题，对这个问题的回答成就了他们的厚重与深刻。整体上看，他们的写作代表了人类尚未泯灭的正义与道义，而他们的所有努力无非是呼吁一种平等、和谐的社会生态的降生。柳青时代的底层是作为美学主体而被表述的，张贤亮笔下的底层在天使与庸众之间游移，路遥、张承志和扎西达娃表述的底层呈现出多向度的特征，而贾平凹以其三十多年的创作提供了底层人生的演变史。西部作家的底层意识又超越了具体的时代，他们与底层休戚与共的情感，使其声音能够穿透历史的厚壁，给浮沉于社会底层的人群以继续生存的勇气与力量。西部作家的底层表述对当下的底层文学的写作具有多方面的启示性"。而作者的研究意向并没有到此为止，对于西部"底层叙事"的考察，仅是其研究与看取当下文学创作流向的一种视角或者说一个切入点，作者力图由此进入对整个中国现当代文学中有关"底层写作"现象的思考，并发掘其对文学史有重要认识价值的东西，其中，对柳青的《创业史》、周立波的《暴风骤雨》、赵树理的《李家庄的变迁》等文本从"底层叙事"角度的再解读，给人一种新的感觉和启示。同时，读者会发现作者又在同一种视角下辐射研讨的其他篇章如"谁的写作与新世纪文学中的'左翼'思潮——重估'底层文学'中的意识形态话语"、"底层作为美学主体的当代意义——再议革命话语主导下的底层表述"、"大众文化的审美能指——《喜耕田的故事》所昭示的底层历史命运"等，都因视角的新颖，发现了过去被文学史疏漏或遮蔽的许多问题，不能不引起我们的再思考。

这几年，王贵禄的写作速度较快，正像上面所述，他总是带着各种问题在思索，并将思索很快地见诸文字。我衷心地希望作者在此基础上更加沉稳与进取，并相信他是完全有可能跃上新的台阶的。

赵学勇

2011 年 9 月 18 日

目　录

下 编

上　编

质疑与叩问

进入 1990 年代之后，在商品经济的影响和文化市场的操纵下，中国文学陷入了明显的失范状态。它在表象的"繁荣"背后，不自觉地发展了一种平面化、复制化和表演化的文学，这也是一种伪审美或泛审美文化的产物，而作家在对市场和技术的被动适应中又不可避免地导致了审美自我与人文精神的双重失落。凡此都使有责任感的文学研究者不能不怀着某种悲凉的心情发出沉痛的质疑与叩问。本章从文学接受、文学批评和文学史叙事三方面，对 1990 年代以来的中国文学进行了反思。在文学接受这个层面，指出"潜在读者"的模糊是导致作家走向闭锁性、私人化和无根基创作的根本原因，鉴于此，重读《在延安文艺座谈会上的讲话》（以下简称《讲话》）便显得意义尤为重大。那些解构《讲话》精神的研究者，应该从狭隘的个体经验中超越出来，探寻和发现《讲话》的当下意义。在文学批评这个层面，指出 1990 年代以来的批评话语在不经意间展开了转型，这种转型表现在，批评家与作家的关系发生了错位，批评资源被垄断，批评话语体系更专业化和最终的成批量生产。因此，当下的文学批评已不再具有向心力和中心观念，也缺少一种更具整合力的适合中国文学批评可持续发展的主导的批评范式。在文学史叙事这个层面指出，新时期以来"左翼"文学传统受到了空前的质疑，与此同时，学术界似乎不约而同地由对"文革"文学的否定进而上溯到对"十七年"文学的否定，这种状况在文学史叙事中尤为凸显。以西方思想界广泛流行的"人性"、"启蒙"、"现代性"一类的语词来消解 1950—1970 年代文学存在的合法性，是进入 1990 年代之后文学史叙事的总体态势，由此造成了影响深远的新的学术流弊和对 1950—1970 年代文学真实面貌的遮蔽。我们的文学史到底是谁的文学史？是否底层大众文学真的应该从文学史中消失？这才是文学史真正的症结所在。

第一节　谁是接受主体与文学应有的社会责任
　　——《在延安文艺座谈会上的讲话》再解读

　　在 20 世纪中国文学理论发展史上，无论从何种意义上讲，毛泽东的《在延安文艺座谈会上的讲话》都是一个里程碑式的标识。它的出现，彻底颠覆了此前所有贵族化、西方化、个性化的文学传统与书写经验。更为重要的是，它是以其鲜明的指向和姿态，建构了一种全新的以劳苦大众为主体的文学观念和美学原则，其影响之大，几乎规范了此后几十年共和国文艺的发展方向和基本面貌。然而，即使在 1940 年代，关于《讲话》精神的认知也一直处于某种吊诡之中，如有人指出，在《讲话》发表之后的数年里，"无论解放区还是非解放区，进步文艺界在对《讲话》精神的理解和具体运用方面都存在一定的缺点、不足与偏差、失误"。[①] 到底是什么导致了误读、误识的频仍？毋庸置疑的是，对《讲话》提出的"政治标准"和"工农兵方向"做简单化、直观化的解读与运作，都在无形中制约了《讲话》精神成为一种不断生成、不断更新的当代存在的可能性，更由于误读和误识的累积，使其巨大的理论张力不同程度地被消解，乃至于被遮蔽。一部《讲话》的阐释史与接受史，构成了一部当代文艺思想的论争史，这种迹象自中华人民共和国成立后逐渐演进，到 1980 年代中期终于浮出水面，进入 1990 年代，随着全球化、市场化进程的加快，否定的声音越来越彰显，针对《讲话》的"过时说"等论调时有出现。在一个价值观念多元化的时代，任何声音的发出都不足为奇，奇怪的是，此类否定《讲话》的声音，却是从被《讲话》否定的"抽象的定义"，如"人性"、"暴露"、"人类之爱"等出发，而远不是"从客观存在的事实出发"作出判

---

① 许道明：《中国现代文学批评史新编》，复旦大学出版社 2002 年版，第256 页。

断的。要全面厘清六十多年来理论界对《讲话》精神的误读与误识，当然不是一两篇文章可以胜任的。本章的目的只在于在重返文本现场的前提下，从"接受主体"这个视角进入《讲话》的话语系统，以观察《讲话》精神的当代性与超越性。姚斯曾言，一部文学作品"更多地像一部管弦乐谱，在其演奏中不断获得读者新的反响，使文本从词的物质形态中解放出来，成为一种当代的存在"。[①] 文学作品是这样，文学理论又何尝不是这样。在这个意义上，"再解读"的必要性与迫切性便凸显出来。《讲话》作为 20 世纪一个空前雄伟的理论建构原本就应该是富于魅力的当代存在，它从来都不过时，过时的只有文本的解读方式。

《讲话》涉及文学活动的各个层面，可以说它是整个 20 世纪最具独创性也自成体系的一部文学理论著作。但尽管如此，《讲话》却是从"谁是接受主体"这个基点来建构其理论框架的，以接受主体为中心，将话题逐次引向"文学创作"、"文学批评"、"文学源流"等领域，从而发现和敞亮了"五四"以降新文学存在的种种问题，在此基础上，顺理成章地提出了创建一种新型的革命文艺的一系列主张。这种以接受主体为中心建构理论体系的方式，对中国文论的衍化而言，的确是一种创举，从《尚书·尧典》到王国维、梁启超，甚至在《讲话》发表前后的周作人、朱光潜那里，还没有一个理论家以如此独特的方式全方位地观照文学活动。《讲话》由毛泽东

---

① ［德］姚斯、［美］R. C. 霍拉勃：《接受美学与接受理论》，周宁等译，辽宁人民出版社 1987 年版，第 26 页。

第一章　质疑与叩问

1942 年 5 月 2 日所作"引言"和 5 月 23 日所作"结论"两部分构成，"结论"部分据说讲演时的题目是《为群众，如何为群众》①，更是表明了一种理论姿态，将文学接受摆在了突出的位置。那么，《讲话》认为革命文艺的接受主体是什么人呢？是"工人、农民、兵士和城市小资产阶级"，"这四种人，就是中华民族的最大部分，就是最广大的人民大众"②。这种接受主体的定位，强调的是文学接受的"最大化"，要最大限度地实现文学文本潜在的审美价值，不要使其成为"地窖里的马铃薯"③，而这所昭示的意义是重大的。只要对延绵数千年的中国古代文学稍作考察，就不难发现，所有的文人创作几乎都将其"潜在的读者"预设为士大夫及富人阶层，挣扎于社会底层的群体并不在其视野之内。至"五四"启蒙文学，虽然其本意在于"启蒙"劳苦大众，但因为与劳苦大众真实的人生太隔膜，实际也将接受主体圈定为知识阶层。只有到了解放区文学，这种状况才得到改观。但历史似乎经常处在某种"轮回"之中，以新时期文学为例，在过分强化所谓的"文学性"、"主观性"、"审美性"的同时，也将劳苦大众的接受排除在外，其中以"朦胧诗"、"先锋文学"等潮流最为明显。我们当然不能把"朦胧诗人"、"先锋作家"的创作等同于封建时期的文人创作，但在"潜在的读者"的预设方面，两者

---

① 于敏：《思想光辉映照文艺新天》，载《当代电影》2001 年第 4 期。

② 毛泽东：《在延安文艺座谈会上的讲话》，见《毛泽东选集》（第 3 卷），人民出版社 1991 年版，第 855 页。

③ 海德格尔：《艺术作品的本章》，见《海德格尔选集》（上册），孙周兴译，生活·读书·新知三联书店 1996 年版，第 239 页。

之间实在具有很大的相似性。

在确认了接受主体之后，接下来的问题便是，什么样的文学才是能够被"工农兵"所接受的文学，这便引出了《讲话》的第二个重要议题，即文学创作的问题。"为地主阶级"言说的"封建主义的文艺"劳苦大众不需要，因为与他们的人生遭际没有关联，"资产阶级领导的东西，不可能属于人民大众"①。劳苦大众所需要的文学，是将其"目前利益和将来利益的统一为出发点"②的文学，是真实深刻地反映他们的人生命运、并引导他们改变人生命运的文学，而要创作出这样的文学，就"必须到群众中去，必须长期地无条件地全心全意地到工农兵群众中去，到火热的斗争中去，到唯一的最广大最丰富的源泉中去，观察、体验、研究、分析一切人，一切阶级，一切群众，一切生动的生活形式和斗争形式，一切文学和艺术的原始材料，然后才有可能进入创作过程"③。除了长期的观察、丰富的体验和缜密的研究分析，一个作家要创作出为广大的接受主体乐于接受的作品，其情感模式也要有一个根本的转型，"我们知识分子出身的文艺工作者，要使自己的作品为群众所欢迎，就得把自己的思想感情来一个变化，来一番改造"④，这"一番改造"是一个漫长的甚至是痛苦的过程，而

① 毛泽东：《在延安文艺座谈会上的讲话》，见《毛泽东选集》（第3卷），人民出版社1991年版，第855页。
② 同上书，第864页。
③ 同上书，第861页。
④ 同上书，第851页。

最终要达到脱胎换骨的程度，"由一个阶级变到另一个阶级"①，也就是要真正成为劳苦大众的代言人。但要实现这种文化身份和审美情感的转换又何其艰难，"有许多同志，因为他们自己是从小资产阶级出身，自己是知识分子，于是就只在知识分子的队伍中找朋友，把自己的注意力放在研究和描写知识分子上面"②，知识分子趣味、小资情调是那些"从上海亭子间来"③的作家根深蒂固的心理结构，于是，便常常出现这样的悖论，即这些作家所描写的劳苦大众形象，"衣服是劳动人民，面孔却是小资产阶级知识分子"④。此类创作仍然难为劳苦大众所接受，因为他们很容易从中读出"假"来——情感的虚假和生活的虚假，由此导致了接受主体拒绝阅读的发生，而最终使其文学期待落空。倡导作家从一个微不足道的"小我"走向一个和劳苦大众荣辱与共的"大我"，构成了《讲话》精神的一个支点。

整体看来，《讲话》关于"创作论"最具理论冲击力的是立场问题的阐发，这涉及文学的立场、历史的立场和对待劳苦大众的立场。"文学何为"是一切作家从事文学活动前必须考虑的问题，这是对文学社会功能的一种预设，本质上是文学的立场问题。毫无疑问，如果一个作家将文学活动仅仅看作是个体的而与大众无关的事情，或仅仅看作是抒情的手段，或仅仅

---

① 毛泽东：《在延安文艺座谈会上的讲话》，见《毛泽东选集》（第3卷），人民出版社1991年版，第851页。

② 同上书，第856页。

③ 同上书，第876页。

④ 同上书，第857页。

看作是谋取虚名的方式，这样的文学根本就影响不了大众，因为终日滚爬于生存边缘的大众并无半点心思去揣摩那些于己无关的闲事。在这样的意义上，《讲话》便显示出其强大的更新力量，它在充分肯定文学对社会进程的参与性、引导性、影响性的同时，指出作家应该深入到劳苦大众中去，通过自己的书写，"使人民群众惊醒起来，感奋起来，推动人民群众走向团结和斗争，实行改造自己的环境"[1]，"使文艺很好地成为整个革命机器的一个组成部分，作为团结人民、教育人民、打击敌人、消灭敌人的有力的武器"[2]。文学作品的主人公形象的确立，好像只是个文学的问题，其实关涉一个作家的历史立场，没出息的作家"不知疲倦地歌颂的只有他自己，或者加上他所经营的小集团里的几个角色"[3]，而看不到劳苦大众改变命运、创造历史的壮举，正因为如此，《讲话》才反问道，"对于人民，这个人类世界历史的创造者，为什么不应该歌颂呢？"[4] 但歌颂的方式尽管很多，确立劳苦大众的主人公形象却是最主要的刻度。劳苦大众在古代叙事中从来没有以主人公的身份出现，"五四"启蒙文学以来，虽然如鲁迅作品中不乏劳苦大众做主人公的，但我们从这些主人公身上并没有读出他们的历史理性与阶级主体性，他们不过是等待启蒙、等待拯救的群体。事实上，劳苦大众更关注自己的历史镜像，渴望发现

---

[1]　毛泽东：《在延安文艺座谈会上的讲话》，见《毛泽东选集》（第3卷），人民出版社1991年版，第861页。

[2]　同上书，第848页。

[3]　同上书，第873页。

[4]　同上。

自己的信念资源与历史能动性，反映这些内容的作品不仅会被接受，而且也确实能够起到教育和鼓舞的作用。关于历史的立场问题，毛泽东后来有更明确的阐发，在 1944 年 1 月 9 日看了《逼上梁山》后，他随即给延安平剧院写信谈到，"历史是人民创造的，但在旧戏舞台上（在一切离开人民的旧文学旧艺术上）人民却成了渣滓，由老爷太太少爷小姐们统治着舞台，这种历史的颠倒，现在由你们再颠倒过来，恢复了历史的面目，从此旧剧开了新生面"①。劳苦大众"由于长时期的封建阶级和资产阶级的统治，不识字，无文化"②，其身上必然有很多缺点，这就涉及如何反映他们的缺点的问题，"除非是反革命文艺家，才有所谓人民是'天生愚蠢的'，革命群众是'专制暴徒'之类的描写"③，对于劳苦大众的缺点是需要批评的，"但必须是真正站在人民的立场上，用保护人民、教育人民的满腔热情来说话"④，而"人民的立场"的产生，必然是基于作家对"革命"的真实意图的深刻解读，基于对不公平的社会的深度穿透与把握。

现在看来，新中国成立后所以会发生多次的文艺论争，根源在于其时的一部分作家、艺术家在认知和情感的深层次上终究难以与劳苦大众"打成一片"，他们有意无意地采取了一种居高临下的俯视姿态以观察和书写劳苦大众创造历史、改变命

① 毛泽东：《给杨绍萱、齐燕铭的信》，见《毛泽东文集》（第 3 卷），人民出版社 1996 年版，第 88 页。
② 毛泽东：《在延安文艺座谈会上的讲话》，见《毛泽东选集》（第 3 卷），人民出版社 1991 年版，第 872 页。
③ 同上。
④ 同上书，第 866 页。

运的激情与实践，或干脆对劳苦大众的人生命运漠不关心，而孜孜于建构自己的象牙之塔，这些偏离《讲话》精神轨道的文艺活动，引起了毛泽东的焦虑与不满，因之，毛泽东不得不以党的最高领导人的身份一再参与到论争中来。但即使抛开政治因素的参照，如果从当代文学史的线索上，来客观考察1942—1976年《讲话》精神指引下的文学，谁都不得不承认，它们在塑造几代人的精神形象方面的确起了巨大的推动作用。那些言说劳苦大众创造历史、改变命运的文学，使劳苦大众看到并确认了自己的历史镜像，所以，这个时期的文学拥有古往今来最大量的接受群体，文学也成为接受者的生活乃至于生命之中必不可少的一部分，文学的社会功能被发挥到极致。而反视新时期以来的文学，从"伤痕文学"、"反思文学"等潮流开始，劳苦大众却逐渐淡出了文学的视野，他们不仅不可能再是作品的主人公，而且往往被刻画为缺乏历史理性与阶级主体性的群体，是知识分子眼中亟待启蒙的群体，是可怜、可悲、可叹的群体，加上这些作品叙述的晦涩和语言的欧化，实际已将1942年以来几十年里文学在劳苦大众中造成的所有好的印象都冲刷殆尽。文学又回到了非大众化的时代，又回到了贵族化、西方化和个人化的时代。当众多的研究者在反思当前文学的江河日下时，是否还在抱怨读者的冷淡呢？或者，还在寻找文学之外的，如经济的、文化的、社会的原因呢？其实，在任何文学的贵族化、西方化和个人化的时代，文学都不可能拥有太多的接受者，当下文学的被冷落也不过是重蹈了历史的覆辙而已。不回到大众当中去，等待当代文学的只能是穷途末路。

　　既然《讲话》将文学的接受主体预设为广大的劳苦大众，根据逻辑推理，在判断一部作品的好坏时，应该首先考虑到主体的接受状况。例如，哪些作品是能够被劳苦大众接受的，哪些作品是能够引导劳苦大众改变历史命运的，这便引出了《讲话》的另一个理论维度的建构——文学批评。《讲话》提出了文学批评的"两个标准"，即政治标准与艺术标准，而以政治标准为第一标准，艺术标准为第二标准。几十年来，学术界对《讲话》提出的"政治标准"似乎误读最深，这里"政治"的含义到底何指？"这政治是指阶级的政治、群众的政治，不是所谓少数政治家的政治"①，其视野仍在劳苦大众，说具体一点，这里所谓政治，即真实深刻地反映了劳苦大众的人生期待和愿望诉求并引导他们改变历史命运的思想与行为。所谓"政治标准第一"，就是在具体的文学批评活动中，"无产阶级对于过去时代的文学艺术作品，也必须首先检查它们对待人民的态度如何，在历史上有无进步意义"②。因此，这样的政治必然将关注点时刻放在劳苦大众的最大利益上，"只有经过政治，阶级和群众的需要才能集中地表现出来"③。在1940年代的战时背景下，这样的政治的根本问题，就是团结大众以彻底打退日寇的进攻而求得民族的独立；新中国成立后，这样的政治所面临的问题，则是引领劳苦大众创造共同富

---

　　① 　毛泽东：《在延安文艺座谈会上的讲话》，见《毛泽东选集》（第3卷），人民出版社1991年版，第866页。

　　② 　同上书，第869页。

　　③ 　同上书，第866页。

裕的新生活；而在当下的语境中，这样的政治虽然更加复杂，但也许显得分外迫切，如消除现代性进程中衍生的日趋扩大的贫富差距、城乡差距和地域差距，消除社会上日渐滋生和蔓延的不平、愤怒、仇恨等情绪，无疑是"政治"的重心所在，那些漠视"政治"的存在，还在自恋式地演绎"叙事圈套"、"一个人的战争"之类的文学，就不仅是无聊的，而且也是与时代大势格格不入的。不仅如此，新时期以来的某些文学批评，在过分强调文学技术、艺术创新的前提下，以抽象的人性论、抽象的人类之爱、不分皂白的暴露等显示出与《讲话》精神的反方向运作，从而把文学批评也推向了死胡同。

　　无论如何，对于《讲话》而言，仅仅从有限的视角进行解读难免会产生遗漏之憾，但通过上述分析，我们却不难发现，《讲话》所阐发的义理实在对新时期以来的文学实践构成了一种现实的却也是具有反讽意味的参照。这些年的文学实践虽然取得了"丰硕"的成果，却丧失了塑造一代人的精神形象的能力；虽然一大批又一大批的"作家"脱颖而出，而读者群却以更快的速度在迅猛地减少；虽然每年都有成批量的"杰作"问世，但能让读者记住作品主人公的名字的却很少；虽然每天都有批评家的"独特发现"公之于世，但也无力挽回文学江河日下的命运。人们不禁要问：我们的文学到底怎么了？种种答案实际在《讲话》之中早已做了精辟的分析。《讲话》是时代的产物，但它又是超时代的，倘若我们能够以正确的态度来解读并实践其精神的话，它仍然是我们今天的文学走出困境的灯塔。

第二节　谁的文学批评与文学批评何为

——1990 年代以来批评话语的转型与蜕变

　　20 世纪 1990 年代以来，在文学批评领域出现了一种前所未有的悖论，即论文数量的几何级数增长和批评的日渐衰微。众多读者已经远离文学批评，对批评家的谆谆言说漠不关心。某种程度上讲，文学批评已经变成了无关痛痒、无病呻吟和无足轻重的"三无"批评。这种状况不能不引起职业批评家的深层焦虑，长久的焦虑必然引发沉痛的反思，并促使其探求新的生机。他们既在文学批评之外寻找客观原因，也对文学批评自身存在的症状进行了冷静的诊断，在此基础上，纷纷提出相关的应对策略，如有人在呼吁批评的"责任伦理"，在呼吁批评的"及物"，在呼吁批评家主体意识的"回归"，在呼吁"唱反调"。应该说，这些意见对遏制文学批评的颓势都起到了一定的警示作用。但治标更需治本，要从根基上扭转文学批评的持续滑坡，恐怕还得从 1990 年代以来批评话语的转型与蜕变说起。

　　1990 年代对中国大陆而言无疑是一个巨变的时代，伴随着计划经济向市场经济的大规模调整，"市场化"和"全球化"成为这个时代最显著的特征。文学批评虽然不像经济体制一样直接被"市场化"，但也受到市场的无情选择和强大干预。由于其时的批评家对突如其来的市场化缺乏必要的心理准备，更由于消费文化的不期降临，使批评家原本就不坚定的立场发生了根本的动摇，批评家似乎有多种自由选择，然而又茫然不知如何捍卫文学批评基本的尊严和规范，最终批评家及其批评都被市场和消费文化所改造。这种"改造"与其说是大势使然，还不如说是批评家与市场、消费文化合谋的结果更为恰当，因为在这种"改造"的过程中，批评家始终是在选择，在适应市场，朝自己有利的方向努力。因之，1990年代以来的批评话语在自觉不自觉之间展开了转型，突出表现在下述三个方面。

首先是批评家与作家的关系发生了错位，他们之间达成了某种默契，其共同的愿望是向社会倾销文学商品。批评家的基本职责之一是引导和监督作家的创作，以维护文学秩序的正常进行。如果批评家对作家的创作不能做出准确的判断，而甘愿充当其广告宣传者，这样的批评家除了不断误导读者，使读者丧失信任之外，还能怎么样？文学活动固然在消费文化的语境中有着或多或少的利益驱动，但文学之为文学，还在于它有着超越现实利益的樊篱以实现精神价值的本质规定性，因为现实利益的获取而匆忙剔除文学的本质规定性的做法，无异于杀鸡取卵，无异于毁灭文学。于是，在批评家和作家的眉来眼去中，读者听到的多是批评家众口一致的梦呓般的叫好声，而绝难听到切中作品要害的不同意见。读者如何能经常性地抑制被愚弄的愤怒？他们阅读了太多的某某作品的"超越"或"突破"，某某作家的"杰出"贡献，而慢慢觉醒的读者终于体察到那些被批评家高度评价的先锋作品，与真正的经典作品相比有多大的差距，甚至与那些有着人间温情的作品相比又是多么的苍白和无聊。而在批评家装聋作哑期间，一些利欲熏心的作家则有恃无恐，将人性的恶尽情渲染，于是，"美女文学"、"下半身写作"等凌空而来，使不太平的文坛更增添了几分乌烟瘴气。

其次是批评资源的被垄断。这里所谓批评资源，即谁拥有批评的权利和向社会发言的权利。如果把文学批评比作一座矿山的话，有人拥有开采的权利，而有人只能做旁观者，这些旁观者要有所作为又谈何容易。并不是每个研究者都有向社会公开发表其解读文学的权利，其实大多数的研究者都不得不长时间地保持沉默，使多少有价值的思想胎死腹中。批评资源被垄断的直接后果，是"帮派"批评和"圈子"批评的大肆盛行。帮派批评家和圈子批评家凭借其话语霸权，有时采取非常规的手段进行批评，他们可以使某个作家快速扬名，也可以快速地左右文学批评的总体态势，因为他们往往是以群体的面目出现，所以具有更大的冲击力和迷惑性。这股力量的存在，是文学批评被迫沉沦的根源之一，其天生的排他性、商业性和顽固性，犹如文学批评突发的肿瘤，可能将文学批评聚集的所有元气消耗殆尽。

再次是批评话语体系的更专业化和最终的"机械大生产"。从新时期初学院派批评家就致力于专业批评话语的系统建构，至1990年代中期已大致成形并逐渐被广大研究者所接受。无疑，批评话语的更专业化和系统化是文学批评走向成熟的外在标识。但问题是，如果批评家不能同时做到入乎其内且出乎其外的话，就可能被这些专业话语所束缚，而将文学批评异化为术语的游戏。事实上，1990 年代以来的众多批评只是在演绎着术语的游戏，倘若将这些术语换成通俗的词语的话，读者难免会失望地洞悉其思想内涵的贫弱和匮乏。批评话语的专业化就如同商品生产的标准化，要是某篇论文在用语、论证、观点方面稍有出入，即被视为"不合格"，即被学院派批评家把持的刊物所废弃。也是在这种"标准化"的要求和规范下，面目相似的论文被大量生产出来，熟悉这种潜规则的批评家会发表数量惊人的论文，尚未把握潜规则的研究者则被拒之门外。在这个意义上，文学批评已变成了商品生产。

"全球化"和"市场化"的大势几乎是同时摆在批评家面前的。如果说"市场化"曾使批评家感觉有几分迷惘、几分失落的话，那么，"全球化"趋势则使批评家更感几分激动和尴尬。令批评家激动的是，中国文学批评已融入世界文学批评的整体格局中，而不再是一个封闭的体系了，这让他们深觉一个属于文学批评的时代即将到来。20 世纪对西方文论而言是一个高歌猛进的世纪，当代西方文论在研究重点上发生了两次重要的历史性转移（从作家研究到文本研究，再从文本研究到接受研究），经历了两个重大的理论转向（非理性转向和语言论转向），且批评流派纷呈、大家如云，这让激动之余的中国批评家面对潮水般涌入的理论真有点不知所措。同样令批评家尴尬的是，他们原本是想在已有的理论框架中吸纳西方文论的成果以充实和丰富自己，但由于缺乏基本的理论自信，在"化西"的过程中却被不露声色地"西化"。一个时期以来，关于中国现当代文学的批评，如果采用的批评方法不新、不时尚，则被视为老套和落伍，"方法"成了文学批评的关键词，传统的社会—历史批评却被时尚批评家嗤之以鼻。巴赫金、福柯、海德格尔、荣格、巴尔特、利奥塔等西方理论家是被人津津乐道的，某种程度上讲，这些理论家的文论思想被追风的时尚批评家当成了文学批评的《圣经》。而真正的中国经验，如"左翼"批评、延安传统和《讲话》精神，不仅不被这些批评家所重视，且往往是作为挞伐或解构的对象而出现。

"全球化"背景下文学批评的"西化"现象其实反馈出来的，乃是当下文学批评的溃散和混乱。何谓溃散？即当下的文学批评已不再具有向心力和中心观念，"西化"本身就是放弃自我的"去中心"行为，但解构现代文学批评传统的时尚批评家并没有出示一种更合理的精神方案，由此导致了一连串的问题，诸如批评的目的不明，批评家和作家、读者的关系被扭曲，批评机制丧失了对话功能。"混乱"指的是，目前的批评是多元并存的，这里有半生不熟的西化批评，有失根的中国式批评，也有中西批评的混杂，却显然都缺少理论的原创性，缺少一种更具整合力的适合中国文学批评可持续发展的主导的批评范式。

转型意味着两种可能，其一是向着更利于促进文学良性发展的方向转变；其二是文学批评转向颓败、变质和异化，也就是蜕变。不可否认，1990年代以来，文学批评取得了一定的成绩，如文学批评本体的回归，文学批评方法的日趋丰富，文学批评力量的不断壮大等。但本文更关注的，是在文学批评整体转型过程中的蜕变现象。这些蜕变，是制约文学批评发挥其职能和社会效应的瓶颈，根本的扭转对有责任感的批评家而言已是当务之急。

批评家社会身份的淡化和模糊。当铺天盖地的时尚批评呛得我们喘不过气来的时候，我们不禁要问，这都是谁的文学批评？但我们从这些批评中实在难以确定这是什么人的言说，它们既不是为了底层群体或社会边缘人的利益而进行的诉说，也不是出于社会的良知而对平等、正义和仁爱的呼吁，它们更像是有闲阶级的无聊消遣和自我解闷，这样的批评如何能撞击读者的心灵并发挥其社会作用？文学批评从来都是意识形态的，以为文学批评可以做到纯粹的学术化，不过是老夫子的一厢情愿罢了。回望1930年代的"左翼"批评，如鲁迅、瞿秋白、冯雪峰等人的批评，分明体现了底层群体的人生期待和愿望诉求。当他们看到底层的利益受到伤害，他们会难过、会气愤，会以自己的笔呼吁一个更合理的社会制度的降生。他们乐于并善于发现底层作家创作中的天才的火花，并引导和鼓励底层作家走向成熟。"左翼"批评家是行动的批评家，是对话的批评家，是社会身份明确的批评家。难道他们不能为当下身份模糊的坐在书房中苦思冥想的批评家提供一种批评的规范？

文学批评的思想性的贫血和孱弱。思想性是文学批评的灵魂所系，没有思想的批评是没有灵魂的批评。文学批评的思想性不是从书本和客厅中就可以得到的，更不是形形色色的成见和偏见的聚合，它主要来源于批评家对瞬息万变的生活流程的深度穿透和把握，来源于批评家对民族命运的高度关注和热诚，来源于批评家对自我的不断拷问和扬弃。文学批评的思想性与批评家的社会身份的定位密切相关，它也是批评家在社会身份确认之后对社会、他人和自我的整体判断和表述，是一种观念的系统。反观近年来的文学批评，你会发现这些对西方形式主义文论法则进行推演的批评，根本就不具备思想的核体，因而也就不可能实现批评的基本功能。可能有人抱怨说，他作批评只是出于生存的需要，出于科研的需要，但即使是这样也要凸显批评的思想性。真正有冲击力的文学批评，都是以思想的敏锐和高度取胜的。如别林斯基作为一个民主主义批评家，一生致力于推进俄罗斯的民主进程，举凡对普希金、果戈理等作家的批评，或对俄罗斯文学状况的批评等，皆显示了一个民主主义者的锐利眼光，通过那些积极的批评活动，极大地带动了俄罗斯民主派文学的长足发展。

　　文学理想的缺失造成了批评家的短视和随波逐流。为什么我们的批评家或许对一部三流作品也会高声叫好？为什么他有时会装聋作哑？没有别的，在他心目中，什么是经典作品，什么是优秀作品，什么是准文学或非文学，概念不是很清晰，因之他的判断就带有很大的随意性与盲目性。任何批评家都是历史地存在着的，一个优秀的批评家必然能够把握历史发展的规律，并站在时代的思想高度，前瞻性地引导作家的创作。他的批评不仅表达了一个时代的文学理想，而且代表了这个时代最广泛群体的审美经验。这样，他的批评就会具有更大的号召力，同时具有更大的批判力量。以1920年代的茅盾为例，在接管《小说月报》之后，茅盾将批评的利剑指向鸳鸯蝴蝶派

这些消遣文学，在他看来，理想的文学必然是"为人生"和
"指导人生"的文学。在他的大力倡导下，文学研究会逐渐兴
起了"为人生"的文学，使那些与真实人生无关的文学淡出
文坛。这就是批评的力量，是文学理想的实践和实现。

1990年代以来"市场化"和"全球化"背景下的文学现
象，对每一个批评家而言都是一种新的经验，对这些现象的观
察、分析和判断需要批评家创造性地来完成。尽管动态的文学
现象瞬息万变，但只要一个批评家始终明确自己的社会身份，
明确他代表什么人的利益在向社会发言，只要他有高远的文学
理想，只要他的批评中富有思想的光芒，那么，他的批评就会
有力量，就会走进读者的心灵，就会使底层群体感觉到社会良
知的存在，就有可能发挥其巨大的社会作用。这样的批评家，
才是我们文学批评事业的希望所系。

第三节　谁的文学史与如何定位乌托邦时代的文学经典

——1990年代以来当代文学史叙事中的1950
至1970年代文学

在韦勒克看来，文学史是指"一个与时代同时出现的秩
序"①，韦氏所谓"时代"自然主要指当下，所谓文学史，其
实是置身于当下语境中的史家对文学事实的重新排序，而这个

---

① ［美］勒内·韦勒克、奥斯汀·沃伦：《文学理论》，江苏教育出版社
2005年版，第32页。

史家也必然代表某个社群的利益来"编排"某种秩序。从1980年代中期"重写文学史"的主张与"20世纪中国文学"概念的被学界广泛接受，到1990年代以来文学史写作中私人化趋势的渐至增强，直至近期德国汉学家顾彬彻底西方化视角书写的《二十世纪中国文学史》的问世，中国当代文学的历史遭遇了一次又一次的"重写"，每一次的"重写"都最终聚焦于文学史秩序的调整。新时期以来，随着主流意识形态文化集权的解冻，新兴社群表现出对主体位置的强烈欲求，越来越多的"边缘性作家"的作品被发掘出来，并被指认为文学史中的新经典。"中国当代文学史"于是演变为新的学术焦点，演变为国家、阶级、性别、种族、地域等话语类型接触和冲突的空间，演变为形形色色的意识形态斗争的场域。

　　"中国当代文学史"的书写活动最早是从共和国成立十年后渐次展开的。在"当代文学"这门新兴学科的草创阶段，"当代文学史"的言说天然地被赋予了不同于"现代文学史"书写的话语期待。"'现代文学'对'新文学'的取代，是为当代文学概念提供空间，是在建立一种文学史'时期'划分方式，为当时所要确立的文学规范体系，通过对文学史的'重写'来提出依据。"① 在这样的意义上，当代文学作为现代文学的合理延续，必然携带着复杂的政治文化信息，它又是新体制下建立的文学，因此它势必要更集中地体现国家意志。新时期初，伴随着极端化左翼史观一定程度的被搁置，政治诗学

---

① 　洪子诚：《〈中国当代文学史〉前言》，载《当代作家评论》2006年第5期。

的言说方式亦呈现出某种松动，涌现出了一批试图回归文学本位的史著，如张钟等的《当代文学概观》（北京大学出版社1980年版）、郭志刚等的《中国当代文学史初稿》（人民文学出版社1980年版）。这些史著既是从政治诗学向审美诗学过渡时期的叙事，也是规范的政治诗学的体现。

进入1980年代中期，学术界展开的关于文学史叙事的大讨论是一个意味深长的文学史事件，它的出现既标志着政治诗学一尊格局的终结，也标志着文学史言说中多重话语空间的拓进趋势。"20世纪中国文学"概念和稍后"重写文学史"主张的提出，都是在力图颠覆政治诗学格局的同时，对启蒙姿态的张扬和多元格局的倡导。新世纪前夕，当代文学史的书写成为学界的一大热点，各类史著仅1999年就出版了近十种之多，如洪子诚《中国当代文学史》（北京大学出版社）、陈思和《中国当代文学史教程》（复旦大学出版社）、於可训《中国当代文学史概论》（武汉大学出版社）、王庆生等《中国当代文学》（华中师范大学出版社）、杨匡汉等《共和国文学五十年》（中国社会科学出版社）、陈美兰《文学思潮与当代小说》（武汉大学出版社）、王又平《新时期文学转型中的小说创作潮流》（华中师范大学出版社）。

这一时期的史著，在"审美诗学"的态势下，把"现代性"、"启蒙"、"民间"等语词作为关键词第一次纳入了当代文学史叙事。关于《中国当代文学史》的写作，洪子诚曾谈及他的采择标准，"尽管'文学性'（或'审美性'）的含义难以确定，但是，'审美尺度'，即对作品的'独特经验'和表达上的'独特性'的衡量，仍首先应被考虑"。不仅如此，洪著还坚决主张"将问题'放回'到'历史情境'中去审查"①，这种回到历史现场的做法是此前文学史叙事中不曾有过的。洪著的此类努力从根基上动摇了政治诗学对当代文学史叙事的规范。如果说洪著在颠覆政治诗学的瞬间确立了审美诗学之于文学史言说的别一样式的话，那么，陈思和《中国当代文学史教程》则走得更远。陈著将"民间意识"、"潜在写作"、"隐形结构"等关键词作为其采选视角，特别研讨了主流意识形态之外的创作，但陈著所推崇的这种"民间"、"潜在"和"隐形"的创作是否真的能够担得起 1950 至 1970 年代的"经典"的重量却大可怀疑。陈著实际代表了当代文学史的另一种叙事姿态，也代表了另一种话语方式——自由知识分子的愿望诉求。陈著的这种倾向有着极深的渊源，从胡适到沈从文到梁实秋再到钱钟书都一脉相承，陈著不过是在当代语境中延续了这一现代传统。

　　洪著和陈著在当代文学史的叙事话语上开启了两种范式，一种是追求学术化的审美诗学的言说，一种是持与左翼文学史观相左的知识分子民间立场的言说。其后出现的史著大多不出这两种范式，如吴秀明的《当代中国文学五十年》（浙江文艺出版社 2004 年版）和孟繁华等的《中国当代文学发展史》（人民文学出版社 2004 年版）就明显走的是洪著路线，甚至在"绪论"中对"红色经典"发出质疑声音的《中国当代文

---

① 洪子诚：《〈中国当代文学史〉前言》，载《当代作家评论》2006 年第5 期。

学史新稿》（董健等，人民文学出版社 2005 年版）也在"回
到历史现场"的自我约束中保持了较为客观的史实描述。陈
著范式在其后的延伸中，几乎走向了另一极端，即由对"文
革"文学的否定上溯到了对"十七年"文学的否定。国内这
种否定的声音很容易从遥远的西方资本主义国家那里获得爽快
的应和，如德国汉学家顾彬《二十世纪中国文学史》（华东师
范大学出版社 2008 年版）就认为 1950 至 1970 年代的中国文
学乏善可陈，"我们在这一时期的文本中观察到的不是黄金岁
月，而是日益严重的思想驯化"①。有人对顾彬这种隔靴搔痒
的文学史叙事进行了批评，指出一个"红色中国"是资本主
义现代性无法概括的异质性的"他者"，根据逻辑推演，"红
色中国"背景下的文学被高举"现代性"大旗的西方学者否
定也就是情理之中的事情了。"如果说现代文学的'对中国的
执迷'只是在探求和想象一个现代中国的话，那么五十至七
十年代的中国文学则在致力于建构'红色中国'——'新中
国'的合法性。前者尚遭到怀疑，后者的文学价值则更要遭
到否弃。"② 一针见血地揭示了此类否定声音中所蕴涵的意识
形态指向。

　　令人触目惊心的是，顾彬这个充满了意识形态偏见和谬见
的文学史叙事，竟然得到不少国内学者的高声喝彩，而这种喝
彩声所隐含的潜台词，大概是顾彬说出了他们想说但还没来得

---

　　①　顾彬：《二十世纪中国文学史》，华东师范大学出版社 2008 年版，第
279 页。
　　②　陈晓明：《"对中国的执迷"：放逐与皈依》，载《文艺研究》2009 年第
5 期。

及说的话。顾彬现象的凸显不仅说明我们的整体学术思想存在某种问题，而且说明坐拥话语权的文学史叙述者已经远离了社会的底层，甚至文学史本身。这种状况不能不促使每一个有责任感的研究者进行反思：我们的当代文学史到底是谁的文学史？我们的当代文学史在所谓"审美"、"启蒙"、"现代性"的旗号下到底代表谁的利益在向社会发言？

只要我们细读1990年代以来的文学史叙事，就不难发现，这些叙事往往在重构"五四"神话的同时将1950至1970年代文学实施人为的割裂，并进行程度不等的质疑乃至否定，这种雷同而平庸的声音一个时期以来不绝于耳。其实，任何一种文学现象的形成都有一个渐进的过程，1950至1970年代文学的形成同样有其必然性。当1930年代真正标志底层大众利益和愿望的"左翼"文学在其时多元文学格局中崛起并最终成为主潮，就不单是社会的选择，也是文学自身的选择。从"左翼"文学到延安文学可以看作是底层大众文学的合法化，《讲话》明确提出"工农兵方向"，规定了此后相当长时间"当代文学"基本的发展方向和性质内容，1950至1970年代文学实际是底层大众文学一个不断上扬的过程，也是文学不断实现和广大底层民众相融合的过程。而这样的文学却在1990年代以来的史著叙事中受到了深度的怀疑，叙述者在叙述这一时期的文学时，笔锋间常常流露出不加掩饰的嘲讽、挖苦和不屑一顾。如有人在评价1950至1970年代文学时，就武断地认为，"所谓'红色经典'，是一个非常缺乏学理性的概念，其要害是抽掉文学艺术的全人类共通的价值，以'革命'和'政治'

取代艺术，使某些只具有短暂的政治实用意义的作品再次进入经典的历史序列中"。① 这个似乎"学理至上"、"艺术至上"和"人性至上"的论断是经不起仔细推敲的，因为它首先是通过概念置换进行逻辑推理的，"红色经典"中的"红色"并不是一种颜色的指称，其次它以"抽象的文学"来替代"具体的文学"，再次，它以永恒不变的人性来评价历史存在的作家。这使人不由得想起 1930 年代鲁迅与梁实秋的那场论辩，鲁迅在《文学与出汗》等一系列杂文中深刻揭露了梁实秋"人性论"的悖谬，而最终使"人性论"的意识形态目的原形毕露。

1990 年代以来的当代文学史叙述者用以瓦解 1950 至 1970年代文学的法器，无非是祭出"人性"、"启蒙"、"现代性"一类的语词，力图给读者造成这样一个印象：似乎 1950 至1970 年代的文学不人性、不启蒙和不具现代性。事实上，这些文学史叙述者所鼓吹的"人性"是一种抽象的人性，一种与"人"不沾边的人性。所谓"人性"，也就是人的内在规定性，是具体的、历史的，有其特定的内涵。马克思早就指出，"人的本质不是单个人所固有的抽象物，在其现实性上，它是一切社会关系的总和"②。有的史著谈到"革命历史小说"对地主或土匪的描写是不人道的，是没有人性的，如《林海雪原》中杨子荣刀劈蝴蝶迷的场面、《红旗谱》中朱老忠对冯老

---

① 董健等主编：《中国当代文学史新稿》，人民文学出版社 2005 年版，第5 页。

② 《马克思恩格斯选集》（第一卷），人民出版社 1995 年版，第 56 页。

兰的刻骨仇恨，还有人讥讽《红灯记》中李玉和祖孙三代的和谐关系是在作秀，都暴露出此类中产阶级学者的狭隘与浅薄。杨子荣、朱老忠这些底层大众世世代代遭受地主、劣绅和恶霸的欺凌，朱老忠们的冤屈从来都得不到释放，如果说没人性也是地主恶霸没人性，而不是朱老忠们。在书斋中过着惬意生活的文学史叙述者，也许根本无法理解李玉和与老奶奶和铁梅之间所形成的不是一家人胜似一家人的亲密关系，是相同的社会地位和生存需求使他们走在了一起，他们都把爱无私地倾注到了这个家，这正是人性的体现，是真实的、可感的人性的体现。如果连这样的人性还要进行怀疑和否定的话，至少说明他们在以学术的名义推广一种偏执的人性论。针对学界一度以"人的文学"标尺来丈量"十七年"文学的潮流，吴秀明曾敏锐地指出了其学理上的先天不足，"从'十七年'文学存在的实际情况看，这样以单纯的人的标准的考察，我以为是存在批判性有余而同情性理解不够的问题，它回避了'政党实践'阶段不可避免的文学与政治的复杂缠结"。①

"启蒙"是个纠缠中国人近一个世纪的语词，问题是，谁来启蒙？启谁的蒙？启什么蒙？这些问题即使在鲁迅、胡适等早期的启蒙者那里也不甚了然。当1990年代以来的文学史叙事重新拎出"启蒙"这个概念模糊的语词的时候，实际上是将其作为1950至1970年代文学的对立面出现的，如陈思和在追溯1950至1970年代文学传统的形成时就有这样的判断，

---

① 吴秀明：《"十七年"文学历史评价与人文阐释》，浙江大学出版社2007年版，第29页。

"从文学史的发展来看，战争文化规范的建立虽然与'五四'新文化传统有着某些继承和发展的关系，但它毕竟不是启蒙文化必然的逻辑结果，而是战争外力粗暴入侵的产物，所以，它不能不与前面的文化规范发生价值观念上的冲突。毛泽东在《在延安文艺座谈会上的讲话》中对小资产阶级所作的严厉批评，不能不是这种文化冲突的反映"。① 1950 至 1970 年代文学果真像陈思和所推论的——"不是启蒙文化必然的逻辑结果"吗？为了澄清这一问题，我们有必要从陈著《教程》有意忽略的文本《创业史》切入，来观察这个时期的文学是否蕴涵深刻的启蒙意识。

《创业史》是一部关于农业合作化运动的长篇叙事。梁生宝这个苦水中熬大的农民曾以乞讨度日，在旧中国时期和其继父一起饱尝了创业的艰难，他从自己充满血泪的人生经验中体悟到，私有制——彻头彻尾的私有制是万恶之源，一切所谓欲望、贪婪、歹毒、阴谋、压迫皆源于此，只有铲除这种社会制度，苦难的农民才真正有希望，这个理念是如此强烈，所以当他听说"农业合作化"的那一瞬间便投入了自己全部的激情。一般的史著皆对梁生宝的这种激情发出质疑的声音，常常认为作者柳青是在"图解政治"。是的，站在今天消费主义的自私者的立场来看，梁生宝的确很"另类"，但如果回到历史的真实情境中去考察，梁生宝的思想行为就不仅是历史的——因为那是农民第一次可以挺直腰板说话的时代，是真实的——因为农民体认到压在自己头顶的各种权力已灰飞烟灭，而且也是可

---

① 陈思和：《中国当代文学史教程》，复旦大学出版社 1999 年版，第 4 页。

感的——因为农民实实在在看到了改天换地的新气象，可信的——因为农民相信跟着共产党走一定会创造出幸福的新生活。正是基于这样的认知，梁生宝的所作所为才有了逻辑依据，才被赋予了时代的正义性。然而，"农业合作化"却是一条铺满荆棘的路，绵延数千年的私有制已将私有观念活生生地渗透到国人的骨髓当中了，梁生宝必须面对来自"传统"的强大的反弹力。其中蛤蟆滩的"三大能人"郭振山、郭世富和姚士杰，以及他的继父梁三老汉就是传统力量的具象化，都是梁生宝费尽周折要启蒙的对象，因为他们是被私有观念严重蒙蔽了的人。真正的"启蒙"从来都不是停留在书斋和客厅之中的，启蒙者之所以是启蒙者，是他们通过社会实践证实了其启蒙思想的合理性，这样的话他们才有资格启蒙别人。梁生宝就是这样一个有资格启蒙别人的启蒙者，他在互助组里搞的稻麦两熟、帮助困难户度春荒等，都显示了"合作"的优越性。遗憾的是，新时期以来，当人们欲望的闸门再次被打开的时候，又开始重蹈郭振山们的覆辙了。"农业合作社"这个词，对于当下为欲望所困的人们而言，已经变成了一个遥不可及的神话。由《创业史》的分析我们看到，1950 至 1970 年代的文学不乏深沉的启蒙意识，只是由于对"启蒙"内涵的理解不同，以及命名的不同（那个时期的作家将"启蒙"称作"教育"），而被 1990 年代以来的某些当代文学史描述为"不启蒙"。其实，何止是《创业史》，《三里湾》、《山乡巨变》等文本也都蕴含着丰富的启蒙思想，不过因为新时期以来所形成的理论褊狭遮蔽了我们的视野，才使我们看不到这些。

　　再来谈谈 1950 至 1970 年代文学的"现代性"问题。"现代性"这个语词本身就歧义丛生，西方当代思想家如吉登斯、福柯、哈贝马斯、利奥塔都对其进行了尽可能详实的界定，仍难从理论维度进行有效的把握。然而，就这么一个歧义丛生的语词，却在悄无声息之中改变了当代文学史的话语系统。史家在描述 20 世纪中国文学的现代性进程的时候，不约而同地对 1950 至 1970 年代主流文学绕道而走，或称之为"断裂期"，言外之意是这个时期的文学根本不具备他们所理解的"现代性"特征。这种倾向引起很多研究者的强烈不满，如李杨就认为，"八十年代的当代文学史教学不提或少提'十七年'文学和'文革'文学，常常为其贴上几张诸如'公式化'和'概念化'的标签，即将其关在'历史'——'文学史'的大门之外。这种简单和粗暴的方式，其实非常近似于'文化大革命'时期臭名昭著的'文艺黑线专政论'"。①

　　任何一个国度的现代性，只有在民族独立的前提下才可能被谈及，共和国的成立是中国文学现代性进程中一个重大的标志性事件，因为它为中国文学的现代性重构奠定了坚实的基础，这表现在如下几个方面：首先，一个贵族化、特权化的社会被埋葬，沉默了数千年的穷苦人第一次拥有了充分的话语权，这也是最广泛意义上的民主的体现；其次，一种不同于现代文学的话语方式借此开始运作，它以"大众化"和"民族化"作为当代文学实现其现代性的两个维度，标志出此阶段

---

　　① 李杨：《"文学史意识"与"五十至七十年代中国文学"》，载《江海学刊》2002 年第 3 期。

文学的崭新姿态；再次，1950 至 1970 年代文学的现代性意义，还体现在对民族国家现代性进程的认同与热情上，体现在对民族国家的工业生产和经济模式的认同与热情上。吉登斯在阐释"现代性"的内涵时，提出的三个观测点很值得参考，他认为所谓现代性，必然涉及"（1）对世界的一系列态度、关于实现世界向人类干预所造成的转变开放的想法；（2）复杂的经济制度，特别是工业生产和市场经济；（3）一系列政治制度，包括民族国家和民主"。① 即使以吉登斯的此类观点为参照系，工商业题材的《百炼成钢》、《上海的早晨》，以及农村题材的《创业史》等文本无疑也都具有复杂的现代性内涵。只是因为我们的某些文学史叙述者对西方思想界的关键词消化不良，才导致其叙事以讹传讹。

以西方思想界广泛流行的"人性"、"启蒙"、"现代性"一类的语词来消解 1950 至 1970 年代文学存在的合法性，是1990 年代以来文学史叙事的一种总体态势。这样一个问题便产生了：我们的学术史本身有没有反思过这种态势的流弊及其对文学历史真实的遮蔽？新时期以降，我们的文学批评主要倚重的是西方社会的那些话语资源，"左翼"文学批评传统及其流向在学术时尚化的语境中往往被弃如敝屣，而这些时尚批评对东西方文化背景的差异、文学传统的差异、意识形态的差异也经常视而不见，由此势必使文学史叙事大量衍生自相矛盾的现象和日渐西化的现象。笔者无意反对有效汲取近代以来西方

---

① ［英］吉登斯等：《现代性——吉登斯访谈录》，新华出版社 2001 年版，第 69 页。

思想的菁华，但倘若不能在"回到历史现场"的前提下对其进行中国化的改造，这样的资源不要也罢。

前文提到"我们的当代文学史到底是谁的文学史"，这其实是任何一个文学史叙述者在展开叙事之前都无法回避的问题，但也恰恰是最易被叙述者忽略的问题。"谁的文学史"这一发问，是呼唤叙述者弄清自己的身份，弄清自己到底代表什么人的利益来阐释文学的历史。如果站在西方资产阶级的立场来观察1950至1970年代文学的话，就只能得出与顾彬、夏志清相类似的结论；或者站在当下中产阶级知识分子的立场来观察1950至1970年代文学的话，也只能得出与陈思和、董建相类似的结论。或许由于政治诗学左右文学史叙事的时间"太久"，致使某些叙述者对革命—政治叙事话语唯恐避之不及，并纷纷打出"非政治"的旗号，以为从审美诗学的视角进行文学史叙事，就可以避免政治诗学的影响，就可以避开政治话语的存在，就可以更"学术"，殊不知这样做正表明了一种强烈的政治态度，"这就是对过去和现实主流政治的一种抗衡，倡导自己崇尚的另一种政治立场和政治意识"。[①]

从1990年代至今，学术界之于当代文学史叙事所普遍匮乏的，是以"左翼"史观来把脉文学发展的动向和规律，并反思底层大众文学在当下中国的命运。"左翼"史观从新时期以来被解构得支离破碎，某种意义上说已近乎"妖魔化"，而且，任何坚持"左翼"立场的作家必遭史家的冷遇，像路遥这个新时期初极力捍卫"左翼"文学传统的作家最终都徘徊

---

① 吴秀明：《当代中国文学五十年》，浙江大学出版社2004年版，第9页。

在文学史的大门之外，一直不能进入文学史，这至少说明我们的文学史并不是代表底层大众利益的文学史。远离"左翼"史观的当代文学史叙事所造成的直接后果，是"左翼"文学传统从当代文坛的淡出和其发展脉络的阻断，从而导致各种伪现实主义文风的蔓延。尽管近年来有不少反映工农大众生活的作品问世，但我们从中再也不能读出 1950 至 1970 年代文学的那种健朗和自信，这些缺少底气和底蕴的创作，正反馈出"左翼"传统缺场的征候。1990 年代以来的文学在走向欲望化、琐碎化的同时也走向了贵族化，不远的将来亦将走向穷途末路——如果我们继续排斥"左翼"传统的话，如果我们继续走文学技术主义路线的话，如果我们继续逃离生活向壁虚构的话，如果我们不能真正代表工农大众的利益来言说文学历史的话。

第二章

探寻与重构

对 1990年代以来的中国文学进行整体性的质疑与叩问，虽然有揭人伤疤、引人痛恶之嫌，但作为一个研究者，如果顾虑重重而不敢坦言以陈，所谓"研究"还会有什么意义？文学者天下之公器也，不可能只是一种私人事件，因此，完全有必要站在历史的高度审视现时态中国文学的利与弊。当然，质疑与叩问的主要目的，在于探寻当代文学可能的发展路径和重构某种文学理念。本章着重讨论新世纪的底层文学，认为它的崛起是对中断多年的"左翼文学"脉流的沿传，也是对新时期以来局部成功而总体失败的文学实践的一次必要的校正与修复，显示了令人振奋的前景。但底层文学的创作实践也说明，一个作家倘若看不到底层所具有的历史能动性与阶级主体性，则很有可能滑向启蒙文学的泥潭。考虑到这些因素，本章也较为细致地梳理了"革命话语主导下的底层表述"，以赵树理的《李家庄的变迁》、周立波的《暴风骤雨》和柳青的《创业史》为例，从正面阐述了底层表述的多种可能性。1990 年代以来，作家在适应时代巨变的同时，逐渐丧失了英雄主义激情，从而使其创作表现出种种犬儒主义征候。犬儒主义者将文学活动看作是纯粹个体性的事件，文学对社会、他人和自我都不负有责任，文学既改变不了什么，也说明不了什么。犬儒主义的确是当代文学滋生的顽症，也是使当代文学淡出读者视野的一个重要原因。故此，本章特别强调文学中的英雄主义，希冀它的再次出现能够重振当代文学的颓势，并重构那业已相当陌生的文学神话。

第一节　谁的写作与新世纪文学中的"左翼"思潮
——重估"底层文学"中的意识形态话语

　　再现底层群体生存状态的中篇《那儿》（《当代》2004 年第 4 期）的推出及其引发的论争，被研究者看作是"新世纪之后最重要的文学事件"①，甚至有人据此认为"左翼文学"传统已经复苏。② 现在看来，关于"底层文学"的命名与创作

---

　　① 刘继明、旷新年：《新左翼文学与当下思想境况》，载《黄河文学》2007年第 2 期。
　　② 季亚娅：《"左翼文学"传统的复苏和它的力量》，载《文艺理论与批评》2005 年第 1 期。

所展开的旷日持久的论争，已逐渐演变成了一个意识形态的竞技场，代表当代中国不同利益集团的作家和学者都纷纷发言，使这一话题拥有了更丰富的社会语义的生成可能性。"底层文学"的倡导者从"左翼文学"传统中汲取理论资源，将其纳入"左翼文学"的发展脉流中，并借此论证其合法性。然而，"底层文学"却同样遭遇到质疑与否定，如有人警告其"以'文学的名义'进行的对文学的歪曲与遮蔽"①，还有人对其"苦难焦虑症"式的表述作出了否定。② 但不管质疑也好，否定也好，"底层文学"作为一种事实，已深刻影响着当代文学的基本走向。鉴于此，笔者认为，目前关于"底层文学"研究的重心，已不是讨论其命名能否成立的问题，也不是讨论其能否形成一种新的文艺思潮的问题，而是将其作为既成事实来看待，就这事实本身进行定性，并前瞻性地引导作家提升"底层文学"的创作水准才是正路。

"底层文学"现身于一个由消费文化、强权和资本合谋的语境中，其直接诱因是社会"底层"的持续再生产。而"底层"又是一个被"消解"了阶级主体性和历史能动性的命名，有人指出，"阶层化的'底层'只是现代性转型的必然代价，只是一种印证了历史理性的结构性存在，它以现代性他者的面孔出现"，"从阶级到阶层的公共语境转换中，细化的阶层不过是社会等级的空间再生产，无根的历史与消解的阶级意识使

---

① 吴义勤：《"底层文学"热：以"文学的名义"歪曲文学》，载《今天视野》2008 年评论版。

② 洪治纲：《底层写作与苦难焦虑症》，载《天涯》2008 年第 1 期。

分化的阶层逐渐丧失自身的历史能动性"①。如果这个判断成立的话，那么，"底层"就是"现代性转型的必然代价"。但我们不禁要问：为什么承受所谓"必然代价"的一定是"底层"？是谁让"底层"承受了这种"必然代价"？又是谁在分享着"现代性转型"的累累硕果？不难看出，"底层文学"的出现天然地携带着强烈的意识形态指向，它代表了一种尚未泯灭的社会良知和乌托邦意念，是在中国的市场意识形态催生了一个彻底世俗化的社会之后，一种反向的文学实践。阿尔都塞曾言，"意识形态浸透一切人类活动，它和人类存在的'体验'本身是一致的：正因为如此，在伟大的小说里让我们'看到'的意识形态的形式，以个人'体验'作为它的内容"②。"底层文学"正是通过个体的体验方式传达了意识形态指向，体现了共同的价值立场。

"底层文学"在新世纪的崛起有着重大的文学史意义，首先在于延传了中断多年的"左翼文学"脉流。这股脉流自1980年代中后期中国文学涌入世界主流文学的冲动中已经停滞，且"重写文学史"的热情更使"左翼"传统成为明日黄花，在"回到文学自身"、"文学自觉"、"审美性"、"主体性"等的漫长讨论中，"左翼文学"被更大规模地妖魔化，从此不得不沉寂。但其后几十年的叙事实践，并没有带给人们一个更振奋的文学景象，作家们在玩腻了"人性"、"先锋"、

---

① 蔡志诚：《底层叙事的现代性悖论》，载《东南学术》2006年第5期。

② 董学文：《西方马克思主义美学的新维度》，北京大学出版社1990年版，第261页。

"家族"这些关键词之后，开始将视线移向身体，从面部、胸部一直到下半身，而文学也是在这不到一平方米的空间里几乎窒息，苟延残喘。令人震惊的是，对于言说"革命"、"无产阶级"、"反帝反封建"的"左翼文学"，锦衣玉食的学者们唯恐其一息尚存，必诛之而后快，但对于那些顾影自怜、龇牙咧嘴、一丝不挂的文学却装聋作哑、听之任之。"底层文学"从其发端就将眼光投向"被甩到社会结构之外"的底层，投向底层满带着血泪的人生经验，投向底层为生存而累积的辛酸与屈辱，投向底层蕴蓄着愤怒和反抗的精神世界。就这样，中断多年的"左翼"传统在学者们的惊呼声和阻拦中复活了，它虽然在站立的那一瞬间还有些摇晃，显得步履沉重，但其成长的勇气和态势却足以鼓舞人心。

　　"底层文学"也是对新时期以来局部成功而总体失败的文学实践的一次必要的校正与修复。新时期文学从整体上看走的是技术主义路线，尽管在恢复作家的"主体性"、完善创作的"文学性"等方面有一定贡献，但由于主要取法欧美，置"民族化"、"大众化"等中国经验于不顾，所以，新时期文学在日趋欧美化和贵族化的同时已远离了读者，远离了文学的社会功能。文学成了少数新贵装点门面的饰品，成了几个无病呻吟的文人饭后茶余的作秀，成了少男少女们恋爱时才用得着的参考资料，而更大面积的铁杆读者却因为对那些稀奇古怪的文字百看不懂，失望之余只好走开，此后便对文坛的热闹置若罔闻。是谁将文学推向了绝境？研究者可能会列出一百条理由，但在笔者看来，有一条就够了：阻断"左翼文学"的发展经脉，必然会造成文坛的混乱与萧条。而"底层文学"因为是对"底层"血泪人生的真切传达，尽管可能文字粗糙、文学性不够，但它所形成的冲击力和感染力决不是那些精雕细琢的文字可以相提并论的。"底层文学"使流浪的文学回到了故乡，回到了生活本身，回到了正义与良知的所在，这种趋势有效逆转了新时期以来文学技术主义路线的颓败。

"底层文学"接续了"生活是文学的源泉"的理念与传统，坚持"从生活中来、到生活中去"的文学精神，重温着社会主义的乡愁与梦想，也因此重构了文学的自信，重树了读者对文学失落已久的信任。如尤凤伟的《泥鳅》、刘庆邦的《卧底》、陈应松的《马嘶岭血案》、孙慧芬的《民工》、李铁的《工厂的大门》、黄咏梅的《负一层》、徐则臣的《西夏》、马秋芬的《北方船》、刘继明的《茶鸡蛋》等，都有扎实过硬的生活基础，是作家对严酷现实的提纯与升华。这些底层叙事者将关注的焦点锁定于商业化大潮中逐步陷入困境的底层群体，对他们不幸的命运表现出了深切的同情，并对造成这一状况的因素进行了揭示和批判。但我们也看到，这些作品承接的不仅是古代文人离黍之悲的歌吟传统，也不仅是类似于19世纪法、俄的人道主义传统，而更多的是1950至1970年代社会主义时期的正义与平等的传统。

尽管我们高度评价"底层文学"的涌现给当代文学一种别样的期待与想象，但并不等于说"底层文学"已经尽善尽美。事实上，从"底层文学"的创作实绩来看，它还处于成长阶段，是发展中的文学。底层叙事者在这些年的实践中也暴露出不少问题，但即便如此，我们也没有理由苛求他们，而是希望他们能够沿着一个更明朗、更健康、更具整合力的方向发展，使"底层文学"真正成为"左翼文学"的血脉延续，并最终攀越当代文学的高度。在这个意义上，冷静观察和客观分析"底层文学"的软肋不仅必要，而且显得格外迫切。

底层叙事者必须突破"看/被看"、"启蒙/被启蒙"和"底层/知识分子"的二元对立模式，设法走进底层丰富的精神世界，接近和触摸社会发展的必然规律。大量的底层叙事多存在唯物质主义或泛苦难化的倾向，一厢情愿地向读者展示着底层生活的困顿与无奈，展示着底层所遭遇的物质贫乏与精神煎熬，"底层"在这样的叙事中被表述为静态的、沉默的存在。在此情境中，"底层"只是被观看的对象，置于"被看"的尴尬当中。特别是当"底层文学"被读者和社会逐渐认可之际，众多对底层人生缺乏真切体验和对底层在情感上相当隔膜的作者也对其趋之若鹜，但因为缺乏体验，所以对底层的想象仅止于"苦"：苦难的人物、苦痛的事件、苦涩的生活。临近故事的结尾，叙事者又往往居高临下地表达一些所谓的人道主义同情，试图借此升华出其悲天悯人的情怀，其实泄露的是知识分子丑陋的精英姿态和某种社会身份的优越感。如何突破"看/被看"等二元对立模式？在笔者看来，底层叙事者必须明确这是"谁的写作"，是为什么人的写作，是为了社会正义而呼吁的写作。倘若将自己定位为一个事不关己的"看者"，一个高高在上的"启蒙者"，一个精英阶层的"知识分子"，那他就永远不可能走进底层真实的生活和心灵。那些产生过社会共鸣的底层叙事往往能够将叙事者和底层融为一体，以平等的眼光而不是"眼光下移"地看待底层，洞察底层"不得不"这样而不是要"指导"他们这样，探查底层的"出路问题"而不是仅流于描述。

近年来一些底层叙事者在这些方面做出了可贵的探索，如马秋芬的《朱大琴，请与本台联系》（《人民文学》2008 年第2 期）提出的问题的确意味深长。朱大琴是一个做家政保洁的农民工，雇主以她的名义向电视台写了一封信，电视台借机炒作，制作演放寻人节目并许诺，一旦找到写信的观众，便以彩电相送。但节目演映后，电视制作者又忙于新一期节目的制作，彩电一事无人问津，此事最终不了了之。这个故事并不复杂，涉及的人物也不多，但为什么能够对读者形成强烈的冲击呢？底层人物也是人，也需要基本的社会尊重，但媒体——上流社会的表征，却根本漠视甚至蔑视底层的心理需要，这种巨大的反差所形成的张力正源于作家与主人公的心灵相通，源于作家对社会公德全面失落的焦虑与批判。朱大琴这样的底层人物所遭遇的委屈和失望能向谁诉说？无处可诉！这也是现实，丑恶的现实，是不能不改变的现实。

"底层文学"还必须从"恶书写"（即关于"恶"的书写）的怪圈中超越，以重构底层的美学主体形象，充分表达底层的愿望诉求和人生期待，并探索底层的命运转机和未来前景，只有这样，才能真正延续"左翼文学"的血脉，才能使"底层文学"成为"底层生活"的必要构成，最终达到改良社会生态的目的。当下的"底层文学"多通过官与民、商与民、城与乡、上流社会与底层社会所发生的一系列矛盾冲突，来演绎人性的邪恶，抨击现实的阴暗，这当然无可厚非。问题是，在这样的叙事中，"底层"仅仅是一个等待拯救的被侮辱被损害的客体，其行为几乎缺乏"合目的性"与"合规律性"的历史理性，且弥散于文本中的情感，多是仇恨、冷漠、自私、欺诈、贪婪和愤怒，那些美好的情感，比如友好、怜悯、慈爱、同情等则实难见到。这是底层的全部吗？显然，这是对底层的曲解和误读，不仅如此，更为恶劣的是，这种"恶书写"极易使"底层"陷入一个话语的被动境地，进而重蹈新时期初文化精英笔下所描述的底层不过是一群面目模糊、混沌愚昧、充满暴力倾向的庸众的覆辙。更有甚者，"底层文学"在某些人的策划下，可能蜕变为一种消费品，丧失其革命性。

底层叙事者应该清楚，底层形成的真正根源是中国现代化进程中客观存在的严重的地域差距、贫富差距和城乡差距，这种状况的产生同样源自于意识形态的导向和复杂的历史动机。底层的阶级主体性和历史能动性并不能人为地被消解，底层变革命运的激情和行动从未间断，尽管有人一贯采取人道主义的修辞策略，将底层的这种合理要求千方百计地祛除，并以"弱势群体"的命名指称。在此历史时刻，20世纪中国民众梦寐以求的"社会主义理想"重新焕发出诱人的光芒。是的，中国社会的通途绝不是仅仅给权贵和富豪敞开的，底层更有权利以"社会主义的方式"企盼和创造美好的生活。不仅是底层，其实大多数民众都没有将自身完全看作是"资本主义现代性理论通常假定的基于合同关系的、法定抽象的劳动主体"，而是延续着毛泽东时代的理念，即"互相之间没有利害冲突，并与国家利益相一致的工人、农民、知识分子和民族资产阶级"组成的大众，来认定自己的政治身份。[①] 这也就不难理解，为什么"底层文学"能快速地在文坛形成一股潮流，并左右当代文学发展的大势了。

曹征路《那儿》的问世之所以能在万马齐喑的文坛激起千层浪，个中缘由是作家在饱满地展现底层的阶级主体性和历史能动性的同时，展开了潜藏于民众心灵深处的"社会主义情结"，使读者仿佛再次看到20世纪1950至1970年代文学中底层作为历史主体的气象。小说中的"小舅"是一个新时期工人领袖的悲剧形象，为了保护国企改革过程中国有资产不被鲸吞，为了捍卫下岗工人的利益，"小舅"在与权贵的周旋和抗争中失败，最后不惜以身殉职。这部小说的深刻之处还在于它不露声色地揭露了新贵和富豪的产生，是以底层的血和泪作为铺垫，一个新贵或富豪的背后不知凝聚了多少底层的血泪。最引人注目的是《那儿》再现了"底层化"过程中，"准底层"对这一命运的坚决抗争，尽管暂时性地失败了，但并不意味着底层将永远沉默地、无怨无悔地承受"现代性转型的必然代价"。在故事的末尾，当一曲熟悉而久违了的"英特纳雄耐尔"响彻的时候，社会主义的公平、正义的理想及其实践似乎将再次成为底层的信仰与目标，因为底层的阶级主体性和历史能动性已逐渐觉醒。

---

① 赵月枝：《选择性新自由主义的困境——中国传播政治的转型》，载《二十一世纪》2008年第6期。

"底层文学"作为新世纪最具冲击力的文学潮流，从文学史的角度看，它承续了"左翼文学"力图改变底层苦难命运的优良传统，荡涤着文坛弥漫的乌烟瘴气，给人以一种清新刚健的新气象，显示了其无可限量的发展前景。"底层文学"充溢着的意识形态话语已超越文学本身，而具有了更广泛的社会意义。尽管"底层文学"还存在这样那样的不足，但它毕竟在成长并且成熟。在本节的最后，笔者更愿意引用曹征路的一段话来做结："对一个时代一个政策的评价，已经不再看少数人满意不满意了，而要以多数人是否受惠多数人是否乐意为标准。而这正是符合世界进步潮流的历史观。"① 文学何尝不是如此？

第二节　底层作为美学主体的当代意义
——再议革命话语主导下的底层表述

新世纪以来的"底层文学"无疑是一个极富争议性的话题，而颇令研究者困惑的是，到底什么样的写作才算是"底层文学"？有人认为是底层创作的文学，有人认为是写底层的文学。概念的辨析似乎很重要，但就文学的既成事实而言却意义不大，因为不管是"底层创作的文学"，还是"写底层的文学"，都与"底层"有着不可剥离的关联，都是"对底层的表

---

① 《曹征路访谈：关于〈那儿〉》，载《文艺理论与批评》2005 年第 2 期。

述"，这是它们的相同点，所以在笔者看来，以"底层表述"来替代"底层文学"显然更为合理。"底层表述"这个说法的提出，目的还在于使研究者能够打破时间维度的框囿，从消费文化、强权和资本合谋的业已桎梏的语境中超越出来，并进而获得一种更为宽广的研究视野。回视百年中国文学传统，不难发现，底层表述始终是其极为重要的构成，它其实也是"现代文学"之现代性的集中体现。早在"五四"新文化时期，鲁迅等启蒙作家对底层表述的倡导与示范，使阿Q、闰土、祥林嫂这些源自底层社会的人们，在叙事文本中历史性地被关注，其人生遭际与生存样态也破天荒地成为了叙述的焦点，这种转向是对有着数千年历史的中国古典文学的根本性的变革。此后，底层表述便作为一个主流经验在三四十年代的文学中不断被传承，特别值得研究的是，底层表述在这个时段发生了两次重大的转向，一次是"左翼"文艺思潮的崛起，另一次是《在延安文艺座谈会上的讲话》精神的广泛传播。如果说"五四"底层表述是启蒙作家以文化精英的身份对底层进行的表述，那么，"左翼"作家中相当一部分人如萧红、叶紫、艾芜等原本就来自底层，其底层表述总是"掺和着自己的血泪"①，他们自觉不自觉地以底层身份表述着底层，故这种表述更接近原生态的底层。"左翼"作家的底层表述不仅是一种叙述者身份上的变化，更是一种观察角度、一种情感态度的变化，这些经验资源即使在新世纪文学中仍发挥着潜在的影响。

---

① 钱理群等主编：《中国现代文学三十年》，北京大学出版社1998年版，第306页。

　　从底层表述的历史演进的意义上讲，《讲话》可以说是倡导将底层表述合法化与经典化的文本，它直接规范了 1940 年代解放区的文学乃至共和国时期的文学，赵树理、周立波和柳青这些在解放区成长起来的作家，其理论资源也主要是倚重《讲话》精神。《讲话》不同于纯粹的文学理论家的言说，它是站在革命的高度对文学状况所作的整体性把握与前瞻，而体现了彻底革命的指向，其所谓革命的最大实体也就是底层，包括底层的政治革命与文化革命。但无论是政治革命还是文化革命，《讲话》的意旨均在于使底层从边缘回到中心，由"他者"成为主体。意味深长的是，《讲话》认为底层的政治革命相对容易被实现，却反复提醒底层的文化革命的艰巨性与漫长性，这些问题在柳青等富于思考的作家那里都得到了形象化的展示。《讲话》的理论阐发是以"左翼"底层表述的经验为依托的，却也回顾了"五四"以来底层表述的种种曲折，而对底层尚未成为美学主体表现出了强烈的不满，由这种不满所衍生的焦虑弥散于文本的字里行间，因为究其实质，底层能否成为真正的美学主体是关涉文化革命前景的大事。不能忽视的是，"五四"作家因急于实现其启蒙策略，常常将底层编码为愚昧、麻木、冷漠的群体，底层于是成了"被看"的对象，成了被批判和启蒙的对象。作为一种表述底层的方式，虽然其对底层人生未必就能产生实质性的影响，但在知识阶层却普遍流行，致使底层的本真面目越来越模糊。《讲话》的不满及其呼吁，正是对这种价值取向的积极修复，这实际也给解放区作家提出了一个重要命题，即建构与如何建构底层的美学主体形象，这个命题在很长一个时期都成为文本叙事的原动力。从"启蒙"到"革命"，不仅体现为文学观念上的更新，而且也体现为话语倾向、表述方式和接受主体的更新，关于这些层面的论述都是形成《讲话》语义场的基本元素，这是我们在研究"《讲话》后文学"的底层表述时，尤其需要注意的。现在看来，《讲话》尽管没有明确使用"底层"之类的术语，我们仍可将其作为"底层表述"的集大成的理论著述，因为其所有的论点就本质而言都是围绕"底层"展开的，而这无疑对新世纪底层表述构成了一种显在的镜像。

　　新世纪以来底层表述空前兴盛，这无论如何都显示了某种蓬勃的文学气象，并给我们以别样的阅读期待。但透过近几年的实践，我们也觉察到，因为思想资源和理论资源的后续不继，新世纪底层表述已呈现出彼此克隆、自我重复和止步不前的态势。而且，在这种叙事的接力中，底层往往被表述为缺乏阶级主体性与历史能动性的群体，表述为蕴蓄着暴力倾向与生存前景不明的群体，表述为一个陌生而可憎的"他者"，毋庸置疑的是，诸如此类的底层表述是可怕的，倘若任其蔓延，可能将底层表述所聚集的元气消耗殆尽。但这种状况也至少说明，新世纪底层表述已到了非转型不可的时候了。关键是，如何转型？思想资源和理论资源的问题倘若不能落实，一切所谓转型则难免要流于空谈。由于国情、历史的不同，从西方理论家那里取经显然是靠不住的，而国内当下的理论家还没有能力建构起一种完全适应底层表述新形势的理论体系。在现实的背景情态下，我们将目光投向《讲话》，因为说到底，还没有哪种有关"底层表述"的理论在视点的高度、论述的广度及历史的厚度上可与之比肩，况且，几十年的"《讲话》后文学"已集体证明了《讲话》精神指向的预见性与正确性。《讲话》所提供的思想资源和理论资源即使在今天看来，仍然是能够使底层表述起死回生，至而走向更高层次或者说走向经典化的主要资源。目前的当务之急，是通过新的阐释，使《讲话》所提供的资源能够成为一种坚实可靠的当代存在，毕竟《讲话》发表时的语境与今天的现实语境有很大的不同，所以"转换"的意义非同小可。但必须明了的是，我们在此所谈的"转换"，其本义是始终把握住《讲话》的精神指向，就是设法在消费文化、强权和资本合谋的语境中重塑底层的美学主体形象，探察和彰显底层的阶级主体性与历史能动性，寻找并发现底层可期待的美好的未来前景。理论上虽然清楚了，而要付诸实践却远非易事。鉴于此，我们极有必要复归那些深刻体现了《讲话》精神旨归的文本现场，复归革命话语为主导的时代背景，通过考察与析解那些典范文本，以归结具象的可把握的底层表述的经验。

我们所选的文本是赵树理的《李家庄的变迁》（1946）、周立波的《暴风骤雨》（1948）和柳青的《创业史》（1959）。这种选择是出于以下考虑：赵树理、周立波和柳青都是在解放区成长起来的作家，他们的底层表述都在尽可能地实践《讲话》精神，他们是"《讲话》后文学"的代表性作家；这三个文本皆为革命话语导向下的长篇叙事，在较大的时空范围内再现了底层由蒙昧到醒悟再到自觉的认知与行为过程，底层的阶级主体性与历史能动性是作为叙事的支点而展开的；它们虽然是以底层的政治革命的合法性叙事为重心的，但也触及了底层的文化革命的艰巨性与长期性，由于底层在精神上的持久被奴役，要想摆脱旧的制度、风俗和习惯的深层束缚便显得极其困难；它们在各自的文学世界塑造了底层的美学主体形象，铁锁、赵玉林、梁生宝等人物构成了一个处于上升时期的底层的形象谱系，他们不是作为被同情和怜悯的对象出现的，而是作为历史的行为主体被叙述的，他们的行为又是合目的性合规律性的，他们身上爆发出的强大的自省力量和改变人生命运的智慧，使之成为审美的聚焦；但三个文本各自的侧重点又有所不同，《李家庄的变迁》重在叙述底层所经历的由蒙昧到醒悟的精神状态的演变过程，《暴风骤雨》重在叙述醒悟过来的底层如何通过与压迫势力斗争而求得文化解放，《创业史》则重在叙述底层对来之不易的话语权的自觉捍卫，将三个文本放在一起通观，不难发现它们构成了一部底层的成长史与演变史。

《李家庄的变迁》是以李家庄一桩发生在"抗战以前的八九年"的民事纠纷开篇的，通过叙述这桩民事纠纷的始末，展现了尚未经过战争与革命意识触动的乡村秩序。像李家庄这样的偏远乡村，依然存在着泾渭分明的权力阶层与底层，李如珍、春喜、小喜等占据着李家庄所有的话语权，铁锁、二妞、冷元之类的底层即使被权力人物强取豪夺也无处伸冤，有泪只能往心里流。底层被权力（来自李家庄之内与之外的）所形成的"势"牢牢地控制着，而权力之网又无时不在、无处不在，底层对恶人、恶事敢怒不敢言，权力人物（可能是从流氓、地痞中产生的）则是有恃无恐、为所欲为。铁锁只因砍了自家一棵与春喜家毗邻的桑树，便惹上了"乡村官司"，有理也变成了无理，被春喜等人反复讹诈，弄得倾家荡产。作为权力阶层象征的村长李如珍，不但不能主持公道，反而助纣为虐，他虽然总是一副道貌岸然、温文尔雅的样子，却以奴役和盘剥底层为乐。叙述者以列账单的方式，列举了在春喜、铁锁这场纠纷案中，权力人物从底层敲诈、勒索到的"好处"：

> 铁锁欠春喜二百元，欠六太爷二百五十元，欠福顺昌三十元，总共是四百八十元外债。
>
> 小喜在八当十里抽了五十元，又得了五十元小费。他引来那个捆人的人，是两块钱雇的，除开了那两块，实际上得了九十八元。
>
> 李如珍也不落空：小喜说三爷那里少不了一百五十元，实际上只缴三爷一百元，其余五十元归了李如珍。[1]

李家庄社会的乡村秩序，显示了旧中国极其丑陋的一面——恶人当道、弱肉强食、天理难存。因为革命话语尚未进入李家庄社会，底层还想不到可能或如何"改变"这种乡村秩序，更不可能设想重构某种乡村秩序，他们只能无可奈何地认同这种秩序，而在遭遇突来的灾难时，也是各顾各的，不能团结起来形成集体力量，缺乏精神领袖所以也就缺乏向心力，而对恶势力的猖獗听之任之，助长了恶势力的横行。令人震惊

① 赵树理：《赵树理小说选》，山西人民出版社 1979 年版，第 98 页。

的是，在这场纠纷案中无辜的铁锁，从未思考过这种既成的乡村秩序是否合理、是否有可能改变，他虽然躺在病床上几个月，也没有想出个名堂来，从铁锁身上不难看出底层精神状态的蒙昧。

只有当铁锁走出李家庄来到太原，在目睹和切身体验了军阀及其走狗的丑恶行径之后，他才真正开始反思权力社会与底层社会的问题。他从李如珍一直到三爷、春喜、小喜、师长和土匪，对这些权力人物进行了痛彻的反思，但反思的结果却令他更增困惑，因为他发现无论世道怎样变他们都"吃得开"、都"永远不倒"，而像他这样的"草木之人"，无论怎样努力、怎样艰苦创业，有时就连可怜的祖业也可能保不住。这都是为什么？铁锁百思不得其解，必须有人给他以烛照，来化解他心中纠结已久的疙瘩。恰在这时，小常出现了，与小常这个地下党的一席谈，才使铁锁看到了某种希望。文本也以较大的篇幅展现了铁锁与小常谈话后的心理活动，我们不妨把它看作是底层觉醒前的征候。"小常说的道理，他也完全懂得，他也觉着不把这些不说理的人一同打倒另换一批说理的人，总不成世界，只是怎样能打倒他还想不通，只好等第二天再问小常。这天晚上是他近几年来最满意的一天，他觉着世界上有小常这样一个人，总还算像个世界。"[①] 铁锁的这种心理映像出底层对社会变革的渴望，只要革命话语一旦降临在他们周围，底层将会爆发出改造自身命运的力量。

铁锁在小常的介绍下加入了牺盟会，从此人生发生了转

---

① 赵树理：《赵树理小说选》，山西人民出版社 1979 年版，第 113 页。

折，他实际上已经介入到政治生活中来了，在铁锁的带动下，李家庄的穷苦人踊跃报名参加牺盟会。牺盟会是个民间性质的抗日组织，但因为与减租减息等联系在一起，所以争夺牺盟会的领导权一时成了政治斗争的焦点。铁锁们在与李如珍们的周旋中，渐渐学会了对敌斗争的技巧，掌握了政治话语权，底层初步显示了自身的阶级主体性与历史能动性。李家庄的底层在战争背景下，通过参与政治生活才明白了这样一个道理，底层要有出路，就要靠自己的智慧来创造和争取。李家庄沿袭的乡村秩序也开始在底层的崛起中土崩瓦解，这才是"变迁"的真实内涵。

相对于赵树理的其他几部作品，如《小二黑结婚》、《李有才板话》，《李家庄的变迁》似乎不是那么出名，而且在作品问世之初评论家对它的评价也的确不如前两部。但是，从作品所具有的独特的历史意蕴与文化深度而言，《李家庄的变迁》又比前者浑厚，尤其是对底层的精神状态——由蒙昧到觉醒的演变过程的言说，非常具有历史穿透力，值得我们反复研究。史家是这样定位的，"赵树理的有些小说也并不局限于实际生活中的问题，而力图以更阔远的目光去观察近代农村社会的变迁，这类作品的思想内涵更为厚重一些。如中篇小说《李家庄的变迁》即是这一类创作中最优秀的一部"[1]，可以说是对它中肯、公允的评价。

如果我们将《李家庄的变迁》看作是传统意义上的乡村

---

① 钱理群等主编：《中国现代文学三十年》，北京大学出版社 1998 年版，第483 页。

秩序开始土崩瓦解的前奏，那么《暴风骤雨》则重在叙述这种旧秩序及其衍生的乡村伦理土崩瓦解的过程，叙述了底层在铲除这种旧秩序与重建一种新秩序的过程中"成长"的历史，叙述了底层从"无言"到"发言"再到控制话语权的变迁，而这种变迁本身即标志着底层的文化革命的实现。《暴风骤雨》所叙述的时代背景显然不同于《李家庄的变迁》，在《李家庄的变迁》中，权力阶层虽然呈现了衰落的趋势，但还未发生根本性的动摇；而在《暴风骤雨》中，其所叙述的文学空间——元茂屯是已经被解放了的村庄，曾经的权力阶层分明已经失去了依托，其"拥有的权力"已经变成了明日黄花，且寄生于元茂屯社会的恶势力也不得不呈溃散与潜隐状态。所以，我们说《暴风骤雨》的侧重点不是政治革命，而是文化革命，这是我们在重读这个文本时尤其应该注意的。但还应该看到，底层的文化革命是以政治革命为前提的，是底层的政治革命赋予了其文化革命以正义性，而文化革命反过来又大大促进了政治革命的演进与升华。

"一九四六年七月下旬的这个清早，在东北松江省境内，在哈尔滨东南的一条公路上，牛倌看见的这挂四马拉的四轱辘大车，是从珠河县动身，到元茂屯去的"[1]，由队长萧祥带领的这支十五个人组成的工作队，将给元茂屯带来革命的火种，他们及其引领的底层将以暴风骤雨般的力量对游荡在这块大地上的文化幽灵进行摧枯拉朽式的打击。然而，工作队的使命并不是一开始就能立即被底层所了解，就能立即引发革命的燎原

---

① 周立波：《暴风骤雨》，人民文学出版社 1977 年版，第 3—4 页。

之势，底层工作经验不足的刘胜所组织的第一次动员大会不欢而散。其实萧祥早有思想准备，"中国老百姓，特别是住在分散的农村，过去长期遭受封建压迫的农民，常常要在你跟他们混熟以后，跟你有了感情，随便唠嗑时，才会相信你，透露他们的心事，说出掏心肺腑的话来"。① 底层因为"长期遭受封建压迫"，不会轻易相信自己的命运正在发生好转，这当然不是他们不愿改变命运，而是经验告诉他们自己的命运很难改变。他们保持沉默，也不是愿意这样沉默，而是从来没有一个权力阶层给他们发声的机会，他们不得不保持这样的沉默，这正是问题所在。只有当你现在是或曾经是底层，也和他一样在遭受着或曾经遭受过失语的痛苦时，他才愿意敞开心扉和你交谈。小王之所以最早从赵玉林那里了解到元茂屯社会的真实状况，是因为赵玉林与小王的初次接触中发现"他也是庄稼底子"，是底层出身，在共同劳动中赵玉林更坚信了自己的判断。通过赵玉林，小王才明白，元茂屯社会是一个黑洞，平静的表象下掩盖着翻滚的巨浪。这实际也是旧乡土中国的普遍情况。

《暴风骤雨》中有很多"诉苦"场景的描述，曾几何时被当成了"图解政治"的典型案例，此类观点一度很为盛行。重新审读这部经典，我们发现，"诉苦"在文本中至少承担着这样几种功能：解读旧乡村秩序的罪恶，确认底层严峻的生存现状，探讨底层的人生前景。而且，更为重要的是，这是底层第一次以公开发言的方式塑造自我、表达心声的机会。同样，

---

① 周立波：《暴风骤雨》，人民文学出版社 1977 年版，第 23 页。

对于工作队来讲，逮捕韩老六，甚至枪毙韩老六都不是难事，问题是，如果不能让底层看清韩老六及其所代表的旧乡村秩序的本质，这样的做法就根本起不到摧毁旧秩序的作用。所以，为了彻底摧毁旧秩序而采取"诉苦"的方式是可行的策略。"诉苦"有两种形式，一种是"唠嗑会"形式，一种是广场形式。"唠嗑会"形式是一种半秘密状态的诉苦，在那些谈得来的有冤屈的底层之间进行，通过这种形式，"穷人尽情吐苦水，诉冤屈，说道理，打通心，团结紧，酝酿着对韩老六的斗争"。[①] 另一种广场形式，即在斗争韩老六的大会上的诉苦，广场形式更具有仪式化的意味。在广场形式的"诉苦"中，旧乡村秩序的罪恶才被更多的底层所认清，而旧乡村秩序的权力人物韩老六的罪行从隐蔽状态被揭露出来，每一次的"诉苦"都充满了血淋淋的事实，都充满了死亡的阴影与生命的挣扎。韩老六的双手沾满了底层的鲜血：亲手整死 17 条人命，被他和他的儿子霸占、强奸、卖掉的女性 43 人。此外，他还在伪"满洲国"时期杀死抗联干部九名，解放战争时期杀死八路军战士一名。也是在这种仪式化的"诉苦"中，底层发现自己的未来是与新政权联系在一起的，除了革命他们别无选择。

　　为何斗争韩老六的大会连续失败数次，这是研究《暴风骤雨》无法绕开的问题，细读文本，我们发现，关于这个问题的展开，显示了文本对于底层心理结构的透视与把握。底层在不明了"中央军"与八路军双方的军事力量的情况下，极

---

① 周立波：《暴风骤雨》，人民文学出版社 1977 年版，第 134 页。

容易被韩老六散布的"中央军眼看就要过江来"的谎言所蒙蔽，他们担心旧乡村秩序还会死灰复燃，因为心存顾忌，韩老六也就轻易扼止了底层高涨的热情。因此，我们说新政权的保障是推进底层文化革命的前提。还应看到，元茂屯社会属于超稳定结构的宗法制社会，宗法制社会是以血缘、亲缘和地缘关系维系的，而乡土伦理则又是由这些关系所沉淀并维系这些关系的总枢纽，它就是我们所说的文化幽灵。"老屯邻"、"咱哥俩"之类的语词是失势的韩老六经常挂在嘴上的，他是利用乡土伦理来消解底层的斗争情绪。赵玉林们已经意识到，必须对这种文化幽灵进行清理，否则底层将碍于乡土情面而不愿揭露韩老六所犯下的滔天罪行。以"穷人"这样语义更为宽泛的语词来取代具有地理定义域的"乡亲"之类的语词，诸如此类的转换都是清理乡土伦理的有效途径，赵玉林是元茂屯最早认识到这一点的人，所以在人们还在观望的时候，他已意识到"天下穷人都姓穷，天下穷人是一家"，有了这种想法，他才会产生"叫我把命搭上，也要跟他干到底"的决心，在其后日复一日的磨练中，赵玉林的目光与胸怀越来越不同，越来越具有"无产阶级"的品质。现在看来，这是阶级主体性自觉的标志，从"穷人"、"底层"升华到"无产阶级"，不是同一个事物的称谓的简单轮回，而是一种视野、胸襟、品质的升华，已远远超越了地域、乡土、伦理等的制约。在底层普遍的阶级主体性自觉之时，游荡在元茂屯社会的文化幽灵也就无藏身之处，而当丧失这最后的栖所，韩老六的末日也就到了。

　　《暴风骤雨》以较大的篇幅叙述了底层人物的成长过程，

这个过程实际也是文化革命的过程，是底层激发阶级主体性与凸显历史能动性的过程，赵玉林、郭全海、白玉山、田万顺、孙永福等底层都成为推动历史车轮前行的进步力量。而《暴风骤雨》的深度还在于，它也指出了底层文化革命的极端艰巨性，这从底层所取得的话语权的脆弱性上就不难判断。一个显例就是，在工作队走后，张富英、唐士元、李桂荣等轻易就篡夺了农会政权，他们很快就成了一种新的压迫底层的邪恶力量，而且从其发展动向来看，他们极有可能蜕变为一群新的韩老六。这或许正是文学经典的魅力，它总是有着深邃的思想与多种阐释的可能性。

以底层人生的拓进而言，《创业史》可说是对《暴风骤雨》的接续。在《暴风骤雨》的结尾，完成土地改革的底层群体在元茂屯夺得了充分的话语权。那么，在共和国语境中，那些拥有了话语权的底层群体将会发生什么样的变化，他们能否以自己的行为证实新的乡村秩序的优越性，他们能否持续高扬其阶级主体性与历史能动性，关于这些问题，《创业史》给我们提供了某种答案。《创业史》以发生在1950年代的重大历史事件"社会主义革命"为叙述背景，全景式地再现了这个历史事件进程中的蛤蟆滩社会，以及底层与富裕阶层的人物群像。《创业史》的主导性话语仍然是"革命"，但不是政治革命，而是文化革命。这种文化革命相对于《暴风骤雨》中新的乡村秩序的建立则更为艰巨、更为深刻，也更为痛苦，因为从"私有"到"公有"，不仅是一种制度文化的变迁，更是对积淀了数千年之久的精神文化的更新。如果说此前的历次革命的对象是权力阶层，则"社会主义革命"的革命对象却是底层自身，是对底层的私有制观念、行为方式、人生理想等精神文化的革命，这样的革命听不到枪炮声，也看不到厮杀场面，它似乎无声无息，但对底层的心理所造成的长久震荡，也许比历次的政治革命还要剧烈。正是在这样的意义上，《创业史》的底层表述便具有了其不可替代的史诗性，重温那些激情燃烧的沧桑岁月，我们不能不想起《创业史》。

《创业史》进行表述的关键词是"创业"，所有的人都在创业，底层在创业，富裕阶层也在创业，都拿出了浑身解数在创业。不可否认，创立家业是底层永远无法释怀的情结，《创业史》或详或略地对梁家三代人的创业史进行了叙述。虽然梁三之父的创业故事只是在《题叙》中略被提及，但从他"使尽了最后一点点力气"[1] 来看，他也是吃尽了千辛万苦才创立起一点可怜的家业。而在旧乡村秩序中，底层的经济自卫能力根本就不能抵御突来的变故，任何天灾人祸都足以使其倾家荡产，梁三的一点祖业就是这样被断送的；更为可怕的是，即使无天灾人祸发生，底层支付过租金、高利贷和公粮后，往往也所剩无几，这样的创业史只不过是"劳苦史、饥饿史和屈辱史"[2]，到梁生宝这一代再也不能重蹈两辈人的覆辙了。但很多人质疑梁生宝在互助组的运作过程中爆发出的顽强、韧性与智慧，细读文本，我们发现，其实文本早已做了充分的铺垫，梁生宝成年之后与其继父第一次雄心勃勃地创业的劲头，

---

① 柳青：《创业史》（第1部），人民文学出版社2005年版，第3页。
② 同上书，第433页。

及这次创业经验给他的沉重打击，都促使梁生宝在终南山的日子里筹划可能的创业之路，所以，当"社会主义革命"进入到蛤蟆滩时，他必然是最早觉醒的人。

新的乡村秩序的建立是以底层走向共同的富裕之路为目标的，这既是当代中国的现实使然，也是"社会主义革命"的初级意图使然。但经过土改分到田地与畜力的底层，大多忙于个体的创业，哪有热情参与共同的发展事业？那些底层中的赤贫者，在春荒来临时似乎又回到旧秩序的贫困中去了。面对这些底层，作为预备党员的梁生宝决心带领他们渡过难关，而他深知，要以成绩说话，要以事实让那些热衷于个体创业的底层生发觉悟。在这样的严峻时刻，他自然成了底层的主心骨和带头人，为了实现互助组的丰产计划，他一个人冒着潇潇春雨去郭县买稻种；为了度过春荒和筹集生产资金，他组织互助组的底层到终南山割竹子。这些举措，在蛤蟆滩社会的底层掀起了重重波澜，使他们现实地感受到了新乡村秩序的优越性。事实证明，梁生宝及其率领的底层才是新乡村秩序的话语控制者，因为他们顺应了历史的潮流，他们在这次的文化革命中较为彻底地祛除了旧意识形态的束缚。相反，生宝的继父梁三却一直生活在"情结记忆"当中，他三起三落的创业梦，始终也没有超越一个私有者的逻辑范畴，只有当他看到生宝领导的互助组显示了强大的集体力量的时刻，才有所觉悟。有趣的是，文本也安排了与梁三有着相似境遇的高增福，但他在生宝领导的互助组中却很快再度崛起，这也从一个侧面证实了今非昔比的巨大差别。这些都说明，底层创业的最终出路，还在于走集体化的道路，走共同创业的道路，否则很难成功。

上述三个文本都是底层表述的经典之作。历史是不可重复的，而真实、深刻地言说了历史进程中底层的心理变迁、人生期待和政治自觉的文本，因此也就具有了不可复制性。对于一个普通的作家来说，怀着启蒙心态抑或是人道主义情怀来表述底层，都是容易做到的，也是可以理解的，但这样的底层表述与底层现实的生存样态必然判若云泥。难的是，一个作家能够深度触摸底层的心灵世界，真切反映底层的愿望期待，从容表述底层的历史智慧，进而塑造底层的美学主体形象，而这恰恰是新世纪作家所极端缺失的，这也在相当程度上制约了他们底层表述的现实信度与历史刻度。我们重新回顾了三个底层表述的经典文本，目的在于使新世纪作家能够从中汲取某些急需的经验，尤其是如何实践《讲话》的精神指向，而最终完成新世纪底层表述的转型。文学事业绝不是个人事业，在一个作家开始创作的时刻，应当想到这是与万千底层的人生联系在一起的，他所书写的每一个文字都应该担当起某种社会道义，都应为改善底层的生存境遇而呼吁，他必将成为一个有作为的作家。诚如柳青所言，一个作家"只要他时刻考虑自己对劳动人民的责任心，不要把文学事业当做个人事业，不要断了和劳动人民的联系，他就有可能不发生停滞和倒退的现象，而逐渐走向成熟"。①

---

① 柳青：《转弯路上》，见山东大学中文系编《中国当代文学研究资料·柳青专集》1979 年版，第 20 页。

第三节 一种当代诗美流变的历史考察
——当代诗歌中树意象所映像的英雄主义与犬儒主义

整个 20 世纪是中国诗歌史上变化最为剧烈的百年，从情感内容到诗歌形式都产生了巨变，然而诗人们在推进诗歌发展的进程中，即便是在"文化大革命"时期，"地下"诗人们在文学普遍的荒芜期，也没有终止对诗歌现代化的审美追求，而且在这种追求中更注重对东西方文化精神的传承，特别是文学传统中的英雄主义得到了较大程度的高扬。然而，进入 1990 年代，诗歌创作受到了商品逻辑空前的改造，诗人们在适应市场的过程中，发展了一种犬儒主义，这种犬儒主义的悄然兴起，使"言志"的诗歌堕落为贵族阶层吟风弄月的奢侈品。这不仅是百年中国诗歌的悲哀，更是诗人"审美自我"的沦丧。本节通过"树意象"观察英雄主义和犬儒主义在不同历史时期的表现，目的在于呼唤诗歌中英雄主义的再度呈现。

一 "文化大革命"时期：当代诗歌中树意象的文化承续

人和树在诸多方面的相似性决定了树意象必然在诗歌创作中被广泛选择，如一次性生命的相似性，树的成长和人的成长的相似性，树在生命旅程中必然要经历风霜雨雪和人从出生到衰老经历沉浮荣辱的相似性，树的被遗忘遗弃与人要忍受孤独寂寞的相似性，树的被扭曲变形与人的被误解和冤曲的相似性，树的沉默与人的失语的相似性，树的顽强与人的困境求存的相似性等，都使诗人不由得反观自己的人生，并进而以人喻树，以树自喻，树与人达到了某种交融与合一，从而创造了树意象的系列，这个树意象系列经过诗人的长期选择和组合，已经被赋予了特有的文化内涵和意义所指，并成为诗歌的一种独特的表述形态。从集体歌唱到诗人独立创作，在这一漫长的历史演进中，最早明确地以树意象结构诗作的可以推溯到屈原的《橘颂》，之后作为一种传统被继承下来，及至南北朝时期的陶渊明、虞信等人在诗文中大量出现树意象，虞信以寄托家国之悲之痛的枯树意象群建构悲怆的抒情基调尤为后世论者所推崇，在盛唐的山水田园诗中树意象的呈现更是多姿多彩，树意象因此在历代诗人的心灵中留下了不同的图式。回顾中国现代诗的发展历史不难发现，诗学传统对 20 世纪知识分子人格精神的形成有着不容忽视的影响，沈伊默的《月夜》通过比照"霜风"和"明月"中的树与人以凸显人格独立的追求，鲁迅在《秋夜》中塑造了两棵抗击压迫的"枣树"，艾青在抗战时期有著名的短诗《树》，通过树意象来象征中华民族的内在凝聚力。当代诗人尤其倾向于采用树意象，借用树的生态表现诗人的生存状态与人格精神，成为当代诗歌创作中的一种"惯例"，也因此成为中国新诗在特定时期一个具有特殊意义的意象群体。

"文化大革命"时期创作于"地下"的诗歌中不乏各种"生命树"的声音，如"悬崖边的树"（曾卓），"悼念一棵枫树"、"半棵树"（牛汉），"老朽了的芙蓉树"（蔡其矫），"智慧之树"（穆旦）等。"树"成了诗人生存境遇的自喻，成了诗人在现实中的形象写照。诗人有意无意地将"树"与"我"叠合、互化为一体，以树喻人，借树励志。树的力度，抵抗外力的坚韧，生命力的顽强，几乎都可以在虞信等古代诗人的创作中找到原型，在"文化大革命"这个特定时空中，当代诗人与古代诗人达到了心灵的高度相通，取得了情感的一致性，是一种文化传统的继承与延续。曾卓作于1970年的《悬崖边的树》给我们营构了一幅奇特的画面：在风暴、厄运降临之时顽强抗争，"悬崖边的树"顶住逆风，同时展开了向光明未来飞翔的翅膀。悬崖边的树"孤独地站在那里"，"显得寂寞而又倔强"，这一孤绝的形象首先进入读者的视界，给人以鲜明的印象和丰富的联想。这棵"树"像一位饱经沧桑的孤独老人，受尽了各种冤屈和磨砺，而且"似乎即将跃进深谷"了，但他又"像要展翅飞翔"。短诗概括了"文化大革命"时期知识分子的典型姿势和共同体验，浓缩了整个"文化大革命"时期知识分子曾进入的精神境界。诗人牛汉也有一首题名为《半棵树》的诗，完成于曾卓《悬崖边的树》两年之后，这两棵树的意象形成了一种递进的对话关系，两棵树在苦难的境地中仍然都保持着顽强不屈的品格。半棵树直直地挺立着，并且"长满了青青的枝叶"的形象，正是与"像是要展翅飞翔"的曾卓的"树"相对应的意象，不仅"立着"，而且寻求比"立着"更多的精神空间的自我拓展。牛汉"文化大革命"时期的诗歌，如《华南虎》、《悼念一棵枫树》、《半棵树》、

《巨大的根块》等，大部分属于托物言志诗。这些诗歌相对他早期的作品来说语调比较平静，但骨子里仍充满坚韧的反抗精神。这些诗歌更加突出了生命意识，他借助不同的树意象，表达了陷于逆境中仍不屈抗争与坚韧求存的精神，也高扬了"五四"以来知识分子的抗争与战斗的传统。《悼念一棵枫树》更多地将"枫树"的意象着眼于整个时代、整个民族的命运关注与忧思，既是对饱受摧残、历尽沧桑的中华民族的个体，包括自我的痛悼，更是对有着辉煌的过去如今却满目疮痍的民族和祖国命运的痛悼。诗人的悼念是悲哀的，也是悲愤的、有力的。

曾卓、牛汉等"七月派"诗人在1949年以前曾发掘并歌颂民族的生命强力和倾向鲜明的政治抒情，注重主体与客体、个人与群体的统一，以其鲜明个性的歌唱，表达了普遍的时代情绪和民众心声，这使他们的抒情诗有一种史诗般的悲壮与力度。经历了漫长年月的磨难之后，他们仍能维持一种站立的姿态，不仅站立，还能生枝叶，能对抗雷电的威胁———这正是"树"的意象中最为宝贵的品质，这些树意象是这样的鼓舞人心、给人温暖、使人震颤，或者示人以光明与坚韧，而成为当代诗歌中最具诗感的一部分。这些树意象有时候体现为某种瞬间击中心灵的力量，有时候则表现为一个可以持续给人以力量的形象，从中豁显出来的是古代诗歌精神的承续。而穆旦以穿透一切的清醒与超越现实的深刻，成为同时代诗人中的一个异类。他的以树意象结构诗境的作品往往凝结着冷峭的智慧和静默的痛苦，是孤独的精神人格在荒诞的现实中绝望的抗争，他对智慧之树的诅咒，是对 20 世纪知识分子精神人格的反讽性的悖论陈述。综观"文化大革命"时期选择和组合树意象的诗作不难发现，诗人们在承继古代诗歌精神的同时，努力营构了沉雄阔大的意境，并将之赋予强烈的时代气息，萦绕着一种英雄主义的感慨与悲愤。而在张扬诗歌现代精神的抒写中，多元化的审美旨趣和自由而充满个性化的艺术风格，又与诗人悲凉的人生经验和凝重的诗歌主题交融互渗，使得这些诗作在生成状态和表述形态上形成了与"十七年"诗歌、"文化大革命"主流诗歌迥异的局面，这在相当程度上改变了诗歌欢乐颂的主调和假大空的诗风，因而拓展了诗歌的表现空间，重构了建国以来诗歌的美学流向，预示着诗歌变革即将到来。

二　新时期十年：树意象的重组与诗美空间的拓展

新时期最初的几年中，诗人们积极投身到"文化大革命"历史的文化反思中，树意象的广泛采用，仍然延续着"文化大革命"时期托物言志的模式，但随后开始了树意象的多元重组阶段，树意象与人从合一状态分离为平行、交替或叠合的几组意象，树与人相互补充、相互映衬，而且诗歌内容从树意象的寄托身世之悲之叹趋向多元化发展，诗美空间相应得以拓宽。

公刘复出后的几首短诗可视为新时期初期选择和组合树意象的代表。1979 年，公刘到沈阳市郊外一个名叫"大洼"的地方凭吊"文化大革命"中被迫害致死的烈士张志新，诗人在这片荒坡沟里盘桓良久，感慨不已，诗潮泉涌，写下《刑场》和《哎，大森林》两首诗。在《刑场》一诗中，杨树意象明显地象征了死难的烈士。多年的劫难给公刘的留下了沉郁和忧思，诗人通过杨树意象将这种沉郁和忧思转化为对现实的密切关注，对国家和民族的高度责任感和深沉的忧患意识，表现在诗歌的取材和主题意蕴上，就是具有强烈的政治性和理性思辨色彩，杨树意象的采用容易使人联想起刚刚过去了的民族浩劫和浩劫过后亟待反思和清理的现实。身为朦胧诗主要代表的北岛，其情感表现的最突出的特点是借助各种意象传达一种怀疑和否定的精神。北岛的《界限》类似于《悬崖边的树》的续篇，不妨把"一棵被雷电烧焦的树"看作是对政治问题所做的近距离的透视、反思和批判，此诗在当时的读者中产生了较大的反响。《无题》中的"最后一棵白杨树""像没有铭刻的墓碑"，则暗示了历经令人疯狂和失去理性的"十年动乱"之后一代人的迷惘，表达了诗人复杂的精神失落和心理创伤，宣示受到欺骗和嘲弄的一代将不再迷信。

　　大约在新时期进行历史反思的同时，新一代诗人开始崛起，这些诗人与"文化大革命"中就尝试求新求变的诗人一道，自觉地将审美重心逐渐转移，而把诗歌意象的时空组合作为经营诗歌的重要途径，于是，树意象系列就有了一个重组的过程，这个重组的过程同时也是一个诗美空间的开拓过程。在这一过程中，树意象与诗人的关系不再是单一的组合关系，而是出现了复杂的组合关系，并且对树意象本身也进行了时空重组。这些树意象的时空组合因此也就有了"交替式"、"叠加式"、"并列式"等关系。所谓"交替式"意象组合关系，就是诗人把对同一时间发生在不同地点的意象，交替地组接在一起，类似于电影蒙太奇式的画面组接，如舒婷的《致橡树》，意象交替组合在一起，相互对照和相互加强，往往产生强烈的艺术对比的美学效果。"叠加式"意象时空组合，就是把两个或两个以上不同时空的意象以不同的方式叠合在一起，让人产生无穷无尽的联想和想象，如李琦的《山楂树》。《山楂树》原本是一首1950年代曾流行于我国的苏联情歌的名字，但这首诗又的的确确是在写山楂树，而且山楂树的生长与爱情的生长已经融为一体。诗人在叙事性的抒写中，以情绪化的镜头组接着其他意象，经过对"山楂树"意象的反复咏叹，呈现了一种爱情失落后的创痛与绝望。这首诗一个最显在的特点，就是意象的叠加，即"山楂树"这一意象承载着山楂树这一植物、歌曲名称及爱情象征等三重意义，是典型的意象叠加式写法。大量运用的意象组合方式是"并列式"，即围绕一个诗歌主题将不同的树意象或者将树意象与其他意象并置，从而引导读者领会潜在的诗意空间。女诗人傅天琳作于1980年的《七层塔顶的黄桷树》，尽管表面看来采用传统的托物言志的模式来结构诗境，但其内涵显然有扩展的趋势，如"麻雀吵闹着"、"正在筑巢"等细节的出现。诗中通过主要意象"黄桷树"将"衣衫"、"寂寞的影子"、"鸟儿"、"砖与灰浆的夹缝"、"永恒的灾难"、"麻雀"、"破碎的云片"、"并不破碎的盼望"、"延伸的岁月"、"宣言"、"天空"等意象并置，诗意空间在意象的并置中得以拓展。从这棵树像"挣扎"又像"舞蹈"的姿态以及"绝不会死去"的宣告中，我们又似乎窥见诗人及其所属的一代人的悲怆经历，诗中萦绕着一种崇高的悲剧美。

如果说傅天琳的《七层塔顶的黄桷树》只是在诗的局部进行了空间的拓展，那么，陈东东的《树》则有一种整体诗境扩张的野心，即在有限的诗行中营构无限的诗意空间，其创作过程显现了一种扩张的自觉意识。该诗中"军舰鸟们"、"海"、"海峡"、"鱼和水草"、"冷风"、"深秋的光和石头"等意象不仅与"树"意象是并置的、平行的，而且它们之间的内在联系被诗人有意切割开来，在表象上呈现为平等的关系。诗中每一个意象都形成一个或模糊或清晰的画面，通过并置或者说通过画面的快速组接，打破了意象空间的框定，而向画外空间拓展，整体上造成了隐喻蒙太奇的修辞效果。

总揽新时期经营树意象的诗作，我们发现有两个较为明显的审美走向：其一，与"文化大革命"地下诗作相比较，树意象所承载的主体精神的苦难表现已渐趋弱化，那种沉雄苍凉的饱含家国忧思的英雄主义诗作被张扬个性、倾向于哲理表现的诗作所替代，人性化的内容日益增多；其二，树意象的组合呈现为多元性和扩张性，诗人们更多地着眼于树意象的审美直感，在取法其他艺术，如电影技巧蒙太奇的尝试中，其审美空间也相应得以拓宽。历史地看，新时期第一个审美走向虽然为树意象的表现增添了内容，但是也在一定程度上弱化了"文化大革命"地下诗作的巨大的心灵震撼力与冲击力，而第二个审美走向则又为诗歌的创新提供了多种可能性。无论如何，新时期的这些诗作具有独特的历史功能，其成就与可疑、荣耀与缺失均为后来者提供了经验，也深深打上了新时期敢于开风气之先的时代印记。

三　后新时期：走向诗歌的犬儒主义

1990 年代通常被理论界看作是"后新时期"。这个阶段从事诗歌创作的主要是 1960 年代中后期和 1970 年代初期出生的群体，他们既不同于曾卓等老一辈诗人具有高度的社会责任感和英雄主义情怀，也不同于北岛等上一辈诗人心怀彻骨的创痕和善于进行形而上的思考，而在文化的传承上更多地与西方盛行的后现代精神有一定关联。他们在历史与理性的观念上设定多种可能性，从个体的、情境的、文化的、政治的，甚至是性的角度来看待历史与理性。他们反对连贯的、权威的、确定的文化传统与诗歌传统，而把个人的经验、背景、意愿置于显要地位，于是，传统的东西被无情地解构。而在这一文化传统与诗歌传统的拆解过程中，显然可以看出两条较为清晰的发展走向，一条沿着超验的路径发展，表现为诗歌中大量出现类似于宗教式的冥想与体验，诗歌显得空灵、澄明，而且不食人间烟火，这一路子的诗人我们不妨看作"超验派"，表现在树意象的组合上则大量采用"陌生化"的手法，即通过变形处理以达到观念的隐藏，诗人的感情不是通过直接抒发来表现，而是通过树意象暗示出来。这些诗歌将诗人个体的生命体验融入对物象的描绘中，以此来唤醒读者的共同经验或生命体验，总体上却使读者产生一种超验的感受。另一类诗人则试图完全颠覆传统，首先表现为对日常语言的"背离"的"背离"和对规范句法的"破坏"的"破坏"，其次是对诗歌节奏与韵律的彻底废弃，最后是对意象和意境理论的反叛，诗歌由神圣的文学殿堂退居为日常絮语，这一路子的诗人我们可以看作是"还俗派"。还俗派诗人同样看重树意象的采用，但其情感几乎在诗中被剥离殆尽，而有意制造一种"审美困境"。青年诗人王小凉曾在"左岸会馆"网站上发表过一首题名为《树》的短诗，一度为很多网友所看重。粗看这首诗，读者一定感觉很失望，因为似乎写的只是树本身，以及那棵树给诗人留下的极为模糊的背景。诗作通过具体、精确，甚至数字化的机械叙述呈现了一棵树，但这首诗中的树意象似乎不涉及深刻的思想或精神，诗人只是在叙述个体的经验。在最后四行之前没有提到树之外的任何事物，只是具体精确地叙述树本身，而且这种叙述又是关于树的常识，是人人都熟知的东西。复述人们司空见惯的常识，也许是在调动人们对习见事物的重新感知，是对事物的再度体验，这种叙述也许是复活无意识的手段。王小凉的诗是典型的还俗写法。在陈先发的诗歌中，"树"自始至终以一种巨大的阴影笼罩着诗人的内心世界，它甚至成为一种写作的压迫和冲动，超验的感受很是明显和强烈。在他的诗歌中，阴郁、荒诞、飘忽不定的树意象有很多，例如"一院子的杏树不结杏子，只长出达利焦黄的眼珠"（《构图》）；"树干缓缓转动，变黑，供出了木瘤和松脂"（《酣睡者》）。《丹青见》只有凝练精短的八行，却提到了桤木、白松、榆树、水杉、接骨木、紫荆、铁皮桂、香樟、野杜仲、剑麻、柞木、紫檀、桦树等 13 种树意象。这些树意象一方面构成了诗歌重要的存在实体，使文本厚重，另一方面，它们似乎又都有着深刻的所指。陈先发诗歌中的树意象明显地受古代诗歌精神的影响，但更多地表现为后现代主义的色彩，在诗歌基调上则被涂上了阴冷和宿命的色彩："我造景的手段，取自魏晋：浓密要上升为疏朗/竹子取代黄杨"（《秋日会》），再如："他坐在夏日的庭院打盹，耳中/流出了紫黑的桑椹，和蝉鸣"（《构图》），"一个紫箫青袍的男子/内心栽着松、竹、梅/栽着窗外/春风袅娜的杨柳"（《往昔》）。

　　无论如何，1990 年代是一个纷繁复杂的时代，也是各种观念更替迅速的时代。在这样的时代，社会的大转型不期而至，中国人从来没有像那个时期一样生活在渴望与浮躁、创造与困惑、重建与失落的整体氛围之中，消费主义逻辑亦开始左右诗人们原本就很脆弱的心灵。事实上，这样的社会整体应该说为文学的创新提供了千载难逢的良机，然而，大多数诗人却显得信心不足，面对波涛汹涌的生活流，诗人们似乎不仅迷失了诗歌，同时也似乎迷失了自我，由此形成了诗歌创作中的犬儒主义。我们在此所说的犬儒主义，即不以人文精神的传达为诗歌的宗旨，而是着力表现那种空灵的或世俗的、虚无缥缈的伤感或无所事事的相思之情的诗歌倾向。尽管我们将"后新时期"诗歌区分为"超验派"与"还俗派"，但这种区分也是相对的，从诗歌事实来看，不管是"超验派"还是"还俗派"，诗人们在面对"英雄/凡人"、"宏大叙事/日常生活"和"精英文化/大众文化"的选择中，似乎不约而同地选择了后者，达成了某种意义上的"共谋"，其区别仅在于表现形式的不同。而诗歌从其本性上来说，却是"伟大心灵的回声"，是对凡人日常生活和大众文化的扬弃，更是对消费主义的拒绝。因而，从 1990 年代以来，诗歌意象的内蕴在诗人创作观念世俗化的过程中也被无情地消解。这一现象也许还要继续存在很久，除非诗人们真正认识到两点：其一，诗歌不是日常生活的组合排列，也不是宗教体验的抒写，而是对日常生活的规律性、历史性的透视与超越；其二，诗歌精神缺少了精英立场与英雄情怀只能导致诗歌本身的丧失。韦勒克和沃伦在他们的代表性论著《文学理论》中，曾就"意象、隐喻、象征、神话"专门设立一章。在这一章中，韦勒克和沃伦对英美意象理论的研究进行了回顾和总结，他们的论述充满了历史的观念，他们特别强调，对意象的研究要有"历史透视的观点"。事实上，诗歌的变化，除了形式上可见的、表象的变化之外，最根本的大概就是一个个具体意象的变化，而且，在意象系列的演变历史中，也必然承载着众多的特定时期的文化与社会心理的内容。所以，对一个意象进行历史的考察，也就意味着对特定时期的整个文学观念、审美思潮的考察。本节也正是通过对"树"这一意象的深度考察，梳理了 1949 年以后，尤其是"文化大革命"以来整个诗美观念的演变。其中，当代诗歌在各个历史阶段的成就通过树意象的考察可见一斑。在文学被日益边缘化的时代，诗人们与其抱怨读者的阅读耐心，还不如冷静审察诗歌本身是否真的存在问题。

寻找失落的精神家园

1990 年代初期，西方后现代主义文化思潮开始涌入中国，并以迅雷不及掩耳之势覆盖了当代中国大面积的文化版图，随着这种超越本土文化时空的思潮的到来，学术界一时沉浸在"后"命名的狂欢之中。现在看来，这种短暂的狂欢是相当不现实的，因为所谓的"后现代主义"原本是与中国文化不沾边的，但无论如何，后现代主义思潮却使一些作家的价值标准和审美观念发生了迅速的蜕变。百年中国文学所形成的现实主义诗学传统被"祛魅"甚或被遗弃，而以消费文化（或曰大众文化）为旨趣的泛审美化的文学大肆盛行，这是一种极端意义上的审美悖论。我们认为，文学离不开文化，但这种"离不开"的文化必定是本土文化，而不是后现代主义之类的源自西方的文化，故此我们有必要将视域从城市转向乡土、荒野及牧场之间，在那里寻找本土文化及其文化精神的支点。这样，西部文学首先进入了我们的视域，因为身处偏远省份的西部作家的创作与后现代主义的瓜葛最少，他们的创作更加纯粹，更加具有文学性，也更具有代表性。本章分为四节，前三节着力讨论的是西部小说。第一节分析了西部小说创作与西部特殊的地理人文环境之间的渊源关系，中国西部的地理环境，作为西部人世世代代生活的栖息地，构筑了西部人独特的生命寄托和精神寄托，而西部久远的历史演进与社会变迁亦渐次形成了西部人特有的地域文化心理结构。西部在地理环境上的诸多因素，不但影响着西部人的各种生命活动，更在意识形态文化和无意识文化心理上呈示出来，在西部人认知世界、审美地把握世界的活动中造就了异于其他地域的独特风貌。西部作家对"地方性的基本内容"和"地方性表达"的理解是深刻的，他们对地理环境有着天然的感受力和敏锐的观察力，特别是对西部自然景观、气候、风物、建筑、环境的描述，很大程度上丰富了当代文学的美学表现力。第二节剖析了新生代西部作家的创作活动，认为他们在消费时代仍捍卫着文学的尊严，以人道主义和集体主义情怀关切着西部大地上被文化规约着的人，书写着巨变时代西部人的灵魂变迁，他们的创作在强调文学的社会性、现实性与参与性的同时，尽力复现西部特有的文化气韵与人情世态，使百年中国文学传统得以延伸和拓展。第三节以当代秦地作家的创作为例，说明他们对长安文化精神的承继、阐释与重构，是其文学精神生成的基础，也是其创作的根系与血脉所在，正是在这个意义上，当代秦地作家的创作才承载了丰厚的文化含量与意义深度。第四节以《野草》为例，力图说明以民族文化为根基的现代性问题，鲁迅的散文诗创作可谓"拿来主义"的典范，《野草》所体现出来的现代性也是学术界所公认的，而在这种现代性的生成中，鲁迅始终都没有离开民族文化的范畴。《野草》雄辩地说明，从民族性到现代性有着诸多的可能途径，但前提是必须体现出民族文化的文化精神，并将其与"人的存在"和"人的发现"有机地融合在一起。这其实也是本章所揭示的主题：当代具有重大意义的文学创作几乎都体现着民族文化的精神要义，而这种文化精神的支点却是对"人的存在"和"人的发现"的深切关注与体现。

第一节　在乡土、荒野及牧场之间
——地域文化与西部小说

马克思、恩格斯在《德意志意识形态》中，曾就地理环境和人文环境对"人的存在"的意义有过经典性的阐述："任何人类历史的第一个前提无疑是有生命的个人存在。因此第一个需要确定的具体事实就是这些人的肉体关系组织，以及受肉体组织制约的他们与自然界的关系。……任何历史记载都应当从这些自然基础以及它们在历史进程中由于人们的活动而发生的变更出发。"① 马克思、恩格斯在这个著名的论断中，强调

---

① ［德］马克思、恩格斯：《德意志意识形态》，见《马克思恩格斯全集》（第3卷），人民出版社1958年版，第22—23页。

了人是历史性地在特定的人文环境中生存着的，对人的考察必须从人与"自然界的关系"（即地理环境），以及自然基础"由于人们的活动而发生的变更"（即人文环境）出发。在此，马克思、恩格斯之"任何历史记载"的范畴，是包括文学活动在内的。而且，这个论断也正是我们考察地域文化与西部小说关系的理论基点。20世纪中国文学创作中极具魅力、取得重大成就、生命力最为恒久的小说脉流，无疑是各个时期的地域文化小说。西部作家从理论到创作皆秉承前人衣钵，且不断有新的创作观念、艺术范式上的探索，这也给20世纪中国地域文化小说的创作平添了格外沉雄而厚重的篇章。

一　西部的地域文化特征概说

从来没有一个广阔地域像中国西部这样古老而苍凉，寂然而质朴，历史久远却发展滞缓，饱经沧桑而依然肃穆庄严。

中国西部是整个地球的制高点，帕米尔高原矗立于欧亚大陆的中心，向四面八方辐射出多座山脉，像拱起的脊梁，支撑着这块地球上最大的陆地。而在这每一道山的褶皱中，都有生命般奔涌的河流，黄河与长江是其中最著名的两条大河，也是华夏文明的摇篮。在山与河之间，是无垠的黄土地、大草原和大戈壁。就地理条件而言，中国大陆的自然地貌在总体上呈现出"西高东低"的三级阶梯形状，西部处于第一和第二阶梯，第一阶梯涵盖了青藏高原，第二阶梯则包括内蒙古高原、黄土高原的西北部以及整个新疆维吾尔自治区等广大地区。同中原腹地和沿海地貌相比，这一区域较为显著的特征就是高原和山地众多，且大都处于干旱或半干旱、荒漠或半荒漠的自然状态中，属于典型的"高地"环境。西部有着绵延的待开发的荒原地带，它们以一种几乎是原始的、亘古不变的姿态承受与感应着大自然的暴烈与粗犷、雄奇与酷砺。西部荒原在自然地理上的孤绝与阻隔，造成了西部与外界在经济文化上的隔离状态，同时也形成了西部文化封存的现实。辽阔的中国西部地区，虽位于世界四大文化区的中间，但由于崇山峻岭的封闭、漫天风沙的阻挡、节令气候的恶劣，以及草木土壤的贫瘠，不可能成为政治、经济的中心，同时也难以建构起坚实的、自成体系的文化主体。

西部历来是兵家施展其才华的用武之地，从煌煌汉武到近代史上的各路军阀，西部留下过数不清的战争遗骸和血腥残迹。西部的确是一块太适合战争的土地，这里人迹罕至，村镇稀少。这里有适合于铁戈金甲的璀璨阳光，有适合于千军万马的莽莽黄沙，有适合于旌旗高展的渺渺苍穹，也有适合于角弓悲鸣的猎猎北风。历史上那些有着雄心壮志的英武豪俊无不渴望在西部建立功勋和展现雄才，盛唐边塞诗人倾其一生所歌咏的一切，都明晰地表现了他们对西部铭心刻骨的文化记忆。那些描述西部的诗篇，诸如"青海长云暗雪山，孤城遥望玉门关"，"大漠孤烟直，长河落日圆"，"明月出天山，苍茫云海间"，"劝君更进一杯酒，西出阳关无故人"，"雪净胡天牧马还，月明羌笛戍楼间"，"瀚海阑干百丈冰，愁云惨淡万里凝"，"四面边声连角起。千障里，长烟落日孤城闭"，都道出了西部独有的场景。西部诗人张子选的诗《西北偏西》曾这样传达西部的苍凉给人的孤独而深刻的体验：

> 西北偏西/一个我去过的地方/没有高粱没有高粱也没
> 有高粱/羊群啃食石头上的阳光/我和一个牧羊人互相拍了
> 拍肩膀/又拍了拍肩膀/走了很远这才发现自己/还不曾转
> 过头去回望/心里一阵迷惘/天空中飘满了老鹰们的翅膀/
> 提起西北偏西/我时常满面泪光①

西部也是有史以来的主要流放地之一，曾经的草莽英雄和
政治囚徒、强盗流寇和难民歌伎，都出没在这块广袤的大地
上。据《汉书·地理志》记载，汉武帝时期曾向甘肃武威迤
西地区大量移民，其对象"或以关东下贫，或以抱怨过当，
或以悖逆亡道，家属徙焉"，说明当时的移民成分主要为内地
的无业游民、刑事犯、政治犯及其家属，西汉以后的历代政府
基本上沿袭了这一传统。西部这块大地上曾有过辉煌的古代文
明，沟通华夏与世界的丝绸之路，震惊世界的古建筑群，敦煌
石窟的艺术瑰宝等都以其古老与超绝彪炳史册。陕西蓝田和甘
肃大地湾等古文化遗址的开掘，更证明了西部文明的源远流
长。西部在历史上同样留下过许多开拓者的足迹，周穆王的西
行，张骞、班超的出使西域，朱士行、法显、玄奘等名僧的西
行求学取经，解忧、弘化、文成等汉唐公主们的远嫁联姻，以
至近代林则徐流放新疆时的垦辟屯田和左宗棠的收复乌鲁木

---

① 张子选：《西北偏北》，见陈超《20世纪中国探索诗鉴赏》，河北人民出
版社1999年版，第744页。

齐，无疑都给中华文明史增添了难以忘怀的孤独者的绝响。

中华民族传统的文化形态更典型地体现在西部。黄土高原和黄河流域是汉民族历史上最早的农耕区，陕西的长安、咸阳又是数代王朝的都城所在。传统文化的各种形态在这里集结并沉淀，最终演变为西部精神文化的基因。关中地区又是富庶的，东踞潼关、南峙秦岭、北枕黄河，物产的丰富与地域的封闭，历史的辉煌与现实的富足，使秦地人在过去与未来的选择中更耽于历史。而甘青宁新蒙藏诸省区则要复杂得多，这里是多民族集聚地，生活着汉、藏、回、蒙、维吾尔、哈萨克等43个民族，被称为世界人种的博览区。中原农耕文化与西部游牧文化相交融，儒道文化与佛教文化、伊斯兰文化相交汇，使这里的文化呈现出斑驳的多元状态，而缺乏一种占主导地位又根深蒂固的文化形态。这里也是一个边缘地带，自然的荒漠与人为的争斗形成的长期动荡，加之远离中原，使这里的自然地貌与人文精神呈现出被剥夺殆尽后的老迈之态，因此，比起关中地区的自足保守，这里表现更多的是自卑与闭锁。整个西部因为深厚的传统文化的积淀、地域的闭塞、信息的阻隔和心态的保守，在由农牧业文化向工业文化转型的过程中步履显得格外沉重。因为上述原因，当沿海地区的人们已经享受现代工业文明硕果的时候，西部仍在传统的文明形态中蹒跚缓步。

中国西部的地理环境，作为西部人世世代代生活的栖息地，构筑了西部人独特的生命寄托和精神寄托，而西部久远的历史演进与社会变迁，亦渐次形成了西部人特有的地域文化心理结构。西部在地理环境上的诸多因素，不但影响着经济和行政的区划，影响着西部人的各种生命活动，更在意识形态文化和无意识文化心理上呈示出来，在西部人认知世界、审美地把握世界的活动中造就了有异于其他地域的独特风貌。而西部辽阔的幅员、恶劣的生态和艰难的生存条件，对人的精神系统又构成一种地老天荒的营养，世世代代在险恶的自然环境和频仍的社会灾害中搏斗，使西部人在多舛的命运中锻造了坚韧的性格。这种性格有时表现为含蓄内敛，有时表现为达观自信，且都闪射出凝重的忧患意识的光彩，它促使西部人确认自己的社会责任。个人力量在大自然面前显出的微不足道，使群体力量成为维持生存的支柱，使人们互助互爱的需求更为迫切，内向的团队凝聚精神成为传统。与大自然更密切更深刻的直接交流，又使西部人对大自然的各种精神内涵有着更强的领悟和感应能力。大自然对人精神上的直接启悟，又铸就了西部社会心理的纯洁质朴，以至于多情重义、古道热肠、伦理重于功利，成为西部文化心理的一大特色。凡此种种，也养成了西部人浓重的社区意识、地域意识和宗法意识。这种心理意识使西部人的观念文化和自然经济、农耕文化相适应，促成了西部人安分知足、注重经验、依恋权威、重土思家、怕冒风险等观念特质。这种心理意识和观念文化在计划经济的条件下，曾得以充分地张扬，但在当下现代化的经济大潮中则显得不合时宜。西部很多地区的经济活动至今还主要依赖于农业，农民对土地的依附感格外强烈，农耕文化的延续力和生命力更强。西部的地域文化环境为西部作家提供了丰厚的创作资源，西部作家亦珍视这历史性存在的地域风情、文化积淀和人文内涵。诚如西部作家所言，"西部未来的文学不仅应该而且可能对中国未来的文学作出特殊的重大的贡献。……这个贡献不一定表现在在这块土地上产生的作家、作品对其他地区而言有多么的出类拔萃，而是以西部独特的地理地貌、民情民俗、历史和现实、自然和人、生和死、理想和幻想、成功和毁灭、痛苦和欢乐、卑污和崇高作了审美化的提供和丰富"。①

　　美国著名作家、文学批评家加兰曾在世纪之交这样预言美国文学在 20 世纪的发展前景："日益尖锐起来的城市生活和乡村生活的对比，不久就要在乡土小说反映出来了———这些小说将在地方色彩的基础上，反映出那些悲剧和喜剧，我们的整个国家是它的背景，在国内这些不健全的、但是引起文学极大兴趣的城市，如雨后春笋般地成长起来。"② 加兰 100 多年前所描述的美国社会景象，很大程度上与中国当今的社会文化景观相似，更与西部小说的发展趋向不谋而合。西部那种业已凝固的精神文化结构终将被城市化进程中衍生且日渐骚动起来的反文化因子所摧毁，而各种人文因素——西部群落、居所、风俗、宗教文化等亦面临着崩溃、裂变的过程。终有一天，由其构成的新的地域文化风景线，将在西部全面展开，西部小说所描述的自然景观和乡村文化景观也将成为人们永恒的文学记忆。

---

　　① 文乐然等：《西部作家视野中的西部文学》，《当代文艺思潮》1986 年第 2 期。

　　② ［美］赫姆林·加兰：《破碎的偶像》，转引自丁帆《20 世纪中国地域文化小说简论》，载《学术月刊》1997 年第 9 期。

二 西部作家眼中的自然景观

梁启超在《中国地理大势论》中阐述了南北地理环境的不同对文学的影响，梁氏所注重的是"气概"和"情怀"的南北之别而形成的创作内容的迥异，对我们把握西部小说的写作趋向是有所提示的："自唐以前，于诗于文于赋，皆南北为家数，长城饮马，河梁携手，北人之气概也；江南草长，洞庭始波，南人之情怀也。散文之长江大河一泻千里者，北人为优；骈文之镂云刻月善移我情者，南人为优。盖文章根于性灵，其受四周社会之影响特甚焉。"有论者也曾从相当的高度上指出地域文化小说的创作，应该把握住如下要点："地方文学的地方永久性，从文化内涵的角度来看，一方面间接体现为人文基础的历史性，即进行人文地理开拓，来提供必要的人文资源根基以促进区域文学的形成；另一方面间接体现为民族特征的体系性，即进行民族语言的发展，来提供必要的语言表达符号以推动区域文学的出现。从人文资源根基到语言表达符号，都有着地方性的基本内容，表现为人文性的语言运用所产生的群体影响作用。在这样的意义上，可以说地方文学是一种地方性的区域文学现象，因而从地方文学到区域文学的现象性存在，实质上取决于民族国家在特定环境之中文化发展的地方性表达。"[①] 这个判断的关键论点有两个，就是"地方性的基本内容"和"地方性表达"，而返观西部小说的创作实际，我

————————

① 靳明全主编：《区域文化与文学》，中国社会科学出版社 2003 年版，第166—167 页。

们也不难发现，西部作家一直致力于这两个方面的实践。

西部作家对"地方性的基本内容"和"地方性表达"的理解是深刻的，他们对地理环境有着天然的感受力和敏锐的观察力，特别是对西部自然景观、气候、风物、建筑、环境等的描述，很大程度上丰富了西部小说的美学表现力，从而构成了西部小说不可或缺的美学特征。区别于其他地域文化小说作家的是，西部作家常常把自然世界描写的铺张扬厉极尽奢侈，他们有时甚至把自然景物作为重心和主体，置于人物故事之上。在西部作家的心目中，大自然似乎是一个永恒的创作母题：它是一切生命的根，是民族的摇篮，是历史文化的载体，是他们喷涌如柱的艺术之泉。西部作家所描述的雄阔壮观的自然景观中，渗透着多方面的人文内涵。西部小说的全面兴起是在20世纪80年代，而从国内的形势看，这个时期的中华民族是一个刚从历史的噩梦中醒来并经受着现实创伤剧痛的民族，同时也是一个渴望腾飞的民族。西部戈壁烈日的苍劲、草原风暴的肆虐、大漠呼啸的狂野、高原寂寥的博大、巨川大河的荡涤，无不呈现出力量被压抑但又集聚爆发出冲破挤压的一往无前的自信感，而与我们民族的现实文化心理和潜意识文化心理具有异质同构性，因而能震撼民众的视听，极大地引发我们民族的文化心理共鸣。西部待开发的地理环境，崇高、荒芜、辽远、原始、浩大，远离文明社会，这又给文明社会提供了一个参照系。当我们两相比照来思考现实问题时，现实与历史、文明与蛮荒、人类与自然就渗透交融到一起了。原始而又古朴的西部自然，给身处文明社区的人们带来的是一种沉重的历史感，这种历史感又促使我们民族在推进文明进程的时候不断返观自身，并从中获得迫切需要的西部文化认同。

不妨先阅读一段青海作家杨志军《环湖崩溃》中的文字：

> "嘎啦啦……"一阵巨响从远方传来，冰面上顿时有了立体的褶皱。"开湖了"，我大喊。……身后，严酷的威势赫赫的开湖还在进行，蓬勃向上的充满活力的冰块还在爆起。冰障移动着，沉稳有力所向无敌。观潮山，挺身湖畔而骄傲孤独的观潮山，终于开始颤动了。碎石从山顶峭壁上刷刷落下。从中更新世时期到现在的三百万年间，观潮山从来没有动摇过。即使在十三万年前的那次青海湖由外流湖变为内陆湖的造山运动中，它也安之若素，像个清癯乐观的长者，饱览了地物地貌可歌可泣的隆起和消逝。可如今，在雄壮的开湖乐潮里，在冰浪和水浪交织的大湖的悲歌中，它似乎就要崩塌了，倒在血色的湖光和冰色的乌有之中。……观潮山没有倒，巍然耸立着，任大冰大浪砸击坚实的身体。大湖被激怒了，将冰块一层一层朝上推去，顿时淤住了观潮山的脖颈。紧接着，又一个冰峰崛起，观潮山没顶了，漫天冰浪盖住了牧人威武的群像。远处，大湖漫荡，如黑云冉冉而来，也送来了高古的创世年代的悲壮旋律。混沌荒风，原始水浪，恢弘的地平线，立定脚跟的观潮山——黑铁色的上帝，无边的地壳板块，和大气层一样厚重的坚不可摧的寂寞，茫茫天穹下，奥博辽远的大荒原——一个神话世界，一个密宗天地。①

---

① 杨志军：《环湖崩溃》，载《当代》1987 年第 1 期。

第三章　寻找失落的精神家园

　　杨志军的这段文字的确极具特色：严酷的威势赫赫的开湖、沉稳有力所向无敌的爆起的冰块、挺身湖畔而骄傲孤独的观潮山、从山顶峭壁上刷刷落下的碎石、冰浪和水浪交织的大湖的悲歌、盖住牧人威武群像的漫天冰浪、高古的创世年代的悲壮旋律、恢弘的地平线、大气层一样厚重的坚不可摧的寂寞、奥博辽远的大荒原、神话世界、密宗天地等意象都只能在西部独特的地理环境中产生。杨志军给读者呈现的是西部的独有之景，西部的独有之文。清代的谢坤在《青草堂诗话》卷五中论及"北方"（这里应包括西部），指出北方创作的风格多为"雄豪跌宕"，不仅杨志军，而且我们以下要列举的西部作家的创作都会印证这个观点。

　　另一位生活在青海湟水谷地的作家井石，在《麻尼台》这部长篇小说中，有一段抒写湟水谷地黑石峡的文字，可以看做是对青海省在古代交通地位上的诗性概括：

　　　　黑石峡长十几里，南北两山如刀劈而开，《地方志》描述此地"危峰壁立，南北陡峥，奇石突兀，有虎踞狮蹲之势。湟流湍急，回环曲折，蜿蜒如龙蛇之天娇。九泥东封，一夫当关之险"。是古今兵家必争之地。从西羌到吐谷浑，从吐蕃到角斯罗，无不为争此关隘险地兵刃相见，金戈铁马，引无数英雄竞折腰。缅怀当年，古道西风，送李唐文成公主去吐蕃和亲的大队人马曾浩浩荡荡从黑石峡通过，此峡虽窄险，却沟通了藏汉联姻之唐蕃古道。这里亦是古丝绸南路必经之地，胡汉商贾，披星戴月，叮当的驼铃，在峡谷中回荡不息，幽怨的羌笛，迎送过多少日落月出，响马盗贼，更从峡谷呼啸进出，演绎出若许血腥惨烈的故事。①

青年作家红柯，曾认为多年的寓居新疆，使他的人生观念发生改变的不仅是曲卷的头发和沙哑的嗓音，而且特别是有异于中原地区的大漠雄风、马背民族神奇的文化和英雄史诗。新疆风物，正如红柯所言，湖泊与戈壁、玫瑰与戈壁、葡萄园与戈壁、家园与戈壁、青草绿树与戈壁近在咫尺，天堂与地狱相连，没有任何过渡，上帝就这样把它们硬接在一起。严酷的自然环境，艰难的生存条件，恶劣的人文境况，则使得生长在这块土地上的生命必须具有顽强的生命意志和坚忍旷达、硬朗血性的人格风范。大戈壁、大沙漠、大草原在红柯笔下，也引导着产生或幻化出了生命的大气象，印证和体现出了"绝域产生大美"的创作取向。红柯以其饱含的诗情为我们描绘了神话般的大漠：美丽如云的羊群，高大威猛的伊犁马，壮志凌云的雄鹰，清澈高远的天空，莽荡灰蓝的群山，蓝而幽静的湖泊，少而激荡的河流，跟太阳一样越升越高的红鱼，还有旷野长风般自由的人。这些都是新疆真实的风物，然而却是组接或"化合"起来的，是将广阔的新疆最美的东西集于一处，给读者以色彩明丽的新鲜感。红柯在《西去的骑手》中，传达了其对中国最大沙漠的动态体验：

塔克拉玛干不是死亡之海。当最后一名骑手被坦克压

---

① 井石：《麻尼台》，作家出版社1996年版，第236页。

碎时，所有的沙子跟马鬃一样刷刷抖起来。沙丘连着沙丘，沙丘越来越高，沙丘奔跑起来，一身的金黄，金光灿烂，直追太阳。太阳往高空里退缩，天空更加辽阔。金色的野马群狂叫着逼着群山往后退，昆仑山和天山让出一条通天大道，马群的洪流向西向西一直向西，把群山也裹挟进去了；起自帕米尔高原的群山一下子跃到马背上，很雄壮地起伏着。越来越多的群山跃上马背，越来越多的沙子和牧草跟马鬃一样抖动起来，起自帕米尔高原的群山在高加索被黑海挡住了，不管多么迅猛的马群总会被海水挡住。①

扎西达娃和马原对于雪域高原西藏有着深刻的体验，他们的作品常常通过描述西藏地区的文化环境，表达那种刻骨的孤独感受和昂扬的生命冲动：

现在很少能听见那首唱得很迟钝、淳朴的秘鲁民歌《山鹰》。我在自己的录音带里保存了下来。每次播放出来，我眼前便看见高原的山谷。乱石缝里窜出的羊群。山脚下被分割成小块的田地。稀疏的庄稼。溪水边的水磨房。石头砌成的低矮的农舍。负重的山民。系在牛颈上的铜铃。寂寞的小旋风。耀眼的阳光。这些景致并非在秘鲁安第斯山脉下的中部高原，而是在西藏南部的帕布乃冈山区。……西藏高原群山绵延，重重叠叠，一路上人烟稀少。走上几天看不到一个人影，更没有村庄。山谷里刮来

---

① 红柯：《西去的骑手》，载《收获》2001 年第 4 期。

呼呼的凉风。对着蓝色的天空仰望片刻，就会感到身体在飘忽上升，要离开脚下的大地。烈日烤炙，大地灼烫。在白昼下沉睡的高原山脉，永恒与无极般宁静。①

更多的时候你逆流而上，在黄褐或者青绿的山岗缓慢地踱步。你当然不是陶醉在高地的景色当中，你是冈底斯山的猎人，你是山的儿子……山坡是一直向上的，看上去覆盖雪顶的山巅并不算高，像就在前面不远处。你知道那只是由于这里空气稀薄能见度太好的缘故。你是这山的儿子，你从来不曾到过这山最高处，从来没有人到过。那块在阳光下白得耀眼的所在远着呢，而且其间充满凶险和神秘，特异的气候和雪崩，还有深不可测的冰川裂缝。你知道这些，这是座神山，这是冈底斯主脉上的一座。在这块地球上最高也是最大的高地上，虽然没有葱茏繁茂的森林草地，却同样生息着更有活力的生物。②

张承志是中国西部大陆完美的描述者。打开他的小说，满眼是"五省六十州"的壮阔风景：黄土高原、瀚海大漠、崇山峻岭、长河巨川、"五千里草原"、"八百里流沙"、黄河的"滔天浊浪"、天山的"蓝松白雪"、"帕米尔万仞壁立的高峰"。而最让我们神往的，是作家笔下那大草原的千姿百态和气韵风华，它的寒暑交替，它的昼夜轮回，它的晴雨晨昏。张承志的灵感无不是来自大自然的奇景壮观：大风强劲的运动，

---

① 扎西达娃：《西藏，系在皮绳扣上的魂》，载《西藏文学》1985 年第 1 期。

② 马原：《冈底斯的诱惑》，载《上海文学》1985 年第 2 期。

苍穹深处星群的飞舞，拨云揽月的奇峰秀峦，岁月流变中的山移水迁，还有黄河浊浪、蔽日风沙、雷霆撼地、彩云狂烧、火焰山、铁石川、白毛风，以及严寒、酷热、雪灾、洪流。那空阔辽远一望无际的大草原，那刀砍斧凿沟壑累累的黄土地，那滴水不存绿色褪尽的西海固，那积雪齐天亘古不融的冰大坂，那热浪如焚生灵涂炭的戈壁滩……正是这西部的大原野和大戈壁，以它们的原始、古拙、粗野、荒凉，以它的丰盈、慷慨、生生不息、多姿多彩，成为作家永不厌倦的精神场所。孤独、寂寞、忧郁、自惭、别绪离愁、壮志豪情都化入长风野火，激流漫滩，幽谷深潭，银汉云霄。很少有人像张承志那样，对大自然的豪迈之概、奔放之情和阳刚之气如此敏感。这里没有名山胜水和锦绣田园，也没有柔波凝蓝和弱柳扶风，有的只是无边的荒野，愤怒的群山，只是千里草原，万里长风，大漠流火，怒雪威寒，骏骨空台，古道阳关。每一幅画面都充溢着纯真的野性，充溢着男子汉气概的强悍情调：粗犷、放达、辽阔、苍凉、恐怖、战栗。当我们追随这位寂寞的"天涯孤客"浪迹四野八荒，所到之处，高山大河以及森林草原，都被他注入了生命的色彩和馨香，处处洋溢着歌韵诗情。

三　西部人物和风情的集中展示

在西部，高原绵延，漠野茫茫，流沙千里，草原连天，使匍匐于天地之间的人显得格外渺小，西部人尽管比人海茫茫的东南部人更经常地意识到大自然的存在，却难有一种"天人合一"的融洽，人群似乎在天与地的夹缝中生存，极容易生发与外界的疏离感。因而西部作家更关注人类自身，"人"的问题始终是西部小说的生发点和归结点。大自然总是给西部人提出各种严峻的生存挑战，人群和大自然仿佛永远处于迫压与抗争、毁灭与重建、挤轧与创造的超常状态之中，这就使得西部小说比其他地域文化小说蕴涵更为强烈的生命主体意识。而随着社会变革和现代文明步伐的大力推进，沉厚的古代文化积淀与新文化浪潮在西部这块大地上的冲撞与反差亦比其他地域显然要强烈得多。面对西部的异常贫穷和落后以及与东南沿海地区文明上的差异，西部作家怀着深深的"乡愁"关注着故乡故土，在严肃的现实主义悲喜剧中表达着深沉的人道主义主题。西部作家自觉的文学意识促使他们把创作和现实生活紧密地结合起来，冷静地谛视这块大地上的一切，并以批判的眼光正视国民的灵魂和精神状态，尤其是对愚弱的国民心态的批判和愚昧落后的思想文化意识的挞伐，更值得我们重视。有论者曾这样对西部文学作出深情展望："西部文学的提出，不是出于迷恋古风世道的怀旧情绪和地方观念，也并非仅为建立一个地区性的文学流派。人们所期待的西部文学，绝不是简单地展现这块地域上的远古残梦和历史陈迹，抑或昭示西部大自然对人的狰狞警告和残酷提醒，而应该是密切观照在这个严峻自然生态环境下个体甚或群体生命的历程，歌颂用坚定的意志和行动战胜苦难战胜命运的震撼人心的壮举。"①

　　西部作家怀着一种深切而沉稳的文学使命感和历史责任

---

　　① 刘枫：《〈中国西部文学论〉序》，见肖云儒《中国西部文学论》，青海人民出版社1989年版，第5页。

感，密切注视着西部独特文化背景中人的各种生命形态，关切和思考着"在这个严峻自然生态环境下个体甚或群体生命的历程"，创造出了"西部人"的群体画像，给当代文学增添了富于个性魅力的、面目各异身份不同的"西部人"。这些"西部人"画像中，以"农民系列"、"少数民族人物系列"、"漂泊者形象"、"硬汉形象"较为突出。一般说来，仅仅把地域文化理解为民歌、民谣、婚丧嫁娶、驱鬼敬神、节庆礼俗等民俗民风的展示是很不够的，从更高的层次上讲，那种根植于民族民间文化中而通过人物所表现出来的精神风貌，那种深具本质和本源意义上的民间精神、气韵、信仰、人情、智慧、话语、历史积淀等形成的作家作品的心灵意象，以及难以抹去的文化印痕，才是地域文化的精髓所在，西部作家紧紧把握住了这一点，所以，西部小说呈现出的面貌也是独特的。

事实上，"硬汉"形象是西部小说最早引起广泛注意的一个系列，从西部小说的人物谱系上讲，最能体现"西部精神"的系列也就是西部硬汉了，那也是人们期待已久的形象。当国内大多数读者渐渐厌倦文坛上滥调的缠绵悱恻的爱情话语而渴望能够给人以力量和心灵震撼的人物形象时，西部硬汉系列就更给人以眼的远视与心的飞翔。广阔而苍凉的西部荒原，因为有了"硬汉"的存在而被赋予某种历史沧桑感，并使西部荒原具有了令人心向往之的地域神韵。那似乎永远奔走或跋涉于西部苍茫大地上的、承受着巨大生存迫压的、沉默而刚毅的行动者，就是西部作家塑造的"硬汉"形象系列。这些形象大多从外形上看就深具男子汉的魅力：常年的阳光曝晒和雨打风吹而变得粗糙黧黑的皮肤，高大健壮的身躯，隆起的发达的肌肉，冷峻的面孔，深邃的眼神，沙哑的嗓音。张承志的小说《黑骏马》开篇所出现的那个孤独而浪漫的骑手是有典型意义的：

> 辽阔的大草原上，茫茫草海中有一骑踽踽独行。炎炎的烈日烘烤着他，他一连几天在静默中颠簸。大自然蒸腾着浓烈呛人的草味儿，但他已习以为常。他双眉紧锁，肤色黧黑，他在细细地回忆往事，思想亲人，咀嚼艰难的生活。他淡漠地忍受着缺憾、歉疚和内心的创痛，迎着舒缓起伏的草原，一言不发地、默默地走着。一丝难以捕捉的心绪从他胸中漂浮出来，轻盈地、低低地在他的马儿前后盘旋。这是一种莫名的、连他自己也未曾发现的心绪。①

西部硬汉形象的出现决非偶然。以西部的地理环境而言，高山戈壁横绝于前，沙漠草原千里绵延，酷烈艰险的自然生态似乎亘古未变，这不仅使生存其间的每一个人感到格外渺小，而且从文化心理上也产生了更多的封闭意味。作为一种文化补偿，西部人更注重那些能够张扬人的本质力量的、激发人的生命意志的艺术风格，比如豪放激越的秦腔，只有手执铁板高唱大江东去的悲壮才能释放人内心久被郁积的心理能量。从文学形象上看，西部硬汉的存在不仅表明人的"此在"，而且他们的行动性更表明了人对于自然迫压的不屈与抗争。这些在灾难

---

① 张承志：《黑骏马》，载《十月》1982 年第 6 期。

情境和炼狱氛围中生存着的具有孤愤气质的西部硬汉，生发出
的沉雄、刚烈、粗犷的艺术风格，激扬起的悲怆、苍凉的悲剧
性的美学基调与秦腔具有异质同构性。以人文环境而言，世世
代代在险恶的自然环境和频仍的社会灾害中搏斗，使西部人在
多舛的命运中锻造了坚韧的性格。这种性格大多表现为含蓄隐
忍和达观自信，且无一不闪射凝重的忧患意识的色彩。大自然
对人精神上的直接启悟，又铸就了西部社会心理的纯洁质朴，
以至于多情重义、古道热肠、坦诚率真、伦理重于功利、道德
超越历史，成为西部文化心理的一大特色。西部硬汉的形象典
型地体现着西部人文化心理的诸多特征。如西部作家所言：
"与经济发达地区相比，这里人与人之间的联系和感情的纽带
要强得多，坚韧得多。这里还没有由于'温和化而失掉力
量'，失掉艺术所需要的那种气魄。他们的生活更富于色彩，
更富于人情味，更富有诗意和激情。""西部文学的人物不再
是光滑无比的石膏胸像，而是用花岗石凿出来的形象，虽不细
腻，带着刀斧的凿痕，但却充满了男子汉的气度和力量。"①
西部作家有意回避那种缠绵悱恻的"温和化"的叙事，他们
往往将人物安置在一个严峻的生存危机之中，以此来把握人物
的心理运行。这些来自社会底层的硬汉人物，承受着自然和社
会的双重苦难，但他们总是在沉默中能够爆发出惊人的行动
力，从而增强了西部人更好地生存下去的勇气和决心。"在西
部作家的眼中，西部精神从某种意义上讲是西部文化与原始人

---

① 文乐然等：《西部作家视野中的西部文学》，载《当代文艺思潮》1986 年
第 2 期。

性相结合所体现出的价值总和。西部精神的价值不仅是作家意识里承袭的烙印，而且更要发掘历史的、现当代的、让人们感受到和目睹到的荒芜与恐怖环境中那些属于人的踪迹。"①

　　然而，社会生活为西部作家提供更多的是那沉厚的黄土层和原始的农耕方式，是千百年传统的迫压与挣脱迫压的异常痛苦的过程。西部这块大地上首先吸引作家目光的、最有地域文化色彩的景观，那些启悟作家美感的一切最生动曲折的故事和撞击作家心灵的最具魅力的性格，大多来自乡土。西部有成就的作家又多是农裔作家，无论陕西的路遥、贾平凹、陈忠实、杨争光，还是甘肃的柏原、张驰、王家达、浩岭、雪漠，无一不是来自农村乡镇。乡土永远是他们心灵的家园。长大了，读书写作进城，城市文化又使他们形成了新的人生视角。而在城乡文化和文明极大的比照反差中，回望曾经生于斯、长于斯、劳于斯的乡土，亲切得令人心痛又蒙昧得令人痛心，粗砺得令人骇怕又质朴得令人感动。乡土迫使他们逃离，乡土又令他们魂牵梦绕。在告别乡土的过程中，"乡愁"——由对乡土的恋情而生发的忧患意识，与"乡怨"——由对乡土的逃离而产生的批判意识构成的乡土情怀，又使他们的眼光笔墨时时离不开乡土。乡土对西部作家而言，是一方真实的土地，是一份沉甸甸的情感，是一种无法拒绝的生活方式和一种永远亲切的泥土气息，因此，西部作家创作的最出色的小说往往是一种褐黄色的乡土形象。

---

　　① 　赵学勇等：《新文学与乡土中国》，兰州大学出版社 1993 年版，第 36—37 页。

第三章 寻找失落的精神家园

　　打开西部小说，我们不难看到龟裂的黄土地和熏黑的土窑洞，如路遥、柏原的小说所描述的；也不难看到八百里秦川的阵阵麦浪，以及黄河两岸飘香的果园，如陈忠实、王家达小说中所描述的；既有走不出的山野，望不到边的黑戈壁，如贾平凹、杨争光和张驰的小说；又有浑浊的河水与坍颓的古城堞，如王家达与张驰的描述。在这样一块大地上，芜杂的劳作日复一日地被重复着，单调的生活却永远枯寂，蒙昧与野性代代循环，无知与麻木辈辈相续。西部作家以深切的乡土情怀审视着西部庸碌的乡民，审视着乡民表现出来的文化行为，并透过那些文化的表象形态，审视着支撑乡民生存信念的传统文化心理。乡土情怀烛照下的西部人文审美观照，构建了西部小说原初的地域文化底蕴。这使得"在整个 20 世纪中国文学中，现代乡土文学作为一支独特的脉流，最具特色体现着'本土'精神，而西部则强劲地推助和伸展着这种精神。……如果说中美两国的西部都曾是蛮荒之地，而中国西部更有理由说是古老的。这种古老，更多来自于它的历史文化传统，并使文学有着这种传统的深沉底蕴"①。

　　贾平凹不仅对地域景观的描绘独到而传神，而且对人文环境的描写更接近生活的原生形态。在《鸡窝洼的人家》里，贾平凹把我们带进那古朴静谧的"鸡窝洼"生活氛围中：黎明山林的响声，山溪的汩汩声，男人的鼾声，孩子的啼泣和女

---

　　①　赵学勇等：《新文学与乡土中国》，兰州大学出版社 1993 年版，第 36—37 页。

人的安抚声；古塔山溪，茂林庙宇，纷乱中有规律的山间小径；厚实本份的山里人家，女人手里世代转动的纺车，男人嘴里祖辈传袭的丈二烟杆，还有不知点了多少年月的煤油灯……贾平凹长于选取富有传奇色彩的人物和故事，来描写商州的风物、人情和古老的生活情调。那深藏历史传说的商山四皓墓，那脊雕五禽六兽俨然庙宇的古老宅邸，那命运多蹇不入时调、充满灵气而又染上世间风霜的商州山村女子，传统而又保守的老者。这一切都被作家涂上一层浓厚的商州文化色彩。和沈从文一样，贾平凹的作品中交织着野性与优美，这里有宗族间的勾心斗角，有山野巫婆的跳大神，有对"求儿洞"的崇拜，有对"夜哭郎"符帖的笃信，有嫁女"送路"、招婿养夫、换老婆的陋习，有乡村正月闹社火的热烈情景。这些人文景观，为我们展现着既感陌生而又不无亲切感的汉唐文化遗风。

祁连山下长大的张驰深得西部文化神韵，其作品在美学风格上与敦煌艺术精神一脉相承，内涵中分明飞腾着天马的精灵。敦煌艺术是斑斓多姿的西域文明和灿烂的中华文明凝聚成的瑰宝，具有宏丽繁富的美学基调和神秘的宗教氛围，同时兼具民间色彩。张驰的小说写得汪洋恣肆、瑰玮诡谲，既注重情节的奇巧，又有着人性的深度，既弥漫着神秘的古气，又充盈着生命的激情，而其叙述、取譬、立意、造境又透露出民间意味。张驰的《村谚》由四个独立的故事联构成篇，融风情传奇于一炉，集民谚哲思于一体，在对民俗、民情的叙事中融入强烈的主观激情，使作品中那鲜明的色彩、奇诡的线条、壮阔的画面都有了一种跃动的气势，不由使人联想到那些回旋飞天祥云的敦煌壁画。甘肃作家雪漠的《大漠祭》却是围绕老顺们的普通生活展开的。写老顺们一年的生活（一年又何尝不是百年），文本不仅写到种庄稼、捋黄柴籽、驯猎鹰、捉野兔、打狐狸等日常劳作，而且还写到吃山芋、喧谎儿、偷情、吵架、捉鬼、祭神、发丧等充满地方文化意蕴的事件，真切地呈现了河西走廊一带的民间氛围。

　　张贤亮经受过多年底层生活的坎坷与磨难，获得了极其宝贵的生存体验与情感体验。他的小说在对西部苦难人生的开掘、对西部各式各样人物的描述上，都显示了他独特的文学视角。在他塑造的一系列人物形象中，既有朴实、憨厚、粗犷、倔强的农民和农村基层干部，也有被极端化的政治风潮和政治文化裹挟到穷乡僻壤、处于逆境中的知识分子。在这些有着不同身份、教养、职业、经历，不同精神风貌和个性特征的人物系列中，农村妇女的形象刻画得最具西部人文内涵。张贤亮曾动情地说，"这些艺术形象虽然在现实生活中并没有具体的模特儿，但她们的心灵，的确凝聚了我观察过的百十位老老少少劳动妇女身上散射出来的圣洁的光辉……在她们的塑像中就拌和有我的泪水。在荒村鸡鸣，我燃亮孤灯披衣而起时，我甚至能听到她们在我土坯房中走动的脚步，闻到她们衣衫上散发出的汗味。从某种意义上来说，她们一个个都是实有其人"。①她们都是动荡年代处于边缘社会的弱势群体，或因出身、成分，或因天灾人祸，使她们生活不幸、遭遇悲惨，如陕北女人

---

　　①　张贤亮：《满纸荒唐言》，见《张贤亮选集》，百花文艺出版社1995年版，第190页。

（《邢老汉和狗的故事》）、自称"卡门"的女孩（《吉普赛人》）、李秀芝（《灵与肉》）、黄香久（《男人的一半是女人》）、乔安萍（《土牢情话》）等。这些女性大多没有受过良好的教育，言行粗俗，但都心地善良、富于同情心、勤劳质朴。她们有着强旺的生命力，她们如同生长在西部荒凉贫瘠的大地上的野草，抵御着风沙酷寒的侵袭，经受着苦难岁月的磨砺。她们也是勇于反叛社会、追求幻想爱情的一群。她们凭着农民式的理智和朴素的直觉，为一个个遭受人格阉割的知识分子奔走、解脱，并将其一生的热情无怨无悔地倾注于生命的瞬间。

陈忠实的《白鹿原》以文化底蕴的丰厚而备受激赏。这部作品不仅大量描述了宗法制农村的生产、生活情况，从农民重农层面反映出农业文化思想观念，而且还从基层知识分子存在浓厚的儒家思想反映出中国社会充斥着农业文化思想的现实。作品从主人公白嘉轩的六娶六丧所造成的困境写起，又以相当的篇幅描述农民的土地买卖和交换，盖房和拆屋，耕作和收获，订亲和成婚，建祠堂，办学校，观天象，测吉凶，以及入祠堂祭拜祖先和正风俗惩戒孽子。随着情节的逐层展开，前面所描述的读者原以为是无足称道的民间的生老病死、婚丧嫁娶、人际关系、地气民风，后来却发觉其历史渊源极深而且民间基础亦非常稳固，因而是对民生更具有决定意义的事情。在《白鹿原》中，虽然涉及了现代史上一些决定中国命运的大事件，但贯穿全篇主线的，不是重大的政治事件，也不是时代的巨变更替，而是白嘉轩们的生存、劳作、婚姻、繁衍，以及抚养教育子女的生命过程。上述诸事项的描述，赋予《白鹿原》这部作品以深层次的人文内涵。

作为一个多民族的集聚区，西部同样拥有众多出色的少数民族作家，这些作家的人文审美观照中的宗教情怀和游牧民族的潜意识文化心理是不可忽略的重要方面。西部少数民族作家在其叙事中有多方面的宗教文化和游牧生活的展示，因为这些民族场围的存在，形成了西部小说特有的文化底蕴。在西部大部分的少数民族地区，宗教文化曾在民间得以最广泛的传播与深入。这些宗教文化大致可以分为佛教文化圈、伊斯兰文化圈和以儒释道文化为基本内核的汉文化圈这样三种体系。穿越狭长的甘肃走廊直达新疆腹地的"丝绸之路"，不仅是历史上经济贸易的必经之路，更是不同文化与不同文明相互碰撞和交汇的重要连接点。从印度传入中土的佛教，在青藏高原扎根以后形成了独特的藏传佛教文化系统，这一系统又经过甘肃长廊一直延伸到内蒙古高原，成为横贯青藏、内蒙古两大高原的宗教文化核心。从中亚传入新疆的伊斯兰教文化，则经丝绸之路逐步向东南方流播，并最终在黄土高原的北部和西南部形成与新疆遥相呼应的伊斯兰文化圈。与此相对应，以儒释道为主体的中原汉民族的农耕文化体系，沿着黄土高原和青藏高原之间的夹缝，一面向西南翻越日月山和"唐蕃古道"与"雪域文化"相汇融，一面穿越丝绸之路向西北传播，与伊斯兰文化形成交流。西部地区除佛教、伊斯兰教等大的宗教流派之外，还有一些少数民族特有的原始宗教。信仰宗教的人数所占比重极大，某种宗教可能是一地区甚至为全民所信仰，宗教文化几乎渗透社会生活的各个层面，在少数民族地区，宗教是融合了哲学观念、人生态度、价值判断、思维方式、民俗民情于一体的最主要的文化载体。

游牧民族的草原文化主要不是表现为物质、典章、制度和各种符号所记录的思想成果，而是表现在他们的精神气质方面，也就是在他们的生活、行为、思维方式等方面。游牧民族因为生活环境和原始初民没有多少质的不同，所以他们的精神素质也最接近原始初民。游牧民族的生活特点是"逐水草而居"，其生存空间，多在高山戈壁间和西部寒冷贫瘠之地，例如阴山山脉、贺兰山北部、乌兰察布高原、天山、阿尔泰山、阿尔金山、昆仑山和库鲁克山等天然牧场，这些地方草原连绵，流沙千里，气候变化异常，山崩、泥石流不时泛滥，雪崩、暴风雪频仍。游牧民族依据气候的变化，水草的荣枯，或停留，或迁徙，常千里跋涉。由这种身处其间的地理环境和生活习俗所导致的民族性格与以农耕文化为主导的汉民族是不同的，远古以来就逐渐形成的面临生存挑战的危机感，例如自然界凶禽猛兽的袭击，各种自然灾害的破坏，部落之间经常发生的武装冲突，决定了游牧民族必须高扬起初民精神中的活性因素，如冒险、进取、奋争、对抗、勇敢、无畏、进击、劫掠等，不如此，等待游牧民族的可能就只有死亡。游牧民族因为没有太多的安全感，眼前总闪现着凶恶的敌人的影子，这个影子却是模糊的，可能是大自然的缩影，也可能是某个部落的化身。而牧业社会自身又十分松散，基本上是个体作业，只有在战争期间才能看见群体力量。由此，冒险精神、抗争精神和进取精神就构成了游牧民族最重要的文化心理。虽然近代以来游牧民族的生存空间与往日已然不同，而且游牧民族的生活方式也在发生大的变化，由过去的单纯畜牧业经营转向加工业、农业等多种经营，但远古以来形成的文化心理早已汇入集体无意识的洪流之中。游牧民族的文化心理又与伊斯兰文化所倡导的扬厉刚强、崇武好胜等精神品性不谋而合，因而极易激起游牧民族的心理共鸣。

于是，我们不难发现西部作家更注重"在路上"、"在途中"的创作诉求，而且作为创作的主体性内容，往往是对"寻找"和"漂泊"含义的进一步追问。这种倾向实际上与游牧民族的生活方式有一定的内在关联，何况西部曾多次成为世界性民族大迁徙的集散地，更深地接受了伊斯兰文化的影响，由此也形成了西部小说的一种具有文化抒情意味的表达范式。游牧特色和动态生存意识是伊斯兰文化与佛教文化、基督教文化等其他宗教文化不同的标志。在某种意义上说，穆斯林——伊斯兰教信徒的历史，是一部流民史和移民史。尤其是在穆斯林的个体生命中，最高的精神企盼就是迢迢万里的麦加朝圣，那也是具有生存家园和精神家园双重象征意义的朝圣，尽管这种朝圣对于大多数的穆斯林而言是可望而不可及的奢望，然而，永远"在路上"和"在途中"的精神漫游和灵魂寻觅却成了穆斯林民族的一种富于哲学意味的最高生命方式。对这样的生存状态和生命方式的描述，构成了西部小说不可或缺的主题资源和题材形态，例如西部小说中对流放和迁徙、行商和军旅、创世和垦荒，乡土不再和天涯寻梦等的叙写都是如此。

扎西达娃的作品更集中地描述了雪域高原上，宗教文化对人们日常生活的渗透和规范，无论是短篇《西藏，隐秘的岁月》、《冥》、《西藏，系在皮绳扣上的魂》，还是长篇《骚动的香巴拉》，我们都感受到一种古朴而强烈的宗教情怀，也不难找到那些富于宗教文化意味的话语，如香巴拉（佛教密宗修习者所向往的北方极乐世界，后来便成了"幸福乐园"的代名词，传说它在神秘而遥远的北方，被白雪覆盖，为藏民族世世代代寻觅和追求。这片"净土"是整个藏民族的梦想与希望，也是苦难艰辛的现世生活的安慰。人们为其生、为其死，为其一代代无休无止地流浪，满怀希望地寻觅、歌颂和叹息）、宁玛（西藏喇嘛教派的一种，意为红色古老，也称红教）、菩萨、达赖、班禅、护法神、转世活佛、三宝佛法僧、密宗大师、喇嘛、僧人、布达拉宫、大昭寺、朝佛、法器、供品、金刚神舞、皈依三宝、受戒加持、生死轮回、亡魂超度、六字真言、佛灯供台、显灵、莲花生大师、报应、偈语、游方、祈祷、灌顶、功德、佛珠、咒经、神示、孽果、先兆、冥想等，这些词语使扎西达娃的作品显示出藏民族独有的宗教文化风貌。扎西达娃同样注重对藏民族生活习俗的描述，如火塘里熬煮的羊肉、碗边浮着酥油的清茶、热乎乎的茶壶、羊皮口袋里盛着的糌粑、储藏在罐子里的青稞酒、麦秆片子做成的垫子、羊毛做成的各种毡垫、拇指甲盖和食指关节中间隆起的鼻烟、系在脖子上的雪白的哈达、山顶平原上立着的黑色帐篷、燃烧香草松枝做清除污浊的礼仪、迎亲仪式中的嬉笑对骂、绝崖壁峰上的天葬、雅鲁藏布江中平静的水葬……通过这些民族文化场围的描述，作家又为我们营造了一个真实的民间氛围。

　　扎西达娃的作品大多讲述人物身处一个业已改变的文化环境，但人物的行为仍然沿着传统文化心理的惰性和惯性运行，由此而造成人物与新的文化环境的不相适应性和荒谬性，这些不相适应性和荒谬性同时构成了一个个喜剧故事，虽然不免让人含泪阅读。在《西藏，隐秘的岁月》里，作家着力刻画了一个叫次仁吉姆的人物，这个"次仁吉姆"的名字曾被数代女人重复，作为廓康山庄唯一的、也是最后村民的次仁吉姆，在一生数不清的寒暑交替中，无数次充填从岩石小洞里取出的空空的茶壶和皮囊袋，供奉着"隐居"其中的高僧。她是西藏宗教与神话、文化与历史相融合的人物，被地域性宗教的习俗规范着终生的经验和行为，命定了她信仰的愚顽和虔诚，乃至于使她抽象为一种巨大的传统文化接力的化身。无论社会历史的推动力如何使廓康山庄在水库奇迹中轰轰烈烈地辉煌过，或是被荒废遗弃，次仁吉姆都无动于衷地重复着命定的自己，继续供奉着隐居的高僧。而当次仁吉姆死后，其留学归来的外孙女解开了外祖母人生归宿的秘密：次仁吉姆终生供奉的"高僧"其实是一副早已变成化石的男性骨架而已。《西藏，系在皮绳扣上的魂》中的两个人物值得注意，一个是手提一串檀香木佛珠、对前途充满信心的、寻找"人间净土"香巴拉的塔贝，另一个是叫琼的，腰间系着打了一个个结的皮绳——用来记下她和塔贝一天又一天的风餐露宿和在寺庙里作过的顶礼膜拜。塔贝在长期的流浪和寻找中渐渐感到茫然，却一如既往地继续他的旅途。琼对这种茫然的行进失去了信心，而沿途所见到的现代生活方式无疑具有更大的诱惑力，琼不愿再跟着塔贝走。当塔贝最后翻越喀隆雪山，到达莲花生的掌纹地带并濒临死亡的时候，他似乎听到了"神"的话语，这令他激动万分，但他听到的其实是在美国洛杉矶举行的第二十三届奥运会开幕式的盛况转播。塔贝的形象代表着在新的文化环境下，那些行为上仍按照藏民族传统的文化心理轨迹运行的人物，这种人物尽管对香巴拉这样的理想国追寻得很苦、很虔诚，但是其结果却只能是近似恶毒的玩笑。扎西达娃在其他作品中给我们提供了不同的人物：《冥》中一对把宗教规范表现在衣食住行和日常生活中的垂垂老矣的夫妻，《古宅》中两个在性欲上相互折磨一生的贵族女主人拉姆曲珍和曾经是奴隶后来当过生产队长的朗钦，《风马之耀》中那个越狱潜逃为了寻找与他有杀父之仇的"贡觉的麻子索朗仁增"的乌金，《世纪之邀》中那个在真实生活中深感迷失的大学历史讲师桑杰，《泛音》中那个为背景音乐而陷入对人腿骨痴心妄想的小提琴手次巴，《夏天酸溜溜的日子》中那些自卫或逃避生活异化的艰难地保持着纯真人性的西藏现代青年。扎西达娃塑造的这一个个人物形象，大多面对汹涌的异质文化的介入而产生了精神困惑，逐渐迷失了自我，并似乎永远处于追踪"民族性"的路途之中。而阿来在《尘埃落定》中为我们展示了另一番民族场围的风景，对土司社会的原始神话、谚语歌谣、宗教、巫术、医疗、建筑、水葬、音乐、舞蹈、"科巴"和"辖月"称呼以及世袭的行刑人等都娓娓道来，从而赋予土司文化以浓郁的民族特色。《尘埃落定》之所以在淡然的叙述中能给人以心灵的震撼，是因为作者对人物的精神世界进行了深度探索，考察人物的社会历史文化内涵后获取了审美感受。论者曾指出，"《尘埃落定》的获奖代表着20世纪90年代中国长篇小说中那种着力描绘地方风情、民族文化并探索其历史沿革、兴衰更迭的因由的创作倾向"。①

　　西部少数民族女作家的创作同样不可小觑，她们的作品也具有较鲜明的民族性、地域性、历史性等审美特质，体现出较深的民族文化底蕴，充满着浓烈的地域民族风情，塑造出了相当数量的人物形象。这些女作家，如雪域高原上的藏族作家益西卓玛、央珍、白玛娜珍、格央，青海的藏族作家梅卓，甘肃回族作家马琴妙，都取得了一定的文学成就。梅卓的长篇小说《太阳部落》以草原部落为叙述背景，将感人的爱情、亲情与血腥的部落冲突相交织，展示了藏民族古老的传统文化与民族心理。另一部长篇小说《月亮营地》，通过描述青年猎人甲桑一家人的命运遭际，以及与部落头人阿·格旺之间的矛盾纠葛，表现了作家对部落兴衰和部落群体命运的思考。部落的人们生活在一个"神灵之光"遍布大地的宗教氛围中，作品表现了他们对神的膜拜，并通过诵读佛经、刻玛尼石、天葬、煨桑等宗教活动的描述，使我们看到了藏民族文化心理的运行过程。梅卓的小说通过刻画藏民族鲜明的民族性格，追述了民族的部落历史，其塑造的人物像索白、嘉措、桑丹卓玛、甲桑、

---

　　①　曾镇南：《中国20世纪90年代以来的长篇小说》，载《理论与创作》2002年第1期。

阿·格旺、尼罗、阿吉等，无论是部落英雄，还是草原美人；无论是高高在上的部落头人，还是善良忠厚的普通人，都折射出藏民族特有的文化气息。马琴妙的作品以甘肃回族女性的婚嫁为焦点，刻画了一系列在封建残余观念影响下的悲剧式人物，透视出民族精神发展历程的苦涩和漫长。白玛娜珍的《拉萨红尘》塑造了两个个性突出的人物——世俗的雅玛和脱俗的朗萨，两人在少女时代就是好友，成年后由于经历了完全不同的命运曲折，因而最终的人生选择也不相同。一个热爱生活，但几经挫折后仍找不到爱情的归宿，只能在不断的失落中继续寻找。一个却在失意生活中远离红尘，选择了遁世的方式，去寻找心灵的栖息地。在她们一次次的人生失落和起伏中，尽现了拉萨红尘女子的现实和梦想，展示了她们大悲、大爱与大愁的文化心理流程。《拉萨红尘》中的这些人物，"与我们一起呼吸着或清新或污浊的空气，感受着被生活的鞭子抽打的滋味，但是，那些生活在现代城市的藏族青年，却仿佛被已逝去的氛围所笼罩，那些主人公，在现实生活的环境里，如同一个个咒语附身的梦游者"。①

王蒙发表的西部小说总计有百万字之多，约占王蒙创作总量的三分之一。其中正面叙述新疆各民族生活的作品 20 多篇，像系列小说《淡灰色的眼珠——在伊犁》、中篇《杂色》及《歌神》、《心的光》、《温暖》、《鹰谷》、《最后的"陶"》、《临街的窗》、《买买提处长轶事》、《队长、书记、野猫和半截筷子的故事》等短制。王蒙写于 20 世纪 80 年代的西部小说

---

① 吉米平阶：《轻盈与沉重的心灵舞蹈》，载《西藏文学》2003 年第 3 期。

中，既有对边疆农村、城镇、雪山、草原等地理环境、自然景观的描述，也有细致入微的对于城乡街景、居民的庭院布局和室内用具摆设等人文景观的观照。如《杂色》中对天山牧场大草原的自然风光和多变天气的体察，《鹰谷》中对天山深处的原始森林景色的融入，《逍遥游》中关于伊犁地区冬天雪景的描绘，皆属于地域性地理环境方面的内容。王蒙的这批小说还准确地表现了新疆极具特色的民俗文化，已涉及对边疆少数民族文化心理的开掘了。作家从生产生活方式到饮食居家习惯，从宗教信仰到各种礼仪交际，从伦理婚姻到服饰打扮甚至到说话、称谓、表情等细节，都有精细的描述。如作家对马尔克和爱弥拉姑娘两家的详尽描写，特别写到那十分诚恳、成龙配套的招待客人的繁琐礼仪。作家还具体描写伊敏老爹如何自制葡萄酒的过程，也不厌其烦地描述阿麦德为客人亲手做拉面的操作程序，描写马尔克如何用口水为别人卷制"莫合烟"的过程，写到阿依穆罕大娘爱用拉长嘴唇表示不高兴、不满意等肢体语言、阿麦德跳舞时手举得过高而被人耻笑等细节，都是富于民俗文化意味的。

　　尤为重要的是，王蒙在这些描述西部的小说中，塑造了一系列不同民族、不同职业、不同性别、不同命运的人物形象。《画家"沙特"诗话》中那位多才多艺而不得其用，性格天真执著，却放浪形骸出尽洋相的名画家撒卜鲁，是身处逆境中的很有个性的文化人形象。而王蒙对少数民族农牧民写得最多，也最成功，如敢爱敢恨、激昂蹈厉的"歌神"艾克兰穆（《歌神》)；机智诙谐、善于斗争的老木匠莱提甫（《队长、书记、猫和半截筷子的故事》)；聪明热情、热爱艺术、追求自由却命运多舛的阿麦德（《哦，穆罕默德·阿麦德》)；能干又自私、"江契"（战士）加"泡契"（牛皮客）的回族汉子依斯麻尔（《好汉子依斯麻尔》)；精力过人、忠于爱情而时冒傻气的美男子"马尔克傻郎"（《淡灰色的眼珠》)；善良宽厚、自守淡泊、不乏幽默感、有哲人风度的穆敏老爹（《虚掩的土屋小院》)；纯情执著、敢爱敢恨的爱弥拉姑娘（《爱弥拉姑娘的爱情》)；机敏豁达的民兵连长艾尔肯（《边城华彩》)。在塑造这一系列的民族人物形象时，有着长期边疆农村生活体验的王蒙，利用对新疆民族历史文化知识的熟知，更由于精通维吾尔语言文字之便，能够深入体察人物的内心世界，准确把握微妙的文化心理和情感变化，从而塑造出一个个血肉丰满、真实可信的民族人物形象。

张承志的《黑骏马》之所以具有恒久的艺术生命力，主要是因为民俗文化的成功描写。作者从那些平凡的民俗物象中撷取素材、开拓主题、构思情节和塑造形象。草原、骏马、牧歌、蒙古包、勒勒车、天葬沟等，这些有形的风俗物象赋予《黑骏马》以浓郁的蒙古风情和鲜明的草原特色。但张承志往往能够化情思为风物，使情思与风物互相渗透、融合一体，故而创造出了逼真、生动、韵味无穷的意境。比如，作者笔下的草原风光，在巴帕和索米娅互吐真情的那一瞬间，草原是多么美好、多么壮观，就像男女主人公此时此刻的心情那样地高亢、激越，充满了对美好未来的憧憬和期待；而主人公遭遇痛苦时的草原黑夜，心情沉重之时的草原黄昏，惆怅之时的广漠，心灰意冷时的天葬沟，心旷神怡时的青青山梁……这一切自然物象又融入了人的情感世界，与主人公的情绪互相衬托。蒙古族是个能歌善舞的民族，粗犷强悍的牧民平时少言寡语，只有在唱起高远悲怆或热烈欢乐的民歌时，他们才会卸下心灵的重负，诉说自己的心事。

《黑骏马》全篇就伴随着这样一支古朴而平淡无奇的蒙古民歌，让读者在歌声和马蹄的伴奏下，在回忆与现实的交替中，跟随男主人公一道，寻找他早已失去然而仍深爱着的"披着红霞的，眸子黑黑的姑娘"，寻找这首老歌"内在的真正的灵魂"。请听主人公的心语吟唱：

> 漂亮善跑的——我的黑骏马哟/拴在那门外——那榆木的车上/善良心好的——我的妹妹哟/嫁到了山外——那遥远的地方/走过了一口——叫做"哈莱"的井哟/那井台上没有——水桶和水槽/路过了两家——当作"艾勒"的帐篷/那人家里没有——我思念的妹妹/向一个放羊的人打听音讯/他说，听说她运羊粪去了/朝一个牧牛的人询问消息/他说，听说她拾牛粪去了/我举目眺望那茫茫的四野呵/那长满"艾可"的山梁上有她的影子/黑骏马昂首飞奔哟，跑上那山梁/那熟识的绰约身影哟，却不是她。

这首古老的蒙古民歌在文本故事的诠释下，叙说的已不仅是一件哥哥找妹妹的事情，它已衍化成了一个孜孜不倦追求人生理想的故事。民歌重述中凝聚着的作者的人生体验和生命感悟，使这首平淡的民歌具有了荡气回肠的艺术魅力，它在小说中起到了点化意境和升华主题的作用。张承志利用那些民俗风物背后蕴涵的历史和文化意象，从深层沟通了历史和现实的联系，取得了从内部拓展其作品容量的艺术效果。

翻开张承志的小说，我们不难看到"夸父"的影子，看到这样一个形象：他步履匆匆，缄默而刚毅，为着自己的人格理想不惧怕任何艰险与困苦。他始终坚持自己的追寻，乐此不疲，百折不回。尽管在不同的作品中，"漂泊者"的环境、遭际大相径庭，但他一往无前的脚步却一直在讲述着曾经存在过、现已被人们遗忘了的英雄梦。张承志的大多数主人公都似乎接续了夸父的精神志向，走着一条与夸父无异的人生之路。作家更为那些夸父式的"道渴而死"的人物洒下一腔热泪，寄寓了作家对夸父精神的怀念，传达着作家的"夸父情结"。《北方的河》中的"我"，为了摆脱别人操纵的命运而奋起抗争，为了心中对北方的河流、山岳的热爱，立志考人文地理的研究生，并为此忍受了深重的压力，却始终顽强向前。《九座宫殿》中的韩三十八，虽然身处恶劣的环境，自己又拖着残疾的病体，仍然对生活抱有执著的热情，把自己的根硬是扎在了荒瘠的红胶土上。《金牧场》中的七个勇士，跋涉过沼泽、血河、火山，最后只剩下一个人，为到达黄金牧场，他刺瞎了双目，断了左手，仍然执著向前，寻找着信念中的黄金牧场。

他们犹如朝圣路上身心憔悴的穆斯林信徒，其精神长旅漫长而无尽，然而却一意孤行、义无反顾地走下去。从张承志笔下行色匆匆却坚忍不拔的漂泊者身上，闪射出对于理想与信念的执著追寻的狂热，将信念的瞬间贯彻一生实践的勇决，为个人心中的精神家园所付出的最大限度的热情，为追求精神的超越不畏艰辛、不惜殒命的炽烈与赤诚，都无不使我们联想到神话中那个悲剧英雄——夸父。

综观当代地域文化小说最强劲一支的西部小说，从其形成创作气候之日起就放射出独特的艺术光芒，给中国当代文坛送来了健康而持久的西部之风，这固然与国内读者文学审美的多样化需求分不开，更与西部作家的创作自觉和艰苦努力有着密切的关系。这种创作自觉主要表现在西部作家对西部地域文化之"地方性的基本内容"和"地方性表达"两个方面的把握上，从而使西部小说具有了浓郁的"地方色彩"，也因而使西部小说在国内文坛具有了不可取代的独特地位。"地方性的基本内容"造就了西部小说"特殊的味"，"地方性表达"形成了西部小说鲜明的"特殊的色"。而"地方性的基本内容"从宏观视野上又可以区分为两部分：对西部自然地理环境的抒写和对西部风俗人情的摹写尤其是对西部人的文化性格的塑造。"地方性表达"则主要表现在西部小说雄浑苍凉的艺术格调的普遍及其对于西部地方性话语的大量使用上。也许西部小说尚有一些不够完善的地方，但西部小说表现出的对地域文化的执著和坚持，对西部文化资源深处开掘的趋向，在一定意义上可视为中国地域文化小说乃至于整个中国当代小说的成功经验。

第二节　转型时期的文学能指
——新生代西部作家的精神结构与历史境遇

　　新生代西部作家在消费时代仍捍卫着文学的尊严，他们以人道主义和集体主义情怀关切着西部大地上被文化规约着的人，书写着巨变时代西部人的灵魂变迁。他们的创作在强调文学的社会性、现实性与参与性的同时，尽力复现西部特有的文化气韵与人情世态，使西部文学传统得以延伸和拓展。新生代精神结构的别一指向是浪漫主义精神的再度兴起，其潜在意图则是以自然对抗都市文明所导致的人性异化，并对抗世俗生活的平庸与奢靡，有着鲜明的时代意义。新生代西部作家的文学活动与生命活动的高度融合，使他们有足够的耐力抵抗文学的商品化所带来的文学性的流失和文学想象力的贫乏。尽管他们也遭遇写作的困境，但却是缔造文学经典的困境，而当他们走出困境的时刻也是他们缔造经典的时刻，这一天的到来其实并不遥远。新生代西部作家纯粹意义上的文学性书写，实际也真正代表着西部文学乃至于中国当代文学的未来和希望。

一　何谓"新生代西部作家"

　　何谓"新生代西部作家"？这似乎不成其为问题，而事实上决不是三言两语可以说清楚的，因为这个词组包含着双重的含混性。首先是"西部作家"这个命名的游移性与不确定性造成的含混，其次是"新生代"概念的不严密性和一定程度的随意性造成的含混，这两者的含混必然造成它们的组合更加含混。但尽管如此，也不是含混到我们无法辨识，如果对其追本溯源并进行必要的规约，应该说清晰呈现其内涵与外延还是非常有可能的，而且这里所谓"清晰呈现"也是本章展开论述的基本前提。关于西部作家的概念我们第一节做了界定，应该说"西部作家"这个命名中的含混因子已经被揭示出来，接下来我们应该适当进行规约，以使本书所使用的"西部作家"的概念有具体的所指。大凡创作西部文学的作家都是有过深入的西部体验的，虽然这其中也有做短暂停留的作家，而本章所考察的必然是那些长期生活在西部并创作了一定数量的反映西部"独特的文明形态"的作家。这种表述实际也是从作品的质的规定性和量的规定性，以及作家的身体空间的相对稳定性而言的，相应祛除了各种游移的和不确定的因素。

　　"新生代"最初是指一批诗人。1985 年第 1 期《现代诗内部交流资料》（由四川省东方文化研究会、整体主义研究学会主办）的《第三代诗会·题记》讲，"随共和国旗帜升起的为第一代，十年铸造了第二代，在大时代的广阔的背景下，诞生了我们——第三代人"。贝岭、孟浪编的《当代中国诗歌七十五首》的"前言"中，称"第三代"为"更年轻的一代"。牛汉在文学刊物《中国》1986 年第 6 期的《编者的话》中，则称其为"新生代"。从此，"新生代"便作为一个文学概念诞生了①。归纳起来，所谓"新生代"是指大约 1960—1970

---

　　① 　洪子诚：《中国当代文学史》，北京大学出版社 1999 年版，第 317 页。

年出生的一代，如韩东出生于1961年、海子出生于1964年，但通常将于坚（1954年出生）也归于新生代诗人群。所以，代际时间只判断是否属于"新生代"的一个必要条件而非唯一条件，这也是我们必须要注意的。新生代诗人中尽管有些发表作品较早，但真正在文坛造成声势和形成冲击的事件，还是1986年10月由《诗歌报》和《深圳青年报》联合举办的"中国诗坛1986现代诗群体大展"，在其中100多名被列举的诗人中，新生代诗人占有最大比例，现在回过头来看，这的确是一次新生代的集体出场，标志着新的文学格局的形成，以1986年为界碑，新生代在不到十年的时间逐渐占据了中国文坛的半壁江山。"新生代"由最初的诗人称谓于后来扩充了内涵，也泛指诗人之外的作家了，这当然不排除韩东等人从诗歌创作转向小说创作的缘故，但更重要的是研究者看到了"新生代"这一概念潜在的学术价值。然而，新生代作为一个文学概念却常有被取代与混淆的可能，如有人用"晚生代"、"后朦胧诗"、"后新潮诗"、"后崛起"、"当代实验诗"、"六十年代出生作家群"、"'文化大革命'后一代"、"游走的一代"等极为相似的概念来指称这些诗人和作家，此类概念与"新生代"一样，实际都缺乏严格的定义，因此经常被人误读和误用。为了不致引起歧义，我们所用的"新生代"仍指1960—1970年出生的一代，但适当考虑他们在文坛造成影响的时间，并不单纯依据代际时间，以西部作家董立勃为例，他出生于1956年，从1980年代就开始发表一些中短篇，但直到

第三章　寻找失落的精神家园

2003 年第 1 期《当代》推出长篇《白豆》，并于同年出版《烈日》和《清白》才引起广泛关注，因此，我们也将董立勃看作是一位新生代作家，类似的还有阿来等。

从上述论证不难看出，所谓"新生代西部作家"，也就是指出生于 1960—1970 年之间（或 1960 之前几年，但下限为 1970）、大约从 1980 年代中后期步入文坛并在后来的创作中产生影响的西部作家，他们在西部成长（或在西部有过较长时间的居住、停留），创作了一定数量的反映西部独特文明形态的叙事性作品。按这个界定来考察，则新生代西部作家至少应该包括诸如陕西的红柯、温亚军、方英文、周瑄璞、杜文娟，甘肃的雪漠、马步升、王新军、史生荣、张存学、唐达天，宁夏的石舒清、漠月、火会亮、李方、金瓯、陈继明、郭文斌，青海的风马、龙仁青、梅卓，新疆的董立勃、刘亮程、王刚、徐庄、沈苇、刘岸、傅查新昌，西藏的央珍、扎西班丹，川西北的阿来等。这些作家的创作成绩和影响有大有小，我们是从其共性特征出发进行观照的。当然，除所列举的这些作家之外，在西部地区还有相当大的辛勤笔耕的新生代的沉默群体，本章所指自然也包括他们。

对"新生代西部作家"这一命名明确之后，我们所面临的另一问题是弄清其文学创作与前辈之间的代际关系，也就是历史分期的问题，因为只有把握住代际关系，才有可能从"史"的高度透视新生代创作的审美新质与价值意义。诚如 T. S. 艾略特所言，"诗人，任何艺术的艺术家，谁也不能单独地具有他完全的意义。他的重要性以及我们对他的鉴赏就是鉴

赏他和以往诗人以及艺术家的关系"①。当我们将新生代西部
作家从"西部作家"的整体中凸显出来的时候，并没有割裂
他们与其前辈之间的渊源，事实上也是无法割裂的，不管新生
代在多大的程度上彰显了其创造性与颠覆性。在丁帆主编的
《中国西部现代文学史》中，将西部现代文学的发端推溯到
1900 年，其理由是"1900 年前后的西部'地理大发现'和敦
煌藏经洞的发现，标志着西部本土文化在 20 世纪初引起了世
界和全国的关注，这一'发现本土'和'抵进本土'的文化
思潮，实际上孕育和催生了西部现代文学的发端"②。并将西
部现代文学分为四个时期：1900—1949 年为"萌动期"，
1949—1979 年为"新时期"或"成长期"，1979—1992 年为
"繁荣期"，1992 年之后为新的发展期。虽然这个分期有值得
商榷的空间，例如，将西部文学与全国文学硬性地趋同，政治
文化变迁的参照系数太大，但这个分期毕竟给我们提供了一个
较为清晰的西部文学的历史图景，有着重要的参考价值。其实
这部史著在描述西部文学的美学风格与传统时，有过精彩的概
括，即提出了"三画"、"四彩"说③，"三画"是"风景画"、
"风俗画"和"风情画"，而"四彩"是"自然色彩"、"神性
色彩"、"流寓色彩"和"悲情色彩"。"三画"、"四彩"说大
致概括了西部文学的美学风格。

关于西部文学的分期问题，与丁帆等人的看法趋近又有所

---

① ［美］T. S. 艾略特：《传统与个人才能》，卞之琳译，见［英］戴维·洛
奇主编《二十世纪文学评论》，上海译文出版社 1987 年版，第 130 页。

② 丁帆主编：《中国西部现代文学史》，人民文学出版社 2004 年版，第
9 页。

③ 同上书，第 18—30 页。

第三章 寻找失落的精神家园

不同的是多年从事西部文学研究的赵学勇。他把西部当代文学的发展历程用"四代三时期"加以概括，他认为，"第一个时期主要是在《讲话》发表之后成长起来的一批作家"，"包括柳青（《种谷记》、《铜墙铁壁》、《创业史》）、杜鹏程（《保卫延安》）、王汉石（《风雪之夜》、《黑凤》）等"，"第二个时期""大致是从'文化大革命'后期开始，贯穿了整个八十年代"，"这一时期的西部小说作家是由两代人组成的。第一代是在建国初期便参加了工作、开始创作"，"这一代作家的代表是王蒙、张贤亮等，他们的作品《在伊犁》系列小说、《邢老汉与狗的故事》、《灵与肉》、《绿化树》等"，"同一时期出现在西部小说界的另一代作家几乎是地地道道的西部人"，"这一代作家的代表有张承志（《黑骏马》、《北方的河》）、路遥（《人生》、《平凡的世界》）、陈忠实（《白鹿原》）、贾平凹（《鸡洼窝人家》、《腊月·正月》、《废都》）、扎西达娃（《西藏，系在皮绳扣上的魂》、《去拉萨的路上》）、邹志安（《哦，小公马》、《支书下台唱大戏》）、陆天明（《桑那高地的太阳》、《泥日》）、杨争光（《老旦是一棵树》、《从两个蛋开始》）等"，"当代西部小说发展的第三个时期大约是从九十年代中期开始的"，"这一时期更年轻的小说家有阿来（《尘埃落定》）、红柯（《西去的骑手》、《金色的阿尔泰》）、董立勃（《白豆》、《静静的下野地》、《米香》）、雪漠（《大漠祭》、《猎原》）等"①。可以说这个分期更符合西部文学的历史实际，

① 赵学勇、孟绍勇：《西部小说："概念"、"命名"及历史呈现——当代西部小说与西北地域作家群考察之一》，载《兰州大学学报（社会科学版）》2005年第2期。

因为它是从文学事实出发并适当兼顾了政治文化与社会语境的变迁的。按照这个历史分期来看，新生代无疑是西部当代文学的第四代作家，处于西部当代文学的第三个发展时期（从1990年代中期至今）。我们拟采用赵学勇的分期观点，在具体分析新生代的精神结构与历史境遇时，将与前三代西部作家的比照中辨析其精神世界的更新所产生的题材转向和美学新变，考察历史赋予他们的机遇与责任，追溯他们所面临的种种困境，以及预测他们最终如何缔造世纪经典等问题。

二　巨变时代的文学精神建构

相对于任何一代西部作家，新生代也许是最独特也最幸运的一代。言其"独特"，是说他们目睹了中国社会的巨大变迁，切身体验了从计划经济到市场经济的价值动荡，这一切都发生在他们的青少年时期，而当中国社会的转型基本完成的时刻，他们大多已步入中年，正值创造力旺盛的时期。言其"幸运"，是说他们可以占有空前丰富的资源——生活的、思想的、文化的和文学的，并将这些资源自由地反馈在文本之中，这在他们的前辈那里是不可想象的。他们在1966年前后出生，却没有"上山下乡"和"劳动锻炼"的痛苦的成长经历，在他们父兄的影响下，他们的童年记忆充满了对"革命"的美感和对"共产主义"的向往，虽然他们的物质生活可能是匮乏的，但由于被崇高的革命情感所鼓舞，他们甚至很欣赏这种体制，这样的童年记忆在他们日后的文学生涯中持续发挥效力，已作为集体无意识沉潜于他们记忆河床的深处。他们接受中学和大学教育的阶段，却是他们记忆中的公有化体制发生大裂变的时代，市场经济的确立无疑激活了人们压抑已久的物质欲望，消费文化像一头暴龙跌跌撞撞地闯进他们简单而宁静的生活，改变着由乡土文化联结的人际关系，而传统的价值观念被很多人弃之如敝屣，这足以使他们感到伤心和沮丧。于是，他们决然打破被政治文化框定的视阈，并开始对主流文化持一种怀疑的态度，但他们也对潮水般涌来的欧美文化同样持怀疑的态度，因为他们深知欧美文化在西部这片古老的前现代土地上仅仅是海市蜃楼，这种矛盾的心态使他们产生了深切的文化焦虑，并在他们的文学活动中无不表现出来。事实上，当新生代最初的精神偶像——毛泽东及毛泽东所代表的时代崩塌之后，他们在很长时间都处于六神无主的状态，并因此踏上了追寻精神文化家园的漫漫长路。新生代所面临的问题，正如美国理论家布雷德伯里在描述现代主义生成过程中的文化地震与精神重建，"那些文化上灾变性的大动乱，亦即人类创造精神的基本震动，这些震动似乎颠覆了我们最坚实、最主要的信念和设想，把过去时代的广大领域化为一片废墟（我们很有把握地说，这是宏伟的废墟），使整个文明或文化受到怀疑，同时也激励人们进行疯狂的重建工作"①。

　　随着国内文化消费市场的渐次形成，东南部的新生代作家在创作趋势上呈现为两个极端，一个是由余华、苏童、叶兆言等为代表的高蹈派，他们尝试着花样翻新的现代或后现代语言

———————

　　① ［英］马·布雷德伯里、詹·麦克法兰主编：《现代主义》，胡家峦译，外语教育出版社1992年版，第3页。

和叙事技术，以一种几乎拒绝读者阅读的姿态从事着创作；另一个是由韩东、朱文、邱华栋等为代表的媚俗派，他们急不可耐地表现出对消费文化的激赏，以一种最世俗的眼光看待文学活动，并将写作当成现实的生存手段。而新生代西部作家显然走的是别一路线，他们深情注视着西部大地上正在发生的一切，以朴素的人道主义情怀关切着西部最底层的艰难求生的民众，他们无法以游戏文学的姿态对待在他们看来依然神圣的文学事业，尽管文学在一个消费逻辑主导的社会已近乎沉沦。他们的文字依然沉重，依然充满人间温情与知识分子良知，他们对东南部新生代作家的趋向有着必要的警觉，如雪漠所言，"时下不少'作家'的作品，多是些无病呻吟的玩意儿，或卖弄一些技巧，或写些莫名其妙的文字，而老百姓的生活和饥苦，却少见触及"，"这个时代非常需要一些人生产些轻松的文艺消费品，但同时，也需要有人写些实在的、甚至沉重的直面人生的作品"。他们把文学看作是言说的途径，看作是为那些持久沉默的弱势群体言说的途径，并将一个文学知识分子应有的社会责任感渗透其中，虽然在消费时代这种言说也许微不足道，"我只想说话，只想说自己想说和该说的话，只想做也许是命定的也许是穷忙的事"①。正因为如此，新生代西部作家才在文学日趋边缘化的历史时刻捍卫了文学的尊严，他们"关注社会现实和历史灾难；重视善的价值，有极强的道德感和道义感，同情弱者和底层人；是一种求真的写作，具有去伪存真的史传意识；是一种为人生的写作，认同现代文学的启蒙

---

① 雪漠：《〈大漠祭〉作者自白》，载《飞天》2003 年第 3 期。

精神及'人的文学'理念；是一种质朴、淳厚的写作，具有清新可喜的诗性意味"。①

新生代西部作家在固有价值体系崩溃之后，实际将着眼点回到了人本身，回到了真实存在的西部人本身，而不是停留在虚无缥缈的历史迷雾中去杜撰影子般存在的人，他们以人道主义和消费时代罕见的集体主义精神去审视现代化进程中西部人的文化沧桑和人性变迁，在消费时尚的喧嚣外，构建着一片纯净的文学世界。"他们把根深深地扎在西北黄土地上，写出了这片土地上生长出的生命之歌和独特味道。他们的文学世界中既有对美好生活的诉求和奋斗，也有对人性弱点的揭示，更是着意刻画了市场经济大潮下的众生相"，"他们没有回避历史进程中所遭遇的诸多问题和弊端，而是描述了全球化语境下多重社会形态、文化形态共时存在下的人生境遇和生活情态，写出了现代化进程中西北大地上人的某种生存状态，揭示了这一历史进程对人们心理和观念的冲击，以及伴随着忧伤与希望、痛苦与理想所引起的精神的道德的波澜，并给与这种嬗变以人文的关怀"。②

王新军的作品着力再现了乡土文化背景下仅存的温暖的人情味，他似乎在有意绕过人性的邪恶和人生的不幸，而是以其特有的乡土伦理和道德力量言说着底层人的幸福与充实，他们的幸福和充实，却来自于集体主义时代的利他精神，来自于他

---

① 李建军：《论第三代西北小说家》，载《朔方》2004 年第 4 期。
② 范玉刚：《苦难的升华与大地的守护——论宁夏文学精神的生成》，载《朔方》2007 年第 12 期。

们在日常生活中对美好情感流程的真实体验。王新军的此类表述，与20世纪30年代沈从文的创作相似，即对乡土生活进行诗化，对乡土人性进行形而上的礼赞，这种姿态在曲折地校正1980年代中后期以来文学多呈现黑暗、邪恶和不幸的克隆式的文风，文学的深度不一定非要呈现这些阴暗的东西，真诚描述那些美好的事物也许能给人以更长时间的美感和回味。而火会亮关注更多的是乡土社会自觉与不自觉的发展，以及乡民们在现实之中的心灵悸动，如《挂匾》、《唢呐声声》，其《寻找砚台》更是因涉及亲情与金钱的残酷交锋而赋予作品一种普遍的穿透力。在石舒清的一系列作品中，对金钱腐蚀人性的现实景观进行了富有力度的批判，如《深埋树下》通过父子两代人的价值观念的冲突，谴责了尤素夫的见利忘义和游戏人生的行为；《贺禧》则以村人对暴发户牛蛋态度的微妙变化，凸显了金钱力量与传统道德观念不可避免的冲突，令人震惊的是，最终的结局是乡民由对牛蛋的妒羡到昧了良知去趋奉被金钱包装了的败坏与邪恶。

新生代西部作家在强调文学的社会性、现实性与参与性的同时，尽力复现西部特有的文化气韵和人情世态，这与其前辈有着极深的渊源关系，实际也是西部文学传统的当下反映。柳青等人作为第一代西部作家，是《讲话》精神的自觉实践者，而《讲话》从中国革命的宏观视野上把文学纳入其中，将文学看作是中国革命的一个组成部分，文学提供给人们的不应该是饭后茶余的谈资笑料，而是承担着改造人的观念、塑造人的灵魂的重任，因此柳青这一辈作家总是怀着积极的入世精神和高昂的政治热情，以叙事的形式言说社会主义制度产生的必然性与合法性。例如，在谈到《创业史》的创作经验时，柳青毫不隐晦地说，"我们的文艺工作者要热爱这个制度，要描写要歌颂这个制度下的新生活。我写这本书就是写这个制度的新生活，《创业史》就是写这个制度的诞生的"。[①] 柳青一代的成功之处在于，他们的创作能够在西部风情的展示中将政治话语和文学话语有机地结合起来，把生活和写作最大限度地统一起来，用朴素而生动的叙事，刻画他们真正了然的形象。可以说，是柳青他们奠基了西部文学的叙事传统。而第二代西部作家如张贤亮，在"反思文学"和"改革文学"的声浪中崛起，延续了柳青一代的叙事传统，其作品《灵与肉》、《绿化树》和《男人的一半是女人》等虽难免带有知识分子的"阉割"情结，但这些作品中弥散着的对西部厚土的真挚情感和审美凝视，其实已跨越了当年的政治话语的疆域，至今仍具有强旺的美学生命力。第三代西部作家如张承志、路遥、贾平凹、陈忠实、扎西达娃等汲取了第一代和第二代西部作家的叙事经验，将"西部"作为一个文化整体来看待，他们往往采取民间视角来俯察西部大地上被文化规约着的人，尽管他们的创作个性殊异，但其共性都是自觉地与西部文化融为一体，他们深刻地关注着西部人，关注社会转型期西部人在生活方式、生产方式、文化心态和价值观念等层面的变迁，他们的创作为新生代西部作家提供了丰富的直接经验。

---

①　柳青：《在陕西省出版局召开的业余作家创作座谈会上的讲话》，载《延河》1979 年第 6 期。

前瞻性批评：消费时代的文学与影像

如果我们从 1980 年代中后期中国文学的整体走向来探视，就会对新生代西部作家积极参与社会、参与生活的冲动和努力有新的认知。新时期文学从 1987 年主流意识形态权力话语与先前自由发展的精英文学话语的一次剧烈碰撞而发生了重大转折①，新写实主义和新历史主义相继在文坛涌现，它们共同的潜在愿望却都是消解权力话语对文学的干预和控制。新写实主义最基本的核心是还原生活本相，是对现实主义典型论的一种背弃，而新历史主义是对权力话语的进一步消解，新历史主义者对历史的现存性表现出深度的质疑。但我们也不难发现，新写实主义在还原生活本相之际，衍生了先天的世俗性，放弃了作家创作的主体精神，而新历史主义由于过度强调作家的主体性，在疏离现实的同时也疏离了大众。中国现当代文学长期以来都是在左翼文学史观的影响下发展的，而左翼史观以其强烈的政治意识和宏大叙事为基本特征，毛泽东的《讲话》将其系统化并最终完型，在革命战争的语境中，左翼史观有着重要的历史意义，而当社会语境发生了更替，这种文学观理当做相应的调整。进入新时期，理论界一直讨论的文学的社会功能问题，归根结底还是要回到左翼文学史观上来，但讨论的结果，是多数理论家对文学到底能不能产生预设的社会影响产生了怀疑。也是在此种背景下，中国文学发生了转折，但新写实主义等思潮其实是文学自卑的表现，这些思潮在反拨和校正左翼史观的瞬间，走向了另一极端，即这些思潮中的作家认为文学根

---

① 吴秀明：《中国当代文学史写真》（简明读本），浙江大学出版社 2003 年版，第 265—268 页。

本就不可能产生什么社会影响，文学不过是一种文化消费品或自我表达和书写的方式。

就西部文学而论，柳青一代和张贤亮一代都是在左翼史观的烛照下开始创作的，左翼史观一直左右着他们的西部叙事，所以说，左翼史观实际是西部文学的根系所在，具有不可替代的价值意义。因此我们也就能够理解，为什么新生代西部作家始终难于拒绝宏大叙事，难于把文学当作一种消费文化来对待，这正是文学传统的力量使然。从 1980 年代中后期，新生代西部作家始与国内新锐文学思潮分道扬镳，走向独立发展的道路，并逐渐淡出文学史家的视野。但新生代也不是全盘接受前辈的经验，而是将柳青们和张贤亮们的政治热情置换为文化热情，将主流意识形态话语置换为民间话语，将乌托邦情怀置换为人道主义情怀。他们深知文学改造社会的力量尽管不能和其他意识形态尤其是政治意识形态相提并论，但也不是完全起不到社会作用，他们的文学责任感并未消失，这也是他们能始终关注现实、关注西部人在现代化进程中灵魂变迁的原因，只不过他们比前辈更加清醒、更加理性。如陈继明所言，"一切有能力思考的人，都应该对社会发言，何况作家"，"关于土地和苦难——谁也不能否认，这两样，是文学的基本母题。生活在西部的作家，距离土地和苦难更切近，因而写得更多，这不应该受到非议。对于他们来说，这样的情形更是命运，而非策略"①。董立勃也表达过类似的文学观，"作为作家，我们是

---

① 陈继明、漠月：《对真正的文学性的坚决靠近——答〈朔方〉问》，载《朔方》2006 年第 1 期。

没有能力帮助他们怎么样会好一点，或变成什么样就更好了。作家的本事就是写出能引起读者共鸣，甚至震撼的作品来"。①

新生代西部作家不同于新写实主义等思潮的另一个重要特征是浪漫主义文学精神的再度兴起。在西部文学的发展史上，如果说柳青等人开创了现实主义文学传统，那么，杜鹏程他们则开创了浪漫主义文学传统，杜鹏程的《保卫延安》曾以浪漫主义的诡谲奇异的想象力和雄浑壮美的文学风格而震惊了当年的文坛。杜鹏程之后，浪漫主义传统辈辈相续，在张承志、贾平凹、红柯等更年轻的作家中发扬光大，甚至有人认为，"在新时期浪漫主义思潮中，最具有浪漫气质、作品的浪漫主义特点最为鲜明的是张承志"②。鲁迅在《摩罗诗力说》中对浪漫主义的理解是"立意在反抗，指归在动作"，但浪漫主义的"反抗"主要不是体现在物质层面，而是体现在精神领域，所以，浪漫主义往往是对现实世界的精神超越，并与自由追求和理想主义等因素有着深刻的内在关联。浪漫主义不是市民社会的产物，也与庸俗的中产阶级无关，早期的浪漫主义者诺瓦利斯曾尖锐批判那些忙碌的市民社会的中产阶级只知道幸福地过日子，"他们所做的一切都是为了世俗的生活"，而"伴随着一种增长的文化，需要变得更加形形色色，他们满足需要的手段的价值成比例增长，而道德感滞后于这一切奢侈品的发

---

① 董立勃、李海诺：《对话作家董立勃》，载《西部》2006 年第 12 期。

② 陈国恩：《浪漫主义与 20 世纪中国文学》，安徽教育出版社 2000 年版，第 298 页。

明，也滞后于一切精细的生活享乐"①。由此我们也就能够明白，为什么 1990 年代东南部的作家宁愿被日常化的琐碎叙事所湮没，也不愿打开一个广阔的文学性的想象空间了。

　　浪漫主义在新生代西部作家中再度兴起有着深层的社会原因。伴随着 1990 年代现代化进程步伐的加快，宁静的西部山川似乎都染上了浓重的商业气息，人们在疯狂追逐着物质利益，淳朴的乡民也不再那么淳朴，而现代化在带给人们物质享受的同时，也衍生出了平庸与奢靡。于是，"重返自然"的呼声势必要在新生代的创作中反映出来。新生代笔下的"自然"当然蕴蓄着更丰富的内涵，如韦勒克所言，"所有浪漫主义诗人都把自然当作一个有机整体，把自然看作类似于人而不是原子的组合——一个不脱离审美价值的自然"②。新生代的潜在意图则是以自然对抗都市文明所导致的人性异化，对抗世俗生活的平庸与奢靡，有着鲜明的时代意义。在当前商业文化和消费文化鲸吞我们生活空间的时代，重倡浪漫主义文学精神就不单是关涉一种创作方法的问题，作为一种更迫切的指向，它也是寻找失落的文学想象和文学尊严的举措。在红柯的笔下，狼、马、羊这些极具西部草原风情的动物都通晓人性，充满人性，狼有着人类生命的本能冲动（《狼嗥》），马是协助成吉思汗横扫欧亚大陆的亲密伴侣（《金色的阿尔泰》），羊不是牧民任意宰杀的牲畜，而是具有令人敬畏的神秘力量的伙伴（《美

---

　　①　［德］诺瓦利斯：《革命的标志》，转引自舒绍福《市民社会的失范与浪漫主义的矫正》，载《理论与改革》2006 年第 4 期。

　　②　［美］雷纳·韦勒克：《批评的概念》，张金言译，中国美术学院出版社 1999 年版，第 167 页。

丽奴羊》），鱼儿也与人类的生活无法割舍（《哈纳斯湖》）。在谈到《西去的骑手》这部长篇时，红柯不无感慨地说，"我曾为新疆独特的自然景观所震撼。大戈壁、大沙漠、大草原必然产生生命的大气象，绝域产生大美，而马仲英身上体现的正是大西北的大生命"①。

值得注意的是，在红柯这些新生代西部作家天人合一、敬畏生灵的自然观中，浪漫主义还同时表现为一种神秘感。"浪漫主义把自然当作一种语言或是一首和声协奏曲"，"整个宇宙被认为是一个由各种符号、契合、象征组成的体系，这个体系同时又是有生命的并且按照节奏颤动"②，因而在浪漫主义文学中常常出现神话的甚至宗教的意象。梅卓的《太阳部落》、《月亮营地》以及许多中短篇，都以营构浓烈而独具民族特色的神秘感而引人入胜，它们刻画了种种未知的神秘世界，那些虚幻而灵异的事物与人物的爱恨情仇交织在一起，虚实相间、亦真亦幻，使作品自始至终笼罩着一层魔幻色彩。对宗教意象的灵活把握是梅卓作品的一个亮点，如《太阳部落》中的太阳石戒指和木刻风马，《月亮营地》中的雪豹。而且梅卓错落有致地运用活佛转世、巫师、梦魇、灵魂游走、心灵感应等极富神秘性的文化符号，轻松自如地突破了神灵世界与现实世界之间的界限，完成了神秘和现实的自由转换。如在《月亮营地》中，尼罗的灵魂出窍在漂浮中回忆往事，跟踪着

---

① 李健彪：《绝域产生大美——访著名作家红柯》，载《回族文学》2006 年第 3 期。

② ［美］雷纳·韦勒克：《批评的概念》，张金言译，中国美术学院出版社1999 年版，第 175 页。

儿女们和情人阿格旺的生活，尼罗成为连接过去和现在、荒诞
和真实的纽带。韦勒克曾言，"所有伟大的浪漫主义诗人都是
神话创造者和象征主义者。他们的实践必须通过他们试图给予
世界的一种只有诗人才能领悟的神话解释来理解"①，无疑，
韦勒克的论断在新生代西部作家身上得到了形象化的诠释。

三　历史机遇及写作困境

新生代西部作家大多从新时期初期始尝试创作，而新时期
文学则又是在"思想解放"运动的背景下展开的，这里所谓
"思想解放"主要指知识分子主体精神和身份意识的觉醒。
"长期遭受压抑的知识分子的精英意识和'五四'新文学传统
开始逐渐复苏"，"这一传统的意义归纳起来，就是现代知识
分子在半个多世纪的长期斗争中形成的一种紧张地批判社会弊
病、针砭现实、热忱干预当代生活的战斗态度"。② 伴随着知
识分子主体精神和身份意识觉醒的是，文学成为那个历史时刻
深具影响力的向社会发言的载体，一个类似于"五四"时代
的文学神话就诞生在此背景中。这个文学神话及其产生的社会
轰动效应，也许是数千年中国文学史上都罕见的现象，而它对
新生代西部作家的成长所造成的影响也极为深远。

首先是新生代深受文学神话的感染，视文学为圣洁之物，

---

① ［美］雷纳·韦勒克：《批评的概念》，张金言译，中国美术学院出版社
1999 年版，第 183 页。

② 陈思和主编：《中国当代文学史教程》（第 2 版），复旦大学出版社 2008
年版，第 189—190 页。

进而将文学活动看作是其生命存在的一种方式，而不是求生或谋取浮名的方式，是一种重要的精神寄托，而不是消遣人生或抚慰心灵空虚的中介，如李方所言，"我想要说的是，即使在这样困顿的现实生活的重压之下，我为什么还要创作还要写小说"，"我认识到文学创作，这是我一生的理想与追求，虽然现实生活不尽人意，但只要在保住了基本生存的前提下，只要还有一口饭吃，有一张安静的桌子，只要还有一口气，那我就要把文学干到底"。[①]这种将文学活动与生命活动自觉的融合，正是西部文学传统在新生代那里能够薪火相传并发扬光大的基础和保证，也是新生代在不远的将来能够缔造文学经典的一个先决条件。其次，第二代和第三代西部作家为新生代的出场酝酿了氛围，第二代如张贤亮，在这个历史时空以其历经苦难之后的慷慨悲歌式的西部叙事冲击着中国文坛，而张承志、路遥、扎西达娃等第三代更是以其峻切而沉郁的西部言说使中国文坛为之侧目，是他们的共同努力使西部文学成为当代文学版图上不可或缺的组成，不难看出，第二代和第三代实际上给新生代确立了范式和高度，为他们的出场廓清了迷雾。再次，解冻之后的中国，是一个东西方文化得以交融的巨大空间，20世纪后半期以降的各种西方思潮涌入中国大陆，现代主义和后现代主义文学在审美方式、题材择取以及价值判断上的迥异也大大开阔了新生代的文学视野，这不仅使他们能够打破政治价值判断的窠臼，而且也使他们能够将西部文学融入"世界文学"的整体格局，从而使西部文学跨越民族文学的疆界，并

---

① 《〈朔方〉青年作家改稿会谈话摘要》，载《朔方》1998 年第 4 期。

最终使新生代拥有了一种开放性的文学心态。阿来曾谈到惠特曼、聂鲁达、马尔克斯和福克纳等西方作家对他产生过深刻的影响，"福克纳的《我弥留之际》，当然不止是这本书，这个作家，教会了我如何描绘与表达苦难"。他从事写作的动机之一，是要消解文化冲突与偏见，"在不同的文化间游走，不同文化相互间的冲突，偏见，歧视，提防，侵犯，都给我更深刻的敏感，以及对沟通与和解的渴望。我想，我所有的作品都包含着这样一种个人努力"。①

如果说新生代在一个缔造文学神话的时期尝试写作的话，那么当他们中的一部分人在 1980 年代中后期初登文坛的时刻，却不得不面对一种来自社会转型，即市场经济的发展和消费性社会的出现的压力，这种压力在 1990 年代则显得更为强劲，迫使成长中的新生代重新定位和确立自身的生存环境和写作道路。"愈来愈多的人倾向于相信，文学正在消失；或者说，文学退隐了。大部分公众已经从文学周围撤离。作家中心的文化图像成了一种过时的浪漫主义幻觉，一批精神领袖开始忍受形影相吊的煎熬。"② 这是南帆对 1980 年代中后期以来文学状况的描述。新生代西部作家所看到的是，文学神话在消费语境中竟变得如此的脆弱，如此的被迅速瓦解，文学的"商品化"已成为大势所趋。洪子诚在分析"八十年代的文学环境"时指出，文学的商品化"导致作家对写作目的、性质的不同理解的身份上、价值取向上的分化"，有些作家既想维持在文学

---

① 吴怀尧、阿来：《文学即宗教》，载《延安文学》2009 年第 3 期。
② 南帆：《后革命的转移》，北京大学出版社 2005 年版，第 1 页。

神话时期树立的"精神旗帜"的形象，又想在消费性文化的
写作中获取巨大利益，这不能不使他们处于"紧张状态中"，
然而，"清醒地选择、确立自身的某一'位置'，又使另一些
作家从惶惑、紧张中走出"。① 新生代西部作家无疑是"从惶
惑、紧张中走出"的一群，尽管这种"走出"的背后是一种
普罗米修斯式的牺牲精神，一种悲壮地忍受贫穷、苦难和孤独
的心理准备。有研究者认为，"在他们的心目中'文学'是一
个圣洁的字眼，文学天然地具有社会责任感和人生使命感，容
不得半点怀疑和亵渎。他们将自己的生命融入文学，把自己的
心血和智慧奉献给文学，他们愿意成为文学的'殉道者'，而
不去关心文学能够给予个人什么样的回报"。② 雪漠在谈及他
的写作时，所说的一番话很能代表新生代捍卫文学纯洁性的精
神指向，"我仿佛从来不曾为当'作家'而写作。我只是在生
活，渴而饮，饥而食。写作亦然。日日读，夜夜写，发表与否
关系不大，成不成功很少考虑。需要钱时，就经商弄两个。既
没打算凭写作谋金钱，也不指望借文学图高位"。③ 文学商品
化时代的价值选择，使新生代西部作家不仅捍卫了文学的纯洁
性，而且使他们保持了创造文学经典的必要定力，使他们在浮
华世界的声浪中能够冷静地追求精神的崇高。这也是一种历史
机遇，是在文学复归常态后的真挚追求，当国内大多数作家孜
孜于利益的获取或发无谓的感慨时，新生代西部作家却渐次触

① 洪子诚：《中国当代文学史》，北京大学出版社 1999 年版，第 236—
237 页。

② 郎伟：《偏远地区的文学力量》，载《朔方》2002 年第 2 期。

③ 雪漠：《〈大漠祭〉作者自白》，载《飞天》2003 年第 3 期。

及文学最本质的核体——对崇高精神的把握和对凡俗人生的超越。文学活动是一种精神活动，如果一个作家的精神世界是庸俗的甚至是粗鄙的，我们又怎么能指望他创造出经典作品来？在读者普遍抱怨国内新生代作家至今拿不出经典作品的时候，他们可曾反思过其中的因由？

　　进入新世纪，新生代显然已跃居为西部叙事的话语中坚。随着王蒙进京之后的题材转向和张贤亮在 1990 年代初期的辍笔经商，第二代的西部叙事其实早已终结。而在第三代中，路遥于 1990 年代的突然谢世，陈忠实在《白鹿原》和扎西达娃在《骚动的香巴拉》之后的长时间沉寂，以及张承志《心灵史》之后的文体转向，都说明第三代的黄金时段已经过去。而正在成长中的第五代与新生代相比也许还要走更长的路，"七十年代出生的作家在长篇创作上总是显得相对薄弱，通常都是一些碎片的拼接：无论是文化背景、结构安排，还是情节发展、人物形象，往往都显得较为简单，缺乏必要的严谨和丰实。这些作品既无法达到五十年代出生的作家笔下那种气蕴饱满、纵横捭阖的宏大气象；也无法实现六十年代出生的作家笔下那种精致幽深、形式之中深含意味的艺术特质"。[①] 尽管这是就 70 后作家的整体状况而言的，但对第五代西部作家来讲也无不可。从 1980 年代初至今，新生代已有 20 多年的创作经验，而他们几乎都步入了中年，且他们的阅历和思想还在不断地丰富和成熟，我们可以断言，今后一二十年新生代仍将延续

---

　　① 洪治纲：《新时期作家的代际差别与审美选择》，载《中国社会科学》2008 年第 4 期。

西部叙事的主导性，因为他们中许多人的叙事空间才刚刚打开，我们所期待的仅仅是他们出大成果、成大境界的时刻的降临。洪治纲曾言，"在未来相当长的一段时间内，六十年代出生的作家们依然是支撑中国当代文学发展的主要力量。甚至可以说，作为一个代际意义十分重要的创作群体，他们在整体上所能达到的高度，将会直接影响整个中国当代文学发展的进程"①，我们有理由相信这并非虚论。

前文我们反复论述了新生代西部作家在消费语境中坚守了文学精神，付出了艰辛的劳动，并保持了文学的纯洁性，或许有人会问：新生代有没有可能缔造世纪文学经典？如果有这种可能性，何时才能看到他们的经典？如果没有这种可能性，他们所缺少的又是什么？诸如此类的问题，都指向新生代最终可能达到的高度，当然也不排除对他们文学活动的一定程度的置疑。文学精神的坚守、勤奋的写作和文学纯洁性的保持都是缔造文学经典的要件，这些对新生代西部作家来讲他们都不缺，甚至过人的文学才华和在物欲面前的必要定力他们也不缺，那么，为什么他们至今尚无文学经典问世？到底是什么制约了他们的创作？李建军探讨过此类问题，他坦言，"从整体上看，他们的作品虽然不乏新意和诗意，不乏朴实的情感和健康的道德内容，但是，缺乏境界阔大、思想成熟、技术圆练的大作品。更为严重的情况是，他们写到一定程度，一旦被社会认可，就不自觉地在已经形成的模式里进行复制性的写作，写出

① 洪治纲：《新生代作家群的创作前景分析》，载《文学教育》2008 年第 12 期。

来的作品给人一种彼此雷同、似曾相识的印象。这几乎是所有
那些已经成名的青年作家身上共有的问题"。① 他认为导致这
一状况出现的原因，与新生代的体验资源、思想能力和洞察力
有关。李建军的意见无可非议，但我们认为，思想高度的限
制、经典意识的匮乏以及更深入而广泛的阅读的短缺都是掣肘
新生代创作臻达经典高度的因素。

恩格斯曾与拉萨尔讨论其悲剧《济金根》，关于理想戏剧
的问题（其实也是文学经典问题），提出"较大的思想深度和
意识到的历史内容，同莎士比亚剧作的情节的生动性与丰富性
的完美的融合"② 的观点。在恩格斯看来，作品的思想深度不
是纯粹思辨的产物，而是来自作家对他所反映的"历史内容"
的深刻认识和把握。循着恩格斯的理路，我们相信，中国社会
30 年来所发生的沧桑巨变中，必然蕴涵着亟待挖掘和呈现的
历史内容，但新生代西部作家似乎目前还难于穿透历史的迷雾
和假象，不能举重若轻地把握历史发展的规律。我们只要检视
这些年新生代关注现实的作品就不难发现，多数作品在题材的
开掘上存在彼此复制的现象，例如对金钱腐蚀灵魂的揭露、对
乡土伦理的追念、对失去土地的农民的过度同情、对底层民众
生存艰难的感慨之类的表述太多，而读者所希冀的却是透过那
些刚毅而苦难的脸孔能够升华对存在新的认知，我们认为新生
代的认知与普通读者的认知处于同一水平线，没有达到应有的

---

① 李建军：《论第三代西北小说家》，载《朔方》2004 年第 4 期。
② ［德］恩格斯：《致裴迪南·拉萨尔》，见《马克思恩格斯全集》（第 7
卷），人民出版社 1958 年版，第 385 页。

思想高度。鲁迅在对辛亥革命之后的中国现实的观察和反映中，因为是从"揭出病苦，引起疗救的注意"① 这一精神旨归出发的，所以他尽管写的可能是过时文人如孔乙己，生存日艰的农民如闰土，无家可归的民工如阿Q，追求个性解放的时代女性如子君，却都能游刃有余，都能清晰呈现这些人物的性格缺陷和时代强加于他们的悲剧命运，其思想高度远远超越了读者的认知水平。要写出有高度的人物，作家的思想基点就必须更高，必须拉开审美距离，如果与作品人物贴得太近，反而会使作家失去基本的判断，使作品湮没在叙事的平庸和琐碎之中。雪漠在《大漠祭》的前言中说过，"我最喜欢的身份是'老百姓'。能和天下那么多朴实善良的老百姓为伍，并清醒地健康地活着，是我最大的满足"。② 他能以平民化的眼光看待弱势群体无疑是令人尊敬的，但以这样的眼光能创造出不朽之作吗？《大漠祭》的构架本来可以渗透多方面的历史内涵，而且雪漠有着扎实深厚的生活体验，按理是能够创造经典的，但因为作者没有拉开审美距离和缺乏透视历史的魄力，最终使这部作品流于一般化。

不仅雪漠，而且石舒清、漠月、郭文斌等新生代西部作家大多存在类似的情况，也就是因为对农民的过度同情而丧失了作品的客观性，丧失了深刻揭示生活流程中潜在的历史价值的机遇。恩格斯在论及巴尔扎克坚持"客观性"这个现实主义

---

① 鲁迅：《我怎么做起小说来》，见《鲁迅全集》（第4卷），人民文学出版社1981年版，第512页。

② 雪漠：《〈大漠祭〉作者自白》，载《飞天》2003年第3期。

文学的特点时，指出为了真实地再现生活，"巴尔扎克就不得不违反自己的阶级同情和政治偏见而行动；他看到了他心爱的贵族们灭亡的必然性，从而把他们描写成不配有更好命运的人"，"这一切我认为是现实主义的最伟大胜利之一"①。新生代的确应该从恩格斯的论述中获得启发。以客观态度表现生活，不仅能使优秀的现实主义作品具有让读者洞悉人生的巨大魅力，而且还会具有近乎历史文献的价值，正因为如此，马克思曾对狄更斯等英国作家给予了高度评价，"现代英国的一批杰出的小说家，他们在自己的卓越的、描写生动的书籍中向世界揭示的政治和社会真理，比一切职业政客、政论家和道德家加在一起所揭示的还要多。他们对资产阶级的各个阶层，从'最高尚的'食利者和认为从事任何工作都是庸俗不堪的资本家到小商贩和律师事务所的小职员，都进行了剖析"②。这也是恩格斯所谓"意识到的历史内容"的文学传达，而我们殷切期望的，却是新生代能够在他们的叙事中揭示出更多、更深刻的"政治和社会真理"。

至于文学经典意识，就是作家在创作过程中能够不断增强其创作的雄心、信心和耐心。他们不仅坚信自己选材严、开掘深，而且坚信作品的结构、语言以及形象都是独到的、充满魅力的。他们不仅有透视历史的雄心，也有揭示人类共同命运的雄心。他们对自己体验过的生活不仅能够入乎其内，也能够出

---

① 〔德〕恩格斯：《致玛·哈克奈斯》，见《马克思恩格斯选集》（第四卷），人民出版社1995年版，第684页。

② 〔德〕马克思：《英国资产阶级》，见《马克思恩格斯全集》（第10卷），人民出版社1962年版，第686页。

乎其外，既能写之又能观之。他们的胸怀是宽广的，有着海纳百川的气概，尽管对某种文化可能非常熟悉，然而他们却能够心平气和地接纳异质文化，为其所用。他们的文学基地可能是具体的、有限的，但他们的作品所呈示的文学世界却是无限的、哲学的。他们有足够的耐心推敲小到一个词语的使用，大到对作品的整体把握。他们有更大的耐心去创造灵感和等待灵感，他们绝不心浮气躁地滥用哪怕是一个词语，他们因为一个细节的真实性也会做实地考察，他们对一个人物会进行千百次的观察和研究。他们能有效控制自己的想象力和审美情感，他们的想象既不会天马行空般的放肆，也不是空穴来风式的妄想，他们尊重生活又超越生活，他们的情感会压缩到极限。经典意识的匮乏的确是新生代亟待解决的问题，一个总体印象是，当他们在某个方面达到一定高度便失去了否定自己的勇气，所以总是在小格局中徘徊，因而固步自封和长期重复。如董立勃在《白豆》创造出"下野地"这个文学世界后，就给人感觉他始终也走不出"下野地"所确立的人性符号和主题模式了，而且越写越飘，越写越失去了吸引力。刘亮程自文化散文集《一个人的村庄》获得好评后，经过五年的苦修完成长篇《虚土》，但无非是《一个人的村庄》的延伸和翻版，读者似乎再难找到阅读的新鲜感。我们只要看看鲁迅《呐喊》和《彷徨》中的作品，可谓是不断突破自我、否定自我的序列，在这个序列中我们竟然在任何一个细节上都找不到有相似性的两篇，更不用说重复自己了，鲁迅的文学经验对新生代而言应该说是有警示意义的。

第三章　寻找失落的精神家园

　　文学活动作为一种创造性的活动，其生命和发展维系于不断创新，维系于对传统的不断超越。布鲁姆曾言，"前驱者像洪水一样向我们压来，我们的想象力可能被淹没，但是，新诗人如果完全回避前驱者的淹没，那么他就永远无法获得自己的想象力的生命"①。在布鲁姆看来，传统和经典是绕不开的，后人的创作只有寻找如何化解或超越传统的途径，而没有别的捷径。如果我们稍做考察便不难发现，一切重要的作家其实都非常注重对传统文学修养的积累，注重对以往文学大师和经典作品的反复研读。只有经过了反复研读，他们才有可能对经典的高度有确切的认知，也才能对经典的局限心知肚明，从而为自己全新的艺术探索找到方向。马尔克斯多次谈到卡夫卡、海明威、福克纳、康拉德等经典作家对他产生过重大影响，但是，"事实上，我一直尽力使自己不跟别人雷同。我不但没有去模仿我所喜爱的作家，反而尽力去回避他们的影响"。② 马尔克斯的意思是，尽量在研读文学经典的前提下，吸纳经典的精、气、神，而在具体的创作中却要突破经典的束缚，开拓出自己的文学空间。新生代西部作家目前之所以会陷入写作的困境，我们认为其中的一个原因是阅读的限制而不是体验资源的限制，以体验资源而论，福克纳和卡夫卡很少有过广泛的社会交往，他们的生活范围甚至是很有限的，但他们的作品却能引领世界文学潮流，个中缘由极有可能是他们经过了经典作品的

---

　　① ［美］哈罗德·布鲁姆：《影响的焦虑》，徐文伯译，生活·读书·新知三联书店 1989 年版，第 169 页。
　　② ［哥伦比亚］马尔克斯、门多萨番：《石榴飘香》，林一安译，生活·读书·新知三联书店 1987 年版，第 65 页。

大量研读和最终的另辟蹊径。中国社会 30 年来所发生的巨大变革，与巴尔扎克时代所发生的变革何其相似，新生代为什么不去研读巴尔扎克并进行中国化、本土化的处理？同理，福克纳以有限的生活接近极限内蕴的方式、昆德拉以轻击重的表述模式、海明威刻画硬汉人物的诸多手段、托尔斯泰驾驭多线索齐头并进的叙事技巧、鲁迅寥寥数语勾画人物灵魂的驾轻就熟、沈从文对乡土文化的现代转换……这些都是新生代应该研读并进行转化的，海纳百川故能成其大，要想从既有的格局中走出，除了大量的研读和转化没有别的更好、更简捷的路径。

无论如何，新生代西部作家在消费时代仍捍卫着文学的尊严，在他们的身上，体现了精英文学最后的圣洁与光芒，他们以普罗米修斯式的践行和苦行僧式的写作摧毁了"文学已经消失"的谬论。他们站在人道主义和集体主义的立场关切着西部大地上被文化规约着的人，书写着巨变时代西部人的灵魂变迁。他们的创作在强调文学的社会性、现实性与参与性的同时，尽力复现西部特有的文化气韵与人情世态，使西部文学传统得以延伸和拓展。新生代西部作家精神结构的别一指向是浪漫主义文学精神的再度兴起，而其潜在的意图则是以自然对抗都市文明所导致的人性异化，颠覆世俗生活的平庸与奢靡，有着鲜明的时代意义。新生代西部作家的文学活动与生命活动的高度融合，使他们有足够的耐力抵御文学的商品化所带来的文学性的流失和审美想象力的贫乏。他们的写作"是一种面对大地的写作，是一种向他人开放的写作。在他们身上，也很少看到都市的'先锋'写作卖弄技巧的花哨和个人化写作渲染欲望体验的俗气，因此，不管他们的写作存在多少问题，他们是担得起人们的赞许和期待的"。① 新生代西部作家真正代表着西部文学乃至于当代文学的未来和希望，尽管他们目前还面临着一些写作中的困境，但我们坚信，他们总会从这些困境中走出来，而当他们走出这些困境的时刻，也是他们出大成果、成大境界的时刻，这一天的到来终究不会太遥远。

第三节　缘自远古的文化回声
——长安文化精神对当代秦地作家的深层影响

19 世纪初的西方，斯达尔夫人的《从文学与社会制度的关系论文学》和泰纳的《〈英国文学史〉序言》的问世，将文学活动与地域文化的联系引向更深入的讨论。在泰纳看来，影响文学活动的地域文化其实主要体现在精神领域，他在一系列著作中都从"种族"、"环境"和"时代"解析精神文化，而且，他把由其生成的精神现象看作是文学创造基本的和最终的力量。刘师培在《南北文学不同论》中，也认定地理人文环境对文学会产生巨大影响，地域文化对作家具有决定性的意义。循泰纳、刘师培等人的理路，本节将研讨长安文化之于当代秦地作家在现代性语境中所播撒的种种影响，并以此探悉秦地作家文化心理结构转型与重构的契机。当代秦地作家在现代

---

① 李建军：《论第三代西北小说家》，载《朔方》2004 年第 4 期。

化语境中对长安文化的阐释与重构，是其文学精神生成的基础，也是其创作的根植与血脉所在，正是在这个意义上，秦地作家的创作才承载了丰厚的文化含量与意义深度。在题材的选择上，秦地作家将眼界一直延伸到了乡土和农民精神状态的深处，而这种乡土叙事动机的产生，在很大程度上却是缘于他们对长安民间文化的怀旧与想象，并携带着对传统乡村现代化转型的深切焦虑。在主题话语的生成上，秦地作家承继了长安士层文化中的悲悯情怀和进取意识，由此培育出了一种深刻关注现实的文学精神，民族国家想象、底层群体生存状态的展示，及狂欢式苦难图景和强力主体行为图景的交替呈现，是这种文学精神的基本历史向度。在叙述的方略上，秦地作家以宏大叙事和传奇演绎为叙述的两极，其渊源正在于长安长期处于权力的中心而在其文化中生成了一种美学规范，即以叙述的宏大与奇观为极致。长安文化的沉雄阔大，造就了当代秦地作家的襟怀与气度，表现在风格形态上，则被具象化为"恢宏气象"和"史诗品格"，秦地文学亦借此在不断更迭的历史命名中得到了身份确证。

陈寅恪较早提出过"长安文化区"的概念①，他是偏重于从政治地缘进行划分的。"长安文化区"这一概念的提出无疑是极富启示性的，后来有人或从建筑史，或从交流史，或从经济史等角度进行区域文化的划分，也往往视"长安文化"为重要的文化地理。那么，该如何厘定长安文化的基本内涵呢？我们认为，所谓长安文化不仅是一种空间概念，同时也是一种

---

① 陈寅恪：《唐代政治史述论稿》，上海古籍出版社1997年版，第330页。

时间概念。以空间范畴而论，长安文化是以地理意义上的长安为中心而形成的文化综合，如有人就把长安文化看作是"以都城长安及其周围如周都镐京、秦都咸阳为中心的中国古代文化"①，前者陈寅恪将长安文化以"区"论之，亦是一例，都强调了长安文化在地理边界上的延伸性和宽泛性。从时间范畴而言，长安作为周、秦、汉、唐等十余个封建王朝的都城，在漫长的历史演变中其基本文化母体的内涵也在不断地充实和更新，陈寅恪认为，长安文化在唐以前一直处于发展和上升阶段，到唐宋之交的文化革命时刻开始衰落，但其影响却一直延续到现代。因此，在时间范畴上长安文化亦具有延伸性和宽泛性。基于时间和空间双重范畴的考虑，厘定长安文化的基本内涵就不能以一个时期的文化形态为规范，而应该检视所有历史时段所呈示的总体特征。任何一种文化都会在物质和精神两个维度上体现出来，出于命题的需要，关于长安文化的讨论我们更重视从其精神维度上考察。长安文化的源起可以上溯到西周早期，这个时期是长安文化的胚胎孕育期，经过东周的发育，长安文化具备了大致的雏形。周代的长安文化雏形与秦文化合流之后，就形成了长安文化的基本母体。此文化母体在汉、唐这两个封建鼎盛时期，经过各民族间极为广泛的交流和渗透，逐渐演化成以周秦文化为内核，又融合了楚越文化、齐鲁文化及西域边疆文化等不同异质文化的结构，到唐代已达到极盛，终于形成了一种多元并存的综合性的精神文化形态。特别值得关注的是，长安文化兼容了儒家文化的济世思想、道家文化的

① 赵文润：《西魏北周时的长安文化》，载《人文杂志》1993 年第 3 期。

天人理论、佛家文化的悲悯情怀，这些精神质态与开拓奋进意识、以大为美意识、历史言说意识等结合之后，就形成了长安文化的基本精神核体。尽管长安文化在不同的历史时段可能会表现出不同的图式，但都会标识出其一以贯之的精神核体，并从精神文化的维度上体现出来。而长安文化的精神核体一旦形成，便形成了较强的稳定性，它"具有强大的自我更新能力，能适应千百年时代的变迁，不断将本民族精神与时代精神相调节，将各种营养消化于自己的肌肤中，并且抗衡企图改变民族基本精神的外来影响"[1]。这些精神核体，不仅在古代作家如司马迁、李白、杜甫等的诗文中有饱满的呈现，而且在20世纪的作家，尤其是在秦地作家的创作中亦有真切的释放。历代的知识分子都从自己的精神需求、美学理想和表达愿望出发，对长安文化采取了不同的文本策略，影响均及于题材的选择、主题的提炼、表述的方式、风格的形成和语言的传达等文学的众多层面。而史诗规模的构架、恢弘气象的追求、宏大叙事的营造，以及对厚重底蕴的格外器重，是长安文化精神之于秦地文学生成的最为直接的美学规范。

根据长安文化不同的传播和接受方式，大致可将其区分为士层和民间两个文化系统。这两个文化系统，对儒家文化、道家文化、佛家文化及地域性文化等进行了不同的择取与重构，在内容上既有交叉互渗，又在价值判断上迥然有异，但都影响着秦地作家的创作。长安士层文化的源头可追溯到先秦，确切地说，应该是远在孔子校订《诗经》之前。《诗经》中的

---

① 黄新亚：《长安文化与现代化》，载《读书》1986年第12期。

"雅"和"颂",无疑是士层文化的见证,"颂"作为祭祀周人祖先的歌功颂德之作,代表了统治阶级的文化正统,"雅"作为官僚贵族之间的应答之作或抒怀吟咏之作,其寓意之曲折和趣味之高雅当然与市井之作泾渭分明。长安由于在封建社会长期处于政治、文化的中心地位,这种士层文化作为一脉,在精神向度上经过后世文人士大夫的承袭与张扬,遂成为古代中国知识分子主要的创作资源之一。与士层文化相对应,长安民间文化的酝酿期也在先秦,《诗经》中的"秦风"一类典型地体现了其精神底蕴。士层文化较为关注精神界面与制度界面,而民间文化则更倾向于人的心灵世界和风俗道义。长安士层文化曾几度成为古代中国的文化主流,深刻地影响了历代知识分子的人格构成和精神状态。长安民间文化,作为身处社会底层的弱势群体的精神寄托,以乡土文化、神秘文化、侠义文化和秦腔文化为其基本形态,同样深刻影响着中国传统文化的整体风貌。

　　纵览20世纪秦地作家的文学活动,可以发现,他们虽然不像古代秦地作家那样长时间地引领文学思潮的主流,但因为秉承了长安文化的精神核体,在创作的美学范式上仍别具格调,他们的叙事作品往往底蕴沉厚,于"京派"、"海派"等地域文化小说流派之外独标神韵。本节的立意不是要梳理长安文化与历代知识分子创作之间的渊源脉络,而是要探查长安文化与当代秦地作家之间的精神联系。当然,关于这个问题可以从多种视角切入,但为了避免停留在浅表层次的现象描述,本节试图从"传统与现代"、"城市与农村"两个维度,以及

"题材选择"、"主题话语"、"风格追求"和"叙述方略"等
方面进行剖析。

一 乡土与农民：当代秦地作家的题材选择

如果将长安文化作整体观，我们会发现，它是一种建构在
农耕文明积淀基础上的综合形态的文化，这种文化在质态上与
唐宋之际在东南沿海地带逐渐兴起的以商业活动为主体的城市
文化有着天然的分别，乡土文化的稳定性和持久性造就了长安
文化最基本的性格特征，即"农"成为秦地人原初的精神边
界与意义范畴。这样，"农"的行为意识、"农"的审美趣味、
"农"的精神取向也相应成为秦地作家基本的文化心理结构。
冯友兰曾指出，"农的眼界不仅限制着中国哲学的内容，而且
更为重要的是，还限制着中国哲学的方法论"，"农所要对付
的，例如田地和庄稼，一切都是他们直接领悟的。他们纯朴而
天真，珍贵他们如此直接领悟的东西。这就难怪他们的哲学家
也一样，以对于事物的直接领悟作为他们哲学的出发点了"①。
这种文化心理结构的传承是如此的夯实，以至于有些秦地作家
如贾平凹，尽管在城市生活了很久，也无法从根本上有效转
型，不能以城市人欣喜的心情看待瞬息万变的城市万象。贾平
凹在物质文化繁荣的城市依然对遥远的山地故乡有着深切的凝
望，他在这种眼神中有着更多的对长安文化的依恋，而当两种
文化，即城市文化与乡土文化发生剧烈的碰撞时，他宁愿复归

---

① 冯友兰：《中国哲学简史》，北京大学出版社 1985 年版，第 32 页。

到乡土文化中去，从中寻找灵魂的栖息地，他说"慰藉这个灵魂安宁的，在其漫长的二十年里是门前那重重叠叠的山石和山石上圆圆的明月。……山石和明月一直影响我的生活，在我舞笔弄墨、挤在文学这个小道上时，它又在左右我的创作"①，贾平凹的文化心理的确具有极大的代表性。当代秦地作家大多出身于农家，从他们睁眼看世界的第一刻起，触摸和体验到的就都是"农"的形状、"农"的味道和"农"的颜色，当他们从事创作时，农民、农村和农业生产活动也就必然最先进入他们的审美视野，自然就走进了他们的文学空间，成为他们主要的题材选择。

　　尽管秦地作家在 20 世纪 90 年代之后，对长安民间文化浸润下的农村和农民不乏冷峻的反思和自觉的文化批判精神，如杨争光笔下的村社，但因为骨子里对这块大地的过于挚爱，血脉中流淌着长安文化的余热，终究难于建构起鲁迅一样的对传统文化的反思力度和深度。乡情、乡思、乡恋，在路遥的小说世界中，构成了重要的审美内容。他曾说："我是农民的儿子，对中国农村的状况和农民命运的关注尤为深切。不用说，这是一种带有强烈感情色彩的关注。"② 路遥的"关注"，不是"爱"与"恨"的交织，更不是"怨"与"哀"的诅咒，而是以赤子之心的依恋，把自己融入生于斯长于斯的黄土地。乡土文化的稳定性和持久性又与城市文化的时尚性和短暂性形成了鲜明的比照，也许是出于一种警惕和提防心理，秦地作家于

---

① 贾平凹:《山石明月和美中的我》，载《钟山》1983 年第 5 期。
② 《路遥文集》（第 2 卷），陕西人民出版社 1993 年版，第 376 页。

城市文化的体验，更多的是城市文化中的消极与颓废，城市文化对行为主体的人格异化与灵魂腐蚀。这也就不难理解，为什么出现在秦地作家文学空间的"城市"常常与"海派"作家笔下的城市大相径庭。"城市"不仅对秦地作家而言是陌生的，而且即使"城市"出现在他们的文学空间，也往往是喧嚣的、肮脏的、纷乱的，是一个"异化"之地。在《白鹿原》中，我们看到的西安城是一个死尸遍地、臭气熏天、瘟疫横行的地方，绝不是安身立命的好去处。同样，在《废都》中，闯入城市生活的他者如庄之蝶，是不甘沉沦又难以自拔因而苦闷异常的文人，他们已被城市异化，不断咀嚼着失去自我的悲哀。路遥是一个执著于探究城乡交叉地带行为主体精神流变的作家，在《人生》中，主人公高加林尽管有过城市经历和体验，但后来他终于明白，他的精神家园还是在农村。这其实也昭示出秦地作家深层的文化心理结构，即他们离不开"乡土"这个精神家园，在面对"城市"与"农村"的抉择中，他们会毫不犹豫地选择"农村"。

乡土和农民作为秦地作家在题材上的整体性抉择，一方面是由于秦地作家敏锐地发现了长安文化之于乡土叙事所提供的可能的话题资源，另一方面，他们也觉察到了长安文化对秦地人持久的塑捏意义，文化在三秦大地上似乎具有更柔韧、更永恒的力量，使一切行走于这片大地上的行为主体不得不将长安文化作为他们行为的原点和支点，并由此而生发出一种强烈的身份认同感。秦地作家对乡土文化有着相当复杂而矛盾的情感，他们深知这种文化在全球化的今天绝不可能是主流，但对这种古老文化的眷恋又使他们在文化的质态上追加了过多的乌托邦式的幻想，也因而在上世纪的"文化寻根"热潮中很快就凝聚成一个阵营——陕军东征。无庸置疑的是，秦地作家多多少少有种"文化保守主义"的迹象，这实际上也涉及"五四"以来一直争论的"现代与传统"的话题。"五四"启蒙者曾力主废除传统、全面西化，改革开放之后"西化"之风复燃，而伴随着"西化"滋生的流弊却足以触目惊心，这样，原本就对城市文化和西化现象怀有戒备甚至排拒心理的秦地作家一如既往地挖掘传统，在乡土文化中寻找题材也就成为情理之中的事情了。但终究城市化和现代化是中国社会发展的总趋势，这种趋势不是地域性力量可以逆转的，秦地作家迟早要告别农村而走向城市，长安文化所提供的一切资源也必须经历一个现代化的过程，而未来秦地作家的领航者也必须在传统文化的现代化方面把握住精神实质，才有可能再创文学的世纪经典。

二 悲悯与进取：当代秦地作家的主题话语

如果说当代秦地作家在题材的选择上，更多的是从乡土文化，即长安民间文化着眼的，那么，在主题话语的生成上则同时倚重士层文化系统，具体说，就是承继了士层文化中的悲悯、济世情怀。"悲悯"是作家之于人类悲剧性存在的一种独特的心灵感受和精神把握，是个体建构在对群体命运的思考和感受基础上的崇高情感，其价值在于对人类苦难和悲痛的担当与救赎，《诗经》"秦风"中的《采薇》、《苕之华》、《何草不黄》等篇章已透露出浓厚的悲悯情怀，这种传统在司马迁的

《史记》中得到了强有力的阐释与补充。有唐一代，抒发悲悯情怀更成为咏史诗的基本母题，那些随历史的风云变幻而产生的悲剧命运及由古今之变所带来的幻灭感，在李白、杜甫等的诗文中都得到了真切的表达。

当代秦地作家承继了司马迁、李白等古代作家的流风余韵，也无不在他们的作品中注入那种悲剧性的人生体验，揭示由于人性的种种邪恶而造成苦难的真相。他们不仅对一切道德高尚心地善良而命运多舛的人物充满了同情，而且即使面对那些心灵卑琐、行为恶劣的小人也同样充满了悲悯，写出了他们无奈、寂寞而凄惶的心境。他们看到了所有人所面临的苦难，对人类由于人性缺陷而遭致的灾难报以同情和怜悯，并希望通过自己的努力，暴露出真相，目的在于能使人们警醒，并设计了真正走出苦难的社会蓝图与人生图式①。此外，当代秦地作家身处社会的大变迁、文化的大转型之中，他们所坚守的乡土文化正遭遇空前的颠覆，商业文化的枝蔓已延伸到长安文化的末梢，这同时在他们的文化心理深层滋生了一种浓重的忧郁感和彷徨感，也使他们更快地觉察到文化传统的日渐沦丧，以及精神家园的日渐颓败，并因之强化了他们悲天悯人的情怀和精神返乡的决心。以悲悯为主导意识，使当代秦地作家相应远离了肤浅，远离了游戏写作，一种历史的丰厚感和现实的沉重感油然而生。路遥对底层人的创伤、屈辱和苦难的展现的确是刻骨铭心的，他笔下的人物都在进行着痛苦的个体性生存价值的实现，他同时以缱绻之心为其笔下的乡土群体提供了精神尊

---

① 摩罗：《不灭的火焰》，中国工人出版社2002年版，第256页。

严，对那些受伤的心灵进行抚慰。

　　某种意义上说，"悲悯"是中国文学基本的审美情感，屈原之后，大凡有成就的作家似乎都具备这种品质。我们在此所谈论的"悲悯"，多指长安文化所蕴育出的一种艺术精神，它除了悲天悯人的情怀之外，还渗透着大同理念与乌托邦幻想，以及由此而来的现代性焦虑。而现代性焦虑，主要表现为鸦片战争以来潜意识支配下一定程度的民族失败感、民族国家主权的危机感和现代化进程中滋生的失望感。但当代秦地作家并非以救世主的姿态出现，也没有着意成为民族寓言的讲述者，他们的本意是要代弱势群体立言，为那些持久的沉默者诉说，以促使人类的大同与和谐早日到来。于是，这种悲悯在秦地作家的笔下更像是一种仪式，一种类似于宗教般的虔诚与倾诉。而且，为了升华这种悲悯情怀，秦地作家又往往将其与另一种重要的精神资源，即进取精神相结合，也因此使这种悲悯超越了同情与怜悯的表象，最终使读者接受其生存的理由和劫后的痛思。

　　作为长安文化母体的周秦文化，素以进取精神著称。我们今天所能看到的《诗经》"颂"当中的《生民》、《公刘》、《棉》、《皇矣》、《大明》等诗，就叙述了自周人始祖至武王灭商的全部历史，这也是一部奋斗史和进取史。秦国在东周早期是个地处西部边地的小国，后经秦穆公、秦孝公等数代君王不断开疆拓土、勇猛精进，终于至秦始皇而统一六国。其后的汉武帝、唐太宗亦以进取精神为后世垂范，缔造了两个文明史上的泱泱大国。所以，进取精神是长安文化中不可或缺的重要资源。20世纪五六十年代，秦地作家的进取精神集中表现为民族国家想象，其最明显的表征就是对新中国建立前的历史的重新讲述，以及对新中国现实的由衷肯定，前者如杜鹏程的《保卫延安》，后者如柳青的《创业史》。《保卫延安》洋溢着昂扬的进取精神，这种进取精神与主流意识形态具有高度的一致性，并借此获得了充足的合法性。主人公周大勇的坚强的信仰力量，正来自于他对观念中的新中国的憧憬，也来自于他对新生活的激情想象。而在《创业史》中，梁生宝和他的互助合作社运动曲折的创业历程，体现了我们这个苦难的民族自力更生、发愤图强的顽强意志，奏响了共和国初期一曲慷慨激越的主旋律。

　　进入新时期，这种进取精神又在长安民间文化中找到了更广阔的土壤，尤其值得关注的是，当这种进取精神与本土性神秘文化、侠义文化和秦腔文化汇聚之后，便呈现出鲜明的地域风致。从人物谱系来看，首先，秦地作家多倾向于展示硬汉人物的精神世界，这些硬汉人物往往具有超常的行动能力和担当苦难的勇气，他们身处各种逆境和困境，甚至是天灾人祸也要去实现其社会理想，绝不轻言放弃，如《平凡的世界》中的孙少平，《白鹿原》中的白嘉轩。其次，是对底层群体另类生存状态的展示和强力意志的张扬，像高建群的《最后一个匈奴》，贾平凹的《五魁》、《白朗》、《美穴地》等，阅读此类作品，极易使读者联想到《史记》中的《游侠列传》和《刺客列传》等豪侠故事，这些作品中的人物大多类似于侠客，但不一定有过人的技击能力，他们呼唤着身心的双重自由，也率性而为，是底层社会中用行动言说的群体，他们与三秦苍凉的大地是融为一体的。再次是狂欢式苦难图景的依次展现，"苦难"似乎在秦地小说中是生存的常态，人物在苦难中成长和成熟，并伴随着秦腔文化激越苍劲的情感宣泄。也正是在苦难图景的喧腾中生命得以升华，信念得以延传，民族向心力得以固化，从而使这种苦难图景的展现具备了大众狂欢的色彩，像《西去的骑手》中主人公马仲英、《关中匪事》中主人公墩子的成长就是如此。

三　恢宏气象与史诗品格：当代秦地作家的风格追求

中国传统文论在涉及文学与地域文化关系的命题时，其实主要是关注文学风格的形成及其审美效应，如梁启超《中国地理大势论》中有这样的概括，"燕赵多慷慨悲歌之士，吴楚多放诞纤丽之文，自古然矣。自唐以前，于诗于文于赋，皆南北各为家数。长城饮马，河梁携手，北人之气概也；江南草长，洞庭始波，南人之情怀也。散文之长江大河一泻千里者，北人为优；骈文之镂云刻月善移我情者，南人为优。盖文章根于性灵，其受四周社会之影响特甚焉"。[①] 所有的作家都是在一定的地域中生存和成长起来的，故其文学风格难免要携带大量的地域文化的信息，从而不能不昭彰出文学风格的地域性。我们在此研讨当代秦地作家的风格形态时，则略去作家的个体风格不论，主要梳理长安文化之于秦地作家的总体美学规范，尤

① 梁启超：《中国地理大势论》，见刘梦溪主编《中国现代学术经典·梁启超卷》，河北教育出版社1996年版，第707页。

其是现代化语境中当代秦地作家对这种美学范式的承继与融通。

长安作为历史悠久的都城，事实上在秦汉之际已培育出都市精神，汉武帝时期由于物质文化和经济实力的不断增长，使处于上升阶段的帝国意气风发，踌躇满志，而其时的社会风气之于文学的直接影响，是造就了闻一多曾总结的"以大为美"的审美趋向，这种审美趋向遂被作为长安文化的一个标志性传统一直延续下来。"以大为美"的审美趋向在汉赋中得到了完美、有力的表达，从《汉书·艺文志》所辑录的一千余篇汉赋来看，或歌颂王朝的威仪，或铺陈帝都的形胜，或渲染游猎的盛大，或夸饰宫殿的奢华，不仅体制大、规模大、立意大，而且弥漫着一种大气、一种豪气、一种霸气。司马相如的《上林赋》、《子虚赋》，班固的《西都赋》，扬雄的《甘泉赋》、《羽猎赋》，张衡的《西京赋》等都是此类文体的杰作。"以大为美"的审美趋向，在汉大赋中被具体化为雄浑壮阔的气势、奇谲飘逸的话语和疏朗跌宕的文采。汉赋中"以大为美"的审美趋向在唐代则是演变为"盛唐气象"，成为后世作家毕生追求的理想境界。南北宋之交的叶梦得在《石林诗话》中关于杜诗的评论，就有"气象雄浑"的断语，南宋的严羽在《沧浪诗话》中指出唐宋诗人之所以有差距，其最大的美学分别就是"气象不同"。而所谓"盛唐气象"，在美学风格上则主要指雄浑和豪放，这种美学风格特别在盛唐的边塞诗中得到了酣畅的展露，它也是一个时代的性格形象，是中国诗歌最为天籁的音调。从长安文化的主导审美趋向来判断，无论是汉代的"以大为美"，还是唐代的"盛唐气象"，我们都可以将其风格形态概括为"恢宏气象"。汉唐之际所形成的恢宏气象作为一种风格形态，早已根植于秦地作家的潜意识之中了，千百年之后，我们仍可以从当代秦地作家的创作中发现它强旺的生命力。

20世纪50年代初期，《保卫延安》一经问世，便以其雄浑壮阔的美学风格震惊了文坛。当时的评论界虽然已经很熟悉茅盾《子夜》所开创的"社会剖析小说"的范式——"大规模地、全景式地反映刚刚逝去不久的、甚至是正在发生中的社会现实，表现各种矛盾斗争中的阶级和人的创造气魄"①，但当他们面对《保卫延安》这个特殊的文本时，仍深受其强烈的进取精神和英雄主义基调所感染。《保卫延安》的确对其时的接受者来讲，是一个既熟悉又陌生的文本。说它"熟悉"是因为它在很多方面都表现得与《子夜》极其相似，如两者均有历史性的巨大内容、宏伟的结构和尽量追求客观的叙述；而说它"陌生"是因为它在文本中有一种特殊的"气象"，这种气象与司马相如的汉大赋如出一辙，都尽显文本的肆意狂欢，事实上其美学效应比《子夜》范式显得更大气、更荡气回肠，以至于评论家一时难以找到恰当的风格术语来概括，只停留在"史诗性"这个话语场进行讨论。那个时代的研究者因为局限于意识形态解读，习惯性地从社会的整体语境进行分析，尚不能联系地域文化进行深入的探察，所以对《保卫延安》所呈现出的地域性风格语焉不详。现在看来，《保卫延

---

① 钱理群等主编：《中国现代文学三十年》，北京大学出版社1998年版，第222页。

安》正体现出长安文化对当代秦地作家的美学影响，即恢宏气象的风格追求。我们在上文谈到的"以大为美"和"盛唐气象"都是一种文本的狂欢式释放，其文本中昭彰的积极的人生态度和昂扬的社会精神，以及豪迈劲健的文学话语，标示出典型的汉唐式狂欢。《保卫延安》是当代语境中汉唐式狂欢的再一次释放，因为它深刻贯注了长安文化的神韵，所以，在"十七年"文学中，我们难能见到同时代的作家在风格形态上能与《保卫延安》相似，尽管那是一个以史诗性文本和革命浪漫主义为规范的时代。

在《保卫延安》发表五年之后，柳青的《创业史》开始在《延河》杂志连载。这部小说在结构上的宏伟壮美，气势上的博大恢弘，堪称建国以来的小说之最，它也是新文学史上屈指可数的多卷本系列长篇小说之一。《创业史》问世之后，成为文坛上的一个重大事件，当年参与研究的人数之众、研究规格之高就是在今天看来也是罕见的。在《创业史》风格形态的认知上，研究者普遍将其看作是一部"史诗性"的、"纪念碑式"的作品。关于"史诗性"，洪子诚有过精彩的判断，"'史诗性'在当代的长篇小说中，主要表现为揭示'历史本质'的目标，在结构上的宏阔时空跨度与规模，重大历史事实对艺术虚构的加入，以及英雄形象的创造和英雄主义的基调"。① 《创业史》的史诗性在生成的维度上与《保卫延安》具有异曲同工之妙，正如冯牧所言，它"是一部深刻而完整地反映了我国广大农民的历史命运和生活道路的作品，是一部

---

① 洪子诚：《中国当代文学史》，北京大学出版社1999年版，第108页。

真实地记录了我国广大农村在土地改革和消灭封建所有制以后所发生的一场无比深刻、无比尖锐的社会主义革命运动的作品"①。冯牧的确发现了弥散于《创业史》中的是一种历史言说的激情，一种探索"农民的历史命运和生活道路"的历史哲学意识。柳青怀着悲悯而振奋的心情，深刻关注着一个在苦难中长大的农家子弟如何在乌托邦想象中去艰苦创业，由梁生宝的个人奋斗到人民公社的群体创业，叙述者也是在历史的言说中完成了对新中国的由衷肯定，并确认了新秩序产生的历史必然性。

无论是《创业史》，还是《保卫延安》，作品中那种历史言说的激情都是有目共睹的，其史诗品格也是评论界所公认的。这个现象不能不让我们萌生这样的疑问，为什么秦地作家如此热衷于历史言说？当然，除了柳青、杜鹏程所处时代的整体语境，即那是一个激情燃烧的时代，是一个讲史的时代之外，恐怕还很有必要从长安文化中进行追溯，因为新时期以来的秦地作家同样也热衷于历史言说。历史言说意识是长安文化形成中极为重要的思维方式，它关涉一个群体的社会经验的沉淀和文化身份的确认。前文提及《诗经》"颂"当中的《生民》、《公刘》、《棉》、《皇矣》、《大明》等诗，叙述了自周人始祖至武王灭商的全部历史，已注入了浓厚的历史言说意识，由此开了风气之先，这种历史言说意识在随后漫长的岁月里被不断强化和深化，至司马迁更是把这种意识推向了极致。司马迁在《报任安书》中所阐述的"究天人之际，通古今之变，

① 冯牧：《初读〈创业史〉》，载《文艺报》1960年第1期。

成一家之言"的史学观和文学观，千古而下，深刻影响着秦地作家的创作，故此我们也就不难理解，史诗品格的追求始终是当代秦地作家一个无法绕开的风格情结。

柳青的《创业史》和杜鹏程的《保卫延安》，以其鲜明的美学风格赢得了人们的敬重，更为重要的是他们也为当代秦地文学奠定了基本的美学范式，即文学风格形态上的"恢宏气象"和"史诗品格"。新时期以来，特别是进入90年代，这种美学范式得到了全面的张扬，《平凡的世界》以及《白鹿原》、《八里情仇》、《浮躁》、《废都》、《最后一个匈奴》和《热爱命运》这些标志着"陕军东征"创作成果的长篇小说的适时发表，引起了评论界的极大关注，研究者不能不惊叹在中国文学整体滑坡和萎靡的境遇中，在文坛盛行"私人化写作"的整体氛围中，秦地作家却能以刚健、清新的文风独领风骚，人们似乎再次看到了渴望已久的"魏晋风力"。需要注意的是，新时期秦地作家所追求的史诗品格，某种意义上讲，也是一种历史意识的体现，这种历史意识的存在就是要透视历史本质，还原历史真相，所以，此类具有史诗品格的作品不一定要塑造英雄形象和创造英雄主义的基调。以此观之，我们会发现，《白鹿原》、《最后一个匈奴》等作品所追求的史诗性，是民族秘史，是民族文化史与人性史、心灵史的融会。而贾平凹的一些中长篇和杨争光的一些中短篇，却是"立足于非史文化意识，主要描绘正史圈外的原生态野史，构成一种审美形态的'非史之史'"①。

---

① 肖云儒：《史诗的追求和史诗的消解——陕西小说历史观追溯》，载《小说评论》1994年第5期。

当然，生成当代秦地作家"恢宏气象"和"史诗品格"风格形态的元素，除了长篇体式、历史言说之外，其所体现出的积极的现实主义艺术精神、劲健雄浑的文学话语等，也都是不可忽视的重要方面。秦地作家在其创作中表现出的这种美学追求在当代文学史上有着重要意义，如《保卫延安》、《创业史》的问世，为一系列"红色经典"的创作开创了范式，而《白鹿原》、《平凡的世界》等作品则在新时期多元文学格局中也构成了一种巨大而独特的存在。

四 宏大叙事与传奇演绎：当代秦地作家的叙述方略

我们在前文谈到长安文化之于当代秦地作家的审美规范时，从题材选择、主题话语、风格形态等方面进行了剖析，并以"乡土与农民"、"悲悯与进取"、"恢宏气象与史诗品格"做了简要的概括。但事实上，要将其落实在文本中，就不能不在叙事上下功夫，因为叙事是最大的现实，离开了叙事则一切都无从谈起。而所有的叙事均涉及两个问题，即"讲什么"和"怎么讲"，我们在此重点分析长安文化背景中当代秦地作家"怎么讲"的问题，也就是叙述方略的问题。法国理论家利奥塔在"后现代"研究中提出了"宏大叙事"这一概念，他认为后现代主义的"基本态度"却是"不相信宏大叙事"，利奥塔之所以如此抵触宏大叙事，是因为在他看来，宏大叙事中含有未经批判的形而上学的成分，它赋予了叙事一种霸权[1]。

---

① 朱立元、李钧主编：《二十世纪西方文论选》（下卷），高等教育出版社2002年版，第398页。

无庸置疑的是，利奥塔的观念中多少有种意识形态偏见，他关于"启蒙"和"革命"的质疑，却正反映出极端化的自由主义者在"去中心"之后的迷惘与焦虑。我们的正题当然不是与利奥塔进行商榷，而是企图从利奥塔"不相信"的"宏大叙事"中洞悉一种影响最为深远的叙述范式。我们认为，宏大叙事既是一种叙事观念，又是一种叙事方式，而且还是一种叙事策略，过去的研究者大多忽略了其后两种维度，因此在"宏大叙事"这一术语的使用上也是流弊丛生。本节因论证的需要，实际上是在三个维度上使用这一术语的。从叙事观念而言，所谓宏大叙事，可以从利奥塔的反向来理解，即是对重大社会历史题材的把握，在主流意识形态主导下以哲学的和历史的眼光透视此类题材的深广度，全景式地钩沉社会内容和历史内容，以复现多层次的社会生活画卷。宏大叙事是建立在作家崇高的使命感和责任感基础上的一种叙事理念，它也是现实主义文学最为重要的叙述范式。宏大叙事的缘起与中国文以载道传统的关系极为密切，中国文学史上的经典之作大多具有宏大叙事的胎记。那么，它对秦地作家有何影响？

作为长安文化精神核体的济世思想和悲悯情怀，本质上走的是重群体和整体的思维路线，加之道家文化中天人理论的渗透，使长安文化倾向于对事物的宏观把握，而这种倾向因为与历史言说意识具有更多的契合点，两者融合之后极容易形成宏大叙事。在古代长安几度成为权力中心，也同样通过其文化系统培育出了胸怀全局、积极参政的行为主体，而当这些行为主体一旦走上"立言"的道路，宏大叙事必然成为他们的选择。

第三章 寻找失落的精神家园

《史记》叙述了从轩辕皇帝到汉武帝数千年间政治、军事、制度、文化、外交以及种种人物的历史轨迹，倘若不采纳宏大叙事的叙述方略从历史的全局宏观把握，司马迁又如何能完成这一浩大的叙述工程？安史之乱后的杜甫，亦以宏大叙事的眼光看待这段历史的悲剧，故能创作出"三吏"、"三别"这样的旷世之作。当代秦地作家正是承续了宏大叙事这一传统，故而能够在当代文学的叙事中显示出其创作群体的凝聚力量，也才能将汉唐神韵在当代语境中重新释放。在《白鹿原》中，其情节的时间跨度从辛亥革命、第一次国内革命战争、抗日战争、解放战争，一直到新中国成立，涉及大量的国事与民事，以及耕种、婚丧、教育、人际交往等民生事件，情节不可谓不浩繁。由此观之，作为一种叙述，宏大叙事的情节构成，往往包含具有较大时空跨度的大型化的情节规模。秦地作家因为深受《史记》的影响，强调讲史的格局，常以中心人物组织其情节结构，在情节的运作上也是以事带人，从而强化了文本的故事性。还是在《白鹿原》中，作家出于表明其文化立场的需要，创造了朱先生、黑娃等类型化的人物，这些人物虽然缺少性格的丰富性和生动性，但却能很有效地实现作家的文化指向。福斯特也指出，类型化人物"易于辨认，只要他一上场就会被读者感情的眼睛而不是视觉的眼睛所觉察"①。这些类型化人物的存在，对于营构宏大叙事很有意义，因为它们能与社会群体的价值想象相一致，从而深化读者的价值认同，换句

---

① ［英］福斯特：《小说结构》，见王先霈等编《文学批评术语词典》，上海文艺出版 1999 年版，第 201 页。

话说，宏大叙事的"互文性"往往体现在社会的整个价值体系和观念体系之中，这也是史诗性作品青睐于宏大叙事的根本原因所在。

在叙事学视野中，叙述主体具有举足轻重的意义，故当我们谈及当代秦地作家的叙事就不能不研究叙述主体，作为小说的叙述主体，是由小说的作者、隐含作者、叙述者构成的特殊关系。小说作者是现实的人，处于文化网络中的人，但他可以超越现实，虚构种种可能的世界，从而建构一种诗意的人生样态。《白鹿原》的作者陈忠实是生活在长安文化背景中的现实的人，他的人生阅历、知识结构和美学经验，早已框定了他的文学眼界，因此他的创作决不会等同于张恨水或者张爱玲，对宏大叙事的偏执，是长安文化赋予他的一种地域气质。营构宏大叙事同样离不开叙述者和隐含作者的存在，颇具意味的是，作为当代秦地作家美学旨趣体现者的叙述者，却是清一色以第三人称全知全能的视角叙述的，他们甚至对限制性叙述都不采纳，但从文学接受的经验判断，采用全知叙事可以立体、交叉地观察被叙述的对象，叙述者可以从一个叙述位置任意移向另一个位置。宏大叙事因为既要反映生活的全景，又要从这种全景揭示历史的本质，故全知全能的叙述成为他们必然采用的一种方式。如在《保卫延安》，叙述者时而置身于我党我军的领导人之间，时而迂回于国民党高级将领之间，时而在战场，时而又在后方，时而在凝视我军将士的惺惺相惜，时而在观察国民党党棍与军阀之间的尔虞我诈，叙述者的无处不在为读者清晰把握全景提供了便利。而隐含作者的确立，拉开了现实的作

者与小说价值体系的距离，替代了作家直接干预作品的主观情
绪，承担起了种种读者对作家的非公证性诘难，也使作家的价
值观更接近于接受大众，符合大众的情感欲望和价值标准①。
以《创业史》的阅读经验而论，我们总能深刻感觉到一个隐
含作者的存在，他凝视着梁生宝的乌托邦行为，凝视着梁三老
汉等一系列人物的守旧、自私和固执，并最终对所有的人物进
行了价值的和道德的裁判。这个隐含作者实际上也聚合了柳青
所有关于真、善、美的价值想象。

当代秦地作家的叙述方略，在宏大叙事之外传奇演绎也非
常值得关注。鲁迅曾这样阐释"传奇"，"传奇者流，源盖出
于志怪，然施之藻绘，扩其波澜，故所成就乃特异"②。在鲁
迅看来，传奇的根本在于叙述奇人怪事，而叙述中也不免夸饰
与奇特。传奇演绎在长安文化中根深蒂固，由来已久，前文谈
及《诗经》"颂"中的《生民》、《公刘》、《棉》、《皇矣》、
《大明》等文本，这些叙述周人始祖及后辈艰苦创业的叙事
诗，本身就是一部传奇故事，充满了神话意味，可视为传奇演
绎的肇始。传奇演绎在《史记》中却格外引人注目，《史记》
虽以"实录"精神著称，但在叙述具体历史人物时却处处可
见那些特异性的事件，这些特异性事件是《史记》艺术魅力
的必要构成，如在《五帝本纪》中就叙述了舜帝、周人始祖
后稷等经历的传奇人生，对其他人物，即使是一些布衣、草根

---

① ［美］W. C. 布斯：《小说修辞学》，华明等译，北京大学出版社 1987 年
版，第 84 页。

② 鲁迅：《中国小说史略》，百花文艺出版社 2002 年版，第 47 页。

群体的叙述也同样注重其经历、言行的传奇性。传奇演绎的叙述观念，发展到唐传奇可谓登峰造极，鲁迅在《中国小说史略》中曾专列三章详细考察了传奇叙事的源流。

当代秦地作家不可能无视长安文化中传奇演绎的叙述传统，实际上这种叙述传统从《保卫延安》到《西去的骑手》都体现得非常鲜明。如果稍作分析，就会发现秦地文学中传奇演绎的共性特征，一是无论凸显"纪实性"还是要铺展"虚拟性"，这种传奇演绎都追求非常态的奇特性和实质上的浪漫性；二是这种传奇演绎都表明了其非正史性和非正史意识。这两个叙述特征在本源上均与长安民间文化系统有关，即乡土文化、神秘文化和侠义文化使然。宏大叙事与传奇演绎在当代秦地作家的创作中是作为叙事的两极存在的。《保卫延安》、《创业史》、《白鹿原》、《西去的骑手》、《最后一个匈奴》等作品不仅追求宏大叙事，在壮阔的文学视野中多层次地展现生活真实和历史真实，同时以传奇演绎为叙事的另一维度，对一些奇闻异事进行记录和推衍，尤其是对一些以地域性的风俗习惯、人情人事为依托而具有奇幻色彩的故事进行推衍。如果将《白鹿原》中的传奇演绎全部进行转换或者删除，其艺术性、可读性必然大打折扣。仅以《白鹿原》的开篇为例，"白嘉轩后来引以为豪壮的是一生里娶过七房女人"，体现了典型的传奇演绎的思维方式，将故事的奇特性置于最醒目的位置，为的是引起阅读者的最大关注，看到这段文字，阅读者会产生极大的新奇感，随之产生阅读兴趣。实现了这个意图之后，叙述者开始对白嘉轩奇特的婚姻展开演绎就具有了合理性与合法性。

当然，在《白鹿原》中，宏大叙事与传奇演绎是经常进行交替、转换的，从而使接受者不断遭遇期待受挫，也同时不断获得阅读的快感和满足感。

无论从何种意义上说，长安文化都是中国传统文化中重要的构成部分，这种重要性不仅体现在长安文化一定意义上影响着中国传统文化的整体风貌，而且还体现在长安文化所倡导的积极的人生态度一直鼓舞着在历史的暗夜摸索前行的孤独灵魂。在数千年的历史演化中，长安文化的精神核体虽历尽沧桑，仍顽强地存留了下来，成为秦地人认知世界和价值想象的主要标志。长安文化更是在精神维度上给秦地作家提供了丰富的人文资源，借助这种资源的滋养，秦地作家获得了自我表达的内容与形式，获得了自我确认的艺术内涵与文学品格。在不断更迭的时代潮流和历史命名中，面对复杂多变的生活万象与多元文化并存的人文境遇，当代秦地作家仍对置身其中的长安文化有着强烈的认同感与归属感。在这样的背景情态下，长安文化对当代秦地作家的文学创作产生了极为深刻的影响。

总体看来，当代秦地作家的叙事是以长安文化为底蕴的，这既是秦地文学的立足点，也是其叙事艺术展开的坐标。当代秦地作家对长安文化在现代化语境中的阐释与重构，是其文学精神生成的基础，也是其创作的根植与血脉所在，正是在这个意义上，秦地作家的创作才承载了丰厚的文化含量与意义深度。在题材的选择上，当代秦地作家将眼界一直延伸到了乡土和农民精神状态的深处，而这种乡土叙事的产生，在很大程度上却是缘于他们对长安民间文化的怀旧与想象，并携带着对传统乡村现代化转型的深切焦虑。在主题话语的生成上，秦地作家承继了长安士层文化中的悲悯情怀和进取意识，由此培育出了一种关注现实的文学精神，民族国家想象、底层群体生存状态的展示，及狂欢式苦难图景和强力主体行为图景的交替呈现，是这种文学精神的基本历史向度。在叙述的方略上，秦地作家以宏大叙事和传奇演绎为叙述的两极，其渊源正在于长安长期处于权力的中心而在其文化中生成了一种美学规范，即以叙述的宏大与奇观为极致。长安文化的沉雄阔大，造就了当代秦地作家的襟怀与气度，表现在风格形态上，则被具象化为"恢宏气象"和"史诗品格"，秦地文学亦借此在多元的文化格局中得到了身份确证。虽然当代秦地作家迄今实绩斐然，但似乎尚未发挥以及穷尽艺术探索的可能，尚有推陈出新与极尽完善的余地和空间。例如，如何使长安文化与秦地文学显现交相辉映相得益彰，如何在文化的多元碰撞、融会并存中，强化秦地文学的艺术张力与表现力，使长安文化真正成为秦地文学之根，不仅成为文学寄生的土壤，而且成为文学得以滋润的源泉。各种途径显然是敞开的，一方面需要通过秦地的优秀作家作品对长安文化进行更有力的整合、提炼和阐释，从而提升长安文化的现代精神内蕴，赋予长安文化以丰富的艺术表现形式和意义。另一方面需要把长安文化置于多种文化的汇流中，追踪它既成的特性与衍变的命运，在新的文化阐释中获得更多表述与反映的可能性。再一方面，秦地作家对长安文化的自觉认同和接受也至关重要，这里既有历史传统作用力的因素，也有地域意识与文化倾向的因素，这就使得以长安文化为创作背景的秦地作家，总是能够凸显其鲜明的地域特色，并使长安文化最终成为他们不竭的想象力和创作激情的来源。

第四节　从民族性到现代性的诸种可能
——《野草》意象群的生成与佛家文化

《野草》的创作深受佛家文化的影响，其意象序列的生成与佛家文化的渊源极深。《野草》借用佛家文化中的死亡意象、鬼魂意象、坟墓意象和地狱意象，体现出诸如超越生死极限、执著于普度众生、面对绝境而能勇猛精进等佛家文化的精神要义。但《野草》又是一部真正现代意义上的诗歌作品，其现代性具体表征为一种"新的时间意识"。法国学者伊夫·瓦岱认为，"现代性首先与一种新的时间意识是对应的，区分作者和作品现代性的东西，不仅是哲学或意识形态方面的观点，而首先是感知时间，尤其是感知现时的不同方式"。[①] 这种时间意识是一种迥异于线性时间观念和直线向前的时间意识。瓦岱通过文本分析，将现代性的时间类型区分为空洞的现时、英雄的现时和断裂模式三类。空洞的现时指对现实的迷茫与困惑，在这种时态中一切事物都体现着存在的悖论与尴尬；英雄的现时与空洞的现时相反，表现为存在主体对荒谬和虚无的担当与抵抗；断裂模式则是从艺术表达层面而言的，主要指

---

① ［法］伊夫·瓦岱：《文学与现代性》，北京大学出版社 2001 年版，第 50 页。

与传统写作模式的断裂。我们看到，死亡意象和鬼魂意象与空洞的现时相对应，而坟墓意象和地狱意象则与英雄的现时相对应。《野草》摈弃了现实主义直抒胸臆的再现方式，而是运用象征主义的暗示方式，这种由外部经验世界的摹写到呈现深层意识心理结构的转移，表征着《野草》与传统写作模式的断裂。《野草》雄辩地说明，从民族性到现代性有着诸多的可能途径，但前提是必须体现出民族文化的文化精神，并将其与"人的存在"和"人的发现"有机地融合在一起。以此观之，《野草》为我们作出了从民族性到现代性转换的示范。

一　神话原型：解码《野草》意象序列的别一路径

散文诗集《野草》多通过悖论式的意象组合呈现类似禅语的诗句，且这些诗句之间产生的张力远远僭越了生活意象所能生发的极限。倘若根据一般生活意象的感知来读解这些文本，则只能曲解《野草》，曲解鲁迅，如早期的《野草》研究者钱杏邨就是如此。不仅钱杏邨，而且许多研究者都有这种倾向，他们根据《野草》判定鲁迅的思想结构中有着浓重的虚无成分。而反驳者也极力引用历史材料以证实鲁迅并非"虚无"，但因为走的仍旧是学术的老路子，所以其反驳也大多是低层次的重复性论证，缺乏让人信服的力度。

在我们看来，如果局限于诗作本身单纯从社会学的理路上来解读，而不联系民族文化的大背景，对《野草》的探视只能是雾里看花。换句话说，如果要清晰把握《野草》的精神实体，就必须从更宽阔的视野，即将其置于历史文化的总体格局中，进行远距离的观察才有可能抵达真知。这就要求研究者从《野草》诗境生成系统的基础，也就是从意象群的文化钩沉和神话结构去探险，并沉潜于历史文化的深层，方能确保这一目标的实现。《野草》的意象极为繁复，其每一个意象几乎都能形成一个独立的意蕴结构，这些意象又常常迥异于日常景观，相互之间又聚合为多种互文性质的神话意象结构。在《野草》的研究史上，遗憾的是很少或几乎没有研究者尝试对这些意象进行整体性的把握，最常见的是单个意象的析解，又由于这些单个意象的析解缺乏延续性和整体感，终致给读者的印象还是一团迷雾。

根据《野草》呈示的意象的生成关系，我们首先可以将其圈定为数量有限的群体，然后对这些意象群体进行整体性观照，则一条被遮蔽的系统图式就浮出水面了。尽管《野草》的意象繁复，但仍有几个出现频率极高的意象，正是这几个高频率意象作为母体派生出了众多的子意象，而形成了一个个意象群体，这些群体又总体上构成了一个意象系统。以此观之，准确把握这几个高频率意象，进而辨析由其生成的意象群所组合而成的系统就跃居为解读《野草》至关重要的环节。我们以为，《野草》的意象系统实际上是由死亡意象群、鬼魂意象群、坟墓意象群和地狱意象群组合而成的。这些意象群无疑都属于神话范畴，尤其是中国传统文化中的佛家文化体系。原型理论家弗莱曾把文学文本看作是"一种重构的神话体系"，[1]

---

　　[1]　［加］诺思洛普·弗莱：《虚构文学与神话的移位》，见吴持哲编《诺思洛普·弗莱文论选集》，中国社会科学出版社 1997 年版，第 133 页。

其原型理论特别指出，"神话意象的世界"是"一个完全隐喻的世界，在这个隐喻的世界里，每一件事物都意指其他的事物，似乎一切都是处于一个单一的无限本体之中"①。所以，我们有理由相信，《野草》意象群所建构的神话世界是一个充满了隐喻的构体，其意义指向涉及其他事物，并不是神话世界的本身。

鲁迅在《野草》的英文版序言中，称《野草》是"废弛的地狱边沿的惨白色的小花"②，确认了地狱意象在《野草》意象系统的中心地位。地狱意象及"死亡意象"、"坟墓意象"和"鬼魂意象"，共时性地建构了鲁迅逼问"生命之'无'"的意象序列。《野草》的这个意象序列，正合弗莱所谓的"魔怪意象"，我们不妨将其看作解读《野草》的不二法门：

> 与神启象征相反的是人的愿望彻底被否定的世界之表现：这是梦魇和替罪羊的世界，痛苦、迷惘和奴役的世界……这里到处都有摧残人的刑具，愚昧的标记、废墟和坟墓、徒劳的和堕落的世界。正如诗歌中神启意象与宗教中的天堂有密切联系一样，其辩证的对立物与一个如但丁笔下的《地狱》一样存在的冥界联系在一起，或者说与人类在地球上建造的地狱联系在一起。③

① ［加］诺思洛普·弗莱：《虚构文学与神话的移位》，见吴持哲编《诺思洛普·弗莱文论选集》，中国社会科学出版社1997年版，第133页。

② 鲁迅：《〈野草〉英文译本序》，见《鲁迅全集》（第4卷），人民文学出版社1981年版，第356页。

③ ［加］诺思洛普·弗莱：《批评的剖析》，陈慧等译，百花文艺出版社1998年版，第167页。

第三章　寻找失落的精神家园

从某种意义上说，弗莱的这段论述却恰切地描述了创作《野草》的思维过程：人的愿望被彻底否定→梦魇、痛苦、迷惘和被奴役→摧残人的刑具→愚昧的标记→废墟和坟墓→徒劳和堕落→冥界地狱→人间地狱。"人的愿望彻底被否定"是鲁迅逼问"生命之'无'"的现实基础，鲁迅曾抱着文艺救国的理想，试图通过改造国民性和启蒙民众以救国，"五四"时刻积极投身新文化运动，但在经历了新文化运动的低落与分化，体验了女师大潮的抗争与卑劣，及目睹了"三一八"惨案的流血与残酷，深深领悟到在旧中国单凭文艺是不会有出路的。鲁迅曾悲痛地说，"我现在愈加相信说话和弄笔的都是不中用的人，无论你说话如何有理，文章如何动人，都是空的"。[①] 这样便产生了失望乃至于绝望的心情，"中国大约太老了，社会上事无大小，都恶劣不堪，像一只黑色的染缸，无论加进什么新东西去，都变成漆黑"[②]，"倘细细剖析，真要为中国前途万分悲哀"。[③] 于是也催生了鲁迅逼问"生命之'无'"的心灵过程。鲁迅的逼问"生命之'无'"的过程，正是鲁迅走进心灵地狱的过程。因此，地狱意象不仅是《野草》的中心意象，而且是鲁迅的内在焦虑达到极限时的能量释放。在地狱意象彰显之前，还依次出现了死亡意象、坟墓意象和鬼魂

---

① 鲁迅：《写在〈坟〉后面》，见《鲁迅全集》（第 1 卷），人民文学出版社1981 年版，第 283 页。
② 鲁迅：《两地书·二二》，见《鲁迅全集》（第 11 卷），人民文学出版社1981 年版，第 21 页。
③ 鲁迅：《写在〈坟〉后面》，见《鲁迅全集》（第 1 卷），人民文学出版社1981 年版，第 284 页。

意象。

二 死生转换："轮回"观与死亡意象

有人指出，"生与死及其价值和意义是鲁迅思考最多感知也最深刻的大问题，它构成了《野草》精神心理结构最重要的内容之一"①。翻开《野草》，几乎随处可见死亡意象的存在，从《题辞》到《死火》，到《立论》，再到《死后》，死亡意象犹如一条主干线，将《野草》的众多篇章都贯穿了起来。在这些篇章中，"死亡"是一种超越时空界碑的烛照方式，把鲁迅的生存体验和深刻反省借助于"梦"向外敞开，将一个被血淋淋的现实折磨得几近窒息的灵魂展示给"友与仇，人与兽，爱者与不爱者之前"。死亡意象交织着鲁迅省察、悲愤和焦虑等强烈的心理活动，通过悖论性的组合方式和陈述的多重矛盾性，极力营构看似虚无缥缈的各种梦境，使读者从常规的社会学意义上来辨读难免要失去准绳。

鲁迅学专家王乾坤认为，"在鲁迅的所有著作中，最不应该以'研究'方式来解读的，是《野草》。因为我们不能指望用'研究'语体来揭示和传达阅读这本书的感觉。……《野草》以诗咏人生之梦，其中很多篇章以常人所没有的精神维度，直接逼问生命之'无'"。② 此研究路径显然不同于通常意义上的解读，其所提出的两个意见特别值得重视，其一是说鲁

---

① 李玉明：《从自我否定中走向新生——论鲁迅〈野草〉的死亡意识》，《山东社会科学》1996 年第 2 期。

② 王乾坤：《鲁迅的生命哲学》，人民文学出版社 1999 年版，第 301 页。

迅具有"常人所没有的精神维度",其二是鲁迅的"直接逼问生命之'无'",前者判断了鲁迅精神境界的高度,后者暗示了鲁迅精神结构具有佛家文化的元素。

宗教对于一个精神苦旅者而言不啻是避难所。鲁迅的走近和深入佛家文化,除与他"文艺救国"的愿望"彻底被否定"之后的颓丧心态有更大的关联外,当然也与他创作《野草》前所受的佛家文化的影响有关。鲁迅之佛缘始于童年,其法名"长庚"就是标志。在留学日本期间,他开始主动研读佛经,并将其定位在探究宗教文化与个体精神的关系上,在供职教育部之后,多有无聊,加之体弱多病,并且"无日不在忧患中",于是猛攻佛学,仅1914年就购买了佛学著作多达九十余种。在他的藏书中,不仅收有法相宗、华严宗、禅宗及天台宗等各类经典,同时也收有那些专修来世极乐世界的净土宗的经典。① 像这样深厚的佛学修养,使鲁迅往往能够娴熟驾驭佛家文化意象而丝毫没有生硬的感觉。

鲁迅并没有被佛家的教义和遁世思想所迷惑,而是将它当作浇铸精神炼狱的途径和勘查存在的思想方式。佛家哲学是一种思辨哲学,它对于宇宙人生的深度洞察,对于人类理性的高度反省,对于人的灵魂问题的最终回答,都使其标示出大智慧。佛学的思维方式又蕴含着极为丰富的辩证法思想,诸如"生灭"、"断常"、"来去"、"色空"、"自他"、"内外"、"体用"、"有无"、"因果"等范畴,程度不同地揭示了现象与本

---

① 陈漱渝主编:《世纪之交的文化选择——鲁迅藏书研究》,湖南文艺出版社1995年版,第394页。

质、整体与部分、一般与特殊、原因与结果诸辩证关系。从《野草》的实际来看，特别是从那些由死亡意象统摄意境的诗篇来看，鲁迅的辩证法思想是深深地渗透其中的，如《题辞》中"当我沉默着的时候，我觉得充实；我将开口，同时感到空虚"，就恰如佛家的"生灭"、"有无"等辩证思维。

鲁迅在《野草》中创造的死亡意象，不仅可视为他表达了一个先驱者的失败与悲凉，而且也许更应该看作是他对自我生命渴望新生和升华的一种曲折的表达。死亡意象暗含了无止境的梦魇、痛苦和迷惘。《野草》的首开之作《秋夜》，已透露出些许死亡意象的信息，"粉红色花"和落尽叶子的"枣树"都衬托出死亡来临之前的萧瑟与清寒，"夜游的恶鸟"也就是猫头鹰，是死亡的召唤者，乱撞的"小飞虫"也预言着死亡的接踵而至。《影的告别》中"彷徨于明暗之间"的"影"，在经历精神煎熬与选择迷惘之后，却在"不知道时候的时候独自远行"而被"黑暗沉没"，选择了死亡。《复仇》（二）中基督耶稣的惨死，实际将死亡意象推向了极致，立意在启蒙但被愚顽的民众钉死在十字架上，耶稣临死之前的"我的上帝，你为什么离弃我"的呼喊，着实道出了启蒙者痛彻的绝望心音。而在《希望》中，"星，月光，僵坠的蝴蝶，暗中的花，猫头鹰的不祥之言，杜鹃的啼血，笑的渺茫，爱的翔舞……"也都成了死亡意象的表征。《雪》中"在无边的旷野上，在凛冽的天宇下，闪闪地旋转升腾着的"，"是孤独的雪，是死掉的雨，是雨的精魂"，这段诗情的着眼点是"死掉的雨"，而鲁迅从中透露出的情态与佛陀以死求证佛法而获得大欢喜的做法，具有内在的一致性。

如果从佛家文化切入，则《野草》中死亡意象何以被鲁迅当成了一个高频率意象的原因也就迎刃而解了，其神话原型到底何如亦将水落石出。佛家的"轮回"观认为，众生万物都是无始无终的生命之流的暂时现象，处在永远的生死轮回之中，只有将心的能量放大到无限，与真如世界相契合，与天地精神相往来，破除一切的偏执和迷狂，方有可能消灭苦痛，超脱轮回，进而证得涅槃。在佛家的典籍中，有诸多经文讲的是佛陀生死轮回的故事，都是把"死亡"看作求证佛法的重要途径，死亡意象于是成为佛家文化的一个重要意象，流传甚广的《贤愚经》就记载了多种佛陀死而复生的事件。

《贤愚经·梵天请法六事品》在开篇讲了这样一个故事，"一时佛在摩竭国善胜道场，初始得佛。念诸众生，迷网邪倒，难可教化，若我住世，于世无益，不如迁逝无余涅槃"。[①]佛陀感到天下苍生浑浑噩噩，难以教育和被感化，就决心通过死亡的方式以催促天下苍生对佛道的感念。《贤愚经》所记载的诸如佛陀"剜身燃千灯"、"以身施虎"等一类的死亡故事，都把死亡当作求证佛法、走向涅槃、超脱生死轮回的有效途径。考察鲁迅写作《野草》时的心态，又何尝不是痛切地感到以文艺"难可教化"民众的悲哀？在"更无情面地解剖我自己"的时候，他又何尝不是佛陀般"剜身燃千灯"、"以身施虎"地寻求着反抗绝望的途径，以及继续寻求着启蒙民众

---

① 骆继光主编：《佛教十三经》（下），河北人民出版社1994年版，第503页。

的道路，并以之作为自己的存在方式？这样看来，探寻死亡意象的神话结构对于正确解读《野草》具有敲门砖般的意义。

三　有无之间："四谛"观与坟墓意象

坟墓意象也是《野草》意象系统中极撼动人心的意象。鲁迅这样坦然剖析自己，"倘说为别人引路，那就更不容易了，因为连我自己还不明白应当怎么走"，"我只很确切地知道一个终点，就是：坟"，故"对于偏爱我的读者的赠献，或者最好倒不如是一个'无所有'"①。这个"无所有"是鲁迅大半生惨痛的人生经历的高度概括，也是鲁迅逼问"生命之'无'"的结果，渗入了鲁迅的赤诚与血流，但其根植于佛家文化中的"四谛说"。

佛家文化的根本智慧在于它是一种彻底的否定形态的思维，它以"空"和"无"标示出它否定的全部指向，现实的一切（或称之为此岸世界）均不值得留恋，均是"空"和"无"的不同变体，由此形成了佛家思维中批判的、怀疑的、藐视一切权威和既定成见的倾向，而这一切都鲜明地体现在《野草》的创作当中。佛家文化的核心范畴又是对"四谛"的阐释，所谓"谛"即真理之意。四谛，即苦、集、灭、道。苦谛，即是说世间存在的一切都是种种痛苦的表现；集谛是说明痛苦的原因或根据。灭谛和道谛是关于破除痛苦的根本途径，最终走向对于"空"与"无"的操持，以现实的生命来

---

① 鲁迅：《两地书·八》，见《鲁迅全集》（第 11 卷），人民文学出版社 1981 年版，第 30 页。

印证和洞悉"空"与"无"。

《过客》中的"过客"，好似初入东土弘扬佛法的禅宗始祖达摩，他"赤足着破鞋，胁下挂一个口袋，支着等身的竹杖"已和达摩颇为形似，至其"状态困顿倔强，眼光阴沉"就更有几分神似了。达摩历经万般劫难来东土创立禅宗，而且面壁九年以求证佛法。此外，大唐高僧玄奘西去求经之路，长年累月，千里迢迢，经历了无数次的考验，终究百折不回，最后取得真经。但佛经的最后结论，无一例外都是对现实和俗世生活的否定，进而印证一个"无"字。这个"无"字，在《过客》中被鲁迅置换成了一个有形物——坟墓，而达摩或玄奘也相应地被置换成了"过客"。"过客"走向坟墓时的奋然而决绝的神情，也如佛教徒之于佛陀的生死追随。坟墓意象既是对现实存在的极力否定，又暗含着废墟、奴役和愚昧的标识，当"翁"好意相劝"过客""不如回转去"的时刻，"过客"的话正表明了"鲁迅式"的清醒与执著，"那不行！我只得走。回到那里去，就没一处没有名目，没一处没有地主，没一处没有驱逐和牢笼，没一处没有皮面的笑容，没一处没有眶外的眼泪"。

《墓碣文》中的坟墓意象是鲁迅最具创意且最具佛家思辨色彩的一个意象。"恒河沙数"是佛家经常使用的一个意象，意思是"不可计数之数"，作为芸芸众生的代称。《墓碣文》中的墓碣，似乎由砂石所制，不能说其所指与"芸芸众生"无关。墓碣上的文句，也与佛家的偈语如出一辙，"……于浩歌狂热之际中寒；于天上看见深渊。于一切眼中看见无所有；

于无所希望中得救"。《贤愚经·梵天请法六事品》中一个佛陀讲述的故事可以作为解码这些诗句的例证，"我于久远生死之中，丧身无数。人中为贪，更相斩害。天上寿尽，失欲忧苦。地狱之中，火烧汤煮，斧锯刀戟，灰河剑树，一日之中，丧身难计，痛彻心髓，不可具陈。……吾今以此臭秽之身，供养法故，汝等云何复欲却我无上道心？我舍此身，为求佛道，后成佛时，当施汝等五分法身"。① 出家之前的佛陀贵为太子，被万民拥戴，但他对俗世生活已经心灰意冷，即使对俗人所向往的天堂也颇感"失欲忧苦"（这似乎可以解悟"于浩歌狂热之际中寒；于天上看见深渊"），于是就决然"以此臭秽之身，供养法故"，且成佛之后救度众生（这似乎可以解悟"于无所希望中得救"）。

而"于一切眼中看见无所有"的文句，就更具偈语的性质了。《金刚经》中的四句偈语所表达的意思和这个文句几乎是同义的，"一切有为法，如梦幻泡影；如露亦如电，应作如是观"。② 此四句偈语所阐发的义理，是说世间万物都不过是"本原"在瞬间内显现的虚幻的表相，只有穿透这虚幻的表相，才能求得真正的智慧。鲁迅对佛家文化的把握，在于他能取其精神质实，而同时能剔除其迷信外衣，这四句偈语所昭示的辩证法精神，与鲁迅惯常思维中的多疑、批判和不局限于成见的特质具有高度的内通性。因为鲁迅能够穿透虚假的社会表

---

① 骆继光主编：《佛教十三经》（下），河北人民出版社1994年版，第508页。

② 同上书，第214页。

相，不被其蒙蔽，因而也就能够把握住历史的真相和现实的本质。

四　我为他故："普度"观与地狱意象

鲁迅曾不止一次地这样谈及自己的切肤感受，"华夏大概并非地狱，然而'境由心造'，我眼前总充塞着重叠的黑云，其中有故鬼，新鬼，游鬼，牛首阿旁，畜生，化生，大叫唤，无叫唤，使我不堪闻见"。[①] 地狱意象如此萦绕在鲁迅心头，使他似乎不仅看到了幽冥世界的地狱，也使他不断瞥见各种各样"人类在地球上建造的地狱"和"同痛苦、损失、惩罚的可怕的混沌般黑暗相联系"的景象，地狱意象因之成为他思考和写作时的高频意象。在佛家文化中，"地狱"意象常常用来指涉阴冷、神秘、苦难的幽冥世界，也指涉徒劳和堕落，经常和"下降"的心理体验联系在一起，P. E. 维尔赖特在《隐喻和真实》中指出，"下降"的观念在宗教的象征系统中有着不可替代的意义：

> "深渊"的意象及其附带着的突然跌下的意思在人们对摔落和突然失去支撑物的深层恐惧中得到强化。因此，下降很容易同虚空、混沌的观念联系在一起。……尤为显著的是，同神的智慧的强烈光辉以及同痛苦、损失、惩罚

---

① 鲁迅：《华盖集·"碰壁"之后》，见《鲁迅全集》（第3卷），人民文学出版社1981年版，第68页。

的可怕的混沌般黑暗相联系。①

　　鲁迅是以一种什么样的姿态走进"心灵的地狱"的？我们有必要重温地藏菩萨的典故。佛家文化的主要经典之一《地藏经》所说的就是不拯救"所有世界、所有地狱，及三恶道诸罪苦众生"而"誓不成佛"的地藏菩萨的故事。② 佛家极力倡导"普度众生"，"普度"是真正的佛教徒毕生的信念和追求，而所谓"众生"特别指的是那些处于社会底层遭受煎熬的人群。"地藏"这个名号的原意，是"安忍不动犹如大地，静虑深密犹如地藏"。地藏菩萨以一种决绝的精神步入地狱，以普度地狱中的苦难生灵为己任，突出了其理念的实践精神。鲁迅也将偌大的中国喻为一个"铁屋子"，"铁屋子"里的人即将被闷死，而他却要作一个"铁屋子"里的呐喊者，要唤醒人群砸破这个"铁屋子"求得新生。那么，"铁屋子"的意象源于何处呢？《地藏经》就描述了一个牢不可破的"铁围山"，"铁围山"里面却是不可胜数的地狱。鲁迅之沉入心灵的地狱，某种意义上说，与地藏菩萨的"我不下地狱，谁下地狱"的誓言践行具有很大程度的相似性。披露地狱及地狱的本相，不是为了逃离，而是为了"拯救"，是"静虑深密"之后的"拯救"，这是鲁迅区别于同时代人的一个最大特质。作为一位启蒙作家，鲁迅的取向在于通过文字打开"病

---

　　① ［美］P. E. 维尔赖特：《原型性的象征》，见叶舒宪选编《神话—原型批评》，陕西师范大学出版社 1987 年版，第 218 页。
　　② 骆继光主编：《佛教十三经》（下），河北人民出版社 1994 年版，第443 页。

态社会"的"病态人们"的精神闸门，灌输新鲜的思想血液，但鲁迅在多年的理念实践中，痛感文字的乏力与个人奋战的辛酸，虽呐喊多年仍无实质性的效果可言，这促使鲁迅不断在失败的苦涩中反思和重振旗鼓。

佛家文化博大精深，理论建构规模雄伟，如果就其体系的完备、论证的严密而言，无不使道家文化和儒家文化相形见绌，经过唐代慧能等禅师将其中国化之后，就深深地在民族文化的土壤中扎下根基。佛家文化为我们虚构了一个由高到低的神话世界，从西方乐土到天堂再到世俗和地狱，每一层级都犹如组织精整的社会结构，使涉足其间者顿时眼界大开。尽管佛家文化为其追随者的过去、现在和未来设置了种种可能性，但事实上更关注未来走向；尽管它涉及不同层次的信徒，但它其实最关注底层，也就是地狱世界。相比较而言，地狱世界的创造不仅为人们提供了反观现实世界的丰富参照系，而且同时也提供了更多的神话意象。

鲁迅是通过冥界地狱而凸显人间地狱的。在鲁迅的眼中，无处没有冤魂与恶鬼，无处没有堕落与徒劳，无处没有假笑与陷阱，也无处没有好名目与好花样。鲁迅曾在《灯下漫笔》中这样谈中国的地狱状况，一是"想做奴隶而不得的时代"，二是"暂时做稳了奴隶的时代"，但不管怎么说，民众却只能是奴隶，散文诗《失掉的好地狱》也表达了鲁迅类似的思想。写作《失掉的好地狱》的前一个多月，鲁迅概括辛亥革命后因为军阀混战给民众带来的深重灾难时，就指出，"称为神的和称为魔的战斗了，并非争夺天国，而在要得到地狱的统治权。所以无论谁胜，地狱至今也还是照样的地狱"。①《失掉的好地狱》中，"掌握了主宰地狱的大威权"的"人类"给"牛首阿旁"（地狱中牛头人身的手持钢叉专治鬼众的鬼兵）以最高的"俸草"，而一度被"废弛"的地狱又添薪加火磨砺刀山，并得到"全体改观"，曾与魔鬼以死相拼的"鬼众"看到的却是新的"火热"、"刀锘"和"油沸"，听到的也是新的"呻吟"。鲁迅通过地狱意象表达了启蒙者的痛切认识，启蒙的确是一条漫长的路，而且充满了曲折与反弹。然而，鲁迅即使身处地狱情境，仍主张"战斗"。在《这样的战士》中，"战士"陷入了一个迷魂阵样的由"无物之物"构成的"无物之阵"，这也是一个被各种好名目和好花样围起来的地狱，处境孤独而沉着善战的"战士"识破了种种魅影和虚像，尽管他在"无物之阵"中"老衰"，但终究"他举起了投枪"。《淡淡的血痕中》中"叛逆的猛士"，也"洞见一切已改和现有的废墟和荒坟，记得一切深广和久远的苦痛，正视一切重叠淤积的凝血，深知一切已死，方生，将生和未生"，他像"又发重愿"的地藏菩萨，"他将要起来使人类苏生"，而最终使"天地"在猛士的眼中"变色"。

五　结语

纵览《野草》的意象序列，不难发现，"死亡意象→坟墓意象→鬼魂意象→地狱意象"的结构模式是《野草》产生永

---

① 鲁迅：《集外集·杂语》，见《鲁迅全集》（第7卷），人民文学出版社1981年版，第75页。

恒魅力的一个密码，这些意象主要来源于佛家文化，但被鲁迅注入了鲜活的现代意蕴。在历史的传承与接力中，中国的宗教文化特别是佛家文化，衍化了无数含义深远的意象，只是因为居于统治地位的儒家文化对人的精神世界的控制才使得佛家文化的这些意象长期处于无声状态。佛家文化的此类意象与"重实际而轻玄想"的儒家文化相比，实际上更能激发人的本质性力量，因为它们直抵人的灵魂深层，追究人的灵魂归宿等问题。当这些佛家文化意象被纳入鲁迅的艺术世界，便放射出夺目的光芒。而从佛家文化看《野草》主体意象的神话结构模式，无疑有助于深刻把握《野草》的深度与高度。从表象上看，《野草》似乎有着绕不开的浓重的虚无色彩，加上鲁迅本人在多个地方以这样那样反讽的语气谈及《野草》的写作，竟使这种认识几乎成了不争之实。但通过上述分析，我们却得出了这样的结论：在孤寂苍凉的人生境遇中，鲁迅始终以佛陀式的勇猛精进的殉道精神、地藏菩萨式的"下地狱"的实践精神，密切注视和深沉思考着中国的前途命运，其对于国民"哀其不幸，怒其不争"的情感极致，也容易给人造成"鲁迅虚无"的假象。《野草》事实上是和鲁迅"文艺救国"的人生理想以更曲折的方式结合在一起的，"死亡意象"包含着鲁迅佛陀式的舍生取义的无畏精神，"坟墓意象"表明鲁迅对特定时期中国社会的怀疑和否定并追溯到了历史和哲学层面，"鬼魂意象"不仅指涉鲁迅对他人的观察，且更包含对自己的无情剖析，"地狱意象"则显示了鲁迅式的绝望和"反抗绝望"的最终决心。

第四章

西部作家的多重启示

马克思在《〈政治经济学批判〉导言》中提出了著名的不平衡理论，"关于艺术，大家知道，它的一定的繁盛时期决不是同社会的一般发展成比例的，因而也决不是同仿佛是社会组织的骨骼的物质基础的一般发展成比例的"。[①] 在马克思看来，希腊神话存在于物质生产水平极低的前工业时期，而从其所取得的艺术成就来看，在某些方面却是"一种规范和高不可及的范本"，这是"不平衡"的具体表现。毋庸置疑的是，不平衡理论对于我们理解西部小说的现实存在性极具指导意义。"西部大开发"是多年前国家针对欠发达地区的经济发展提出来的，但这并不意味着经济落后的西部地区

---

① ［德］马克思：《〈政治经济学批判〉导言》，见《马克思恩格斯选集》（第二卷），人民出版社 1972 年版，第 112—113 页。

就不可能在文学艺术上居于领先位置，从某种意义上讲，西部小说恰恰真正代表了新时期 30 年中国当代文学所能达到的高度。因此我们说，本章将西部作家作为观察的窗口，其意义表现在，这其实也是对中国当代文学的整体动向与存在问题以独特的方式进行的观照。西部小说又典型地体现了全球化时代多元文化的征候，全球化时代几乎所有带有世界性趋向的文化冲突无一不体现在西部小说中，前现代、现代抑或后现代文化所形成的冲突形态极具张力，如传统与现代的冲突，农业文化与当代文化的冲突，文化的全球化与文学的本土性的冲突，在西部小说中都如此醒目地呈示了出来，从而使西部小说成为观察当代中国遭遇的文化冲突的活生生的标本。在这个文学普遍衰落的时代，身处偏远省份的西部作家的文学创作，虽不能说"文起八代之衰"，但他们毕竟以其劲健有力、雄浑苍凉、蕴意深远之作，标志着"人的文学"（现实主义文学）的切实存在。

第一节　重铸民族文学之魂
——西部作家文学精神论

在进入西部作家文学精神的分析之前，有必要将西部作家队伍的构成作一简单考察，这是因为所谓"西部作家"是一个相对的概念，其内涵充满了变数。从西部作家的来源看，大体可分为三大块：西部本土作家、迁徙或下放到西部的作家以及到西部作短暂停留的作家。西部本土作家如路遥、陈忠实、扎西达娃、王家达、柏原、贾平凹、红柯、雪漠、董立勃等，他们的显著特点是长期在西部的某地生活，其生活范围几乎未曾离开西部，这类作家在"西部作家"这一群体中所占比重最大，当我们谈论"西部作家"这一概念时，所指主要是他们。迁徙或下放到西部的作家如王蒙、张贤亮等，他们在西部生活的时间较长，写过一定数量的西部小说。到西部作短暂停留的作家，是指生活在其他地域的作家到西部观光旅游并有所感发，写过西部题材的作家，他们的作品数量少，不能造成改观西部小说整体面貌的影响，因此，不是本节探讨的重点。

从作品的呈现形态看，涉及什么样的作品可称为"西部小说"的问题。以小说创作而言，显然不是生活在西部或者到过西部的作家所写的小说就是西部小说，我们认为，只有那些指涉西部独特文明形态的小说，才可以称之为西部小说。从这个意义上来说，西部作家这一概念的外延就需要重新界定。首先，一些一度被视为"西部作家"的作家，由于其后来笔锋所向已不再是西部的文明形态，所以，本节仅仅是指他们特定时段的西部题材创作。其次，也不能把写过一两部指涉西部文明形态作品的作家就视为"西部作家"，我们的关注点是那些指涉西部独特文明形态的作品的连续性特征，也就是说，只有那些比较全面地描述西部独特文明形态的作家才可以被称为"西部作家"，由此看来，到西部作短暂停留的作家就不再是"西部作家"了。换句话说，前者是根据西部小说"质"的规定性来界定西部作家，后者是根据西部小说"量"的规定性来界定西部作家的。最后，是作家本人虽然不在西部生活，但他们的小说指向却未曾脱离西部特定的文明形态，他们承继和张扬着西部小说的精神，所以，他们是"西部作家"。比如张承志，自1972年离开西部就再也没有在西部较长时间的居住，可是他的几乎全部重要的作品写的都是西部的人和事，因此我们没有理由认为他不是一个西部作家。对于"西部作家"这一概念的界限有了比较明确的把握以后，再来分析西部作家的文学精神，无疑会给人一个较为清晰的印象。

明确了西部作家，接下来就需要弄清"文学精神"的概念了，关于这个概念学术界也是众说纷纭。我们认为，所谓文学精神，就是作家在独特的人生体验的基础上，在民族文化心理结构中，在时代精神、历史向度、地域文化和社会文化的共同价值观念的合力中，所形成的对文学功用的深层次的认识和把握；是作家站在一定的话语立场上，以终极关怀为指向，以人类的诗性智慧为驱动力，以文学话语为组织材料，对特定社会进行的评判性的描述；它充分体现着作家的审美理想和审美追求，体现着作家创建个体艺术世界的意识、姿态和信心。本节将着力从文学精神内涵的诸种层面来探析西部作家的精神结构及文本世界。

一　苦难体验中民族自信力的艺术呈现

西部小说的兴盛是在20世纪80年代，这个时期从事西部小说创作的主要是经历了"文化大革命"的中青年作家。1990年代之后，西部作家的构成多元化，一些"文化大革命"

之后成长起来的作家也开始步入文坛。1980 年代从事西部小说创作的中青年作家，其人生体验的大部分内容与新中国建立后的政治生活密不可分。而在这当中，中年作家的政治身份认同又显出一种迫切性，比如一度被打入"右派"的王蒙在第四次文代会上，曾以激动的心情呼喊："我们与党的血肉联系是割不断的！我们属于党！党的形象永远照耀着我们！"① 张贤亮也在很多场合指出，"对社会主义的信仰"是他理性的选择，是"来自对历史的必然性的认识"。② 新时期之初的许多中年作家之所以有着如此强烈的政治身份的认同愿望，与中国知识分子身份认同的历史以及当时的社会转型和意识形态有着复杂的内在关联。中国知识分子在漫长的封建社会形成了一种"依附人格"，他们由战国时代的"游士"身份大多蜕变为在封建秩序中寻求认同的"士大夫"。进入 20 世纪，中国知识分子对于"革命"的身份认同，由最初的"个体性决断"，逐步地"思潮化"、"组织化"、"意识形态化"和最终"国家化"，使得"革命"认同逐步变为知识分子的唯一出路和选择。1949 年至"文化大革命"时期，高度一元化的政治文化霸权则以革命是否建立了界限分明的身份结构体系。这一体系通过对"不革命"或"反革命"身份的歧视、改造和打击，有效地树立了"革命者"身份的绝对权威。1980 年代的西部中年作家，大多在 1949 年前后青少年时期有过对于"革命"

---

① 王蒙：《我们的责任》，载《文艺报》1979 第 11、12 期合刊。

② 张贤亮：《牧马人的灵与肉》，见《张贤亮选集》，百花文艺出版社 1995 年版，第 205 页。

身份的强烈认同，即使他们在后来的"反右"和"文化大革命"运动中遭受严重挫折，对于"革命"身份的认同仍然非常坚定。无疑，当他们"文学知识分子"身份与"革命"身份发生冲突的时候，他们必然减弱、放弃以至取消对于"知识分子"身份的认同，这样又反过来极大地影响和制约了他们的文学活动。

1980年代的西部青年作家的人生体验则又不同于中年一代，他们"从诞生之日起，就被灌输了某种理想，他们也真诚地信奉这种理想"，他们经历过"文化大革命"，又都饱尝"幻灭"的涩味，因而在步入文坛之初，大多拒绝对"革命"身份的认同，已经"从虔诚走向了不信"，形成了"对种种伪理想的拒斥"，"不再盲目地相信什么"。① 一位研究者在谈到他的人生体验时，曾说过一段很有概括性的话：

> "文化大革命"是一场噩梦，我在那些年月里表演得很充分，过分的充分。和大多数人一样，我的行动全然受"革命理想"的支配……不管我在"文化大革命"中做过多少令自己悔恨的事，不管我遭到多少人的误解、攻击、咒骂，我从未怀疑过，我的一切行动出于要当"革命者"这一动机，我想向人表明，我可以做一个不比别人差的"革命者"。和许多人一样，忘我地投身于"革命斗争"，换来的却是欺骗和愚弄，我最终不得不抛弃"革命理

---

① 刘小枫：《当代中国文学的景观转换》，见《这一代人的怕与爱》，生活·读书·新知三联书店1996年版，第141页。

想"。不过，被抛弃的很可能只是理想的外围部分，它们由华丽而空洞的辞藻构成。如果说理想的核心是追求生命的意义，是使每个人享受同等社会权利的愿望，那么理想并未粉碎。就像流亡之后的亚当一样，我可以用嘲笑的口吻谈理想，但我深知，它仍是我内心最神圣的东西。①

"文化大革命"之后成长起来并步入文坛的一代西部作家的人生体验不同于上两辈人，他们虽有过"革命理想"的熏陶，但他们还没来得及将这种"革命理想"付诸行动，就在举国欢呼"文化大革命"终结的喧闹声中忘却了理想主义的烛照。接踵而来的诸如升学、深造和就业这些具有直接现实功利目的的事务又使他们疲于奔命。他们目睹过商品如何以一种不可阻挡的力量改变道德人心的全过程，同时也慢慢体认到西部在商品经济时代所表现出来的难以克制的脆弱和落后。理想主义的光环早已在他们的头顶消逝，而现实中西部的发展滞缓，又加重了他们本来就自信不足的心理承受，于是他们不得不踏上一条寻找民族自信力的漫漫之旅。

西部是典型的以农耕游牧文明为积淀的地区，在这里，历史形成的是以儒家文化为主并杂陈佛、道、伊等各派宗教文化的多维文化圈。儒家文化倡导的是一种积极入世为用的思想，以现实的功利目标为行动指南，这种思想造就了西部人注重现实和稳中求进的心理基调。而伊斯兰文化面对酷烈的自然环境和艰难的生存条件所焕发出来的坚忍、敬畏、苦其心志磨其心

---

① 徐友渔：《蓦然回首》，河南人民出版社1999年版，第2—3页。

力的人格规范，呼唤着人的血性和刚气，塑造着人的硬朗与旷达，并以此来品悟"苦难"和拒斥"悲悯"。西部恶劣的自然生态和延绵不绝的苍凉孤寂，带给人的精神守候是艰难的，人们也习惯于从佛家文化中汲取养料，并借此度过苦难，把"来世"的幸福寄托在今生的虔诚和苦修之中。道家文化注重人的修身养性，在天人合一的境界追求中，渐渐养成了西部人对天地自然的一种近乎本能的亲近与和谐。举凡儒、佛、道、伊等各色文化，塑造了西部人特有的地域性格和民族心理，这种地域性格以阳刚入世为主，伴随着隐忍与旷达，使西部人面对政治变迁、制度交替和历史演进，都能表现出少有的宽容与接纳，而在艺术的选择中，特别注重那种刚健、遒劲和豪放之气的能激发人的斗志和张扬人的本质力量的风格类型。

西部小说的泛起与1980年代的文学寻根思潮有关，而这思潮的兴起有着广阔的社会历史背景。"寻根"的提出，是自1970年代中期以来持续不断的精神探索达到某一阶段之后的产物，也是中国当代作家有关"文学重建"所采取的一个有意识的步骤。它是通过文学的"手段"以寻找、确立精神支柱和重构价值观念的一部分，是人们面对各种历史的和现实的、精神的和物质的压力以重建精神家园寻求解脱的一种表现方式。1970年代后期，中国社会逐渐打开门户，向外界开放。"开放"波及中国社会的各个领域，结果是西方文化的再一次大量涌入，其规模之大比19世纪末20世纪初来势更迅猛。即使一些对民族文化传统和价值观念持批评态度的人，一些主张观念和社会生活全面更新的人，对于民族历史和传统也会表现出难以释怀的追念，寻根问题的提出，不能说与这一思想感情因素无关。中国所进行的以经济建设为中心的"现代化"，旨在改变其落后的"农业国"面貌而走向工业化，而在这个时候，西方早已进入了所谓"后工业化社会"的阶段，西方工业化国家所暴露出来的种种弊端痼疾，就像是一面镜子，映照出努力推动"现代化"进程的中国人所为之向往的前景中的重重矛盾和问题。所以，在解决贫穷和落后问题的同时，从传统文化寻求克服"现代化"进程中将要衍生的弊端顽症就显得尤为重要。社会结构的分化造成知识分子文化理论的分化冲突，故知识分子必须对民族文化进行重新考察，这可能使一部分知识分子仍固守传统价值理念的知识体系，重点发掘自己对本民族文化的心理感受和自豪感，并相信传统民族文化可以发挥凝聚和整合功能以促进中国社会的现代化。在各种复杂的社会历史背景下，一些作家认识到把"文化"这一由"社会遗传"所形成的思想模式、情感模式、行为模式等内容引入文学创作的范围内，将是十分有意义的。

西部小说正是在这个特定的历史时期广泛兴起的。在1980年代初短短的几年中，就涌现出了一批描绘西部文明形态卓有成就的作家，这也给多元探索中的中国文坛吹来了一股强劲的西部之风。发展中国家的文学寻根不是一般地回到过去，西方不少学者对此早已有过令人信服的研究，普遍认为它在本质上是一种文化现象，是来自文化劣势的民族的反映。所谓劣势，即主要是经济水平的落后向观念、价值方面的延伸，而处于经济优势的民族对处于劣势地位的民族进行经济扩张的同时，必然伴随着文化的扩张，民族主义思潮就是经济落后的民族在民族文化受到威胁时，所产生的保存或增强它的愿望。而"西部"在这里具有双重的"落后性"，西部之于东南沿海一带的经济发展就如同中国之于西方工业化国家一样。这样，西部小说相应产生了它的双重性：它是向传统的回归，又是新的现代性观念的表达。寻根思潮中的西部小说，把"传统"往往描述为一种符合人性的自然存在，一种协调人与人关系、消除紧张、能够丰富人的精神和心灵结构的文化时空，并以之对抗或修复现代破碎的社会和迷失的人的心灵。

　　1980年代崛起于文坛的西部作家，真诚地相信文学具有改造社会人心的力量。虽然当时的中年作家不免带着浓郁的"政治情结"，有时甚至不自觉地把他们的创作视为其政治活动的一部分，但他们在政治话语许可的范围内，都在凸显西部的人文关怀，讴歌在政治风云阴霾的年代里西部淳朴的民风民俗。王蒙的《在伊犁》系列，张贤亮的《绿化树》等作品都是这样。而当时的青年作家，大多有过刻骨的关于"贫穷"的人生体验，"文化大革命"带给他们的又是"理想的灾难"，所以他们更愿意站在"文化"的平台上来看待西部。面对西部的落后，他们认为，文学要对人的生存和发展有益，因此他们以真诚、严肃的态度对待文学，把创作看作是他们生命里谋求西部发展的一项重要使命，于是文学在他们手中就成为关注人生、探讨生命和表现西部人生存状态及前途命运的载体，也是寻找民族自信力的艺术表达。西部作家羞于在西部人如此恶劣的生存条件下，如此艰辛的生存搏斗中把文学当作"好玩"

或"有趣"的事情。邵振国曾言，"我视文学事业为一项伟大的事业，堪与人类各门科学并齐的事业……""一部真正意义上的文学作品，其本质上绝不是什么非理性的或反理性的，而是经过了心灵的洗礼，以它的理性的光辉照亮人们的灵魂。"[①]另一位西部作家杨镰说，"只有写出有深刻的历史感、鲜明的时代感的作品，只有站在中华民族的发展和进化的角度上来认识新疆、反映新疆，才能称之为新的西域文学"。[②] 他们的作品都体现了其文学精神。

作为寻找民族自信力的艺术表达，西部作家凭借对西部乡土世界的真挚感情和深沉的眷恋，细心体察乡村中人们心灵的美好，他们感到，西部人固然有粗犷、豪爽的性格，但是在贫困与挣扎中也不失温和、细腻和善良。浩岭抒写着陇南两当山区农民的生活，透视那朴实山民的道德与尊严。他的《大地之魂》、《蝶儿》、《一个乡下少女的情书》等作品，在浓郁的乡土气息中，映照出"乡下人"的美好心灵。王家达的《清凌凌的黄河水》犹如一曲回荡在黄河岸边的古老歌谣，成为一首关于人与自由的深情赞歌，弥散于小说中的就有男女主人公对自由的渴望、对大地的依恋、对黄河古文化酿造的民歌民谣的倾心以及涌动全篇的黄河的意象和精魂。在王家达的这类小说中，黄河和西部土地一样，是有灵性、有情绪的"人"的另一种存在方式。而在杨志军的乡村艺术世界中，传达出这位来自青藏高原作家的一个独特感受：对农耕文明原始形态的

---

① 邵振国：《我的文学自白》，载《飞天》1988 年第 4 期。
② 杨镰：《柳暗花明又一村》，载《飞天》1984 年第 6 期。

眷恋和对现代文明的厌弃。他的《酋长正在复活》创造了一个神灵性兼具的猴头男子形象，这个在现代社会复活了的部落首领，从一片坟骨中诞生，又在一袋烟的功夫长成人，而成为已经消亡的斯罗族的后裔，面对现代文明的种种弊端，他厌恶、嗤之以鼻，以文明人缺乏的野性力量吸引人们对他欣赏膜拜，这时的他也就走进了历史。《酋长正在复活》在对古代神话和原始心态仰慕的同时，还对生命的冲动、对生的神秘力量加以崇拜和赞美。这些方面，无疑都昭示了杨志军难能可贵的民族自信。

二　弱势群体话语立场上的终极关怀

20 世纪 80 年代以来，随着中国"现代化"步伐的加快，中国大陆人群开始重新分化和组合。任何国度的现代化，无不是以科学技术和经济实力作为强大后盾，以无情的商业竞争作为主要手段，以城市化的外显形式作为成果表征。中国在努力推进的现代化也不例外。在现代化的进程中，任何不掌握科学技术和拥有经济实力的人群都将失去竞争力而沦落到社会的底层，成为社会的边缘人。中国在现代化的进程中不可避免地要分离出强势群体和弱势群体，而所谓强势群体，就是拥有雄厚的经济实力、掌握着先进的科学技术、能够左右国家或地区经济并毗连政治话语的人群和阶层。从这个意义上来讲，经济落后的西部及广大民众（特别是农民和游牧民）无疑都要归属到弱势群体中去了。

西部作家是站在弱势群体的话语立场上描述西部的。西部作家大多是农民的后代，在青少年时期就参加过艰苦的农业生产劳动，农民的喜怒哀乐无不深深地影响和感染着他们。他们深切体认到农民的勤劳艰辛，也伤感地看到农民的目光短浅和急功近利；他们无时不感受到农民的厚道和诚挚，也悲哀地察觉到农民的愚顽和无知；他们切身体察到农民的善良和淳朴，也无奈地目睹过农民的利欲与自私；他们真切希望农民有好收成过好日子，也痛心地看到农民的容易满足和懈怠涣散。然而，大多数西部作家无法从心底摆脱作为一个农人后裔的价值观念和审美情趣，他们心中不时弥散开来的是一股浓浓的"乡土情结"，他们为农民之忧而忧，为农民之乐而乐，他们也为亲人、为乡邻、为西部父老而歌而哭。

这实际上也奠定了他们所从事的文学活动的底色。乡情、乡思、乡恋，在路遥的小说世界中，构成了重要的审美内容。作为一个在陕北黄土高原上长大、熏满着农民气质的作家，这片土地上的一切对他是那么亲切、那么富有诱惑力。他曾说："我是农民的儿子，对中国农村的状况和农民命运的关注尤为深切。不用说，这是一种带有强烈感情色彩的关注。"① 路遥的"关注"，不是"爱"与"恨"的交织，更不是"怨"与"哀"的诅咒，而是以赤子之心的依恋，把自己融入生于斯长于斯的黄土地。而西部作家中离开乡土迁徙到城市居住的，也不免感到城市文化是一种完全不同于村社文化的异质文化，那是一种与自己本性难以融合的文化，他们心中难免有一种挥之不去的压抑感和孤独感，所以，西部城市作家与海德格尔的思

---

① 《路遥文集》（第 2 卷），陕西人民出版社 1994 年版，第 376 页。

第四章　西部作家的多重启示

想发生共鸣也就在情理之中了。海德格尔反对都市人到农民的生存世界时，只是"屈尊俯就"式的炫耀或一种虚伪假冒的关心，他强调哲学上的"还乡"，"诗人的天职是还乡，还乡使故土成为亲近本源之处"，"唯有在故乡才可亲近本源"，"接近故乡就是接近万乐之源"。① 贾平凹有着从农村到都市的经历，对乡村种种他迷恋和赞美，对都市种种他蔑视和拒斥。他说："慰藉这个灵魂安宁的，在其漫长的 20 年里是门前那重重叠叠的山石和山石上圆圆的明月，这是我那时读得有滋味的两本书，好多人情世态的妙事都是在那儿获得的。山石和明月一直影响我的生活，在我舞笔弄墨、挤在文学这个小道上时，它又在左右我的创作。"② 他的"商州"系列浸润着对故土的感情，《鸡窝洼人家》、《腊月·正月》、《小月前本》、《天狗》、《火纸》、《商州》、《浮躁》、《远山野情》……都是系念故土的感情流泻。故乡的山山水水、风俗人情，都跃动着商州特异的情趣。他曾真诚地告诉读者："我喜欢农村，喜欢农村的自然、单纯和朴素，我讨厌城市的杂乱、拥挤和喧嚣。"③ 这种"乡下人"秉性使他始终以忧虑的眼光注视着都市文明的历史进程，并以此与"商州"进行比照，形成了一种"村社文化"与"都市文明"尖锐冲突的两个相互对立的人生领域和文化环境。张承志多次指出，在他的意识中"从未把自己算做蒙古民族之外的一员"，他将"自由而酷烈的环境与

① ［德］海德格尔：《人，诗意地安居》，郜元宝译，上海远东出版社 1995 年版，第 83 页。

② 贾平凹：《山石明月和美中的我》，载《钟山》1983 年第 5 期。

③ 贾平凹：《答〈文学家〉问》，载《文学家》1986 年第 1 期。

'人民'的养育"视为"自己在关键的青春期"所得到的"两种无价之宝"。① 他一次次谈到他所永远铭记着的"蒙古族的额吉、哈萨克族的切夏、回族的妈妈"，并且从内心深处发出了动人的呼喊："我是她们的儿子"，表示"将永远恪守我从第一次拿起笔时就信奉的'为人民'的原则"。② 有论者曾这样判断张承志的弱势群体立场："他理解人生并不限于个人的经历，而是无数普通人的命运。他透过历史表层轰轰烈烈、风云变幻的政治场面，注视着社会最底层那些普通劳动者的生活命运和精神情感。"③ 张贤亮也曾经说，"长期的底层生活，给我印象最深刻的，就是种种来自劳动人民的温情、同情和怜悯，以及劳动者粗犷的原始的内心美"。④

西部社会弱势群体的人生经历、心灵世界在小说创作中是作为艺术本体出现的。西部作家普遍认识到：真正意义上的西部小说绝非作家个人心灵、情绪的抒发，而是作家自身的情感世界与底层民众的心灵完全融合后的艺术结晶，只有这样，才有可能具备西部的神韵与品格。在"西部小说"的研讨会上，一位西部作家深情地说，"走在高原上，我看到赤背的农民挑着嘎吱作响的担子，从很远的地方弄来水在旱塬上种出庄稼，

---

① 张承志：《初逢钢嘎·哈拉》，见《绿风土》，作家出版社1989年版，第103—108页。

② 张承志：《我的桥》，见《绿风土》，作家出版社1992年版，第109—116页。

③ 季红真：《历史的推移与人生的轨迹——读张承志小说集〈老桥〉》，载《读书》1984年第12期。

④ 张贤亮：《满纸荒唐言》，见《张贤亮选集》，百花文艺出版社1995年版，第190页。

我就对西部充满了信心"。① 另一位作家说，"我的稔熟而又陌生的西部，我的严酷而又美丽的西部，我知道在你流动的生活之中，在你沸腾的波涛之下，埋藏着许多的母题和无数的子题，几乎在你的每一寸土地上，我都仿佛能够找到一个闪闪发光的动机"。站在最广大的弱势群体的立场上来描述西部，这也为西部作家形成劲健的文学精神创造了有利的条件。

如果西部作家仅仅站在弱势群体的立场上来审视西部，而不是从更高的视点上，不是从一个人文知识分子文化和批判的角度，确切地说，如果没有向人类"终极关怀"的凝望，那么，无论西部作家如何描述对西部的发现、融构，还是别的，都只能沉落到形而下的层面，从而使西部小说最终在文学史上失去独立存在的意义。中国目前大力推进的现代化是不可逆转的历史潮流，也是向人类"终极"彼岸的逼近。现代化过程必然伴随着诸多的冲突、碰撞、价值重估和新的指认，摆在西部作家面前的迫切问题，不是逃离到传统文化里去、把传统文化仅仅当成作家个体的避难所，而更需要站在"终极关怀"的立场上对传统文化进行深一层的扬弃，澄清被个人欲望和许许多多实际功利目的所掩盖和消解的此在人生的"终极"意义。正因为如此，卢卡契才这样说，"审美的这种存在方式应该被确定为人类自我意识外化的最适当的形式"，"这种自我意识只有在人对世界有比较透彻了解的基础上才可能。它必须基于这样一个事实，外在和内在世界已经受人和人类的前进发

---

① 文乐然等：《西部作家视野中的西部文学》，载《当代文艺思潮》1986 年第 2 期。

展所支配。在人类的自我意识中包含着深刻的美学人道主义"。①

西部作家通过对西部人的感性状态进行直观的审视，以终极关怀为指向对西部现象进行价值判断，发现和张扬其合规律性与合目的性，使美好与丑恶、光明与黑暗、高尚与卑劣等都得到澄清，从而建立起对生活、对读者的提升机制，使进入其艺术境界的生活现象得到审美纯化，这样一来，西部小说便具有了以审美方式指向终极关怀的能力。从整体上看，西部小说在不断拓展人的精神空间和现实审美能力，从而使人能够不断占有自己的本质，获得人性的丰满与完善，最终加大"使自己的生命活动本身变成自己的意志和意识对象"② 的可能。

一些西部作家明确表示："西部未来的文学不仅应该而且可能对中国未来的文学作出特殊的重大的贡献。……这个贡献不一定表现在在这块土地上产生的作家、作品对其他地区而言有多么的出类拔萃，而是以西部独特的地理地貌、民情民俗、历史和现实、自然和人、生和死、理想和幻想、成功和毁灭、痛苦和欢乐，卑污和崇高作了审美化的提供和丰富。"③ 从终极关怀的高度来审察，西部作家无疑发现了更多的残缺性人生场景。他们目睹过更多的人间苦难：饥饿、荒芜和大自然对人

---

① ［匈］卢卡契：《审美特性》（第 1 卷），中国社会科学出版社 1986 年版，第 324 页。

② ［德］马克思：《1844 年经济学—哲学手稿》，见《马克思恩格斯全集》（第 42 卷），人民出版社 1972 年版，第 96 页。

③ 文乐然等：《西部作家视野中的西部文学》，载《当代文艺思潮》1986 年第 2 期。

的威逼。他们有与西部广大底层民众相同的对苦难的敏感，而
这种感受本身就表明他们对现实的正视。在张扬保留于落后的
生产活动和生产方式中的人性力量的艺术追求中，1980 年代
的西部作家往往能够准确把握住时代精神，将西部底层民众的
质朴、粗犷、善良和野性的表现，与极"左"政治路线在特
殊的历史阶段对人的天性的压抑和人的生存的迫害相联系，从
而在更广泛的意义上暗示了集权政治对终极彼岸的"集体性
谋杀"。西部作家无论是描述盗马贼、漆客子，还是描述杀人
犯、筏子客，都力图勾勒出他们艰难人生及其悲剧命运的社会
历史背景。张锐的《盗马贼的故事》在讲述父子两代"盗马
贼"的故事中所流溢出来的穿越历史时空的沉重叹息，带给
我们的人生况味的确是复杂的。

　　西部作家由最初对西部世界的深情吟咏逐渐过渡到后来冷
峻的深度反思，以自觉的文化批判意识面对西部的乡村世界，
力求在艺术的传达中揭示出传统文化对西部农民性格的渗透，
并展现在贫困和恶劣的生存环境中西部人的人格变异史，从而
使作品获得终极关怀的意义。牛正寰的《风雪茫茫》揭露了
"把人的尊严变成了交换价值"的丑恶现实，揭示了这种丑恶
所赖以存在的背景，因而大大加强了作品的现实主义深度。浩
岭的《赵家祠堂》写乡民们被家族祠堂的无形权威束缚住思
想和手脚后的愚昧，展示了封建宗族制度给人们造成的久远而
沉潜的心理阴影。浩岭还写出了封建文化的劣根性和长期的贫
困造就的怪异性格：自私而又固执、倔强而又保守、目光短浅
而又心胸狭窄（《一个乡下老人的遗言》）。柏原的《野木

匠》、《塬上的生灵》、《天桥崾岘》等作品，描述了在陇东严酷恶劣的生存条件下一代代陇东人无休止的艰苦劳作和沉重苦难的人生表象。他的小说虽然不乏对农民委琐、狭隘心理的批判，然而同样令人信服地写出了这种心理特征主要来自于贫困孤寂和没有色彩的日常存在。和其他西部作家一样，杨志军也关注村社文化中人们的生存境况，为人们的艰辛与困苦而焦虑，但与其他西部作家不同的是，他将人们在现实中的生存状态抽象变形，以荒诞的艺术形式展现出来，从而加大了终极关怀在西部小说中的呈现力度。他的《罅隙》描述了湟水河畔的石门关山庄，在政治风云萧杀的年代里，人们因饥饿变成了与牲畜无异的生命，石门关人的自尊以及在那个村社文化熏陶下的对贞操的重视都被现实的生存欲望湮没了，这也是一个人性、人格横遭践踏的年代。透过这些苦难的人生场景，我们深切地感到作家对"人"之为"人"的尊严的呼吁和对健全人性的召唤。

尽管杨争光的小说描述的不是远古神话中茹毛饮血的时代，但他笔下的村社群落仍然透露出一种"准原始"状态的气息。在杨争光的文学图景中，闭塞、保守、落后、犹疑是整个村社文化的共同特征。在村社文化中，人们互相窥探着对方的隐私，传递着别人的秘密。人们似乎没有所谓的公平与公正的规范，对问题的解决办法通常是一个偶然的电光一闪的念头，或是无所不在的暴力和谋杀。这些方面，都暴露了村社文化背景下人性的严重残缺。而雪漠在《大漠祭·序》中说，"我的创作意图就是想平平静静地告诉人们（包括现在活着的和将来出生的），在某个历史时期，有一群西部农民曾这样活着，曾这样很艰辛、很无奈、很坦然地活着"。① 雪漠似乎在平静地讲述着处于西部沙漠边缘地带的老顺们如何为了生存而艰苦劳作，如何面对物质生活的困顿、精神生活的匮乏表现出更多的"忍受"与"认命"，但读者透过这种"平静"不难观察到作家对沉重本真人生的"不平静"的思索，和对"生之艰辛，爱之甜蜜，病之痛苦，死之无奈"的终极意义上的叩问。西部作家还在现实的变动中敏于旧的流失与新的诱惑，努力把握生活中流动的因素，描述在文化转型过程中农民肉体的挣扎和心灵的裂变。路遥始终关注传统农耕文化对农民的束缚和农民在告别乡土过程中的痛苦，贾平凹集中描写在商品经济大潮的冲击下产生的社会结构的震荡与人际关系的变化。

但我们不能不指出的是，大多数西部作家对"终极关怀"这个需借助哲学资源的高境界的艺术把握还有些力不从心，因而西部小说尚不具备恩格斯所倡导的"巨大的思想深度和意识到的历史内容，同莎士比亚式的情节的生动性和丰富性，这三者之完美的融合"② 的文学品格。对此，我们也许还需要一段时日的等待。

三　自然生态与文明形态的审美描述

西部戈壁的烈日、草原的风暴、大河的奔涌、山川的寂

---

① 雪漠：《大漠祭·序》，上海文化出版社 2001 年版。

② ［德］恩格斯：《给拉萨尔的信》，见《马克思恩格斯选集》（第四卷），人民出版社 1972 年版，第 343 页。

寥、高原的苍凉、瀚海的浩淼和荒林的幽森，带给人们的是无尽的力量感和崇高感。西部久远的历史演进与世事沧桑，又给西部作家一种沉甸甸的历史感和沧桑感。因此，西部作家在创作中普遍追求那种大气而恢宏、苍劲而厚重的文体风格，而有意回避那种舒缓精巧的叙事模式。西部小说从 1980 年代至今，其审美理想也有一个演变的过程。在新时期之初，西部小说就昭示了以刚健苍凉为基调而旁及多重色彩的审美理想。西部小说特别着眼于具有强者气质、硬汉风骨的人物与自然界雄奇阔大的物象和意境的选择，凸显的是区别于江南水乡弱柳扶风亭台画阁的原始、粗犷、未经人工雕琢的自然本色与西部神韵，以及钢铁般不可摧折的西部硬汉。这时候的"西部"在叙事中往往是作为作家本质力量的外显载体出现的，西部作家对未来前景的自信与憧憬通过力度感颇强的人物塑造与意境营构而被表达得淋漓尽致。

在荒蛮、苍凉的背景上展开人与自然、文明与愚昧的冲突，无疑在文本中增加了悲剧力度。小说人物往往被置于命运的边缘状态，人物在命运的大幅度起落和摇摆中负重前行。这些人物大多有一种极度的强健和生存的充实，对生存中的艰难、恐怖、邪恶、可疑事物有着理智的偏爱，他们是生活中的硬汉，其"硬"主要体现在他们敢于去面对任何强敌，心中不存在任何恐惧。张贤亮、路遥、张锐、文乐然等作家的一些小说，诸如《男人的风格》、《龙种》、《河的子孙》、《惊心动魄的一幕》、《盲流》、《荒漠与人》、《盗马贼的故事》中，硬汉自觉承受生存重压和重建家园的勇毅都得到了个性化的展现。唐栋致力于"冰山"题材的写作，他作品的主人公，以及李斌奎、李本深笔下的大兵形象，大多具有"冰山性格"。张承志的《大坂》以塑造一个痛苦而坚忍的硬汉形象而备受激赏。一个年轻人和一个向导，向刚逼退科学院考察队的冰大坂挑战。这是一次人与大自然之间的搏斗，也是一次对人的生命力量的考验，是"一股野兽般的，想蹂躏这座冰雪大山的冲动。……他想告诉无病呻吟的诗人和冒充高深的学者：这里才是够味儿的战场，才是个能揭露虚伪的、严酷的竞争之地。他的胸中正升起着勇敢，升起着男子汉的气概"①。他终于战胜了自然界的一切艰难险阻，战胜了肉体和精神上的痛苦，以男子汉的坚毅登上那座令无数人闻之色变的神秘的冰大坂。

西部作家还有意选择初民生活的愚拙，在远离尘嚣的原始状态中，寻求着艺术唤醒及其灵魂救赎的道路。藏族作家扎西达娃曾这样谈他的创作体会，"西藏的地域性是其文化的当然构成部分。当你来到那个一切都是大自然的原始状态的地方时，电线杆、纸片，所有和人有关系的东西都看不见，一点关于人的痕迹都没有。在那样一个空间，你会觉得太阳是永恒的，人间远离了，世界仿佛从来就不存在，一切都'死了'。静寂，静寂到耳膜都嗡嗡作响。于是大自然和人无声地对话。你爬山爬得就要倒下，你没有了一丝力气，无处呼救，你绝望了。这时你看见前边还有一座更高的山，看见了山上宗教的旗帜。在那一刻，一种近乎神圣的感觉便升华，显出巨大的威

---

① 张承志：《大坂》，载《上海文学》1982 年第 11 期。

力。当你描写这样的空间时，你能把自然只作为背景去勾勒吗？"① 在《冈底斯的诱惑》中，马原营造了一个神秘色彩底蕴上深沉的孤独氛围和情绪空间。这种孤独，带有人生苦难的惨淡色彩，有一种整体象征的意蕴。作品中，马原开始了对人生苦难的追问，其实人物的孤独又何尝不是一种另类的苦难呢？也只有在这种藏传佛教"神性"的光辉下，才能产生这种隐忍和肩负这沉重苦难的可能性。只是马原在这里的探索还是初步的，没有揭示出苦难的根源与藏传神秘文化的坚忍性，因而也没能指出灵魂救赎的道路。

西部作家在创作中还贯注一种深沉的命运感和沧桑感，前者从纵的命运历程来展现人生，后者从横的心态感受来显示人生。张贤亮明确谈过他的审美追求，"不但要写人，写人的命运，而且要写出命运感"。② 有人曾这样判断王蒙叙事的沧桑感，"在王蒙的小说中，与那种在历史报应的现象中把握具体的历史联系的历史感同样重要的，是一种沧桑感。这是作家在巨大的历史变动中的心灵感受，他把这种感受分给了他钟爱的各种各样的人物。如果就艺术传达的丰富多样、灵敏准确、迅速新颖而言，王蒙小说的沧桑感，甚至可以说比他的历史感更重要。因为包含着历史报应思想的历史感，在王蒙的小说中，更多地是以思想的本色形态，以一种政治智慧发挥出来的；而沧桑感却更多地存在于人物的情感和感觉之中。前者是偏于历

---

① 谭湘：《文学：用心灵去拥抱事业——全国青年文学创作会议拾零》，载《文学评论》1987 年第 3 期。

② 张贤亮：《不可取的经验》，载《中篇小说选刊》1983 年第 4 期。

史的、社会的客观认识，后者是偏于现实的、人生的主观感受"①。

进入 1990 年代之后，西部作家的审美追求中呈现出明显的向西部文化资源深处开掘的倾向和努力，而且作家们普遍的一种审美理想，就是在继续张扬西部精神的同时，更大规模地、全方位地描述西部文明的兴衰演变史和对人类命运的终极意义上的思考，史诗性和整体性成为这个时期西部作家的普遍自觉和重要的创作表征。西部作家的创作视野在将西部小说推向世界文坛这一雄心的策动下，变得更为宽广和透彻。西部作家以其强大的创作阵营和丰厚的创作实绩，再一次使西部小说显示出强大的生命力和诱人的发展前景。张承志的《心灵史》、陈忠实的《白鹿原》、扎西达娃的《骚动的香巴拉》、阿来的《尘埃落定》、贾平凹的《怀念狼》、高建群的《最后一个匈奴》、红柯的《西去的骑手》等都堪称 1990 年代以来中国文坛上涌现出的重量级作品，都显示了西部叙事的整体上升态势。

陈忠实曾谈到其《白鹿原》的创作，"我在进入 44 岁这一年时很清楚地听到了生命的警钟。我突然强烈地意识到 50 岁这年龄大关的恐惧。如果我只能写写发发如那时的那些中短篇，到死时肯定连一本可以当枕头的书也没有……恰在此时由《蓝袍先生》的写作而引发的关于这个民族命运的大命题的思考日趋激烈，同时也产生了一种强烈的创作理想，必须充分地

---

① 曾镇南：《惶惑的精灵——王蒙小说论注》，载《文学评论》1983 年第 3 期。

利用和珍惜 50 岁前这五六年的黄金般的生命区段，把这个大命题的思考完成，而且必须在艺术上大跨度地超越自己。当我在草拟本上写下《白鹿原》的第一行字的时候，整个心理感觉已经进入我的父辈爷辈老老爷辈生活过的这座古塬的沉重的历史烟云之中了"。① 《白鹿原》一经问世，就得到评论家的高度肯定，"《白鹿原》不论在作者个人的创作上或是在当前长篇小说创作上，都认为是一个峰巅。……他（指陈忠实——笔者注）从当今时代巨变去宏观超越地反顾历史，借用小说中的语言说，从一些单一事件上超脱出来，进入一种对生活和人的规律性思考。对于历史进程中政治派系'争鳌子'的争权夺利，亲族间的'窝里咬'，革命队伍的'内戕'，给予了痛斥的或针砭的描写。作品的乡土气息格外浓郁。对于乡土气息的描写不是外在的，而是深透在日常生活的细节中"。② 而扎西达娃《骚动的香巴拉》则给我们讲述了一个象征着藏民族生命轨迹的梦，作品里的所有人物也都在追寻着自己各种各样的梦想。达瓦次仁最终获得新生，显示出作者的美好愿望和民族自信。小说的情景时空也随人物的意识流动而发生转换，将过去与现实交织在一起。作为一个充满象征意味的故事，它多角度地反映了藏民族的历史和未来命运。

阿来所属的藏民族是中华大地上最富宗教精神的民族，阿来的精神原乡也深深扎根于有着浓厚宗教色彩的藏文化，"尘

---

① 陈忠实：《我的文学生涯——陈忠实自述》，载《小说评论》2003 年第 5 期。

② 朱寨：《评〈白鹿原〉》，载《文艺争鸣》1994 年第 3 期。

埃落定"一语的创生就显示了作家宗教情怀的诗性智慧。阿来曾将创作比作传播佛音,"佛经上有一句话,大意是说,声音去到天上就成了大声音,大声音是为了让更多的众生听见。要让自己的声音变成这样一种大声音,除了有效的借鉴,更重要的始终是,自己通过人生体验获得的历史感与命运感,让滚烫的血液与真实的情感,潜行在字里,在行间"。① 《尘埃落定》一方面展示了土司家族必然走向没落的分崩离析,另一方面又营造了为宗教精神所浸染的神秘氛围,向我们展示了生活在特定文化时空中的生命群体的本真状态。在这里,我们不仅能够看到土司的家庭成员及其家奴们真实的政治生活、经济生活和日常生活,而且我们还看到了弥散于他们生存世界的那种原始神秘。而透过作家那种魔幻般的描述,我们仍可窥察到深隐于文本中的作家对人类命运的关注和对人的生命的终极意义上的叩问。贾平凹的《怀念狼》叙述的是一段企图将人类从日益逼近的生存危机中救赎出来的旅程。关于"人"的思考始终是文学创作史上的一个基本母题,中国当代文学关于人的思考及其艺术表现,总体是从人的客观社会存在到人自身作为生命本体存在的发展过程。换言之,就是由他在、客在,到自在、本在,这也是自我、本我从迷失、失落到回归与深化的过程。贾平凹关于人的思考,是从社会政治层面、现实层面到历史、文化层面,到人的生命本体层面,最终归结到人类生存的哲学层面。他通过塑造不同类型、不同层面上的意象,来完

---

① 阿来:《穿行于异质文化之间》,载《中国文化报》2001 年 5 月 10 日第 3 版。

成多义性内涵的传达。《怀念狼》是将人类生存的多义性思考，融构在基本意象之中，从而形成了一种复合建构。

高建群对匈奴民族有着深入的研究和理解，他曾明确表达过创作《最后一个匈奴》的宿愿，"我的长篇小说除了一个革命的背景，还有一个就是陕北大文化的背景。要对陕北的各种文化现象溯本求源，最后应归结到民族交融——即农耕文化和游牧文化的结合这一点上。而诸次民族交融中，发生于公元2世纪的这次匈奴迁徙是最重要的一次。陕北文化是较少受到儒家思想束缚的。真好，历史网开一面，留下一个陕北。大文化背景造就这活泼的、豪迈的、剽悍的、自命不凡的、不安生的人类之群。这令毛泽东如鱼得水的一块特殊地域，这令李自成振臂一呼、应者云集的一块地域"。① 在执著于西部历史与风情的作家中，红柯的作品具有独特的韵味。作者笔下壮美雄阔、富有生命底蕴的荒漠、大泽，豪放强悍意志力非凡的西部硬汉和纯朴多情的西部女性，在带给读者审美愉悦的同时，也促使读者体味和思考西部精神的真谛和生命的意义，红柯用他的诗性智慧构建起了一个充满英雄情怀的精神乌托邦，以表达他对生命和人性辉煌的一种企盼。长篇小说《西去的骑手》绝不仅是历史事实的简单摹写，在文本中，"史实"所建构的不过是一个淡远的背景，是一个供英雄人物驰骋的平台，作者饱含诗情铸造出的却是一个精神层面上的西部。《西去的骑手》表达了作家对西部血性男儿的一种文学想象和重塑，同

---

① 《"长安匈奴"和他的西部情结——著名作家高建群访谈》，载《西部人》2004年第1期。

时也表达了作家对辉煌生命的渴望和礼赞。

韦勒克在他的《文学理论》中，就创建"个体艺术世界"的重要性作过如是阐述，"小说家们都有一个自己的世界，人们可以从中看出这一世界和经验世界的部分重合，但是从它的自我连贯的可理解性来说，它又是一个与经验世界不同的独特世界"。① 西部作家有着创建个体艺术世界的意识和努力。以创作《桑那高地的太阳》和《泥日》而闻名西部文坛的陆天明曾这样说过，"文学崇尚独特、独到"，"文学崇尚贴近人类"，"文学不是什么'赶超'，而是创造。你创造一个你，我创造一个我。你创造了一个'约克纳帕塔法县'，那是你的世界，我呢，得向世人提供我的世界。你在你的时代你的人民你的遭遇里创造了个你，我要在我的时代我的人民我的遭遇里创造个我"。② 张锐曾因《盗马贼的故事》创造了罗尔布父子的形象，而成为张扬蛮荒地域中"西部汉子"的血性的艺术追求中的一员主将，但是他并没有满足于此，而是继续追寻着"西部汉子"内心世界的运行轨道，探索历史留下的回荡在"西部汉子"心中的回音。张锐和汪玉良的《爱神？死神？》描述了在筏子客几代人中间不可遏止地展开的痛苦而又极其复杂的冲突，其中就有民族内部由于观念的变化而引发的冲突，从而历史性地展现了筏子客们的命运流程及其内心世界。王守义从河西的淘金文化和永登的"蛮婆子"文化中找到了自己

---

① ［美］雷纳·韦勒克等：《文学理论》，刘象愚等译，生活·读书·新知三联书店1984年版，第238页。
② 陆天明：《难说是体会的体会——也来读〈桑那高地的太阳〉》，载《中国西部文学》1987年第4期。

创作流浪汉小说、淘金系列的独特领域。王家达将黄河上游的粗犷、朴素、奔放的文化底蕴和自己对黄河、对爱情自由的深情赞美相结合，发挥了独特的优势，"站在民族文化和民族灵魂的高度把黄河引入自己的一系列作品，并使黄河不独作为自然景观而且作为民族的精灵出现，是王家达创作大幅度上升的秘密，也是他初步接纳现代审美意识的表征"①。查舜以宁夏平原为其创作的基点，举凡西部边地的回乡风情、绿洲风光、沙海驼铃、沙枣花开，还有漂流于大河之中的羊皮筏子、塞上乡村流行的"瘸腿斗鸡"游戏，甚至于包括有性启蒙意味的花样离奇的"闹新房"仪式等特殊风物，以及充满浓郁地方特色的陕甘方言，都以其别致的风姿走进了作家的审美视野。闻着火坑里的牛粪味长大的青海作家井石，向我们展示了湟水谷地独有的源远流长的传统文化，这就是耍了几百年的社火。在《麻尼台》中，作家营造了一种极富地方民族特色的文化氛围，大凡人物性格、思想感情、语言特征、思维方式、民风民俗，让读者一眼就可以看出这就是湟水谷地的生活，这就是在湟水谷地生存的生命群体。

商州之于贾平凹是一个符码，也是民族传统的指称，商州同时赋予作家的文本以特殊的语境。贾平凹十分重视传统的文化母本，他深信，"讲述商州的故事或者城市的故事，要对中国的问题作深入的理解，须得从世界的角度来审视和重铸我们的传统，又须得借传统的伸展或转换，来确定自身的价值"，

---

① 雷达：《他乘羊皮筏在生活之河漫游》，载《中国西部文学》1987 年第5 期。

因而，作为这种传统文化母本的寄植地，他认为，"商州，永远在我的心中，我不管将来走到什么地方，我都是从商州来的"。[1] 路遥执著于"城乡交叉地带"，他的几乎全部重要的作品都描述的是城乡交叉地带的生死场和文化场，他曾经说，"由于城乡交叉逐渐频繁，相互渗透日趋广泛，加之农村有文化的人越来越多，这中间所发生的生活现象和矛盾冲突，越来越具有重要的社会意义"，只有真实地反映"城乡交叉地带"的这些生活现象和矛盾冲突，他的"艺术作品的生命才会有不死的根"。[2]

西部小说作为中国新时期文坛无法取代的独特存在，与西部作家的文学自信和艰辛努力分不开。他们一直孜孜于自己的文学活动，构筑着各自描述西部自然生态和文明演变的艺术世界。虽然西部作家在这个注重消费和渲染欲望的年代多少显得有些"不合时宜"，但他们仍然坚持自己的审美观念和审美理想，以这个年代的作家所缺乏的赤子精神，给日渐空虚的人们提供着已经相当陌生的精神乌托邦。而这也在一定意义上决定了西部小说的坚忍性和历史性。多少年后，当人们回望那已经"消失"在历史烟云中的"西部"时，也许回荡在人们耳际的仍然是西部作家倔强而生生不息的文学精神。

　　① 　贾平凹：《商州世事·序》，见贾平凹《坐佛》，太白文艺出版社 1994 年版，第 127—131 页。

　　② 　路遥：《面对着新的生活》，载《中篇小说选刊》1982 年第 5 期。

第二节 自为的文学与自觉的文学
——西部作家底层意识论

底层意识是西部作家贯穿始终的一种创作意识，因为这种意识的运作，西部作家的创作总是与底层命运的衍变能够达成某些共振，从而在更高的意义上表述了底层的真实存在。西部作家的文学人生一直在诠释"为谁写作"的问题，对这个问题的回答成就了他们的厚重与深刻。整体上看，他们的写作代表了人类尚未泯灭的正义与道义，而他们的所有努力无非是呼吁一种平等、和谐的社会生态的降生。柳青时代的底层是作为美学主体而被表述的，张贤亮笔下的底层在天使与庸众之间游移，路遥、张承志和扎西达娃表述的底层呈现出多向度的特征，而贾平凹以其30多年的创作提供了底层人生的演变史。西部作家的底层意识又超越了具体的时代，他们与底层休戚与共的情感，使其声音能够穿透历史的厚壁，给浮沉于社会底层的人群以继续生存的勇气与力量。西部作家的底层表述对当下的底层文学的写作具有多方面的启示性。

一 必要的概念梳理：底层、底层文学及底层意识

"底层"一词最早是在葛兰西的《狱中札记》中作为关注对象出现的，因为身陷狱中，葛兰西不得不用曲笔，"底层"这个似乎只是从经济学范畴定义的概念，在葛氏那里其实是富

于政治内涵的"无产阶级"的替代。在"革命"的合法性年代，"底层"又被"无产阶级"或"革命阶级"等概念所置换，逐渐淡出了人们的视野。20世纪七八十年代，"底层"一词再次浮出历史地表，印度的古哈等六位从事南亚史研究的学者赋予底层以新的能指，其1982年推出的《底层研究》（第1卷），"确立了一种批判精英主义、强调'自主的'底层意识的历史观"①，他们站在起义农民的被遮蔽的价值立场上，来重新阐释那些官方文本关于农民起义的叙事，并从中寻找底层自主知行的证据。古哈等人的研究的确打开了一种崭新的视野，建构了别一种价值体系。进入1990年代，随着中国大陆现代性转型的深入、消费文化的渐成和市场意识形态的主流化，随着"被甩到社会结构之外"的社群如下岗工人、失地农民等的持续再生产，随着与底层相关的语词，如"分享艰难"、"弱势群体"、"人文关怀"等的媒体频率加剧，"底层"及"底层文学"一跃成为世纪末特别是新世纪以来备受关注的学术话语和文学资源话语。

　　尽管如此，底层自身却仍然只能作为"沉默的大多数"而存在，他们缺乏应有的话语权，其原生态的声音常常被湮没在精英阶层的叙事之中。这种状况，正如马克思曾论述的复辟时期的法国农民的状况，"他们无法表述自己；他们必须被别人表述"。② 问题是，谁来表述？谁在最大程度上可能接近底

---

①　赵树凯：《"底层研究"在中国的应用意义》，载《东南学术》2008年第3期。

②　[德]马克思：《路易·波拿巴的雾月十八日》，见《马克思恩格斯选集》（第一卷），人民出版社1972年版，第693页。

层本真的发声？谁又能真实地表述各类底层的生活形态、利益诉求和政治愿望？这也决定了底层叙事者的叙述方式和话语实践。在福柯看来，话语与权力达成了同构，话语是权力的产物，而权力又是通过话语来实现的，"在每个社会，话语的制造是同时受一定数量的程序的控制、选择、组织和重新分配的。这些程序的作用在于消除话语的力量和危险，控制其偶发事件，避开其沉重而可怕的物质性"。① 正因为如此，在底层与非底层之间还有这样一种权力关系，即非底层总是把自己的一套话语系统强加给底层，致使底层沦为非底层的话语客体，底层于是成了非底层所塑造的底层。在 20 世纪中国文学的整体流变中，"主要出现了启蒙话语、革命话语、现代主义话语、后现代话语、女权话语等几种元话语体系。它们在文学话语实践中形成了利奥塔所谓的'宏大叙事'或者'元叙述'，已经而且继续在支配着现代中国文学的叙述机制"。② 显然，由于受这些话语类型的影响，不同时期叙述者的底层意识势必要彰显其内在差异，也因之使底层表述发生或多或少的变异。

我们这样说并不意味着底层不要被表述，相反，底层是一个始终都存在而且是极不容易消失的社会结构体，事实上，中国古代成就突出的作家都非常重视底层表述，而且就文学史上的经典作品而言，大多关涉底层民生，如杜甫和白居易的诗歌。而作为一种命名，"底层文学"则特指 20 世纪 90 年代以

---

① Foucault: *The Order of Discourse*, Shapiro M J. Language and Politics, Oxford: Basil Blackwell, 1984.

② 李遇春：《新时期湖北作家的底层叙述与底层意识》，载《小说评论》2007 年第 4 期。

第四章　西部作家的多重启示

来一种特殊的文学现象，是由身处社会底层的作者撰写或非底层作者再现底层经验的文学表述，是现代性转型中直面底层民生的写作。我们看到，这些底层文学承接的不仅是古代文人离黍之悲的歌吟传统，也不仅是类似于 19 世纪的法国和俄国的人道主义传统，而更多的是 1950—1970 年代社会主义时期的正义与平等的传统。以底层文学的崛起及争议为契机，当代文学的研究理路也经历了由逃离社会历史批评的范式到复归的过程，在这一过程，底层表述一直被看作是极具中国色彩的文学经验。中国现当代文学有关底层表述的积累更是值得珍视与汲取，从鲁迅到沈从文到赵树理再到柳青，皆在底层表述方面有其富于启示性的贡献。

作为当代文学重要构成的西部小说，不可避免地要受到"底层表述"这一中国经验的制约与规范。在西部小说的研究中，考察底层表述的流变无疑是一种有价值的尝试，例如，追溯西部小说是如何表述底层的，底层呈现了怎样的面貌，这种底层表述又有何文学史意义，尽管西部小说中的底层同样不可能是原生态的底层，尽管存在于西部作家采取了修辞策略的言说之中。此外，西部小说作为地域性文学，还受到地域文化的规约，因之，同样是底层表述，也会具有其地域性标志。当然，全面考察西部小说的底层表述，并不是本章的目的。我们写作的初衷，是从当代文学的史学背景中，将底层表述作为一种视角，研讨西部作家底层意识的演变及其在创作中的具体表现，从而为当前的底层写作提供参照。

一个作家在何种价值立场上看待底层，以何种情感和眼光评价底层人物的生存方式、命运遭际、精神状况等，这往往形成其底层意识。作家的底层意识，实际上是一种高度的文学自觉。这种"自觉"表现在作家已了然这是为谁而进行的创作，其作品隐含着何类读者，这样的创作到底在呼唤和催生着什么样的社会生态。换句话说，富于底层意识的作家，其创作之根已深植于现实生活中，深植于底层民众中，而在精神层面又超越了底层。在这个意义上说，直面底层，再现底层的生活，这是作家底层意识的基本状态，而最为动人之处则在于作家以主体身份介入底层的矛盾张力中，为底层遭遇的苦难真诚地呼吁，而同时却能够真实传达底层的利益诉求、人生期待和政治愿望；在于密切关注底层的文明进程，以提升底层的精神境界为己任。底层表述的生命力和感染力也正源于此。

二 作为美学主体的底层：革命话语主导下的底层表述

20 世纪 50—70 年代的中国文学，是围绕新生的中华人民共和国的合法性论证与新的国家精神的确立展开的，以革命历史图景的展示和民族国家的再想象为其特征，表现出鲜明的革命指向。也是在这种革命话语主导的语境中，西部作家的第一代（如柳青、杜鹏程、王汶石等）开创了当代西部叙事的先河。他们是在陕甘宁解放区成长起来的作家，就其生活经验、作品取材的区域而言都与东南沿海地区的作家不同，文学地理上的这一转变，"表现了文学观念的从比较重视学识、才情、文人传统，到重视政治意识、社会政治生活经验的倾斜，从较多注意市民、知识分子到重视农民生活的表现的变化"。他们从创作的早期就将眼光投向底层，以底层表述而登上文坛，底层关注甚至成了他们一生的选择。他们眼中的底层却远不是怨天尤人、自暴自弃及精神迷惘的底层，而是具有阶级主体性和历史能动性的底层，是处于急剧上升时期的底层。也就是说，他们是将底层作为美学主体进行表述的，显示了与启蒙作家不同的姿态。这种底层表述，"会提供关注现代文学中被忽略的领域，创造新的审美情调的可能性"。[1]

赛义德这样描绘西方对"东方"的认识，"东方学的意义更多地依赖于西方而不是东方，这一意义直接来源于西方的许多表述技巧，正是这些技巧使东方可见、可感，使东方在关于东方的话语中'存在'。而这些表述依赖的是公共机构、传统、习俗、为了达到某种理解效果而普遍认同的理解代码，而不是一个遥远的、面目不清的东方"。[2] 如果我们将赛义德这段论述中的"西方"替换为"非底层"，而将"东方"替换为"底层"，则现代文学关于底层的认知，"依赖的是公共机构、传统、习俗、为了达到某种理解效果而普遍认同的理解代码"。早期的启蒙者常常将底层编码为愚昧、麻木、冷漠的群体，如鲁迅笔下的乡村文化形态。当然，鲁迅如此表述底层，根于先觉者与整个社会特别是庸众社会的对立图式。参加和领潮"左联"之后，鲁迅的底层表述发生了重大变化，其对底

---

① 洪子诚:《中国当代文学史》，北京大学出版社 1999 年版，第 31 页。

② ［美］赛义德:《东方学》，王宇根译，生活·读书·新知三联书店 1999 年版，第 29 页。

层的尊重、推崇和焦虑是显而易见的。不能不看到的是，启蒙话语与真实的底层人生其实相当隔膜，启蒙者的底层想象过于悲观和单一，导致了底层对启蒙话语的排拒。

尽管启蒙话语对底层并没有也不可能造成实质性的影响，但作为一种表述底层的方式，却在知识阶层普遍流行，并因为陈陈相因，致使底层的本真面目越来越模糊，越来越扭曲。研究者对这种趋向同样表示怀疑，"乡土的社会结构，乡土人的精神心态因为不现代而被表现为病态乃至罪大恶极。在这个意义上，'乡土'在新文学中是一个被'现代'话语所压抑的表现领域，乡土生活的合法性，其可能尚还'健康'的生命力被排斥在新文学的话语之外，成了表现领域里的一个空白"。①这里的"乡土"自然主要指的是底层的人生形态，它也是被现代性话语视为"他者"的领域。启蒙话语之后，1930 年代革命话语背景下的底层仍然失语和缄默，这种状况直到 1940年代的解放区文学才有了好转。由于其时《讲话》精神的广泛传播，加之解放区政府利用了行政调动力，底层方有可能以其原生形态进入到作家的视野，周立波、丁玲、李季等的创作已显示出崭新的底层气象，他们的创作也为柳青等西部作家的底层叙事做了必要的铺垫和准备，如评论家冯牧所言，"社会主义现实主义"的叙事发展到梁生宝这一人物的出现才告完成。②

---

① 孟悦：《〈白毛女〉演变的启示》，见唐小兵主编《再解读——大众文艺与意识形态》，牛津大学出版社 1993 年版，第 87 页。
② 冯牧：《初读〈创业史〉》，载《文艺报》1960 年第 1 期。

第四章　西部作家的多重启示

　　《创业史》不像《红旗谱》、《青春之歌》等"成长小说"，没有过多地叙述主人公梁生宝的成长经历，而是将主要精力放在了再现这个底层人物的阶级主体性和历史能动性方面，以凸显"新底层"的本质为旨归。但问题是如何凸显？我们知道，传统意义上的农民以血缘关系为纽带，无法摆脱伦理道德的束缚，而将梁三老汉设置为梁生宝的继父，显然切断了梁生宝这个新底层身上的宗法遗留，为其投向心仪的"父亲"——党的怀抱预设了令人信服的逻辑前提。而一旦找到了"党"这个精神之父，梁生宝的人生便焕发出前所未有的激情，表现出对党的无限依恋与臣服。他"只要一听到乡政府叫他，撂下手里正干的活儿，就跑过汤河去了"，"他觉得只有这样做，才活得带劲儿，才活得有味"，他认为，"按照党的指示给群众办事，受苦就是享乐"。梁生宝完全祛除了传统底层的狭隘眼界，头脑被先进的理论武装起来了，因之他胸怀宽广、老成持重、善于思考。他只身赴郭县买稻种，挫败了富农的进攻；带领16个人组成的队伍进终南山割竹，战胜了春荒，显示了互助合作的力量，对扭转蛤蟆滩两条道路的斗争影响深远；而接受白占魁这个二流子进入互助组，更显示了其不同凡响的胸襟与魄力。就这样，在梁生宝的组织和领导下，蛤蟆滩的底层群体一步步走上了社会主义的康庄大道。在柳青的笔下，梁生宝这个底层人物充分显示了其阶级主体性和历史能动性。

　　然而，关于梁生宝形象的真实性，即使在《创业史》（第1部）发表的初期就遭遇质疑。质疑者并不是直接向梁生宝这个人物发难，而是反复言说梁三老汉形象的真实性，这的确是一种富有深意的解构策略：如果梁三老汉形象的真实性能够成立，那么，梁生宝形象的真实性自然就失去了依据。但梁三老汉到底是一个什么样的人物呢？我们看到，梁三老汉强烈的创业心理实际上与同样处于底层社会的高增福、郭振山，以及富农阶层的郭世富、姚世杰，甚至与土改时期被镇压的地主杨大剥皮、吕二细鬼都没有本质的区别，他没有脱离"封建农民"的范畴。这是一个彻底的旧式农民，一个丧失了阶级主体性和历史能动性的底层人物。他的身体充分显示了其底层性和被规训性：满面很深的皱纹，稀疏的八字胡子，忧愁了一辈子的眼神，脖颈上一大块死肉疙瘩。他活像一个 1950 年代的闰土，眼神中亦不乏祥林嫂的遗留。是的，梁三老汉是够"真实"，倘若将其生活的时代后退到 20 世纪 20 年代；但在一个改天换地的年代，其所作、所为、所想却暴露出荒诞性和令人憎恶的保守性，他断然不可能昭彰底层的未来和希望。

如果是这样，质疑者为什么还要穷追不舍？反复抬高梁三老汉这一类底层人物的终极目的何在？不难看出，质疑者仍在沿袭着 1920 年代的启蒙话语，他们认定底层只能像梁三老汉一样狭隘、自私、勤劳、纯朴和容易满足，其人生梦想无非是"做三合头瓦房院的长者"，怎么可能是思想先进、慷慨无私和有能力组织穷哥们儿奔赴共同致富的社会主义道路的带头人呢？正如底层不能理解文化精英夸夸其谈的启蒙话语或现代性话语，高高在上的文化精英也同样不能想象底层会爆发出如此强大的自省力量和改变自身命运的智慧。某种程度上说，《创业史》的出现打破了文化精英的惯性思维，梁生宝的形象也冲决了文化精英关于底层的知识边界，这使他们不能容忍，不能保持沉默。实际上，从 20 世纪 60 年代到新世纪初，文化精英或隐或显地否定《创业史》和梁生宝这一底层人物的声音从来都不曾停歇，这反而给我们一种提示：支撑柳青创作的不是精英意识，而是立场坚定的底层意识。但是，这却也注定了柳青文学史地位的沉浮。

前文说过，柳青等西部作家是《讲话》后在陕甘宁解放区逐渐成长起来的作家，这个成长经历奠定了他们健康明朗的底层意识。《讲话》提出了文艺的"工农兵方向"，旗帜鲜明地主张走底层路线，主张文艺要为底层民众"喜闻乐见"。毛泽东以党的最高领导人的身份，倡导知识分子要到底层中去锻炼和接受改造，他认为底层更伟大，底层尽管"手是黑的，脚上有牛屎，还是比资产阶级和小资产阶级知识分子都干净"[1]。现在看来，毛泽东所器重的，是淡化了精英意识而以底层审美趣味为追求的作家，毛泽东的底层观深刻影响了解放区作家的创作。柳青就是一个毛泽东文艺路线的坚决的追随者和实践者。与《讲话》提出的知识分子改造相一致，柳青在建国前后多次深入到底层，在艰苦的工作岗位自觉地磨练自己，苦行僧似地进行知识分子改造，最终淡化了精英意识。这是柳青区别于来自国统区作家的一个重要特征，其早期的长篇叙事如《种谷记》和《铜墙铁壁》，就是根据底层工作的观察

---

①　毛泽东：《在延安文艺座谈会上的讲话》，见《毛泽东选集》，人民出版社 1966 年版，第 856 页。

和体验完成的。柳青经受了极端的物质贫乏和持久的心灵寂寞的考验，设法和那些处于社会最底层的农民融为一体，不仅是形象上的，更是情感上的，用他的话来说，"黑夜开完会和众人睡在一盘炕上，不嫌他们的汗臭，反好像一股香味"[①]，正因为这种情感皈依，他的笔触也就能够沉潜到底层民众的灵魂深处，在时代的大变动中自如地再现其心灵运行的轨迹。

不仅柳青，王汶石、杜鹏程等1950—1970年代的西部作家都是将底层作为美学主体进行表述的。王汶石不同于柳青那样苦心建构史诗般的巨制，他往往从底层人生中截取一个个片段，凭借对底层新生活的热情和社会新事物的敏感，及时发现处于上升时期的底层身上的亮点，并通过铺陈这亮点的时代生活因，形成自己的底层表述。如《新结识的伙伴》就叙述了两个在"大跃进"背景下进行劳动竞赛的底层妇女的故事，作家将主要笔墨倾注于"闯将"张腊月和"好女人"吴淑兰的思想情怀、精神世界的展开，塑造了两个性格迥然不同、但精神气质完全相通的底层新型妇女的形象，在她们的言谈举止中，透露出强烈的时代气息。杜鹏程的短篇主要涉及和平年代的底层建设者形象，如《平常的女人》里的郑大嫂、《年轻的朋友》里的王军、《延安人》里的老黑一家。他善于通过底层平常生活的展开来折射人物的心灵之美，从而凸显底层的美学主体性。从文学史的发展脉络上看，柳青等第一代西部作家的底层表述已作为一种资源存在，深刻影响了后辈西部作家的创

---

① 柳青：《转弯路上》，见山东大学中文系编《中国当代文学研究资料·柳青专集》1979年版，第10页。

作，他们大多都将底层表述作为其叙事的主要表述形态。

三　底层是天使，抑或是庸众：当文化精英遭遇底层体验

20 世纪 50 年代的"反右"，在大陆知识界产生了一批
"右派"。几乎是一夜之间，他们从受人尊敬和待遇优厚的知
识分子，被下放到贫瘠的乡村或偏远地区接受"改造"，从此
像沉默的底层一样失去了话语权。这种社会地位的巨大反差，
使他们真正体验了、经历了底层生活，一定程度上说，在这样
的非常时期他们也是底层的构成部分。"文化大革命"结束
后，当他们重新拥有失去的社会地位而告别底层的时刻，他们
会以什么样的情感和眼光审视曾与他们相濡以沫的底层？他们
会以什么样的话语方式表述底层人生？重估新时期初的"伤
痕文学"、"反思文学"等文学思潮，我们却惊奇地发现，再
次踏上"红地毯"的知识分子所描述的主要是一幅幅知识分
子的受难图，而那些为人称赞的文本又大多是知识分子的自我
塑造、自我辩解和自我洗刷。"右派"作家的底层表述不仅与
真实的底层令人遗憾地相隔膜，而且显示了其有意疏离底层的
倾向，底层在他们的笔下往往是缺乏美学主体性和历史理性的
一群。"右派"作家与底层人生的这种貌合神离，既说明了其
精英意识的顽固性，也预示着其底层表述的暂时性。然而，作
为一种难以释怀的文化记忆，底层体验却在"右派"作家刚
刚踏上"红地毯"的那个历史时刻难免要左右他们的创作，
尽管底层在这里仅仅是作为"陪衬"而出现的。

张贤亮和王蒙都是从"反右"斗争中始遭遇底层体验的

西部作家，近 20 年的底层体验不可能不在他们的创作中留下痕迹，事实上，他们新时期初的创作多涉及底层叙事。虽然他们与其他"右派"作家一样，并没有形成和柳青们相似的与底层同呼吸、共命运的审美情感，但毕竟他们笔下的底层面目尚不狰狞，甚至在某些文本中，底层还变身为"天使"——心地纯良、善解人意、可以毫无怨言地为"落难"的知识分子献身。而随着这些作家的社会地位越来越高，底层便滑向了可怜、可恶或可憎，越来越不讨人喜欢，如张贤亮 1980 年代后期和 1990 年代初期的创作；或底层从记忆中彻底消失，不再被关注，如王蒙进入 1990 年代以后的创作。底层形象从"天使"到"庸众"的滑落，无疑是由于张贤亮们的底层意识的更替使然。我们不妨再解读张贤亮的作品，以观察其底层意识的演变轨迹。

张贤亮在 1970 年代末和 1980 年代初以引人注目的《邢老汉和狗的故事》、《灵与肉》等作品重返文坛。此时的作者仍身处社会的底层，尽管其时的小说不无悲愤慷慨的情绪，但锋芒内敛、哀而不伤，行文之中不时流溢出的是对底层人物的欣赏、同情和赞美之情。可以说，此阶段张贤亮的底层意识不仅健朗，而且就他而言也是最贴近底层真实的时期。《邢老汉和狗的故事》虽以第三人称视角讲述了一个底层人物所经历的并不离奇然而也颇悲怆的故事，叙述者与主人公的精神共鸣和惺惺相惜实在是一目了然。《灵与肉》着力刻画了一个叫李秀芝的底层女子，尽管她看起来又黑又丑，但性格贤淑、文静而又坚韧，凭借其勤劳和乐观，硬是从"石缝中伸出自己的绿茎"，以朴素艰苦的方式创造生活，为精神流浪的许灵均建构起了温暖的家园。在这些作品中，底层形象是伟岸的、崇高的、颇具有神性的气质，而作者对底层人物的情感也是真挚的，代底层立言的迹象格外明显。在《灵与肉》发表四五年之后，张贤亮又陆续推出引起更大争议的《绿化树》和《男人的一半是女人》。短短的几年时间，张贤亮的人生境遇得到极大改善，已完全摆脱了底层的困苦与艰辛。伴随着他精英意识逐渐增强的是，其底层意识也在不知不觉之间发生了变化。征候之一便是，底层人物由前期的主人公身份退居为陪衬性人物，他们的一切活动似乎只是为了突出落难知识分子的存在。如《绿化树》中安排马缨花、海喜喜这些底层人物的活动，都无非是为了完成某种使命——使精神人格遭遇阉割的知识分子章永璘恢复做人的自信。这些作品中的主人公皆为落难知识分子，他们孤独、脆弱而且敏感，故事的演进也主要是根据主人公的情绪变化，在他们丰富而复杂的心理流动中映像底层人物，故底层人物无一幸免都被做了主观化和平面化的处理，呈现为静止的"失语"状态。

　　因为底层真实的存在被作者有意无意地遮蔽，于是作品的幻想性质便凸显出来。以底层女性与落难知识分子的纠结而论，叙述的重点已不是知识分子被教育、改造和受感化的种种心情，而是着意渲染底层女性对落难知识分子的卫护、怜悯、恩赐和爱抚。受难者身边的此类底层女性，往往可以为心目中的"好男人"牺牲自己的一切而在所不惜。那么，吸引底层女性的到底是什么？倘若从正常的标准衡量的话，落难知识分子既无政治地位，劳动能力又低下，且钱囊羞涩，这样的人怎么能让终日奔波在生存线上的底层女性动心呢？为了能够给读者一个理由，作者不惜虚构一个个"红袖添香夜读书"的场景，并借底层女性乔安萍之口做了简单的交代，"右派都是好人"，"我挺喜欢有文化的人"。"好人"或"有文化的人"——这样的理由就能使底层女性为之倾情、为之赴汤蹈火？显然，诸如此类的交代于情于理都很勉强，不过是作者对爱情生活充满罗曼蒂克的幻想而已。

如果作者对底层人物的精神活动的遮蔽仅仅以罗曼蒂克的形式出现也就罢了，问题是，作者在神化底层的同时，又时常对底层流露出不屑一顾的神情。以《绿化树》和《男人的一半是女人》而论，主人公都叫章永璘（当然并非同一个人），出现了两个不同的底层女性，一个是马缨花，外号"美国饭店"；一个是黄香久，在章永璘看来也仅是只"矫健的雌兽"。《绿化树》中的章永璘在马缨花用食物和爱情养壮了虚弱的身体、滋润了干枯的灵魂之后，考虑的却不是如何与这个苦难的女人合力创造新的生活，不是如何更好地融入底层社会，而是认为马缨花给他的只能是粗糙的、野性的爱情，与他所梦寐以求的"优雅柔情"式的爱情大不相同。恢复体力和自信之后的章永璘，对马缨花通过"美国饭店"的方式来养活自己，从前是感激涕零，而现在却是耿耿于怀且倍感受辱。知识分子的虚荣心与优越感已如饥饿的困兽在他心中撕咬，他决计要走出"这个几乎是沙漠边缘"的地带，远离马缨花，因为章永璘忽然觉得"她和我两人是不相配的"。如果说《绿化树》中的章永麟对于背叛底层女性马缨花还多少带些原罪感的话，到了《男人的一半是女人》，章永麟则干脆以所谓知识分子的"抱负"、"人格"之类的豪言壮语当作托辞，为其抛弃底层女性黄香久开脱道德责任。

在这些似乎有点老套的"始乱终弃"的故事背后，映照出来的是张贤亮底层意识的复杂性与矛盾性。从根系上看，张贤亮始终以"知识分子"这一社会身份自居，即使身处灾难的深渊，即使为两个稗子面馍馍也不惜露出卑贱相，那黑色囚衣包裹下的仍是死而不僵的精英意识，仍是一种优越感。旷日持久的超负荷的体力劳动改变的只是他的身体，并没有有效触及灵魂，也没有使他能够更好、更深刻地理解与认同底层的苦难、欢乐和希望。在他落难的时候，是底层人不止一次地将他救赎，这其实仅仅使他对底层产生了一种感激之情，因此，在某种情况下他也还能够写活底层形象。他真正感兴趣的并不是底层表述，而是借底层经验以传达其精英意识。这样，在张贤亮进入权力阶层后，便时时有底层意识与精英意识的冲撞、消长与更替，这终于导致了底层形象在"天使"与"庸众"之间徘徊，直至完全滑向"庸众"的缘由。当他彻底告别底层经验而全面书写其精英意识时，又在多大程度上可能给读者带来惊喜？像《习惯死亡》和《我的菩提树》，弥散于文字中的无非是知识分子自作多情的痛苦、孤寂和无望，是犹豫彷徨而又自怨自艾的情绪，是知识分子一次次的云雨之欢和心如死灰，曾经的章永麟们极力张扬个人价值的勃勃雄心已消失殆尽、无影无踪。

张贤亮是幸运的，因为他有着丰厚的底层体验，这使他在八九十年代之际成为领潮的作家，他以现代的方式注解了文学"穷而后工"的道理。张贤亮又是不幸的，因为精英意识的执拗与作祟，他最终还是没有将文学之根深植于底层厚土之中，所以，进入 1990 年代后其创作便泄露出强弩之末的尴尬，尽管张贤亮从不缺少才情与灵气，尽管他一直很勤奋。

四　多元底层：现代性话语裹挟下底层表述的多向度拓展

在张贤亮、王蒙这些"右派"作家黯然抚慰灵魂创伤的同时，一批更年轻的西部作家开始崛起，如路遥、张承志、贾平凹、扎西达娃。他们大多来自社会的底层，从小体验的底层磨砺和苦难经历，不是让他们逃离与背叛，而是将他们的所有哀乐都牢牢地粘附于底层，以至于在他们成名之后多年，虽然有的已进入了权力层，底层仍是他们梦魂牵绕的所在。在他们眼中，底层并不等于苦难，而是有着更深广的内容，这里有希望，有喜悦，有变革，有觉醒，有历史理性，有上流社会难以体味的温情，有支撑民族信念的文化基因，更有着取之不尽用之不竭的创作素材。他们从没打算远离底层，事实上也是无法离开的，因为在他们准备献身于文学的那个时刻，其文学之根已向底层生长和延伸，底层表述与他们的文学事业已息息相关。这代西部作家与柳青一代有很大的相似性，他们亦将底层关注当作他们一生的选择，即使在新时期以来多种思潮的频繁更替中，也不曾动摇他们的底层意识。但新时期文学又是以现代性话语为主流的，呈现为多元话语共存的格局，这不能不影响他们的价值取向。"人"的觉醒与发现、文化寻根与反思、底层神话的崩塌与重构等题旨，都是这代西部作家的底层意识的构成中不同于前辈的地方。他们的底层表述正是在现代性话语的裹挟下所进行的多向度拓展，其努力大大丰富了西部小说底层表述的可能性，具有独特的文学史意义。

路遥从 1980 年代发表中篇《惊心动魄的一幕》步入文坛，到 1990 年代初完成长篇《平凡的世界》后突然谢世，十年时间里奉献了数量惊人的底层文本。他的文本是巨变时代底层人生的忠实记录，其最动人之处在于深度描述了底层青年改变命运的激情，及由此而来的不得不时时直面的挫折、抑郁和焦虑。这也是路遥不同于柳青的地方，在柳青那里，上升时期的底层青年虽然也有碰撞，有不如意，但底层在政治上的优势却足以缓解乃至于化解一切挫败，而路遥时代的底层显然已经复归于草根状态，底层青年向前跨出的每一步都意味着沉重与艰难，都意味着孤军奋战的血的代价。但路遥并不忧伤，他以极其细腻的笔法记叙了底层青年遭遇不幸后，其父辈们以宽容和诚挚来接纳他们，安慰他们，使他们重建生活的信心。路遥的底层叙事因此便具有了不可替代性——以底层青年改变命运的历史动机为中心，尽可能全景式地映像底层社会的方方面面，并将眼光辐射于非底层人群。面对孤立无助而又不甘心重蹈先辈命运的底层人，他的笔端常常流溢着充沛的温情与同情，他太理解这些底层人了，对他们的一举一动都感同身受，因之他的底层叙事也就能够抵达同类题材难以企及的真实性与丰厚度，特别是那些对底层人悲剧般的尊严、绝望般的希望和西西弗般的奋斗历程的描述更是具有跨越历史时空的冲击力，感动着几代底层人。列宁曾言，艺术是属于人民的，"它必须在广大劳动群众的底层有其深厚的根基，它必须为这些群众所了解和爱好。它必须结合这些群众的感情、思想和意志，并提高它们。它必须在群众中唤起艺术家，并使他们得到发展"。①路遥的文学人生无疑对之做出了形象化的诠释。

路遥在极端的贫困状态下度过了青少年时代，这使他对底层及底层中产生的一切美好事物的感受分外强烈，他敏感而自尊的心总是在不经意间铭记着那些看起来似乎是微不足道而实际内蕴着底层生存智慧的事情。这也就可以理解，他对底层的心灵世界的生动展示，常常能够超越性格层次而进入到人生哲学的高度。路遥的底层表述是虔诚的，他对底层是尊重甚至是敬仰的。只有那些生活在底层，并且以平等之心看待他们的作家，才能体察到底层这种特有的智慧。在《平凡的世界》中路遥借孙少平之口表达了对底层的认同与景仰之情，"这黄土地上养育出来的人，尽管穿戴土俗，文化粗浅，但精人能人如同天上的星星一般稠密。在这个世界里，自有另一种复杂，另一种智慧，另一种哲学的深奥，另一种行为的伟大"②。虽然这些底层身上都存在这样那样的性格或生理缺憾，但并不妨碍作者将他们作为美学主体来表现，也不妨碍作者敞亮这些人物的人格魅力。

---

① 中国社会科学院文学研究所文艺理论研究室编：《列宁论文学与艺术》，人民出版社 1983 年版，第 912—913 页。

② 路遥：《平凡的世界》（第 1 卷），华夏出版社 1998 年版，第 397 页。

第四章　西部作家的多重启示

路遥底层意识的突出表征，还在于将底层人物置于中国现代性进程的大背景中，但始终能够站在底层的价值立场上，探察底层群体的人生出路与未来前景，再现底层的疾苦和欢乐，反馈他们的愿望与心声。路遥已完全把自己预设为一个"底层作家"。《人生》、《月夜静悄悄》涉及了城乡差别对底层所造成的身心伤害，这些作品还较早地触及了一系列使底层为之愤慨而又无奈的现象，如分配不公、贫富不均，以及特权思想、等级观念等。《你怎么也想不到》中的郑小芳，大学毕业后为了给贫穷的家乡作贡献，主动放弃了留城的机会，依然回到条件极其艰苦的家乡工作，被作者当成了底层的楷模来抒写。《惊心动魄的一幕》中的县委书记马延雄、《不会做诗的人》中的党委书记等，所以造成一种"高山仰止"的效应，其根本原因在于这些权力人物为底层的利益勇于牺牲个人利益的行政伦理受到了作者的高度肯定与推崇。不夸张地说，路遥是一个将底层意识贯彻得最充分的当代作家，他以底层的喜为喜，以底层的忧为忧，以底层的价值判断为价值判断，从而以几乎零距离的方式表述了底层。不仅如此，他的底层表述还弥散着由传统文化衍化而来的现代情感，及社会主义实践所生发的乌托邦情感，当这些情感与实际的社会进程的频率产生共振时，便形成了他沉雄凝重的底层基调。路遥的底层表述的确对"底层文学"极富启发性。陈忠实曾言，"路遥的精神世界是由普通劳动者构建的'平凡的世界'。他在中国当代作家中最能深刻理解这个平凡世界里的人们对中国意味着什么"[1]，并

---

① 陈忠实：《悼路遥》，载《小说评论》1993 年第 1 期。

不是无的放矢。

如果说路遥以现实主义的创作精神，全景式地再现了特定历史时空中的底层人生，那么，张承志则以浪漫主义的创作姿态，着力表现了底层在苦难和不幸面前显现出的坚强、韧性与豁达，以苍健而悲凉的笔调歌颂着底层。张承志底层表述的独特之处还在于，他虽身处权力阶层，却对精英意识流露出了决绝的否定倾向和对底层的复归态势。这也造成了张承志的一种"身份"紧张，在底层的印象中，他是一个文化精英，尽管他的作品不止一次出现了底层人物，但这些底层人物往往在作者主观化和情绪化的处理下，离真实的底层人生似乎又很遥远，底层对他敬而远之；而在文化精英看来，他又是一个反精英意识的底层分子，他的英雄情结，他的理想化的追求，他的宗教信徒般的狂热，都与固守其成的精英意识格格不入，故不时遭遇文化精英的冷眼与挤兑。我们该如何理解张承志底层表述的这种复杂性？正本清源地看，奠基张承志叙事底色的不是精英意识，而是底层意识。张承志底层意识的形成与其成长经历有关。他曾在偏远的内蒙古乌珠穆沁草原插队四年，是底层给这个异乡来的已进入青春期的少年以无私的关爱和奉献，这使他深深地为底层的淳厚、素朴和诚挚所感动，他躁动而漂泊的心从底层那里获得了少有的慰藉和安宁，底层于是成了他永远的精神故乡。这个经历几乎决定了他闯入文坛的那一时刻的基本选择，他曾真诚地说："我非但不后悔，而且将永远恪守我从第一次拿起笔来时就信奉的'为人民'的原则。"① 那么，张

① 张承志：《老桥·后记》，十月文艺出版社 1984 年版。

承志又将如何实践其"为人民"的创作理性呢？他走的显然不是柳青、路遥的现实主义路子，也与张贤亮的底层表述形成了反方向运作。他更关注的是底层的心灵世界的变迁与展示，挖掘底层在各种非常态的情境中何以爆发出惊人的耐力与韧性，讴歌着底层的生存哲学。从其成名作《旗手为什么歌唱母亲》到广受争议的《心灵史》，他从两个端点对讴歌底层进行了链接。但由于张承志深受精英文化的熏陶与濡染，其思维方式和表述方式与底层读者的期待却是判若云泥，这也就不难理解他的作品为什么不可能在底层产生多大影响了。

张承志对权力社会的反叛与背弃，以及复归底层的态势，实际是其底层意识的另一种表达方式。张承志的很多叙事文本都有一个"蓬头发"的知识分子，他在权力社会饱受心灵的煎熬，他看不惯精英分子的阳奉阴违与忸怩作态，他常常被精英分子捉弄和欺骗，但又无可奈何。于是，他选择了逃离，远离那些是非之地，然后形单影只地到底层社会寻求灵魂的栖息地。《黑骏马》、《大坂》、《北方的河》等叙事的共同核体是"叛逃与复归"，即对权力社会的叛逃和对底层社会的复归。在远离权力社会之后，他便在瞬息之间体验到大自然的粗砺、苍凉与雄浑，无论是高山、大河、草原、沙漠、峡谷，总是能够彰显其崇高的美，大自然的壮美与权力社会的虚伪、庸俗和欺诈形成了鲜明的比照。而且，一旦重回底层社会，这个"蓬头发"就像久别的游子回到了故乡，回到了母亲的怀抱，诉说着他的委屈、失败和眼泪，坦露着灵魂中最脆弱的地方。张扬对权力社会的"刚"与坦言对底层社会的"柔"，正体现

了张承志的刚柔并济、外刚内柔的表述风格，这也是他底层叙
事的过人之处。张承志的种种书写，如对底层人生的颂扬、对
权力社会的否定、对自然美景的留恋和对宗教文化的皈依，极
易使人产生误读，似乎张承志叙事文本的精神诉求极不稳定，
并造成这样的错觉：神圣的姿态与虚无的内核①。但如果联系
中国社会 1980 年代以来的实际状况就不难洞悉，张承志其实
一直在为底层的前途命运而担忧，他在冥冥之中预感到现代性
进程将会使底层变得更加一无所有，曾经拥有的一切美好记忆
亦将荡然无存，这种底层焦虑是如此的深刻，竟使他有时不得
不以一种过激的方式加以表现。要正确认识张承志的底层表
述，后现代主义理论家詹姆逊的一个论断也许最具启示性，
"从理论角度看，浪漫主义之新纯属无意：它确实如同肌体躲
避打击一样，可以视为一整代人试图保护自己的方式，以此回
避世界的总体性的空前的大转变，即世界从此进入中产阶级资
本主义贫瘠的物质主义的环境。因此，一切封建世态和政治白
日梦，一切宗教事物和中世纪事物的氛围，对旧式等级社会或
原始社会的复归，旨在还原旧貌的复归，都应该首先理解成防
御机制"。② 如果我们从"试图保护自己的方式"来理解的话，
张承志叙事文本的内核其实是很具体的：捍卫底层的尊严。

在路遥和张承志之外，贾平凹、扎西达娃等作家八九十年

① 涂险峰：《神圣的姿态与虚无的内核——关于张承志、北村、史铁生、
圣·伊曼纽和堂吉诃德》，载《文学评论》2004 年第 1 期。
② ［美］弗雷德里克·詹姆逊：《马克思主义与形式》，李自修译，百花文
艺出版社 1995 年版，第 79 页。

代的底层表述同样可圈可点，他们都把各自熟悉的底层生活作为主要创作资源来展开，形成了西部小说底层表述的多元格局。就扎西达娃的底层表述而论，既不同于路遥的现实主义，也不同于张承志的浪漫主义，他怀着强烈的启蒙冲动，通过营构种种如真似幻的宗教文化背景，以魔幻现实主义的方式映像底层人生的悲剧性与荒诞性，故扎西达娃的底层表述显得空灵、缥缈而意味深长。

　　以1985年发表的《西藏，系在皮绳扣上的魂》为标志，扎西达娃的底层表述分为前后两个时期。扎西达娃的早期叙事，如《朝佛》、《没有星光的夜》、《归途小夜曲》等，已显示出探索底层命运问题的努力，不过此阶段他还以传统现实主义的创作理路为主，虽然有宗教文化的渗透，其文本意旨却较为明晰。《朝佛》讲述了一个藏东牧女来圣城朝佛，偶遇一个具有现代意识的拉萨姑娘，在她的开导下，牧女才明白佛祖之不可求，底层要得到今生的幸福，全靠自己的双手来创造。从《西藏，系在皮绳扣上的魂》开始，扎西达娃的表述风格趋于形成，他往往从底层的人生诉求入手，在看似一本正经的叙述中夹杂着悲凉的反讽意味。他笔下的主人公经常是一些被宗教文化规约着的底层，他们在信仰中活着，但活得没有自我，活得没有尊严，活得失去了时空感，这些底层为了虚无的信仰可以付出任何代价，甚至付出生命也在所不惜，其最终的结局却让人啼笑皆非，而作者欲泪又止的克制也依稀可辨。《西藏，隐秘岁月》中的次仁吉姆穷其所有供奉着"住在"洞穴中的密宗大师，当她死后，人们才发现她为之付出一生光阴的原来是一副男性骨架而已。"次仁吉姆"这个名字被不同时代的藏女一再重复，作为隐喻的历史穿透力已不言自明，次仁吉姆似乎成了底层女性的活化石。

从扎西达娃的后期创作来看，其精英意识与底层意识是始终缠绕在一起的。他笔下的人物大多是等待"启蒙"和"拯救"的底层，他们愚顽地重蹈着某种宿命，不在意时代的变化，也不相信自己改变命运的可能性。在这些时候，扎西达娃表现更多的是精英意识，是一种居高临下的观照，这样，我们能看到的也只是扎西达娃启蒙话语中的底层，底层本真的生存状态与心理流程在此被过滤掉，或被高度抽象化和寓言化。扎西达娃的这种叙事策略的实施，可能在寻求某种更高意义上的"哲学的真实"或"文化的真实"，但毕竟在相当程度上遮蔽了底层，因此也就限制了其底层表述的再拓展空间。尽管如此，我们仍然可以读出扎西达娃深沉的底层意识，弥散于他后期文本中的情感主要是一种"现代性焦虑"，是渴望底层踏上自由之路的紧张，是因为底层的行动滞缓而生发的绝望过后的悲哀。扎西达娃一直在试图"拯救"底层，预设着凭借启蒙话语将他们从宗教的沉溺拉回现实中来，并创造和享受现世的幸福。因此，我们在他的文本中根本就读不出辛辣，而是对底层爱极生恨的焦虑、紧张与悲哀。

五 走向"底层文学"：消费时代的底层表述

20世纪90年代中期以来，伴随着从计划经济体制向市场经济体制的大规模转型，当代中国的社会结构发生了深度的裂变，一个突出的现象是地域差距、贫富差距和城乡差距的无限蔓延趋势。在这样一个由消费文化、强权和资本合谋的语境中，社会底层被持续再生产，于是，沉寂已久的革命话语在不知不觉之间复兴起来，其重要表征是"底层文学"的横空出世。底层文学虽然以革命话语为其主要的话语形式，但显然与1950—1970年代的主流话语有着内在的差异，底层文学的倡导者和实践者并不主张通过阶级对抗和政治革命的激进方式，来改变底层的生存境遇，而是直面客观存在的两极分化和阶层分化，强调复归"革命文学"的人民性传统，呼吁权力社会关注底层的艰难民生，关注底层的精神需求，呼吁通过建构一种平等、和谐的社会秩序，使底层的存在状况得到根本改善，使他们重获失去的政治地位。不难发现，这种趋向体现了"左翼"精神的复活，因此我们可以将底层文学的话语方式看作是"后革命话语"或"新左翼话语"。

　　西部小说从其发端就以底层表述为其标志，我们在此论及西部小说之走向底层文学，无非是说，在中国社会已进入市场意识形态为主导、消费文化为主流的语境，西部小说与方兴未艾的底层文学思潮形成耦合与对接是水到渠成的必然。在这一过程，受强势文学思潮和地域性文学传统的合力影响，此阶段西部作家的底层意识同样可能呈现出某些特别的时代烙印。贾平凹、雪漠、石舒清、董立勃、王新军等作家的创作是这种时代印痕的极好体现。

　　贾平凹在1970年代末以《山地笔记》引起文坛关注，到2008年推出底层文学的代表性文本《高兴》，在这漫长的三十多年的时间里，在新时期以来的诸多思潮如"反思文学"、"改革文学"、"寻根文学"的更替中，有几多和贾平凹一起打拼的作家都被高速变幻的时代淘汰出局，而贾平凹却像一棵文学的常青树，虽未能领潮，但也一直居于前沿。贾平凹的文学人生构成了当代文学一道夺目的景观——贾平凹现象。关于贾平凹现象，文学史家已多有研究，并就其旺盛的创造力提出了种种看法，但在我们看来，他所以能宝刀不老，主要原因是他始终能坚持底层表述，也就是他始终能站在底层的美学立场上，观察和书写瞬息万变的社会动态与人世沧桑，以及底层人生的命运流变。他的文本几乎是30年来底层人生的编年史，记录着底层在当代中国现代性巨变中的犹疑、欣喜、满足、迷惘、沮丧、抗争等复杂的情感过程，探索着底层日趋边缘化和被迫失语的历史根由。而其风格形态也经历了从明朗到沉郁，从沉郁到凝重，再从凝重到诙谐的衍化。贾平凹表述风格的演变，与其底层意识的调整有着千丝万缕的关联。

1980年代初期的贾平凹为社会变革带来的底层富裕气象而欣喜不已，其时的底层表述师法沈从文、废名等名家的乡土神韵，表现出底层人生的诗化倾向，风格明朗而清新，《商州初录》、《小月前本》、《腊月·正月》等文本把底层面对触手可及的幸福时的情态和盘托出。1980年代中后期创作的众多中篇，如《天狗》、《山城》、《远山野情》，贾平凹却表现出了欣喜过后的一丝隐忧，历史的确是进步了，底层是衣食不愁了，但社会的道德水准却在不知不觉之间下降，浮虚之风正在疯狂地生长，这是底层的幸还是不幸？长篇《浮躁》将其喜忧参半的情感推向了高潮，而风格渐趋沉郁。进入1990年代，贾平凹似乎离开了底层言说，连续创作了《废都》、《白夜》和《土门》等涉及都市上流社会的长篇，而这些叙事中却出现了一个有趣的现象，即权力人物一个个处于醉生梦死的荒谬状态，不难读出作者对上流社会的厌弃之情，其实这也是他底层意识的别一向度的表述。如果说《废都》和《白夜》的表述风格以沉郁较著，则《土门》一变而为凝重。《土门》引人注目地叙述了一个名曰"仁厚村"的村庄被城市化的惨烈，作为一村之长的城义，为了抵抗城市文明对乡土文明的鲸吞，他造楼牌、办药厂、修墓地，可谓殚精竭虑，他极力要保存仁厚村的状貌——因为在他的观念中，仁厚村不仅是一个村庄的名称，更是乡土文明的体现，但他的一切努力都无法挽回仁厚村被城市文明荡涤的历史宿命。在《土门》中，作者的底层意识里弥散着深刻的焦虑，农民告别了土地将何去何从？并没有人给这些失地的农民安排一个更好、更长远的出路，他们想象中的幸福却是越来越模糊，他们已被城市文明抛向了不可知的窘境。从底层表述的意义上看，《土门》是一个标志，它是贾平凹转向底层文学的契机，其所昭示的悲剧性意蕴将在贾平凹新世纪的创作中得以延续和深化。

　　贾平凹于2005年推出《秦腔》，这个长篇可以看作是《土门》的逻辑延伸。《土门》仅仅涉及城市文明对乡村改造的企图和初步的实施，至于在多大程度上可能引起乡民们的心理动荡则还未展开，到了《秦腔》，这成了叙事的重心所在。随着强势资本在清风街的硬性介入，宁静的乡土生活秩序开始崩溃，传统的伦理道德亦被瓦解，清风街似乎在一夜之间已脱胎换骨：贫富差距拉大，土地荒芜，人心不古，恶人横行，淫盗猖獗，前景黯淡。曾经的诗性乡土呈现出一片凄凉。作者给我们揭开了隐藏在"繁荣"背后的一个个令人心悸的景象，这也是现代性转型中最真实的底层阵痛。它不可能在官方文本中出现，它只能来自于作者真切的底层体验，来自于作者的良知，来自于作者对底层命运的沉重忧患。《秦腔》的特别之处还在于书写了城市农民工的被生产过程。在现代性浪潮的冲击下，大量的土地被侵占，产生了一批失地农民，他们再也无法在农村立足，只好到城市去寻求生路；与此同时，另一些农村青年则被斑斓的城市幻象所吸引，满怀信心地踏上了"淘金"之路。这些进城的乡下人到底会遭遇怎样的命运，在 2008 年问世的长篇《高兴》中，贾平凹做了真实而催人泪下的叙述。

《高兴》给我们展现了乡下人进城后的悲惨境遇。刘高兴、五福、杏胡夫妇这群远离乡土的农民工来到陌生的城市后将以何为生？他们既无资本，又无技术，除了一身力气就身无长物了，他们只能靠捡破烂或干笨重的力气活来维持最低微的生活。他们住在贫民窟，吃的是包谷或面糊糊疙瘩汤之类，穿的是捡来的破衣旧鞋。生活上的艰辛咬咬牙也就凑合着过了，使他们备受煎熬的是他们不得不时时面对城里人的鄙视与防范，不得不忍受韩大宝、门卫、瘦猴、个体户老板及形形色色的市民的盘剥、欺诈与嘲弄，他们的日子黑暗而又漫长，似乎没有尽头。"成为城里人"，这几乎成了刘高兴们一生的追求，然而要实现这个夙愿对他们而言又是何其渺茫。《高兴》展示的实际是消费时代的一幅底层受难图，它使我们不能不思考底层的前途到底在哪里，他们处于自生自灭的状态，他们的生老病死从来无人问津，他们一直挣扎在生存线上，但他们却是真实存在的群体。在更高的意义上又不能不使我们产生这样的质问：现代性的终极目的何在？这不仅是我们的追问，其实也是贾平凹的追问，他在《高兴·后记》中写道："我为这些离开了土地在城市里的贫困、卑微、寂寞和受到的种种歧视而痛心着哀叹着……想为什么中国会出现打工的这么一个阶层呢，这是国家在改革过程中的无奈之举，权宜之计还是长远的战略政策，这个阶层谁来组织谁来管理，他们能被城市接纳融合吗？进城打工真的就能使农民富裕吗？没有了劳动力的农村又如何建设呢？城市与乡村是逐渐一体化呢，还是更加拉大了人群的贫富差距？"[1]

在西部作家中，贾平凹的底层意识是独特的。尽管与柳青相比，他缺乏那样的大度与融洽；与路遥相比，他缺乏那样的真诚与谦卑；与张承志相比，他缺乏那样的慷慨与热烈；甚至与张贤亮相比，他缺乏那样的坦露与感激；与扎西达娃相比，他缺乏那样的焦灼与悲情。但贾平凹自有一种执著，一种从容，一种深度，这使他形成了一种格局。他并没有将自己看作是一个底层，他始终将自己看作是一个文人——从底层中来然而又离不开底层的文人。在他的眼中，与其说底层是无言的群体，还不如说底层是父母，是兄弟，是姐妹，是恋人，是伙伴，是同学，是同乡，这样，他的底层表述免不了总有一种亲情或友情的流露，一种对亲人或友人的关注。所以，我们在贾

---

[1]　贾平凹：《高兴·后记》，作家出版社 2007 年版。

平凹的底层文本中很难读出讽刺、仇恨与怨愤，更多的则是温情、同情与柔情。在很多时候，贾平凹与柳青、路遥更相接近，但贾平凹却能做到入乎其内又出乎其外，不为底层的是是非非所羁绊。他能保持一种独立的姿态，但不是通常意义上的精英意识（所谓的"精英"对亲人或友人而言毫无意义），这就是与底层同患难、共富贵之外的远景凝视：底层将如何发展？现代性进程给底层带来了什么？底层的最终归宿又在何处？因为被这些问题所困扰，贾平凹的底层表述便有了长久的驱动力，这使他无法停止，无法不时刻思考底层的命运流变，无法不以自己的笔来言说底层，他 30 多年来的创作实践已充分证明了这一点。

一个为奥凯西画像的威尔士艺术家曾给奥凯西写信，质疑他为什么把自己的创作和一个"阶级"捆绑在了一起，并劝他作为一个诗人和艺术家不应该隶属任何阶级。《西恩·奥凯西传》的作者大卫·克劳斯后来替奥凯西做了这样的回应："对于某些为艺术而艺术的，且有独立经济来源的美学家文学家来说，这样一种超然的艺术观或许是很不错的；但对于奥凯西来说，倘若他不是一个富于正义感的人，凭借自己的经历和信念使自己始终与工人阶级休戚与共的话，他就根本不会成为一位艺术家了。对他来说，不隶属任何阶级的艺术家或不隶属任何阶级的人是根本不存在的；而且，在他看来，艺术家对他的同胞所肩负的责任应当更大于普通人，而这种责任又与他对艺术肩负的责任密切相关，无法化离。"[①]

---

① ［英］大卫·克劳斯：《西恩·奥凯西传》，中国戏剧出版社 1987 年版，第 11 页。

我们在此引用这个故事是因为大卫·克劳斯的回答也许对说明西部作家的创作与"底层"这个阶层的关联是再恰当不过了。西部小说的一个重要传统——底层表述的产生，完全是基于西部作家的底层意识。自柳青以来，底层意识就一直左右着西部作家的创作，他们以富于正义感的声音为底层的境遇而欣喜，而欢呼，而焦虑，而悲痛，而呼吁。他们为谁写作？他们无非是替底层——这个被迫失语的群体言说。与底层休戚与共的情感，总是使他们的声音能够穿透历史的厚壁而给浮沉于社会底层的人群以勇气与力量，因为这种声音代表了人类尚未泯灭的正义与道义。他们不可能去创作某种"纯艺术"的东西，是因为他们知道，他们所书写的每一个文字都担负着底层的希望与诉求。他们是作家，是因为他们曾经替底层言说，或正在替底层言说，舍弃了底层，他们宁愿沉默。

第三节　消费时代的诗性情怀与精神高地
——宁夏西海固作家论

张承志在《金牧场》中写下这样一段文字：

> 哀伤悲怆只向这旱渴的蓝空倾诉。当"苏热"被吟唱起来的时候，古老的阿拉伯语不再费解，它只是饱含着今世和现实不能到达的追求。世界和彼岸，憧憬和来世就这样为你打开了大门。西海固，你贫瘠的甘宁青边区，你

坚忍苦难的黄土山地，你在杨阿訇为悼念先烈的"苏热"中松弛了，打开了紧锁着的心扉，把一腔感情向这雄浑的大陆倾诉。①

多少年后，当我们重读这段文字，才领悟其中谶语般的预言，那些游走于西海固高地上的作家与诗人，在读解和书写着一代代的苦难生灵，他们似乎阅尽了人世的沧桑苦厄，而将赤子之心毫无保留地融注生于斯长于斯的悲怆大地，终于打开了西海固"紧锁着的心扉"，然其倾诉之虔诚正如阿訇对于先烈的悉心悼念。

一 "西海固文学"的提出、概念演进及文学史意义

西海固——这个位于宁夏南部山区的地域，平均海拔在2000米以上，由于气候的极端恶劣和水源的严重不足，在20世纪就被联合国教科文组织判定为"不宜人类生存之地"。正是在这块沉寂而又贫瘠的高地上，1980年代以来以《六盘山》杂志为中心，却形成了一个创作群体。以取得的文学成绩为基础，在1997年《朔方》杂志社召开的"振兴宁夏文学"的研讨会上，来自西海固的作家不约而同地喊出了"西海固文学"的口号，但因为缺乏必要的理论阐释，这个提法在当时并没有引起人们太多的注意。同年，《六盘山》杂志刊登了作家南台的《致火会亮的一封信》，基于地理意义而提出了"西海固作

① 张承志：《金牧场》，时代文艺出版社2001年版，第16—17页。

家群"的说法，分别谈及固原、西吉、海原等县区的文学创
作。经过 1997 年的酝酿及讨论，"西海固文学"已经在宁夏
区内成为了不能不被关注的文学冲动。1998 年初，《六盘山》
杂志正式提出了"西海固文学"的概念，同期杂志还推出了
"西海固同题散文专号"。此后，围绕"西海固文学"概念的
生成、内涵和界定等问题，由《朔方》和《六盘山》杂志社
举办了多次学术研讨会，影响也逐渐扩大，同年 6 月，《文学
报》在头版位置以《"西海固文学"正在崛起》为题进行了报
道。1999 年由宁夏人民出版社出版的《西海固文学丛书》（分
为小说、诗歌、散文三卷），以及在该年度由部分作家出版的
个人专辑，与理论研讨形成呼应之势，显示了"西海固文学"
的创作实绩。西海固的文学活动吸引了研究者的目光，而较早
参与到讨论中来的也必然是西海固的研究者，他们的参与无疑
对推进本地区作家的创作自觉发挥了作用。

但我们也不难发现，"西海固文学"的概念从提出到理论
澄清，是一个渐进与深化的过程，这一过程同样充满了争议。
马吉福是较早尝试厘定"何为西海固文学"的研究者，其在
《关于文学的西海固与西海固的文学》（《六盘山》1998 年第 1
期）一文中指出，"西海固文学"的基调与特点应该是"传统
文化积淀深厚，民族文化色彩鲜明，地域文化背景浓厚"，他
是从"文化"（传统的、民族的和地域的）的视角进行观照
的。不能不看到，马吉福的文化观照虽给人颇多启发，但由于
是比较笼统的说法，实际并没有触及概念的核体部分。马吉福
在后来又做了更贴近文学实践的分析，他在《试论"西海固

文学"的形成与发展》（《六盘山》1998 年第 3、4 期合刊）
中对概念的内涵也有了较深入的透视。他将"西海固文学"
区分为广义和狭义两种，广义上的"西海固文学"是指反映
西海固生活的文学和西海固文艺工作者所创作的文学作品，而
狭义上的"西海固文学"则是指描写西海固生活的文学，这
种厘定显然与"西部文学"的概念厘定达成了共识与默契。
马吉福之外，钟正平、单永珍、左侧统、张强、张铎等研究者
都有一定的理论贡献。钟正平多年密切关注和思考着西海固文
学活动的动向，他认为所谓"西海固文学"就是"本土作家
创作的描写和展示西海固地区历史的、文化的图景和西海固人
生活与命运的文学，是表现西海固人的感情、性格心理、文化
气质和审美精神的文学，是记录西海固人民的代言人——本土
化知识分子的追求、奋斗、反思和梦想的文学，是富于西海固
地域文化特色和人性、人道主义精神关怀的文学"。① 客观地
讲，这个厘定糅合了马吉福等人的研究成果，又突出了"西
海固文学"的主体性内涵及现代性特质，但也衍生出了排他
性，实际上"本土"之外的作家如张承志，同样对"西海固"
多有叙说，只强调"本土性"势必会将他们排除在外，况且，
"人性、人道主义精神关怀"等说法并不能涵盖"西海固文
学"的精神刻度，故有必要对钟正平的论述进行适当的调整。

在我们看来，"西海固文学"原本就是"西部文学"版图
中的一个构成，它没有也不可能脱离"西部文学"这个更大

---

① 钟正平：《西海固文学及其释义》，载《固原师专学报（社会科学版）》
2000 年第 1 期。

的话语范畴而进行孤立的运作，倘若研究者太拘泥于闭锁性的区域性研究，而看不到与"西部文学"乃至"西部文化"的关联与互动，极有可能固步自封而制约其研究的质量。事实上，"西海固文学"的发生、衍变及走向成熟，都是在"西部文学"的烛照下促发的区域性的文学自觉。"西海固文学"所表现出来的总体创作趋势，如关注底层民众的生存方式与命运样态、映像传统文化在现代与后现代文化冲击下的衰颓、凸显西海固人甘于清贫与古道热肠等性格特质、始终坚守和张扬现实主义的文学精神等，皆体现了"西部文学"的共性特征。"西海固文学"必然接受了多重影响，如果我们从渊源上稍作追溯，即可发现"西海固文学"与"西部文学"纠结的精神联系，张贤亮和张承志是"西部作家"谱系中成就较大而很有代表性的作家，他们对西海固作家的影响显然更为直接。无可争议的是，在张贤亮1980年代崛起之前，就是宁夏文学在当代文学的整体格局中尚处于边缘位置，宁夏作家所发出的声音相当微弱，更不用说西海固作家了。张贤亮在1980年代立足于地域文化的西部叙事，因为弥散着个体深刻的生命体验与形而上的哲性思考，而在新时期的"伤痕文学"、"反思文学"和"改革文学"等思潮中影响甚大，他甚至一度被人视为领潮的作家。张贤亮的成功极大地带动了宁夏作家的自信心，更为重要的是，新时期文坛开始关注宁夏作家的创作活动了，也是在这个时刻，西海固作家发出了尽管微弱但毕竟是有底气的声音。如果说张贤亮对西海固作家的影响在于树立了文学自信的话，张承志对西海固作家的影响则主要体现在如何对作为文化实体的"西海固"进行观察与表述上，他的足迹曾遍及北方大陆，而对西海固的体验格外深挚，其在文本中多次言及西海固，在他眼中，西海固似乎是永远的精神故乡，是取之不尽用之不竭的题材资源（他后期小说创作的代表作《心灵史》就是以"西海固"作为叙事基地的），加上他富于想象力与穿透力的抒情诗般的表述，都使"西海固"成为一个深具审美意味的文化实体，而这无疑给西海固作家提供了可资借鉴的现实样本。但"西海固文学"的研究中，"西部文学"这个更大的话语范畴却常常被忽视，故此便难于透视构成西海固文学语义场的多种元素，难于历史地辨察西部文学对它的深层影响，难于确认它在当代西部文学史上的意义与地位。

　　或许"西海固文学"最先吸引我们的是它与"西部文学"达成的同构性。这里所谓"同构性"，即是说两者在构成上的相似性、指称上的趋同性。"西海固文学"和"西部文学"一样都是地域性的文学，都是反映特定地域的历史文化、人文生态和文明方式的文学，这里面只不过有大小之别。无论从历史、地理，还是文化传承方面而言，西海固都隶属于西部，再者如前文所析，"西海固文学"在形成中更多地参照和接受了"西部文学"的样态与影响，是西部文学一个必要的构成部分，因此在"西部文学"这个更大的话语范畴中来讨论"西海固文学"便显得更为合理。因为两者的同构性，"西海固文学"为研究"西部文学"现实地提供了一种视野与途径，我们甚至可以从"西海固文学"来推断"西部文学"的发展动向。西海固作家新世纪以来仍然延展着西部作家的创作精神，

且取得了不俗的成绩，昭示出令人振奋的创作势头。凡此都使
"西海固文学"在当代西部文学史中占据着重要的地位，并彰
显了独特的文学史意义。但"西海固文学"却包括小说、散
文、诗歌等多种文体作品，在一篇文章中要论述各种文体作品
显然很不现实，因为小说成绩最为突出，故我们只选析那些有
代表意义的小说作品；再退一步讲，即使是分析小说作品，如
果时间跨度太大，也将难于深入下去，因为西海固作家在
1990 年代中后期才逐渐成熟起来，故我们的兴趣点也主要在
1990 年代中期以来的小说作品。有意思的是，这个时段正是
中国社会的大转型时期，也是中国式消费社会的形成时期，故
我们以"消费时代"来指称这个文学时段。为了避免概念的
混淆，我们提出了"西海固叙事"的说法，以此来指涉 1990
年代中期以降，西部作家对围绕西海固底层民众的命运遭际与
生存样态而展现的历史文化、人文生态和文明方式的虚构性言
说的叙事文本。

二　苦难大地的诗意化呈现与西部人生的别一种书写

有研究者认为，"西部作家给人的总体印象是，特别善于
表现苍凉粗砺环境中的苦难意识和生命力的顽韧"[1]，此论不
虚。绵延的戈壁、浩瀚的沙漠、荒凉的高山及浑浊的河流形成
了西部的自然神话，而自然神话导致了西部人不得不承受的漫
长的贫困，极易使其衍生出浩大的寂寥感、苍凉感和苦难感；

---

① 雷达：《找不到的天堂》，载《黄河文学》2006 年第 6 期。

而封建宗法文化的遗留、当代政治文化的冲击和现代性文明进程中的落伍又共同组构了西部的社会神话，社会神话直接造成了西部人"被隔离"的遗弃感。社会神话又因为与自然神话的勾连而将苦难空间化，这使西部人总能真切地触摸到苦难的巨大存在。没有一个西部作家能无视苦难的"在场"，也没有一个西部作家不在他的书写中表现其对苦难的理解，由此形成了西部作家固执的"苦难意识"。苦难意识对1980年代的西部作家来讲，具体表征为对生存苦难的觉醒与抗争，对苦难根源的质疑与追问和对人的历史命运的内省与自察，西部作家集体再现了某种不可替代的地域叙事风格。1980年代西部作家的苦难意识及以此激扬起的现实主义美学追求，"构成了西部文学别具一格的审美色调和独特的艺术风采，其主要呈示形态：一是在西部文学中崛立起一批于灾难情境和炼狱氛围中生存着的、具有某种孤愤气质的西部'硬汉子'形象；其次是由'硬汉子'形象生发出的沉雄、刚烈、粗犷的艺术风格，激发起的悲怆、苍凉的悲剧性美学基调"。①

历史是一条生生不息的审美长河，回视1980年代西部作家的苦难意识及其表征，便不难洞察1990年代以来西海固叙事对这个文学意识的持续张扬是历史的自然接力，也是一种地域文化精神的必然沿承。西海固是一个以"苦甲天下"而闻名的地方，也许西海固人对苦难的体验相对于西部其他区域的人更为痛彻，自然神话的背负对西海固人而言显得格外滞重，

---

① 杨经建：《伊斯兰文化与中国西部文学》，载《人文杂志》2003年第2期。

他们必须面对也许是年复一年的旱情，面对似乎永远因干涸而皲裂的大地，时而心怀绝望地守望遥遥无期的雨雪天气，多少生命在自然神话面前终于焦渴、枯萎，乃至于消亡。但自然神话导致的不仅是西海固人极端的物质贫乏，而且还有持久的精神迫压以及难以平复的心灵创伤，郭文斌的《呼吸》就是这样一个叙说自然神话给西海固人造成灵与肉双重苦难的文本。无边的干旱已经使郭富水失去太多，而现在又在考验他最后的忍耐力，与他相依为命的耕牛大黄几近无水可饮，女儿水水为了给家里省点水而宁愿忍受病痛的折磨也舍不得多喝一点。水的匮乏使郭富水面对女儿和耕牛时心如刀割，且活得如惊弓之鸟，当他无意中听到川川之父因为花牛死去而发出的号啕声，那种可能失去大黄的恐惧骤然上升，几乎使他窒息，大黄最后为了救跌进水窖的水水而死，让郭富水颇生一种劫后余生的悲凉，好像那死去的不是大黄，而是他自己。《呼吸》不动声色地讲述了郭富水这个西海固底层人物在灾难年月里的心理动荡，故事情节并不复杂，叙述语言也干净、透亮，但读来却自有一种荡气回肠的感人力量。那么，这种感人力量是怎样形成的呢？如果细加研读，便不难体会到这种力量来自于叙述者逸出文字之外的大慈悲，言其"大"，是说西海固大地上的一切似乎都是叙述者悲悯的对象，因为它们都在这块大地上一起受难、一起遭受惩罚。大慈悲的观照属于一种典范的苦难意识的表现，只不过这种观照更多的是基于人与天地万物的对话关系，而不是基于人与社会的复杂纠葛。

　　从《呼吸》我们可觉察到，1990 年代之后西海固作家的苦难意识已悄然发生了变化，他们对苦难的认知也越来越贴近大地本身，在他们看来，苦难不仅是一种生存的常态，更是一种文学的常态，问题的关键也许在于"如何表述苦难"。西海固"本土"作家石舒清指出，就他自己而言，"似乎回到这里才能觉得心安和踏实，再到任何地方都有一种被丢弃感和失踪感"①，石舒清的表白也许道出了西海固人共同的感受——故乡就是故乡，与贫富无关。苦难的大地和恶劣的人生境遇所激发出来的往往是西海固人健旺的生命强力，是对这块大地的宗教般的虔诚与眷恋，是浓得化不开的乡情乡思和永难割舍的故园故土之爱，还由于生命的极限体验与共同抵抗苦难的生存需要，这里的民风民情更为淳厚和质朴。以此观之，他们表面的"认命"也不妨看作是精神层面对苦难的超越，这也是地域文化精神的表征。如果说1980年代西部作家的苦难意识重在映像自然神话施加给人的苦难及人对自然神话的省察，那么石舒清们的苦难表述则企图转向人的精神层面，转向西海固人面对自然神话抑或是社会神话时都存在的精神震颤与心灵悸动，也就是由描述"外在的"苦难而转向反馈"内在的"苦难，在某种意义上，这是西海固作家对地域文化精神的超越所在，不执著于苦难却能正视苦难。正因为石舒清们对地域文化精神的超越，所以也就能从容展开自然神话的复杂意蕴，并尝试从哲学高度来诠释苦难、表述苦难和升华苦难，这个过程也就是苦难的诗意化过程。郭文斌、石舒清、了一容等作家的创作都或多或少表现出了这一趋势。

---

① 石舒清：《故乡就像是我的另外一个心脏》，载《青春》2007年第1期。

第四章 西部作家的多重启示

石舒清的《清水里的刀子》可视为苦难诗意化的代表性文本。粗看起来，似乎这个短篇的叙事全然与苦难无关：马子善老人的老伴死了，埋葬老伴之后，马子善老人在坟院对自己的人生流程做了简要回顾，并想象其大限可能将至；回到家中，儿子耶尔古拜和他谈起"搭救亡人的仪式"，商量"四十祀日"那天为"举念"而宰杀家里老牛的事情；其后的叙事是围绕父子俩与老牛相处的最后日子里的喂养、感念与观察而展开的。细读文本，我们却发现"苦难"无处不在，在叙述者将苦难虚化的表述中，我们却时时感受到苦难的"在场"。可以肯定的是，马子善一家在贫困中度日，这从下列细节也不难推知：老伴"苦了一辈子，活的时节没活上个好"（苦难的由来已久），儿子耶尔古拜说"咱们那个牛，也老了，再买个嘛咱们也没钱"（目前的贫困状态），耶尔古拜"把女儿缺了齿的梳子拿来"（贫穷可能还要延续下去）。值得注意的是，文中也不全然不写实相的苦难，如马子善老人"想起一件事来，那就是牛一边拉着犁走一边扬起尾巴拉粪，当时觉得没什么，渐渐就觉得这真是过于残忍了，我们人连一个拉粪的机会都不给它，在它拉粪的时候我们还不放过它，还在役使它"，对人所承受的苦难的虚化与对老牛所承受的苦难的具陈，看似是对人的谴责，实则是以实写虚，象征性地传达了人所承受的深重而无边的苦难。这里的人们活着如是，死后"有着一个罪人的身份"，"罪人的身份"好像只是宗教观念的合理折射，但我们又何尝不能将其理解为是对现实苦难的想象性延伸呢？现实的苦难迫使他们探寻精神上的救赎之路，是宗教信仰伴随他们度过了无涯的苦难岁月，他们在长年累月地诵读《古兰经》和参与种种宗教仪式活动中淡化、忘却，甚或享受着苦难，尽管他们的宗教信仰也许具有极强的世俗性与功利目的，却是他们精神世界永不干涸的雨水。毋庸置疑，文本最大的背景是宗教文化，这是阅读过程中一般都能注意到的，而究其实质我们认为，宗教文化被展现得越充分，越表明这块大地上的苦难深重广远，因为这里宗教文化的信仰程度和苦难的深广程度是息息相关的。与文化背景的清晰性相反的，是时间背景的模糊性，虽然文中也有清晰的时间线索，如老牛在"举念"的前三天始停食停饮、"四十祀日"的前一夜，通读全文，我们仍无法断定这个"时间背景"到底是什么，你可以说故事发生在50年前、100年前，或者更久远；你还可以认为文本被默认的时间背景是"当下"，但叙事中没有显示任何与"当下"或"现代"直接相关的语词，文中出现的器物、食物、动物之类，如红纱、铜镫、油馕、牛羊等却表现出浓厚的前现代文化的气息。淡化时间背景或有意使时间背景模糊，实际上是喻指苦难的无始无终，这是我们在解读文本时尤其应该注意的，它与彰显宗教文化一起，构成了一明一暗两种展现苦难的方式，这两种方式皆为苦难诗意化叙事最常见的方式，是文本提供给我们的体验。

郭文斌新世纪以来的创作被研究者持续关注，其一系列以苦难为底色的叙事文本，如《吉祥如意》、《开花的牙》、《一片荞地》、《大年》、《最顶头的一个梨》等，给当代文坛带来了别样的阅读体验。在这些文本中，郭文斌并不具体呈现苦难的生存景观，他甚至在有意回避苦难书写，而将其敏感的艺术笔触深入底层人生的日常生活之中，发现和再现艰难岁月里瞬间的温暖与感动，叙说在社会神话和自然神话的双重夹击下底层人也不失人性的至真至纯，物质文化的极端贫乏终究不能湮没他们精神生活的自满自足，郭文斌几乎是以诗性情怀诉说着苦难大地上产生的大伤痛与大欢喜，从而使其叙事呈现出明显的诗意化倾向。当然，郭文斌的诗意化和石舒清的诗意化也有差异，在淡化时间背景方面二者都是相似的，但郭文斌不像石舒清那样，长于营构宗教文化氛围，他的书写更具世俗性，或者说，他长于从世俗而日常的生存景观中捕捉到那些细碎、短暂而醉人的诗意，如《吉祥如意》中的这个段落，

> 雾渐渐散去。山上的人们一点点清晰起来，就像是一个个鱼浮出水面。六月东瞅瞅，西瞅瞅，心里美得有些不知所措。六月向山下看去，村子像个猫一样卧在那里。一根根炊烟猫胡子一样伸向天空。娘和爹还在睡觉吗？娘和爹多可惜啊，不能看到这些快要把人心撑破了的美。①

李建军认为，郭文斌的苦难诗意化叙事，"不是把苦难置换成恨世者的冷漠和敌意，而是将它升华为一种充满暖意的人生感受。如果说面对这样的生活场景，路遥的小说着力强化的，是陷入考验情境的人们身上的坚强和牺牲精神，那么，郭文斌更感兴趣的，似乎是人物在困难的境遇里仍然会有的欢乐

---

① 郭文斌：《吉祥如意》，载《人民文学》2006 年第 10 期。

和幸福感"。① 也是从精神层面对其苦难诗意化叙事作的定性。郭文斌是从散文创作步入文坛的，散文成绩给他带来过最初的喜悦，长期的散文书写使他养成了一种根深蒂固的思维定势，即使郭文斌后来主要转向了小说创作，散文思维仍自觉不自觉地左右着他的叙事，其结果是，他的小说文本当作散文文本来读也无不可。散文思维的运作，使他更重人物的主观性感受和直觉性领悟的传达，是故他塑造的形象也必然具有意象性、写意性的美学特质，或许正因为如此，段崇轩才将郭文斌的人物谱系看作是"写意式的人物形象"②。但小说书写的散文化在西海固叙事而言，却并不只郭文斌一家，这当然与他们苦难诗意化叙事的整体追求相关，苦难诗意化叙事所重视的是挖掘和镜像精神层面的东西，而散文化书写无疑可以更好地达成这个美学追求。

苦难诗意化叙事或许只能诞生在西海固，游荡于西海固世界的自然神话与社会神话共同造就了西海固底层民众难于背负却又不能不背负的苦难，由于这种苦难的坚实存在，西海固作家的苦难意识显得如此的与众不同，苦难意识为西海固叙事赋予了某种深沉的底蕴，这倒不是说他们在刻意寻找叙事的深度，而是他们的叙事总是在不经意间已经具备了某种深度，从更深的层面上来看，这也是地域文化精神对西海固作家的某种恩赐。大苦之中必然蕴藏着大乐，恰似淤泥的污浊可能蕴藏着

---

① 李建军：《混沌的理念与澄明的心境——论郭文斌的短篇小说》，载《文艺争鸣》2008 年第 2 期。

② 段崇轩：《重温故乡——郭文斌的小说创作》，载《南方文坛》2010 年第 1 期。

莲花的清洁。西海固作家的敏锐之处在于，他们常常能从大苦之中感受到来自精神深层的大乐，但这种大乐却并不是狂欢，不是毫无节制的情感放纵，他们更懂得珍藏、更懂得在天长日久之中去慢慢品尝和释放来之不易的大乐，这正是苦难诗意化叙事生成的文化心理基础。但人们也必然要问，既然如此看重苦难诗意化叙事，那么，这种叙事到底为西部文学带来了什么呢？贺绍俊曾作过这样的判断，西海固作家"更多的是以一种氛围、一种情调来构筑的文学世界，读他们的小说所获得的首先并不是故事，而是一种精神享受。不停留在故事层面，这对于小说创作来说，才是一种更高的境界"[①]，贺绍俊在此且没有使用"苦难诗意化叙事"这样的术语，但"氛围"、"情调"和"精神享受"的营构与获得都是离不开苦难诗意化叙事的，这种叙事的运作使西海固作家达到了"一种更高的境界"。从西部文学的走向看，苦难诗意化叙事的运作显然是对1980年代西部作家苦难意识拓进的结果，而西海固作家集体性苦难诗意化叙事的趋势，实际也给我们呈现了别一种西部人生形态，那些生活在西部偏远地区的苦难中的人们仍不失人性的良善，他们的内心世界是丰富的，他们虽然被"现代化"远远抛在了后边，他们虽然即使在今天还可能沿袭着前现代的生存生活方式，但他们却缘此与天地万物达成了对话的契机，他们在更多的人奔跑的时刻能够停下来反视自身的存在，在更多的人淡忘精神生活的时刻能够安详地进入精神生活的深层。西海固作家"从丰富的地层中汲取无尽的源泉，在人与事的

---

① 贺绍俊：《宁夏的意义》，载《小说评论》2006年第5期。

遭际中书写大地的悲欢离合，人的情感追求和人生苦难，以及他们的默默无语，都会使人感受到这片土地的滚烫"①，恰是苦难诗意化叙事之于西部小说的独特贡献。

三　坚守信念的边缘写作与消费时代的精神高地

"愈来愈多的人倾向于相信，文学正在消失；或者说，文学退隐了。一个漫长的文学休眠期已经开始。大部分公众已经从文学周围撤离。作家中心的文化图像成了一种过时的浪漫主义幻觉，一批精神领袖开始忍受形影相吊的煎熬。"② 在中国式消费社会降生之后，南帆怀着不无悲凉的心情写下了这段文字，显然，他的悲凉不是没有道理。事实上，1990 年代以来市场经济背景下，既有的文学秩序发生了深刻的裂变，文学几乎是在一夜之间就被市场化、媒体化和大众化，代表新市民审美趣味和价值理念的文学迅速蔓延开来，并且随着网络文学的兴起，中国现代文学苦心建构的深度模式也土崩瓦解，文学走向了平面化、去中心化、非文学化及祛深度叙事的道路。在文学创作更改路径的同时，文坛内外也形成了一种悖论。文坛内非常热闹，各种文学命名活动此起彼伏，长篇小说层出不穷，理论上的争议风起云涌；而文坛外则难免清冷，读者对文学的热情大幅降温，他们对文坛内的热闹往往冷眼旁观、无动于衷，甚至有的读者根本就忘记了文学的存在。这就是 1990 年

---

① 范玉刚：《苦难的升华与大地的守护——论宁夏文学精神的生成》，载《朔方》2007 年第 9 期。

② 南帆：《后革命的转移》，北京大学出版社 2005 年版，第 1 页。

第四章 西部作家的多重启示

代以来中国文学的现实图景。明确这个现实图景对解读西海固作家的出场极为必要，因为西海固作家的绝大多数为新生代，他们大多是在 1990 年代步入文坛并成长成熟起来的。但在他们步入文坛的那个时刻，环顾四周却是一片寂然，听不到来自读者的任何声音，而对他们构成最大冲击的或许正是来自文坛内的冷漠，他们的创作活动似乎极难适应瞬息万变的文学潮流，或者从创作的根本意义上讲，他们的生活积淀原本就无法与消费文化对接起来，他们的文学理性也不允许其将文学活动当作牟利的商业活动。而他们必须做出痛苦的抉择，是放弃自己的文学理性以迎头追逐潮流呢，还是坚守纯粹的文学性书写而甘愿被边缘化？是书写泡沫化的文字以获取更大的商业利润呢，还是坚守精神的高地而从事寂寞的写作？是离开生于斯长于斯的贫瘠的黄土地去书写城市生活的万象呢，还是本着自己的一份真感情去传达苦难大地上的人生百态、存在本相、民间疾苦，以及大伤痛和大欢喜？也许此类抉择对业余的创作者来说是容易做出决定的，但对那些以文学为终身事业的人来讲却远非易事，因为这些选择都是两难选择，是需要足够的勇气做出抉择的。但他们大多选择了后者，这就意味着他们选择了寂寞、清贫和无名，也就意味着他们选择了消费时代的边缘写作。当我们探寻这一现象的发生时，不能不说这是他们对地域文化精神的深层沿承，正如前文所分析的，故乡是苦难而贫瘠的，但这不能使西海固作家离去，反馈到文学层面也就不难理解，文学是边缘化的，但却远不能使他们放弃热爱的文学事业。

需要说明的是，在消费时代本来就无所谓"文学中心"之说，我们在此使用"边缘"二字，无非是强调西海固作家对于文学大潮的拒绝姿态，因为拒绝被同化而置身于大潮之外，故我们称他们的写作为"边缘写作"。那么，我们所说的"文学大潮"到底何指？谁都可以看到，随着文学消费功能的反复强化与放大，审美性渐渐成为消费性的附庸，并且，在文坛不断高涨的商业化、功利化、浮躁化和低俗化潮流的鼓动下，文学可能具有的社会价值也就趋于迷失甚至彻底沦丧。当写作本身蜕变为消费能指，作家的职业便再无神圣可言，问题在于，一个作家能否坚守文学的底线。尽管我们不敢苟同一元化社会时期"作家是人类灵魂的工程师"之说，尽管时代已处于价值的多元化阶段，但我们丝毫不怀疑文学活动是一项灵魂的事业，这就是我们所指的"底线"，底线一旦失守，文学活动将不再是文学活动，你将其看作是商业活动、投机活动，或别的任何活动都无不可，而不能看作是文学活动。在这个意义上，西海固作家的文学活动才如此引人注目。

在众声喧哗的文学大潮之外，怀抱静穆之心而坚守文学活动的底线，使西海固作家的目光总是能够穿透现代思维所导致的概念壁障，也不再受制于乡村与城市、边缘与中心、前现代与后现代等文化板块所形成的惯性，而是以其精神之光来照亮西部人生存的艰难、琐碎与平庸，以及在这些艰难、琐碎与平庸中生成的美感与诗意，从而给人一种生存的勇气与精神的敞亮。了一容的短篇往往扎根于西部底层人生的厚土之中，其叙事充满了心灵负重与生存之艰的苍凉沉郁，而在这种苍凉沉郁之中又能再现底层人内心的高贵，再现底层人胸襟的博大与仁爱的宽厚。《那一片绿地》中失恋的伊斯哈对男女主人公爱情的祝福，折射出的却是高贵的忧伤和优雅的大度；《走进沙沟》中的老妈妈虽然生活窘困，但依然保持着善待他人的美德；《寂静的屋子》中的安梓尽管处于欲望与操守、存在与理想的矛盾状态，但希望也正来自于拼搏，来自于对绝望的抗争。现代性问题也是西海固作家展开叙事的一个重要支点，关于现代性问题的深入思考也标明了他们直面现实和参与社会的精神动机。随着中国的现代化向纵深推进，西海固这块古老大地上所发生的与现代性相关的一切都进入他们的视野，但他们并没有回避历史进程中所暴露的诸多弊端与人性弱点，而是映像了全球化语境中多重社会形态与文化形态并存状况下的人生际遇和生活情态，揭示了现代性进程对人们心理、观念和灵魂造成的深层冲击，以及伴随着希望与绝望、理想与失落所引发的精神的、道德的嬗变，且设法赋予这些嬗变以悲悯的人文情怀。火会亮大多表现的是在经济社会大势中底层人的生存样态，并对其精神世界的嬗变进行了相当有深度的质疑与追问。《民间表演》和《端午》言说了在现代商品经济与传统意义上的民间力量的抗衡中，民间力量所持有的道义和善恶观念已不堪一击，权力与金钱正在把人们引向丑恶，它们无情拆毁了乡土人生仅存的一脉温情；《唢呐声声》以"迁坟"之事为中心，通过父子四人迥异的价值观念所引发的冲突，揭示了社会变革不能不使乡土文明与现代文明产生摩擦、碰撞，乃至于激烈角逐的现实，令人震惊的是，现代文明给三弟带来了富足，却也掳走了其人性的美好，而"我"则自始至终处于价值判断的两难之中；火会亮的难能可贵之处，不仅在于清醒地书写了商业文化对底层群体的人性的涂改，而且在于冷静地谛视和展示了商业文化与现代官场的合谋，以及底层在官商合谋中被欺骗和被愚弄的无奈与无泪，《挂匾》、《枯井》、《官司》、《花被风吹落》等都是这方面较为出色的文本。

立足于地域的民间民俗文化书写是百年中国文学的一个传统，从鲁迅到沈从文，到赵树理、柳青、汪曾祺、贾平凹、莫言，都在其叙事文本中有真切的民间民俗文化的释放。事实表明，一个具有永恒生命力的文本，无不渗透着富含民族情调和地域色彩的民间风俗书写，这些以现实主义精神为旨归的民间民俗书写是反映社会生活和塑造人物形象的有效途径。我们在此重提这个话题，是为了说明西海固作家对地域性民间民俗文化的体验和书写，正好与消费时代通行的所谓"私人化写作"和"身体写作"构成鲜明的比照，可看作对文学潮流的反正，而体现着丰富的民间文化精神。火仲舫的《花旦》以民间秦腔戏班的活动为经，以民间民俗文化为纬，以一代花旦齐翠花的命运流变为主线来结构文本，在并不很长的叙述中，作者对西海固民间民俗文化如二月二龙抬头、端午节做道场、腊八节吃糊心饭，以及"挂红"、"燎干"、"捏面灯"、"耍社火"、"烙花馍馍"等做了生动形象的描绘；不仅如此，作者还尽力复现了那些寄托着人们美好祈愿的民俗事象，如"拜干大"、"挎锁锁"、"压岁岁"等民俗寄托了长辈对孩童的美好祝愿，"押保状"、"敲庙钟"及"祈雨仪式"等事象表明了其改变恶劣生存环境的宿愿，"唱戏纪念"、"送埋亡人"等事象却是对往昔岁月的缱绻追念，这其中有些民俗事象是在西部地区常见的，有些则是西海固独有的，正因为如此，《花旦》才具有了超越地域的文学意义。郭文斌的叙事中有大量的节日风俗的展现，使文本在诗意化的氛围中潜藏着某种厚重，虽然其体验大多来自记忆，但因为注入了诗性的情韵和智性的思考而显得别开生面，如端午的插柳枝、采艾草、缝香包、绑花绳、摆供果，春节的贴对联、祭祖、洗尘、贴窗花、点灯笼、守夜、赶庙会，元宵节的点灯、捏灯、祈福、献月神，那些被研究者所重视的文本如《大年》、《吉祥如意》等，其所以耐读、耐看与节日风俗的生动展现是分不开的。郭文斌曾经说过，"对于西海固，大多数人只抓住了它'尖锐'的一面，'苦'和'烈'的一面，却没有认识到西海固的'寓言'性，没有看到她深藏不露的'微笑'。当然也就不能表达她的博大、神秘、宁静和安详。培育了西海固连同西海固文学的，不是'尖锐'，也不是'苦'和'烈'，而是一种动态的宁静和安详"。[①] 节日风俗的展现当然还与郭文斌叙事的"苦难诗意化"企图大有联系，因为这种叙事方式正可以体现出西海固深藏不露的"微笑"和"一种动态的宁静和安详"。

西海固作家对文学性的坚守，除了现实主义文学传统的承继与光大之外，还表现为对各自文本世界的苦心经营，无论是文学意象的创构、叙述视角的探索和历史眼光的养成，还是叙

[①]　郭文斌：《孔子到底离我们有多远》，宁夏人民出版社2008年版，第171页。

事语言在柔韧性、旋律感和新颖度等方面的尝试、打磨或延续，都能将自己的生气与理念灌注其中，这种努力的结果是，他们因之建构起了独特的文学的存在方式及其对社会的发言形态。但这也就注定，写作对西海固作家来说绝不是一件轻松的事，也许可以说是一件痛苦的事，因为每一次这样的写作都是一次自我否定、一次极限挑战。正如石舒清所言，"我只是日益觉得，若不辍笔，那么写作将带领我们步入愈来愈深险的困境。人在写作中，几乎也可以说是人在冶炼中。在盐水中淘洗在烈火中焚烧自己是痛苦的，但一个写作者畏难辍笔不正是近乎死亡？因此痛则痛矣，也还是甘被冶炼。当然欢乐也是有的，正像盐来自于恶浪滔滔的海水那样，零星闪烁的欢乐也来自于无休无止的痛苦"。① 石舒清的此番感慨绝非空穴来风，其写作历程清楚地显示了一条曲线运动的轨迹，好在他始终心怀"对文学性的坚决靠近"的勇决，敢于否定自我、突破自我，他于 1990 年代初步入文坛，虽然起初能够以题材资源取胜，但文学风格尚未形成，其感受力和想象力往往被所表述的人生形态所遮蔽或压抑，颇有"思想大于形象"之憾，即使被研究者好评的文本如《招魂》也难脱窠臼。石舒清痛苦地认识到了自己的局限，故自 1990 年代中期开始调整自己的创作思路，经过数年的磨砺，逐渐摆脱了禁锢创造力的瓶颈，驱散了遮蔽艺术个性的阴霾，而以自己的文学方式建构起了对社会的发言形态。他尝试走诗意现实主义的创作路子，着力书写西部农民的命运遭际和心灵痛苦，而将其价值判断蕴藏于故事

---

① 石舒清：《创作谈辑录》，载《朔方》2003 年第 1 期。

本身，他同时发展了叙事的抒情功能，并以散文化的笔法来加大叙事的写意性，简化故事情节，采用童年视角，而赋予其叙事以形而上的哲思色彩，有代表性的文本如《残片童年》、《暗杀》、《清水里的刀子》。石舒清的创作历程说明，他并非那种灵气外露的作家，他向文学高地迈出的每一步都饱含不为人知的付出与痛楚，他更像一个辛勤而固执的农民，以不遗余力的艰苦劳作收获耕耘。

西海固作家大多熟悉和善于把握的叙事文体为短篇小说，很多研究者都注意到了这个问题，有人认为这是西海固叙事的一大缺憾，还有人认为这个现象的发生是西海固作家才力不逮所致，总之说法很多。我们认为，在纯粹的文学意义上，一个作家采取何种叙事文体并不重要，问题的关键在于，这个作家是否能够适应某种叙事文体。叙事文体本身并无优劣之别，以短篇小说而论，鲁迅除了杂文和散文之外也只写过短篇小说，而毫不影响他取得巨大的文学成就，沈从文的情形与鲁迅相似，而世界文坛的情形何尝不是如此？契诃夫、莫泊桑皆因短篇小说而享有崇高的文学声誉。在文学活动被全面商业化的今天，受商业利润的蛊惑，众多作家对短篇小说创作已不屑一顾，却孜孜于长篇小说书写，我们当然不是说长篇就不能写，写长篇就一定是为了追逐商业利润，但前提是，长篇的容量要足够大，要能将某个历史时段斑驳的社会生活统摄其中，而作家又要对生活有深刻的体验与认知，可见创作长篇的要求是极高的。巴赫金曾从"话语"的视界对长篇小说创作做过极为精彩的论述，他指出，"长篇小说是用艺术方法组织起来的社会性的杂语现象，偶尔还是多语种现象，又是个人独特的多声现象。统一的民族语内部，分解成各种社会方言、各类集团的表达习惯、职业行话、各种文体的语言、各代人各种年龄的语言、各种流派的语言、权威人物的语言、各种团体的语言和一时摩登的语言，一日甚至一时的社会政治语言。每种语言在其历史存在中此时此刻的这种内在分野，就是小说这一体裁必不可少的前提条件；因为小说正是通过社会性杂语现象以及以此为基础的个人独特的多声现象，来驾驭自己所有的题材、自己所描绘和表现的整个实物和文意世界"。① 但我们的长篇写手常常将一个中篇甚或短篇容量的东西硬拉成长篇，由于容量不够、体验不深便只好敷衍成章，于是，我们看到的是大量泡沫化的文字，充其量是"个人独特的多声现象"，而很少或不能看到"社会性的杂语现象"，此类虚浮之风的滋长，极大地损坏了文学的声誉，因为如此"为利润写作"的文本，读者在阅读中很容易就能读出叙事内容的空洞、叙事逻辑的混乱以及叙事情感的浮泛。身处这样的文化语境，倒使人深觉西海固作家对短篇小说的情有独钟和勤奋写作反而是对"文学性"的坚决守护，他们正如西海固坚韧生存着的底层，商业利润不能诱惑他们放弃自己熟悉的文体而书写长篇，在漫长清贫的写作生涯中，他们的内心越来越趋于澄明，他们对文学的虔诚及由此生成的定力也愈发充盈，故此他们对文学性也就有了更为丰赡的体验，并通过不懈的努力而集体性地逐渐走向了文学的某种高地。

---

① ［俄］巴赫金：《长篇小说的话语》，见《巴赫金全集》（第 3 卷），白春仁译，河北教育出版社 1998 年版，第 40—41 页。

第四章　西部作家的多重启示

文学是需要定力的，尤其是当一个作家置身于消费文化的尘嚣之中。尽管周边漂浮的物象总是干扰着作家的定力，而那些能够撞击读者灵魂的文字却无不是由定力生发出来的，郭文斌从自身经验出发，将文学创作喻为"走钢丝"，恰切地说明了文学定力的意义。"定是一条道路。据说走钢丝的人假如心中稍稍有一丝杂念闪过，便会葬身深渊，他需要一种持久的如如不动的定。带着文字行走的时候，我也觉得自己是在走钢丝。左和右都是死路。惟一的道路即是那个不左不右。因为能够带读者回家的文字，肯定是那个'不左不右'，因为它是活路。"① 我们前文所述苦难诗意化叙事、边缘写作，以及对文学性的坚守，都是西海固作家"文学定力"的不同表现形态，但文学定力的生成远非易事，没有西海固地域文化精神源源不断的滋养，没有对文学事业宗教般的虔诚和执著，没有淡泊名利的心态与静穆，没有"救度"世人的慈悲情怀，何谈文学定力？文学从来都不是一个人的事情，它要求作家有积极的"入世"精神，要求作家与苦难大地上的芸芸众生同声歌哭，但它在本质上则要求作家有深刻的"出世"精神，因为只有跳出芸芸众生的歌哭，才能真正把握他们的希望与绝望、理想与失落、进取与颓废，也才能对他们的命运遭际与人生形态作出历史的、美学的和文学的穿透与书写，而从"入世"到"出世"转折的机缘便是定力，禅宗所谓"定能生慧"应与此意旨相通。有了充沛的定力，一个作家才不至于在瞬息万变的文学潮流面前丧失自己的信念，才不会被世俗的无边的名利所

---

① 郭文斌：《以笔为渡或者我们的"说"》，载《当代文坛》2008 年第 3 期。

累，才有可能渐入文学的佳境，西部作家中不乏这样的人，如柳青，如路遥。消费文化是一种同化力极强的效应场，在旷日持久的同化运动中，多少作家放弃自己的文学信念而被消费文化所同化，唯其如此，西海固作家在消费文化甚嚣尘上的今天还能坚守其文学信念才显得弥足珍贵，个中缘由无疑是定力护体，是定力帮助他们高筑起了一道防护潮流冲击的堤坝，也因之使他们走向了消费时代的文学高地。我们在文中反复提到"文学高地"，并不是说西海固作家的文学成就代表西部文学抑或当代文学的创作水准，而是指他们已经走向了精神的高地，他们的创作是脱离了商业羁绊的纯粹的文学性创作，是"出世"精神照耀下的"入世"的创作，这样的创作才是我们观念中的创作，尽管到目前他们还尚未创作出足以与经典文本相比肩的作品，但至少他们的创作已显示了攀登经典高度的可能性，他们敢于突破自我、否定自我的勇决，以及打破文学潮流的魄力，都给我们带来了别样的体验和欣慰。在此节的结尾，我们更愿引用布鲁姆在论说西方数百年来的文学经典时的一段话，来表达我们对西海固作家郑重而热切的期待，并以之作为对他们的建议，"文学不仅是语言，它还是进行比喻的意志，是对尼采曾定义为'渴望与众不同'的隐喻的追求，是对流布四方的企望。这多少也意味着与己不同，但我认为主要是要与作家继承的前人作品中的形象和隐喻有所不同：渴望写出伟大的作品就是渴望置身他处，置身于自己的时空之中，获得一种必然与历史传承和影响的焦虑相结合的原创性"。①

---

① ［美］哈罗德·布鲁姆：《西方正典》，江宁康译，译林出版社 2005 年版，第 8 页。

下 编

第 五 章

全球化时代的文化遭际

全球化不仅严重制约着世界各国的政治和经济，而且也对各国的文化传播与发展带来了强烈冲击，异质性文化被全球化的大势共时态地推向了前台。"一个复杂的联结的世界（全球市场、国际时尚符号、一家国际性的劳动分支、一个共享的生态系统），把千百万人的无数微不足道的日常行为，与远方的、互不相识的他者的命运、甚至可能同行星的命运连接在了一起。"① 由于西方发达国家在政治、经济和文化领域的强势地位，在异质性文化的对峙和摩擦中，强势文化极易同化弱势文化，并影响弱势文化的发展。弱势文化通常将强势文化预设为一种现代的、发达的、时尚的文化，这

---

① ［英］约翰·汤姆森：《全球化与文化》，郭英剑译，南京大学出版社2002年版，第35页。

便是西方发达国家向"文化他者"（也就是第三世界文化）出台文化战略的依据。"全球资本主义体系中的文化战略以向第三世界推销流行的消费主义为己任，不断让时尚性的消费主义生产并'诱导出需求冲动'，使人们渐渐放松警惕，默默认可消费主义文化意识形态的扩张。这种认同表面上看并没有强制，是人们自觉自愿地模仿并接受的，而实际上却是弱势对强势的响应和臣服，赋予了诸多的价值判断在其中。"① 这种商业利益驱动下的全球一体的流行文化，在让世界文化失去丰富性的同时，也让发展中国家的传统文化不断走向边缘化，并逐渐失去原声的表达可能。新世纪以来，中国电影在全球化语境的影响下，相当一部分电影人走向了"自愿地模仿并接受"西方电影（尤其是好莱坞电影）的道路，而民族文化也在这种电影潮流中成为"被看"的对象。无论如何，这些走西方道路的电影人无法根除其"文化他者"的尴尬身份，他们强烈渴望被西方观众所认同，但由于文化底蕴的差异，其电影作品始终无法真正融入西方文化体系。更为尴尬的是，在他们将民族文化置于"被看"的情境之中时，也彻底丧失了民族文化固有的文化精神，尽管在他们的电影作品中"民族文化"总是被凸显，总是以不同的方式竞相呈现。

---

① 云德：《全球化语境下的文化重构》，载《文艺研究》2006 年第 11 期。

第一节　电影生产中的"全球化"及"西方化"

——中国式大片与好莱坞思维

作为中国电影重量级人物的第五代导演张艺谋，于2002年推出了古装武侠商业大片《英雄》，此片鲜明的类型化风格和标准的商业化操作的态势刷新了他以往电影的模态样式。以《英雄》为契机，中国电影的创作和运作模式于不知不觉之中展开了革命性的变革，在彻底告别新中国成立后以谢晋电影为范式的宏大叙事的前提下，在一部又一部商业大片的鼓动和催促中，中国电影被纳入了商品意识形态的运作轨道和大众消费文化的整体结构。承载了多年的乌托邦式的使命与叙事之后，中国电影复归了其被遮蔽的本相：利润追逐。《英雄》在国内和国际市场所创造的票房奇迹及由此而来的国际性的影响力，对所有的电影人而言，都是一个难以抗拒的利润诱惑，一个梦寐以求的商业神话和一个期待超越的艺术山峰。《英雄》之后，《无极》、《七剑》、《十面埋伏》、《夜宴》、《满城尽带黄金甲》、《墨攻》、《见龙卸甲》、《集结号》、《赤壁》等接踵而至，在大陆和香港前沿电影人紧锣密鼓的筹划和制作中，中国电影也渐渐完成了其"商业大片经典化"的历程，这一过程同时也是中国电影市场体系的完备过程。学术界通常将《英雄》及随后出现的大片称为"中国式商业大片"，简称中国式大片。

关于中国式大片的经典化历程及其美学规范，目前已发表的研究性文章颇多，整体看来也是众说纷纭、莫衷一是，有人对它寄予了厚望，以为是中国电影振兴的征兆，中国电影借此已在世界电影格局中获取了充分的话语权，有人却认为它是中国电影的堕落，因其失去了人文精神重构的能指。但不管学术界是否认可，中国式大片的生产却依然故我地进行着。学术界的激烈争论与电影制作团队的漠然态度形成了一种悖论式的反差，这种反差的意义在于，中国式大片本身必然蕴涵着一种未曾被揭示，抑或被有意忽略的东西，只有将这种东西清晰地呈现出来，才有可能引起中国电影人足够的重视，也才能为中国式大片的良性发展提供有价值的参考数据。为避免重蹈惯常研究的理路，本文的立意将不再详析中国式大片的美学问题和经典化问题，而是将它看作一种标准化的商品生产，也就是从"电影商品"这个视域来探测和描述中国式大片的生产机制及支配这种生产机制的思维方式。

如果追溯中国电影产业化的肇始，应该说1999年初在原"中影公司"基础上成立的"中国电影集团"无疑是个分水岭。"中影"有着一个明确的目标定位，那就是市场，并通过改革、重组、强化管理等一系列企业化手段，为实现在国内和国际电影市场的最大获利铺平了道路。以"中影"为参照系，北京、上海、长春三大电影基地亦告竣工，至此，中国电影的产业化已成大势，影响所及，西安、潇湘等区域性电影集团也雨后春笋般地成长起来了。"中影"改制后，虽然生产了如《极地营救》、《首席执行官》、《和你在一起》等在国内和国际电影节上叫好的产品，但其国内票房成绩平平，更谈不上在国际市场的盈利了。这种状况引起了中国电影人的深切焦虑，经过对国内市场的调研，发现中国观众普遍对好莱坞大片有所期待，尤其是《泰坦尼克》在国内创造了空前的票房纪录，极大地激发了大陆电影人大片生产的冲动和热情，此外，华裔导演李安的奥斯卡提名影片《卧虎藏龙》在欧美市场也有不俗的票房成绩，凡此都为《英雄》的出场酝酿了气氛。《英雄》首周在大陆和香港两地的总成绩过亿，并在 2004 年北美上半年票房排行榜上名列第 13 位。这样的成绩的确令处于低迷状态的中国电影人感到欢欣鼓舞，《英雄》之后，对大片生产的渴求成了中国电影人挥之难去的情结。而国际电影市场的角逐远非中国电影人所想象的那么简单和透明，例如第五代导演中主将之一陈凯歌的《无极》虽在国内市场成为 2005 年的票房冠军，但却在欧美市场受到了冷落，其他大片如《夜宴》、《赤壁》等亦在国际市场遭遇不同程度的挫败。

上述情况说明，中国式大片生产有着亟需指明的致命缺陷。无论《英雄》也好，《无极》也好，抑或《夜宴》也好，尽管在广告战中曾进行过轮番轰炸，而且在当年确有一路飙升的票房趋势，但多数观众却如同消费肯德基般地很快就淡忘了这些大片的味道，此类现象征候出中国式大片自身携带着硬伤，而这个硬伤根植于中国式大片精神生态的严重失调和贫弱。如果我们再进行更深一步的追究，则不难发现，"中影"的改制阶段忽略了一个极为重要的问题，就是中国电影的产业化、市场化完成之后，我们应该生产什么样的文化产品，至少说未曾有确切的文化定位。电影从它 1895 年诞生伊始，就具有双面性，即商业性和文化性，商业性的特性使电影成为一种普遍意义上的消费性商品，而文化性的特性则又使这种消费性商品必然具有鲜明的民族文化指向，从而也使它具有了意识形态再生产的功能。好莱坞集团无疑体现了电影的双面性特征，它一方面向国际市场销售其产品，另一方面则通过电影向世界各地推广美国式的生活方式和价值观念。由于对中国式大片缺乏确切的文化定位，因之"市场"成了中国电影人唯一的航标和路向，"利润"成了中国电影人追逐的唯一终极目标，试看关于中国电影的报道，哪一部大片不是长篇累牍地汇报院线战况及票房成绩？唯独不报道的是某某大片是否真正触动了受众的精神空间。以市场为导向而不是引导市场，臣服于市场而不是在市场面前凸显主体性，是中国式大片从娘胎中带来的软肋，这根软肋的存在可能是使中国式大片始终难以直立行走的根本原因。以市场为导向和臣服于市场的直接后果，是制作团队迁就受众，甚至谄媚于受众，又怎么能奢望这些大片承担受众的人文精神重构的大任？于是我们看到，在这些大片死心塌地追随市场的历程中，持续张扬的是封建时期遗留的死而复活的血腥、凶残、畸恋、阴谋、暴力、帝王崇拜、迷信鬼神，透过这些大片，给受众的一个错觉是，似乎主宰这个世界的不是人间正义而是人性中的邪恶。除此而外，在中国社会市场化、现代化进程中的一切国产的人性堕落及西方舶来的精神垃圾也在中国式大片中得到了不同程度的张扬。

中国电影的产业化正如中国社会的现代化，是把西方长达百年的经验在几年时间内浓缩地吸收的，从 1999 年的机构改制，到 2002 年的牛刀初试，再到 2004 年的基本成型，最后到 2007 年以来的全面开花，不过短短的七八年时间，如此快速的产业化进程无疑掩盖了许多未曾清理的问题，并且是一种非正常意义上的成熟。这样一个问题便凸显出来了，即到底中国电影产业化的参照系是什么？学者尹鸿认为，中国式大片是"一种大投入、大制作、大营销、大市场的商业电影模式"，经过对好莱坞模式的本土化改造，"构成了目前这批中国式大片剑指国际市场的典型性商业美学配方"。[①] 在这个论断中，尹鸿涉及的两点极为重要，即"好莱坞模式"与"国际市场"。以好莱坞模式为中国式大片生产的原点，在国际市场盈利，势必要衍生出本土化的好莱坞思维，而这种思维的特点，又与真正的好莱坞思维是形似而神异的。所谓好莱坞思维，即主要针对欧美发达国家所预设的电影商品生产的思维方式，除了在市场获取最大利润外，还承担着向世界各地推行美国价值观念的使命。而本土化的好莱坞思维，则是将目光投向欧美市场，其目的是单纯获取商业利润，并不具备更深的社会意图。众所周知，好莱坞具有世界上最雄厚的电影资本、顶尖的科技支撑和一流的人才储备，并经历了无数次的失败与曲折，其大片模式才最终发展完善起来，在格里菲斯时代，美国电影人即已尝试大片生产，如《一个国家的诞生》、《党同伐异》。如果说好莱坞在一般类型影片的生产中也不乏粗制滥造之作，但对大片生产绝不会等闲视之，也决不会单纯依赖大场面以及高科

---

① 尹鸿：《〈夜宴〉：中国式大片的宿命》，载《电影艺术》2007 年第 1 期。

技特技取胜，更为引人瞩目的是他们注重从欧美文化传统中挖掘资源，进行宏大叙事，如《勇敢的心》、《与狼共舞》、《角斗士》等均是如此。

只要我们将中国式大片和好莱坞大片做简单的比照，就会发现我们的所谓"本土化"改造其实是一种邯郸学步式的改造，不仅没有把握住好莱坞大片的精髓，而且在匆忙奔赴国际电影市场的路途中也迷失了自身的文化底蕴，而根源却在于对好莱坞的大片模式做了急功近利的形式主义的趋同。大片之"大"首先应该体现主题之"大"，而非如有些制作团队所天真地理解的有了大场面就是大片。所谓主题之"大"，就是在还原历史真实的前提下，描述出真正推动历史进程的力量，彰显昂扬奋发的人性光辉和全人类的共同利益。否则的话，徒具大场面而无大主题的所谓大片，正如一个七八岁的孩童试穿成年人的大衣，是怎么看都不合适的。好莱坞那些优秀的商业大片，往往在大场面中蕴蓄大主题，主要人物身上的人性光芒足以使每一个观众感到震慑和鼓舞，其悲剧美学也得以充分的释放。这里需要特别注意的是，中国式大片生产中本土化好莱坞思维的误导。好莱坞电影生产不仅有着明确的市场定位，而且有着鲜明的文化定位，市场方面主要是针对欧美的，因为他们有着共同的文化背景，即古希腊、古罗马传统，这种电影生产从一开始就有着走出国门的预设，而欧美国家都能普遍接受好莱坞电影的文化指向，加上好莱坞的超级硬件设施和科学的管理制度作为后盾，故此好莱坞大片才能够所向披靡。而本土化好莱坞思维的危害在于，我们的大片生产却是盲目地将眼界投向了欧美市场，而欧美国家对中国文化所知甚少，更谈不上深层的理解，所以，对中国式大片而言，走出国门意味着更大的风险，中国电影人恰恰忽视了这致命的文化背景。事实上，中国电影人在针对欧美市场的时候，是怀着与好莱坞类似的思维方式的，这种思维的错位造成了一种不中不洋的大片怪胎现象，对这样的大片，具有共同东方文化背景的亚洲观众既不认可，欧美国家的观众又感觉冲击力不够，所以说，中国式大片始终处于进退两难的尴尬境遇中，但遗憾的是，中国电影人依然还在技术等方面寻找差距。

这里有必要提及吴宇森团队 2008 年推出的大片《赤壁》，从中可以清楚地看到本土化好莱坞思维在中国式大片生产中的偏执。赤壁之战的焦点是势力范围的重新分配，曹操集团意欲一统天下，以实现其政治企图，处于弱势地位的孙、刘集团联合共同抵御强敌，最后创造了以弱胜强的经典战例，从而奠定了三国鼎立的格局，这是基本的历史真实。但大片《赤壁》却对三国历史进行了有意的误读和改写，曹操集团之所以倾其所有发兵东吴，是为了豪夺东吴美女大乔和小乔，至于曹操的雄才大略和政治宏图在此被一笔勾销，曹操变成了一个被情欲所困扰的猛兽，诸葛亮和周瑜也变成了纯情的护花使者。这样的误读和改写，对每一个亚洲人来说，当然是近乎荒诞而不能接受的。但问题是，吴宇森为什么要做这样的误读和改写？难道他真的对中国历史一无所知？显然不是，这样做的目的是出于市场利益的考虑，在好莱坞打拼多年的吴宇森已受好莱坞思维的熏陶，养成了一种国际电影的思维模式，他首先想到的是如何能把中国历史欧美化，以适应欧美观众的欣赏习惯。如果《赤壁》真实地呈现三国历史的原貌，欧美观众一定不会读懂和认可，但他们对特洛伊战争却非常熟悉，于是吴宇森干脆就将三国群雄逐鹿的历史改写为一个中国版的特洛伊战争，他以为这样做既可以适应欧美国家的脾胃，又可以迎合国内"欲望叙事"的语境，从而大获其利。尽管《赤壁》在国内的票房成绩超过了三亿，但却兵败欧美市场。从国内市场调查来看，多数观众是基于对吴宇森早年影片的好感去看《赤壁》的，对《赤壁》的评价却是出奇的低，换句话说，《赤壁》赢了票房却输了人心，这也是吴宇森始料未及的。不仅吴宇森有着强烈的本土化好莱坞思维，而且张艺谋、冯小刚、陈凯歌等人亦复如是，只不过表现方式不同而已。如《满城尽带黄金甲》大量涉及与剧情关系不大的文化景观，就是为了适应欧美观众对东方的想象，《夜宴》取材于《哈姆雷特》无疑是好莱坞思维的充分流露，《无极》中则处处可以看到《指环王》的阴影。好莱坞思维同样成了制约中国式大片走向成熟的瓶颈。

无论如何，中国式大片需要走出国门，在世界电影的整体格局中获取充分的合法性与话语权，但这一过程也许还需多年的努力并可能付出惨重的代价，因为我们有太多的弱项和自卑需要克服，而我们同时又不能不面对好莱坞电影集团强大的资本攻势和文化帝国主义策略，我们无法回避好莱坞无处不在的声音和身影，但面对面的拼杀也绝对行不通，因为我们还不具备这样的能力。我们的当务之急，是需要冷静地心态平和地营造良好的电影生态环境，反思自我的过失，挖掘多种潜质和可能性，提升自己的艺术质量，保持和扩充在国内电影市场的份额。如果连国内电影市场这块阵地也丧失了，那么，我们的失败就是真正意义上的失败，我们又如何奢谈走出国门？尽管本节分析了本土化好莱坞思维的危害，指出了中国式大片存在的生态危机，但主旨却是给热衷进军国际市场的电影制作团队打一针冷静剂，希望他们不要以好莱坞思维对待国内市场，因为国内市场才是中国式大片的根系所在，一旦失根将陷于双面被夹击的困境。我们何时进军国际市场？当我们完全控制了国内市场的时候，也就是我们大举进军国际市场的时候，但首先应该考虑亚洲市场，然后进军欧美市场。

第二节　镜像话语中的后殖民顽症
——以《色·戒》为例

　　李安执导的《色·戒》是一个蕴涵多重颠覆性隐喻的电影文本，其表现出的对传统价值观、人生观和世界观的嘲讽与戏弄，寓言性地展示了难以消除的后殖民顽症。围绕《色·戒》所展开的文化事件也提醒我们，对电影创作中的某些文化观念应该及时进行清理。

　　经过 2006 年国产商业大片的冲击之后，2007 年的中国电影市场在大部分时间显得分外沉寂，影片的创作总量明显萎缩，虽然有为数不多的新片问世，但均未引起学术界的足够关注，人们所期待的创作高潮似乎愈行愈远。然而，当李安斩获威尼斯电影节大奖的作品《色·戒》亮相中国市场后，却掀起了空前的评议热潮，各阶层的人士不约而同地发出了声音，甚至北大等学府众多非影视专业的学者都纷纷介入，使原本沉寂的影视界顿时众声喧哗，各大媒体也不失时机地传送着最新评论，由《色·戒》引发的文化事件已昭然若揭。

基于张爱玲一部并不被人重视的同名小说改编的电影，竟然在短时间内引起如此强烈的极地震荡并终至酿成文化事件，本身就蕴涵着亟待破译的文化密码和耐人寻味的社会意义，对这些事理的澄清就不单关乎一部影片的审美价值问题。本节的写作意图，正在于刺探《色·戒》所营构的隐喻，以及解码围绕《色·戒》所展开的文化事件。

第一个值得关注的隐喻，是主人公的命运归宿问题。作为汉奸的易先生不仅稳健地行走在声色犬马的乱世上海，而且即使在影片的结尾也依然毫发未损，继续着其出卖国家的行径。相反，一群爱国的热血青年却在刺杀汉奸的行动未果之后，一个个被枪决。这样的结局本身就暗示出创作者李安违背历史真实的企图，即汉奸是不可战胜的，行刺汉奸是没有结果的。尽管李安基本按照张氏的情节拍摄，但诸多镜头的出现，像爱国青年被枪决前的跪倒，并面对深不见底的沟壑哀叹，就不仅与原著背道而驰，而且其暗示性也格外凸显。

第二个隐喻来自于文化误读。当前的语境整体上处于后殖民时期，文化入侵是帝国主义国家采取的总体战略，落后国家的知识分子如何确认自己的身份和定位自己的角色乃是当务之急。电影作为一种醒目的文化标志，必然承载着意识形态的内涵，更是呈示知识分子身份的利器，所以，尽管李安一再申明《色·戒》表现的仍然是"理智与情感的冲突"，但《色·戒》的影像事实却与李安的申明形成了显在的悖论，李安所谓对政治的"超然"只是一种自欺欺人的幻觉。汉奸易先生走的是殖民路线，他毫不犹豫地背弃国家利益和民族文化传统，尤其对民族身份视若尘埃，这样的人物不仅没有受到应有的惩罚，而且安排他将热血青年玩弄于股掌之间，可见，《色·戒》是对殖民文化的一种有力回应。影片中有一个段落是富于意味的，即易先生和王佳芝在一间餐馆会面，房间的整体陈设完全是日式的，回旋的是东洋乐曲，此时王佳芝站起来开始跳东洋舞，而且表现得极为陶醉。这个电影段落的设置，透露出李安对日本文化的激赏，是典型的文化身份迷失的表现。

　　第三个隐喻与文化符号的运作有关。在电影创作中，导演是真正的作者，而演员则是导演运作的文化符号，对这些文化符号的运作，从表象上看似乎具有偶然性，然而从深层心理上看，表达的却是导演的审美意识形态取向。《色·戒》中出任第一女主角王佳芝的是初试牛刀的青年演员汤唯，汤唯的表演无疑是真诚的、投入的，也是符合李安的审美理想的，但是，置身于《色·戒》这个对象世界，汤唯的纯真、稚气，以及对生活体验的匮乏，都不足以承载原型人物所肩负的历史重任。而作为王佳芝对手的易先生，则由香港当红男星梁朝伟饰演，梁的沉着、干练，恰恰与汤唯形成了鲜明的比照，影片中几个情节都渲染了易先生的多疑、狡猾。另外，一些次要人物，如饰演邝裕民的王力宏，显得热情有余而谋略不足，且多处镜头表述了这个热血青年的鲁莽和懦弱，如王佳芝第一次引诱易进入其房间，邝裕民等在门后伏击，当王佳芝一人进来时，邝裕民竟然是满头虚汗。显然，与易先生这样的汉奸过招，王佳芝们的失败是必然的，李安无意识中流露出的是对爱国青年的嘲讽与戏弄。

第四个隐喻源自李安的"理智与情感冲突"论。李安的早期影片，如《喜宴》、《推手》等较清晰地传达了"理智与情感冲突"的主题，其中不乏对中国传统文化的精彩解读。及至《色·戒》，李安虽力图凭借对敏感题材的触及以求更饱满地传达这一主题，即以王佳芝这样的热血女性，在行刺汉奸和情爱抉择中作出历史性的判断。但因为掌控失度，主人公王佳芝不仅忘记了自己的历史使命，而且耽于对情色的留恋，主动供出了攸关生死的信息。三场床上戏对推进剧情毫无意义，显得重复累赘，而且本来是可以很含蓄地表现的。李安如此不厌其烦地表现情色，就不是理智与情感的冲突问题了，它不能不让人理解为王佳芝生物性的本能渴求剧变为自身肌体的冲突。况且，热血青年们的功败垂成，是一枚钻戒起了关键性的作用。相对于数名热血青年的性命，钻戒显得更重要。这个高潮戏的处理，表现出李安爱情观的悖论，也是对他一贯阐释的"理智与情感冲突"主题的整体性颠覆。

围绕《色·戒》所产生的文化事件包含众多的话题，然而有几个话题是非常值得关注的。首先是学术界对本片持有的严重对立的观点，例如有些学者从所谓"人性"与"艺术"

的角度极力推崇《色·戒》，给该片一个很不适当的评价。"人性"是具体的、历史的，绝不是虚无缥缈的。《色·戒》所涉及的是具体的语境，有其无法遮蔽的历史内涵，企图用一个空泛的名词搪塞，就不仅不是明智之举，而且让人怀疑评论者是否认真观看过该片。同时，电影艺术也有具体的考察标准，不是简单地以构图、色彩、镜头组合、蒙太奇修辞为终极标准的，而更应该从其审美价值层、事理真相层、历史内蕴层和哲学意味层分别予以考察。倘若真的从上述四个层面考察，《色·戒》达到了什么艺术水准也是不言自明的。也许由于李安在影视界之不可动摇的地位，《色·戒》在诞生之初已经让有些学者产生了"动情谬见"，先入为主地设想了学术套路，从而脱离影像事实动情地评说。

第二个话题是关于国家认同危机的隐忧。《色·戒》的叙述者李安试图站在一个中间的立场描述中国现代史上一段惨痛的记忆，一幅人性裂变的社会图景，但由于操作不当，不仅顾此失彼，也因此导向了殖民文化的泥潭。传统的道德规范、民族国家的认同、正义与非正义的对决等都被嘲弄和瓦解，观众在观看《色·戒》时似乎极容易失去判断是非的准则，尤其令人担忧的是产生对汉奸的同情、欣赏和赞叹的心理效应，民族国家的荣誉、利益、前途等重大问题的话题也被身体叙事所遮蔽，被本能的冲动所颠覆。

殖民主义是帝国主义扩张时期的产物，表现为帝国主义国家对不发达国家和地区的侵略和掠夺。以第三世界国家的纷纷获得解放为标志，后殖民意味着殖民时代在时间上的"结束"。而 20 世纪 70 年代产生的后殖民主义理论，建立在这样一个认识基础上——帝国殖民传统仍在以某种方式继续存在，殖民主义以更为隐蔽的文化话语形式，借助全球化以经济贸易垄断形式发挥着对第三世界国家的殖民效力。印度学者霍米·巴巴发现，被殖民者往往在带有强迫性质的氛围中，逐渐由不适应到适应，由被动变为主动。"这可以说是被殖民者将外在的强迫性变成了内在的自觉性，从而抹平所谓的文化差异，而追逐宗主国的文化价值标准，使得文化殖民变得可能。"①《色·戒》可说是霍米·巴巴理论的真正标本。

第三节　文学经典的"改编"
——从《雷雨》到《满城尽带黄金甲》

张艺谋群体在 2006 年末推出商业大片《满城尽带黄金甲》，使尽显疲态的中国电影市场乃至于整个文化市场产生了极地振荡，同时也给遭遇话语尴尬的影视评论界带来了众多的话题。一个不容漠视的事实是，尽管进入贺岁档期的影片多是颇具实力的佳作，但《满城尽带黄金甲》仍以其难以抗拒的号召力跻身票房之首，令同期影片只能望其项背。国内的相关媒体亦对《满城尽带黄金甲》表示出了高度的热情，并进行了跟踪式的论评。从目前已发表的文章来看，多涉及明星商业

---

① 周蕾：《看现代中国：如何建立一个种族观众的理论》，见张京媛主编《后殖民理论与文化批评》，北京大学出版社 1999 年版，第 319 页。

机制、武打动作格式、大片规模强度、类型电影语汇等非思想、非艺术、非叙事因素的探讨，且往往夹杂着感性的、随意的、偶然的、情绪化的东西，匮乏的是对电影文本《满城尽带黄金甲》从文学改编与艺术本位的大视野上作出学术性的读解及展望，故往往同时也缺少说服力和启示性。鉴于此，本文力图通过比照两种不同艺术体式的文本《满城尽带黄金甲》和《雷雨》，以勘察从戏剧文本《雷雨》改编为电影文本《满城尽带黄金甲》的过程中原著内在构成的被转述状况、伸缩状况及变异状况，并期待因之能对《满城尽带黄金甲》作出较为公允的评价。之所以把《满城尽带黄金甲》称作"文本"而不是一般意义上的"作品"，是将《满城尽带黄金甲》看作是按照一定的代码规则组成的一个自足的有机结构，这意味着《满城尽带黄金甲》的意义体现在其组织结构及它所指对象的组织结构的转换关系之中。

　　张艺谋和其他许多"第五代"导演的不同，就在于他的几乎每一部获得荣誉或商业利润的影片总是借助于文学资源而生发出创作灵感，他曾坦言，"我一般是根据小说的风格来确定我影片的风格，这就使我能拍出风格样式完全不同的电影。就我个人而言，我离不开小说"。[1]《满城尽带黄金甲》问世之前的张艺谋电影，大多从当代小说改编，如《红高粱》源于莫言的《红高粱》，《菊豆》源于刘恒的《伏羲伏羲》，《大红灯笼高高挂》源于苏童的《妻妾成群》等。同样是对文学资源的倚重，《满城尽带黄金甲》的改编却有了耐人寻味的变

---

　　① 李尔葳：《张艺谋说》，春风文艺出版社1998年版，第11页。

化：一是他把眼光定位在经典名著，二是他不再局限于小说文
体而转向剧作，三是他的改编力度比以往要大得多。同样耐人
寻味的是，冯小刚于去年下半年推出的《夜宴》，也是从莎士
比亚的经典悲剧《哈姆雷特》寻求电影话语资源，也把背景
设置为五代十国。这种情况是偶然聚合还是有意趋同，抑或是
隐喻某种玄机？毋庸置疑，文学名著以其话语的蕴藉性，对社
会人生内涵的多层面触及，文本自身的开放性以及多种意义的
生成可能性，为改编提供了最佳的范本。由此看来，张艺谋们
选择文学名著作为改编对象似乎是情理之中的事情了。

　　作为一位电影艺术家，张艺谋极为关注那些可以转换为电
影语言的文学文本，他一直在寻找能让他"感动"的小说，
但 1990 年代后期的文学创作状况令他失望："中国今天的文学
比较自我。说白了，没劲，没什么意思。"①"比较自我"的东
西的确是难以或根本就无法转换为电影语言的。那么，张艺谋
眼中理想的文学文本又是什么？要理清这个问题，不妨先审视
张艺谋的社会认识，在他看来，"今天全中国都充满了某种沸
腾感，不管是求知欲是权欲还是物欲还是拜金，不少人的心态
都在沸腾、躁动，社会到处都充满了一种动荡的东西，在这种
情况下文学应该是很来劲，但文学现状不是这样"。② 张艺谋
的这段话中被突出的几个词语是"沸腾感"、"欲望"和"动
荡"，姑且不论张艺谋的社会认识是否精当，我们可以判断的
是张艺谋无意中透露出的文学改编的潜在规则。"沸腾感"是

---

① 张艺谋：《现今文学没劲》，载《文学自由谈》1998 年第 6 期。
② 同上。

生命原力投射的反映，"欲望"是行动着的人产生动力的心理
依据，"动荡"则是"欲望"之间的冲撞、失序和必然状态，
而在这当中，"欲望"又是支撑所有行为的最为根本的东西。
从这个意义上说，张艺谋对现实生活进行的是极端化的解读和
把握。所谓"极端化"，就是个性化和主观化，即他所追求的
艺术形象不是模拟现实的镜像世界，而是一个想象的、超现实
的、主观化了的世界。在长期的电影实践中，张艺谋通过对现
实生活的特殊方式的解读和把握，逐渐形成了他改编和叙事的
一种策略，即极端化策略。这种策略的运用实际上是对生活的
简化，一种把握内在精神的简化，一种剥离遮蔽物而突出核心
意象及本质性东西的有效途径。所以，以极端化策略为取舍，
不难推测出张艺谋眼中理想的文学文本，应该是欲望化（或
者是受意念支配的行动）的叙事，是描述"欲望"之间的冲
撞、失序和必然状态（或者是意念之间冲突）的叙事，而不
是分析的、舒缓的、静穆的、装饰性的叙事。极端化策略使张
艺谋电影对"讲什么"有了极为独特的定位，从而使他的电
影题材显示出风格化的标志。不仅如此，在不同场合，张艺谋
还谈到"极致"的美学追求，"'极致'是我的一贯追求。我
要含蓄也会含蓄到极致，要独特也会是'极致'的独特"。①
他所谓的"极致"就是极端化，就是达到极限，反馈出来的
是张艺谋电影关于"怎么讲"的形式表现问题。凭借对社会
生活的极端化解读和把握，及美学上的"极致"表现，张艺

---

① 李尔葳等：《以"小"搏"大"，坚守一方净土》，载《电影艺术》2000
年第 1 期。

谋构筑了一系列特有的电影话语图式。

张艺谋乐于并善于营构一种类似"铁屋子"的意义空间，如研究者所指出的那样，张艺谋的作品"大多提供了一个没有特定时间感的'铁屋子'的寓言。这一铁屋子的意象是由那些森严、稳定、坚硬的封闭的深宅大院，那些严酷、冷漠、专横的家长，那些循环、单调、曲折的生命轨迹所意指和像喻的"①。在这样幽闭、阴森的地理空间，亦即心理上的意义空间或文化空间，却藤蔓般生长着各种欲望，或因欲望的存在使生命体沸腾，或因欲望的冲撞生命体使动荡乃至于消亡。事实上，铁屋子寓言符合中国传统文化的实际，"封建制"即是指向合围和封闭，从而在构筑、行为、理念等各个方面反映出合围与封闭的总体趋势。《红高粱》、《菊豆》、《大红灯笼高高挂》，以及《满城尽带黄金甲》都属于铁屋子寓言类型。张艺谋的极端化策略还体现在铁屋子寓言类型之外的作品当中，不过是以另一种面目呈现的，即人物的行为或动作的根据不是欲望，而是意念，人物受一个意念的支配而发出动作，尽管这些动作在旁观者看来多少有些不可思议，如秋菊的"讨个说法"的意念执著，魏敏芝的"一个都不能少"的意念执著，但往往表现得又极为真诚，《秋菊打官司》、《一个都不能少》等影片就属于这种类型。

极端化策略使张艺谋在一些影片中轻松地以电影语汇描述了人性的深刻与历史的厚重，描述了"人"被异化的事实，

---

① 尹鸿：《世纪转折时期的历史见证——论九十年代中国影视文化》，载《天津社会科学》1998 年第 1 期。

亦使观众在不知不觉间认同了作者那近似残酷的人性与历史反思。但极端化策略的实施也必然伴随着很多内蕴的遗落，因为这一策略的实施是以牺牲人物性格的复杂性和丰富性为前提的，使人物往往成为传递意义的符码，并因之取缔了人物心理活动的观照与性格发展的历史。而美学上的"极致"追求，又使张艺谋形成了个性鲜明的影像风格，强烈的视觉冲击力、唯美的画面造型、大面积的色块运用及固执的民俗展示，都足以使张艺谋电影造成视听震撼与阅读快感。但这种"极致"追求也容易使视觉画面游离于叙事之外，使情节与情节之间缺乏必要的流畅，从而导致叙事的惯性与惰性。本节正是在把握"极端化策略"与"叙事策略"两个关键词的基础上，来析解从戏剧文本《雷雨》改编为电影文本《满城尽带黄金甲》的过程中原著内在构成的被转述状况、伸缩状况及变异状况的。

　　不妨先勘察《黄金甲》对《雷雨》内容所采取的极端化改编策略。作为一部中国现代文学史上的经典之作，《雷雨》恪守西方"三一律"的结构方式，剧作在一天时间、两个场景内集中展现了周鲁两家前后达 30 年的复杂的矛盾纠葛。全剧交织着"过去的戏剧"（周朴园和侍萍"始乱终弃"的故事，作为后母的繁漪与周家长子周萍的乱伦故事）与"现在的戏剧"（繁漪与周朴园的冲撞，繁漪、周萍、四凤、周冲之间的情感纠葛，周朴园与侍萍的重逢，周朴园与鲁大海的冲突），同时展现着下层女性（侍萍）被离弃的悲剧，上层女性（繁漪）个性受压抑的悲剧，青年男女（周萍、四凤）得不到正常爱情的悲剧，青春幻梦（周冲）破灭的悲剧，以及劳工

（鲁大海）罢工失败的悲剧。《雷雨》是现实的，也是超现实的，在现实的背后隐藏着关于人生、人性、人的生命存在的众多密码。面对这样内容深广而蕴意宏富的文学经典，似乎有太多的切入点与阐释的可能性，而如何把握剧作矛盾冲突的根本动因就显得特别重要，所谓"根本动因"即矛盾冲突的性质的内在的、必然的特点，说到底，即人物的性格、命运和利益之间的根本性的对立，只有把握住了这些，才有可能基本保证叙事的顺畅性与合理性，也才能尽量减少对原著精神内涵的遗落。

张艺谋改编《雷雨》所采取的第一个步骤是简化，把《雷雨》的多线索并进简化为单线索统摄，即把周朴园与繁漪的矛盾冲突提升为推进故事情节的根本动因，转换在《满城尽带黄金甲》则是"王"与"后"的矛盾冲突构成了全部故事情节进展的依凭，而"王"与"后"的矛盾起因是"王"对"后"的身心戕害及"后"强烈的权力欲望。第二个步骤则是铁屋子寓言的再现，即把所有故事情节的演进锁定在一个特殊的地理空间，不同于以往的铁屋子，《满城尽带黄金甲》中的地理空间是浮华奢靡的皇宫。有研究者认为，"铁屋子"里生存着三种人：黑色老人——幽闭世界的统治者，恶势力的化身，他们给这个幽闭的世界带来不祥；红色女人——总是设法打破幽闭，构成黑色老人的反叛力量，她们身上总有着勃勃生机和不可遏制的生命激情，给这个幽闭的世界注入了生命的活力；灰色男人——大多唯唯诺诺、犹犹豫豫，在由黑色老人禁锢的幽闭世界里，显得可怜渺小，缺乏行动能力。[①] 尽管这

---

① 杨政：《张艺谋电影中的三种人》，载《四川文艺报》1997 年 5 月 8 日。

个论述难能穷尽张艺谋电影的话语图式，但完全可以用来作为考察《满城尽带黄金甲》人物的有效坐标。上述步骤符合张艺谋一贯的改编和叙事策略。

从叙事学的角度看，《雷雨》的行动元呈复线式结构，如周朴园、繁漪、周萍和鲁大海均为行动的策划者和发出者，到了《满城尽带黄金甲》则被简化为两个行动元，即"王"要毒害"后"，"后"密谋发动宫廷政变，而二王子元杰（原型为鲁大海）则充当了"后"这个行动元的命令执行者。作为整个宫廷事件的发起者的"后"，在"黄金甲"中一跃成为中心人物，影片也尽可能地展示其性格的复杂性及丰富性，把原型人物繁漪的情感欲望分解为"后"的超常态的权力欲望与情感欲望，"后"的身上被赋予另一层能指功能，"后"的性格由繁漪式的歇斯底里、压抑、渴望、沮丧而变为隐忍、筹划、宽容、果敢，也就是说，"后"的性格结构中更多的是理性品质，繁漪身上那种摧毁一切的非理性质素被极大地消解了。

如果分析"黄金甲"中"后"的行动序列，会发现"后"的行动逻辑的基本表现形式是合理的。"后"是一个深居宫中遭到权力挤压且爱情缺失的不幸的女人，故事中围绕她展开的行动有：长年的爱情缺失使她把情感对象移植和专注于太子元祥身上，其情感浓度暂时性地得到了稀释，"王"得知这一秘密并决定实施报复，"后"查明"王"的药剂中含有毒性，"后"设法发动宫廷政变以扭转自己的不利处境，"后"向太子元祥和元杰暗示并秘密组织了金甲军团，午夜前发起攻击，金甲军团被击溃，"后"被囚禁。这一系列行动中除了元杰答应帮助她而产生了微弱的逆转外，主要的发展方向是她的命运的不断恶化。构成这个恶化过程的行动序列实际上具有双重的意义：一方面从现实的行动过程来看，是一个揭露封建秩序黑暗、表现人生痛苦的悲剧；而另一方面从带有传奇色彩的"后"的败北来看，"王"的"在场"意味着男权话语的无比强大，个体的女权抗争只能是宿命般的牺牲。

但张艺谋却稳稳地把握住了原型人物周朴园的性格特征，周朴园是一个忠实践行封建纲常伦理观念的资本家形象，他有着中国式绅士的风度，又有着文化人的趣味，但骨子里却阴鸷、冷酷、卑劣，双手沾满工人的鲜血。"王"所展示出来的性格，同样是阴鸷、冷酷和卑劣，不过是更为变本加厉。如果说周朴园对那个危机四伏的行将崩塌的家还有一丝留恋的话，到了"王"那里则所有的家庭温馨都荡然无存了，有的只是无所不在的对权力的保护与防范。于是，《雷雨》中周朴园与繁漪之间的性格对峙与冲撞衍变为"黄金甲"中"王"与"后"之间的智慧对峙与冲撞，悲剧意味亦随之锐减。由于"王"处于权力的最有利的位置和拥有无上的行动能力，所以尽管"后"殚精竭虑、蓄势待发，其结果仍不免败北。"黄金甲"中的皇宫建筑当然不是《大红灯笼高高挂》中那种四合院的规模，它要雄伟、深邃得多，但又与四合院是同一类事物，即共同指向合围与封闭。皇宫的家长"王"再也不是一个影子般的"在场"，他从后台走向显赫的前台，给王后和王子讲述着"规矩"："天圆地方。取法天地，乃成规矩。君臣父子，忠孝礼仪，规矩不能乱。""王"同陈佐千一样，在解读和维护着各种"规矩"，不同于陈佐千的是，"王"的"规矩"理论更具有系统性，而且"王"的声音似乎是从历史的深处传过来的，显得厚重、权威和不容置疑，其携带的浓重的中国传统文化的精神气质令人不寒而栗，于是，种种关于"规矩"的论述及由其导致的行动就具有了意识形态性和批判性的能指功能。最后的血腥场面与"王"的"规矩"理论形成了一种近乎滑稽的悖逆，不难看出张艺谋对"规矩"的批判和拒斥心态。从陈佐千到"王"是一脉相承的，他们都是给世界带来不祥的"黑色老人"，尽管身份有所变化，但角色的实质并未改变。

"黄金甲"对《雷雨》中的人物改动最大的是鲁大海和周冲，先分析鲁大海这个人物。鲁大海是一个有着坚定信念的劳工，实际也是周朴园的亲生儿子，但艰辛的生活磨砺和不平等的社会待遇，使他蕴蓄着反抗的、破坏的、野性的力。他与周朴园之间的对立，昭示着阶级矛盾的严酷性和不可调和性。这一矛盾的存在及其被作家置于显赫位置，表明曹禺对社会问题的深情关注和思考，从而使《雷雨》打破了家庭悲剧的藩篱而触及社会最尖锐的矛盾斗争，因而文本也获得了现实意义。到了"黄金甲"，鲁大海这一人物被改编为戍边归朝的元杰，鲁大海的反抗性和坚决性亦蜕变为元杰对"父亲"的敬畏和顺从，尽管他率领金甲军团冲进皇宫，但作战的有勇无谋和战前的信息闭塞，也说明他并不是真心想和"父亲"作对，不过是为了一个沉甸甸的承诺才犯上，因此其失败也是必然的。

改编者张艺谋斩断了原型人物的社会联系而将其设置为"后"的儿子，事实上是限制了"黄金甲"的辐射范围，铁了心要把一个涉及社会悲剧的文本圈定为一个家庭悲剧。元杰这个角色与其说是一个心理性的人物，还不如说是一个符号化的、诗意的人物，他的行为序列几乎是张艺谋为注解黄巢的诗《不第后赋菊》而预设的。黄巢的原诗是这样的："待到秋来九月八，我花开后百花杀。冲天香阵透长安，满城尽带黄金甲。"黄诗中的那盖天豪气及反叛精神是通过一个鲜明的意象"冲天香阵透长安，满城尽带黄金甲"表现出来的，但似乎张艺谋对这个意象只作了字面意义上的理解，譬如皇宫中摆放了数万盆盛开的菊花，然后元杰在九月初八的黑夜举兵杀入皇宫，而士兵们都身穿黄金甲。这种改编从画面构图上看是极具观赏性的，但于叙事却显得不仅勉强，而且有些惯性的阻滞。作为一个封建时代极具叛逆思想的知识分子，黄巢的行为方式显然有着丰沛的内在动力，就是要摧枯拉朽、改朝换代。而支撑元杰的所有行为的意念是"不让母后吃药"，于是甘愿受母亲之托去刺杀自己原本就很敬畏的亲生父亲，而这个父亲对自己又很偏爱，显然这种反叛行为的动力是靠不住的，因为缺少一个更充分、更有说服力的理由。元杰形象的不充分不能不说是极端化改编产生的叙事惰性。

从周冲形象的改编可以看出张艺谋尤为锐意的极端化策略的实施。《雷雨》中的周冲是一个生活在爱情幻象中的小青年，爱情占据着他的全部身心。到了《满城尽带黄金甲》，周冲一变成为颇有城府、精于算计的三王子元成。元成平时在父兄面前表现得唯唯诺诺，但在紧要关头却毫不手软，先是干净利落地刺死太子，而后凭借武士之助想一举除掉"王"和"后"，最后被"王"鞭笞而死。元成的行为方式极像《菊豆》中的杨天白，那个通过弑杀社会"父亲"从而使他占有"父亲"之名，并成为父亲权威话语的实施者的主体形象。但显然，元成又不同于杨天白，与其说元成是试图通过血腥政变获取话语权的窥视者，还不如说是被铁屋子环境早已异化，被权力欲望彻底扭曲的一个不幸者。元成形象的改编，不能不看作是张艺谋极端化策略生发的一个亮点，这个形象符合"黄金甲"的基本主题，即权力欲望对人的异化的事实。倘若张艺谋"忠实于"原著的话，也把元成塑造为一个爱情至上的小王子，则不仅会使故事情节松散，而且也势必使主题极大地被冲淡。

《满城尽带黄金甲》尽管采用的是《雷雨》的故事情节，但一定程度上却消解了剧作复杂多义的悲剧意蕴，其意义空间也相应削弱。蒋氏父女（原型为鲁贵和四凤）安心进入皇宫，作太医和婢女，蒋太医之妻（原型为侍萍）也曾经是合法的都尉夫人，蒋蝉和太子元祥的来往带有更多的私通性质而缺少真情的支持，于是，尽管在蒋蝉最终得知太子是自己同母异父的哥哥时精神崩溃并被黑衣杀手所害，却不能催生人情感上的震撼，是因为太子的那种身世秘密缺少必然性理由。同时，蒋蝉与太子这两个角色的次要性和从属性，使原本蕴涵巨大悲剧意义的情节失去了应有的张力，这也是张艺谋的极端化策略必然产生的后果。如果说《雷雨》中的侍萍、周萍、四凤、鲁

贵都属于"心理性"人物，那么，到了《黄金甲》则蜕变为
"功能性"人物了。所谓功能性人物，就是为情节需要而设置
的人物，人物的意义只体现于人物在情节中的作用；而所谓心
理性人物，是人物的心理或性格具有独立存在的意义。功能性
人物只能从属于情节，而心理性人物则是叙事的根本要素，文
本中的一切都为揭示或塑造人物性格而存在。① 张艺谋把一些
次要角色处理为功能性人物，是他对《雷雨》的情节模式持
有的兴趣远远大于去传达原型人物本身所承载的社会及人生
意义。

从总体上看，张艺谋果断采用极端化的改编策略和叙事策
略尽管遗落了原著的一些精神内涵，但也使原著中一些相对处
于遮蔽状态的意义得以凸显，因而使叙事过程生发出多重能
指。比如周朴园和繁漪之间的矛盾冲突也可以看作是男权话语
与女权话语的对立与决战，谁最终掌握了话语权谁就能最终获
救，绝不仅是一个沟通与爱情的问题，而这些在"黄金甲"
中是作为主题被表现出来的。再如，是什么让周冲生活在爱情
幻象中？我们可以理解为，缺少父母之爱与人际交流使周冲把
生命的全部只能寄托在不可实现的爱情幻象中，这一点也是我
们在阅读《雷雨》时常常忽略的，而在"黄金甲"中却是通
过元成的参与权力追逐被鲜明地表现出来的，即父爱缺失与处
境孤独造成了他对权力的幻想。同时，相对于张艺谋在《英
雄》和《十面埋伏》中表现出的叙事滞缓，尽管"黄金甲"

① 申丹：《叙述学与小说文体学研究》，北京大学出版社 2001 年版，第
61 页。

也在一些民俗画面的组接，比如"王"的养生之道、"后"的中药疗法、报时打更和重阳节排场等方面有些许冗长的表现，但总体叙事还是克服了滞缓的弊病，比较有力地遏制了叙事的惯性。

经典名著由于其话语的蕴藉性，对社会人生内涵的多层面触及，文本自身的开放性和多种意义的生成可能性，以及在阅读历史中产生的权力关系，都给改编者增加了实际操作的难度，尤其是改编者把经典名著单纯指向大众文化而疏离精英文化立场的时候，更会使改编者失去学术界的支持。但经典名著并不是拒绝改编的，而是迫切需要通过不断阐释，需要通过各种艺术途径使其"复活"的，况且名著自身的开放性和多元性给改编者以最大的宽容与自由。事实上，经典名著如果经过谁的改编而丧失了其经典性，也许它根本就不是真正意义上的经典，如果不是恶意的歪曲，经典名著并不怕被改编。在当前大众文化日益繁盛的语境中，经典名著也正在经历一个被重新认识和阐释的过程，那种对经典名著怀着宗教般狂热和崇拜心理的阅读者只能让名著日渐埋没。更何况《雷雨》的改编者张艺谋采取的是远距离观照与传达的策略，把时代背景设置在唐末、五代十国，尽管这里可能有张艺谋出于营造商业大片奢华场景的考虑，但也不排除其对经典名著的尊重及谨慎态度。"黄金甲"问世之后，已经是一个自足的结构体，也对我们呈现为敞开和接纳的状态，但一味漫无边际的吹捧和脱离实际的否定都对解读"黄金甲"无益，而且对经典名著的改编问题也构不成意义。正确的态度应该是从学术层面尽可能对其作出客观的析解，这样既有助于经典名著的"复活"，也有助于推动电影文化的发展和繁荣。

一种影像文化精神的生成

中国电影有没有形成本土性的文化精神？要回答这个问题，我们不妨将眼界延伸到1930年代的"左翼电影"。中国电影自问世以来，武侠片、鬼怪片、言情片一度充斥影坛，观众长时间浸淫在惩恶扬善或纵情声色的梦幻世界里，审美感觉极度疲劳。在民众苦难与民族矛盾的刺激下，在"左翼文学"运动的激励下，左翼电影引进了现实主义，开辟了中国电影史上"新的路线"。这种现实主义，按照左翼评论家的观点来说，就是"能够抓取现实的题材，而以正确的描写，和前进的意识来制作的"，而且"还是一个新闻的记录"。[①] 强调电影艺术的真实性，强调贴近社会、贴近现实，

---

① 芜村：《关于〈洪流〉》，载《晨报·每日电影》1933年2月25日。

"到社会中找材料"①，让电影真正走进底层民众的视野，而
"赤裸裸地把现实的矛盾不合理，摆在观众面前使他们深刻的
感觉社会变革的需要，使他们迫切的找寻自己的出路"②。左
翼电影在充满竞争的电影界（其时好莱坞电影对本土电影构
成了极大威胁）顽强地生存了下来，并且取得了巨大的艺术
成就，靠的就是现实主义的文化精神。当前的电影文化语境与
1930 年代的电影文化语境具有颇多相似性，多年来观众在暴
力、权术和身体的多重狂欢中，已深感电影艺术成为了某种文
化奢侈品，丧失了现实能指。因此，重倡左翼电影的文化精神
便显得意义深远。本章分为四节，第一节通过对电影《天狗》
的分析，指出现实主义的电影文化精神在消费文化语境中得以
复苏，它是一部有深度、有力度的真正意义上的现实主义电
影。第二节分析了电视连续剧《喜耕田的故事》，指出该剧深
刻描述了农民的现实境遇与历史命运，并以其厚重的情感书写
了农民在新时代的精神履历，对农民的历史命运进行了深度的
探索。第三节分析了《断背山》，指出一部真正具有创造性的
电影总是能够对经典叙事进行变革，注入新的活力，这也是电
影文化精神的体现。最后一节分析了香港武侠电影，从侠文化
历史、集体无意识、母题图式等方面阐述了其长盛不衰的深层
原因，尤其对李小龙、成龙等导演和出演的电影进行了细致的
分析，指出爱国主义情感的喷发和释放是其广受欢迎的根本原
因，他们的文化精神值得研究。

---

① 尘无：《电影讲话》（六），载《时报·电影时报》1932 年 7 月 1 日。
② 郑伯奇：《电影罪言》，载《明星月报》1933 年 5 月 1 日。

第一节 拒绝视觉消费与虚拟狂欢
——《天狗》对现实主义叙事的复归

自 1990 年代以来，随着"城市电影"的崛起和繁荣，曾以现实主义著称且在类型元素上发展得极为圆熟的"农村题材"的影片日趋式微，甚至被许多电影人遗忘。从那时到现在，我们在银幕上看到的更多形象是雄心勃勃的成长中的企业家、经过短暂奋斗获得成功的大学生、恋爱中的小青年、百无聊赖的小资、内心空虚的中产阶层……引人注目的是，这类几近批量生产的影片在数年的演变中，已形成一个为多数电影人认可的叙事模式，有人指出，城市电影通常选择"小处着眼、温和委婉、文质彬彬、波澜不惊的模式，以及在这种模式下的心理情感的路线"①，这种叙事模式被广泛采用，固然可以看作是中国城市电影渐臻成熟，同时也不能不让人遗憾地看到充斥银幕的彼此克隆的无关痛痒的叙事、大同小异的人物面目和千篇一律的情感生活，某种意义上表明中国电影想象力的空前衰退。电影艺术的想象力并非天马行空的主观臆造，也不是通过电脑特技搞一些玄虚的影像，而是对现实生活高度概括的哲理性传达，更倾向于塑造典型人物，把典型人物置于典型环境中予以观照。换句话说，电影艺术的想象力蕴涵着更多现实主

---

① 吴小丽等：《九十年代中国电影论》，文化艺术出版社 2005 年版，第139 页。

义质素。

电影艺术的现实主义，首先要求创作者挖掘和梳理生活真实的本质性特征，反映转型期的中国社会深层次的情感变迁，而不是止于记录潮水般的生活片断；其次，它要求塑造"典型人物"而非"类型人物"，类型人物只注重类型性，即共性、普遍性，典型人物却是在类型人物基础上的更进一步，即除表现人物的共性和普遍性之外，还要凸显人物的个性和特殊性及性格结构的丰富性；再次，它要求展示人物活动的"典型环境"，即一个改变人物命运的生存空间，一组不可以被重复的生活场景的拍摄；最后，它要求故事情节的典型性，体现在：一方面，人物在一个充满变数的环境中不得不经历一系列具有传奇意味的命运过程；另一方面，主人公在与环境的对抗中豁显更大的本质力量和人性完满。以此观之，不难发现电影艺术的现实主义其实是更高、更具艺术根性的创作范式。

以现实主义水准环视中国电影近年来的表现，要寻觅一部真正令人满意的作品几乎成了一种奢望，这种现状确乎让人深感忧虑。不过多少令人欣慰的是，一些有理想的电影人并不跟风，他们坚持现实主义的创作道路，立足于生活的底层，观察着中国社会的经脉跳动，以影像传达着他们对现实人生的焦灼关注和严肃思考。比如根据反腐作家张平的中篇小说《凶犯》改编的《天狗》，就是一部我们企盼已久的具有现实主义深度的力作。《天狗》所讲述的故事发生在改革开放初期的 1980 年代，这是一个中国社会制度的大变革时期，是一个破旧立新、万象更新的时期，同时又是一个民众的国家意识和集体观念动荡的时期，也是一个人们的欲望开始膨胀的时期。影片把背景置于这样一个新旧矛盾日渐明朗、尖锐的时期，为我们检测人物精神世界的本质内容提供了一个具体的视点。而故事发生的地点"泮源村"又位于吕梁山区，其特殊的地理文化环境，诸如崇山峻岭，沟壑纵横，土地贫瘠，水源匮乏，交通不便，信息闭塞等，客观上制约了村庄的经济发展，村民基本生活在贫困线上。一种为浮躁的村民普遍看好的最简捷的致富之路，就是窃公为私，村民的目光于是不约而同地聚焦到泮源村周边的国有林场，虎视眈眈地伺机盗伐林木。所有的故事都因盗伐与反盗伐这个横贯全剧的矛盾而引发，但影片在叙事中渗透着更深层次的内涵，其时代背景选择和文化地域落点就很具象征的意味，而记述村民们在主人公流血事件发生前后所表现出来的种种恶行和丑态，寓言性地直指转型期国民性的质变。

《天狗》作为现实主义影片的首要标志和最大成功，是倾情塑造了李天狗这个不惜血染林场保卫国家利益的护林员形象，这个形象一定程度上已触及典型的高度，是影像人物中的"这一个"。李天狗属于那种在物欲横流的时代能够坚守社会主义信仰、视国家利益高于一切的弥足珍贵的人物。然而，李天狗却又是一个看起来很平常的人物。他给人的印象与想象中的英雄很不一样，长得并不高大威猛，甚至还有点委琐，胡子拉碴，拖着一条残疾的腿，走起路来一瘸一拐，穿褪了色的军棉袄，操一口山西话，说话时似乎底气不足，与人交谈也有点木讷，凡此几乎与村民没什么区别。但看完影片，一个响当当的硬汉形象却能留在观众的脑海之中，个中秘密是影片抓住了人物的精神内核。影片为使李天狗这个人物立起来，多角度地展示了他精神世界的丰富性。在李天狗的精神结构中，有两点是最感人的，就是爱国和爱家。他的"爱国"有很现实的内容，作为军人，是保卫国家；作为护林员，是看护好国家的一草一木。李天狗爱国信念的产生不是空穴来风，而有着沉甸甸的人生情感积累。李天狗是一个参加过自卫反击战的复员军人，服役期间受过严格的爱国主义教育，这种教育成了他精神力量的源泉。影片中孔家兄弟请李天狗一家吃饭的那场戏，李天狗在饭桌上说过一段话：

> 好酒我喝过，是茅台。烟不会抽，但我也抽过红塔山。那是我部队要打上去前，师长请的。师长喊，同志们，对面那座山是谁家的？——我全师官兵回应：中国的！——那山上的每一寸土，每一棵树是谁家的？——都是中国的！——好样的，小伙子们，冲上去，就是剩下一个人也要给我站在那山顶上！祖国的山头不能少了一寸土，一棵树！那场战斗，我三连120人倒下54个，我算好，丢了一条腿，可捡回一条命——干吗不让我死在那山头上，心里也畅快些……

这段话可谓慷慨激昂，表现了李天狗思想中最光华的一面，具有强大的威慑力，而且在整个影片中起着重要的作用，它是李天狗向孔家兄弟摊牌的信号，也是矛盾开始激化的前奏和全部剧情的转折点。"祖国的山头不能少了一寸土，一棵树"，说明在主人公的心目中，国家利益是神圣不可侵犯的，任何假公济私的行为在他看来都是对人格信念的侮辱，是坚决不能容忍的。主人公非常认同师长的教导，"就是剩下一个人也要给我站在那山顶上"，从侧面表明了他的态度和决心，只要一息尚存，无论怎样都不会改变他的信念。"干吗不让我死在那山头上，心里也畅快些"，这句话很感人，且意蕴丰富：其一，表明主人公深切怀念牺牲了的战友，活着一天就不能停止对他们的怀念，"心里不畅快"；其二，表明主人公对当前形势的冷静估计——敌我力量悬殊和极有可能出现的结局：牺牲在工作岗位上；其三，像他的那些倒在战场上的战友一样为国家利益而死，是对他的信念的最好致礼。孔家兄弟听了李天狗的这段话，在受到震撼的同时，也放弃了对他的任何幻想。随后以恶霸为首的全体村民一步步进逼，李天狗及家人日胜一日地陷入困境，都显得顺理成章和格外扣人心弦。

主人公李天狗的形象之所以感人至深、发人深思，一个重要的原因是他的人生选择。在进入泮源村的那一天，摆在他面前的选择有两个：其一，走向腐败，和他的前任护林员一样任村民砍伐林木，那么，他将受到村民的广泛"拥戴"，村民会给他最好的东西和提供最方便的服务，并获得更多的意外之财而迅速致富，但以损害国家利益为前提；其二，拒斥腐败，以国家利益为重，一丝不苟地看护林木，那么就站在了村民的对立面，成为村民的眼中钉，就必须处理来自村民的有组织的谋害，忍受生活上的一切不便和人际关系的极端恶化。出人意料地，他选择了后者。主人公处于那种人生境地，要不要腐败仅仅是一念之差，他有充分的条件去腐败，一是在那么一个偏僻的村庄，上没有领导巡视、下没有同事监督，完全由他做主；二是他的前任已开了腐败的头，比如在他接管之后去巡山，发现大量林木被砍伐的残迹，他按照前任那么做就可以了；三是他需要钱，比如他积攒了很久也没能买一台电视机。此为影片耐人寻味的地方。

爱国是一个长期而自律的行为，更多的时候像儒家文化所倡导的，要做到"威武不能屈，富贵不能淫，贫贱不能移"。改革开放以来，曾有多少踌躇满志的政府官员，却在"威武"、"富贵"和"贫贱"的轮番考验中走进腐败分子行列，丧失了人格，放弃了信仰，为历史所不齿。在这个意义上，《天狗》涉及了一个重大而敏感的社会问题。影片的高明之处，是从主人公的具体表现"不屈"、"不淫"、"不移"几方面来深化主题的。孔家兄弟宴请李天狗，村民举行盛大的欢迎仪式，并挨户送礼，都是把李天狗当成了准腐败分子来对待，当李天狗觉察到突然来临的"富贵"背后的含义时，果断表明了自己的立场，先是退礼，后是摊牌，此为"富贵不能淫"。来软的不行，孔家兄弟一班人就想以强硬的进逼迫使李天狗就范，他们殚精竭虑，先是禁水，后是断电，然后设计侮辱李天狗之妻桃花，诱拐他的儿子秧子进山，而在这一切都失去效力的时候，竟丧心病狂地毒打李天狗，险些使他丧命。李天狗仍不退让，从昏迷中醒来后，拖着伤痕累累的身躯爬回林场，带着一杆老枪，精确射杀了盗伐林木的恶霸，此为"威武不能屈"。被禁水之后，主人公只能买可乐解渴，甚至连蒸馒头都用可乐，天空响起闷雷让李天狗一家也欣喜若狂，他们太需要雨了。李天狗没有被困境折服，硬是在深山中挖出了水。断了电，就花十倍的价格买蜡烛照明，面对恶意的眼神，他保持沉默。在这段日子里，李天狗经历着没有硝烟的战争，而且是孤军奋战，此为"贫贱不能移"。

如果影片仅仅凸显李天狗的爱国情怀，那么他就会远离人群，变得可望而不可及，从而失去深刻的社会教育意义。英雄往往是从常人中产生的，他的绝大部分生活感受都和常人无异，只是在大是大非面前，才与常人显出质的不同。事实上，在李天狗身上，爱国与爱家是统一的。扛着一杆汉阳造老枪的李天狗，使恶霸一方的孔家兄弟感到震慑、惧怕，但在妻子桃花跟前，他更像一个孩子，面对妻子的奚落和一定程度的粗暴，他的双眼却充满温情，原因是他对桃花有着不善于表达的深沉的爱，当桃花终于无法忍受生活的艰难要离他远去，他呆呆地站在破败的家门口，泪水几乎夺眶而出。作为一个丈夫，没有给妻子带来幸福，他感到愧疚，但他的付出却大大超出了一般丈夫的努力。他对桃花的爱以另一种方式来表达，那就是宽容，达到极致的宽容，桃花被人侮辱，他没有怨她，桃花要离开她，他没有恨她，只是恋恋不舍。同样，作为爸爸，他对秧子有着不比任何父亲少的爱，他总是把最好的留给孩子，凭着有限的知识尽可能地教育孩子，孩子是他的全部希望。影片中最后一个镜头，是被人毒打成植物人沉睡了12年的李天狗朦胧中听到在部队当了班长的秧子回来时，流下了一滴幸福的

泪水，知道儿子有出息了，这是他一生中最大的欣慰。每个人
都会流泪，而硬汉的眼泪却格外动人，原因是他除了刚毅、坚
韧和果敢之外，还有着更深沉的温情。

《天狗》的现实主义深度，同样表现在构成李天狗对立面
的一系列人物身上，其中有直接造成威胁的，如孔家三兄弟；
也有间接参与迫害的，如村长、老板筋、厚眼镜、孔青河……
这些人物的出现，表达了创作者敢于正视现实的残酷与叩问黑
暗势力形成根源的勇气。孔家三兄弟形象是多年来银幕上罕见
的农村恶霸，其所作所为很容易使人想起旧社会的老式恶霸黄
世仁、南霸天之类，且其凶狠、阴毒和贪婪的程度与老式恶霸
相比毫不逊色。他们控制着乡村的话语权，左右着乡村的价值
判断，影响着乡村的民风面貌。影片从正面和侧面表现了孔家
兄弟对村庄的控制已经达到了只手遮天的地步，几乎没有一个
村民敢对他们说"不"，并不是村民紧随其后，他们就与村民
能够和谐相处，大部分情况下他们对村民是不客气的。刘全德
的小儿子因为尿急在孔家龙碑上撒了尿，就被罚站一宿，刘全
德如何哀求都无济于事，后来刘全德的儿子听到孔家兄弟的声
音就尿裤子，可见是被吓破了胆。而表现三兄弟对村民掌控程
度之深的，莫过于当县长一干人到村委会调查流血事件的一场
戏，县长先是问及流血事件的前因后果，村长显得支支吾吾，
极想搪塞了事，有人给村长一个纸条，说老三也死了，村长的
声音忽然间提高了八度，开始尽吐怨气。如果孔家兄弟中的谁
还活着，村民是敢怒不敢言，不要说和他们唱对台了。村长的
指责中透露出一乡之长也惧怕孔家兄弟的信息，值得深思。为

第六章　一种影像文化精神的生成

什么一个基层政府官员惧怕几个乡民？影片没有交代，可能性的原因有：其一，收受了贿赂；其二，担心毁了一手树立起来的"典型"，涂掉了政绩；其三，被孔家兄弟抓住了把柄；其四，还有别的更大的后台。不管是什么原因，都说明孔家兄弟的影响早已超越了泮源村这个弹丸之地。

如果孔家兄弟仅仅是重复老式恶霸，仅仅在泮源村这个村庄横行，也不能形成气候。影片告诉我们，孔家老大曾以致富模范的身份和李天狗这个战斗英雄一同开过会、合过影，着实风光了好久，还作为人们学习的榜样和楷模，占据政治上的有利地位。问题是，孔家兄弟的发家史却无人问津，这是影片又一深刻的地方。人们习惯于碰到一棵艳丽的花草，就欣赏它的艳丽，至于它是否内含剧毒，却很少有人关注。孔家兄弟的发家有着一段惊人的历史，他们是靠长年乱砍滥伐国家的林木起家的，他们把国家的林场当成自家的林场，做着无本万利的买卖和勾当，其实他们是一撮蛀虫，是人群中的渣子，可又有多少人去追究呢？在泮源村，不是所有的村民都不清楚孔家的发家史有多么罪恶，可令人惊异的是，村民们不仅不以孔家兄弟的行为为耻，而且还怀着倾慕和仰视的心态看待他们，把他们当成时代英雄，积极地去模仿。也难怪，因为连乡长都尊敬他们、宣传他们，一个偏僻村庄的农民又有多少判断力呢？

《天狗》的现实主义深度还在于给我们描述了一个各色人物形成其性格和行为的典型环境——泮源村，影片不仅反映出泮源村是孳生现实腐败的温床，而且创作者还从历史的维度上折射出国民性的普遍弱点，从而使《天狗》抵达一个新的现实主义高度。前文说过，泮源村是一个崇山峻岭环绕、沟壑纵横、土地贫瘠、水源匮乏、交通不便、信息闭塞的地方，这还仅是地理文化环境，尤为可怕的是，这里的人文环境更加恶劣。首先是村民们是非标准的混乱。利益关系是那个时期的试金石，传统的宗族、亲情、面子、声誉都被利益关系逐一瓦解。在泮源村这样的环境，什么事情是可以做的，什么事情是不能做的，村民不清楚；什么人做的事情是正义的、为群众的，什么人做的事情是邪恶的、营私的，村民不明白；什么是国家利益，什么是集体利益，什么是个人利益，这些利益关系如何处理，村民不知晓；什么是长远利益，什么是眼前利益，什么才是真正的利益，村民不理解。他们判断是非的根据非常简单，就是"我现在能得到什么"，不管你出于什么理由，如果让我"得不到"，我就要实施报复，把你撂倒、搞臭。是非标准一旦混乱，道德底线也将崩溃，人性中邪恶的方面必定占据上风。而由此形成的国民性格，就是唯利是图、急功近利、睚眦必报。看水房的"老板筋"是一个很不起眼的村民，已经上了年纪，听力不好，但就这么一个老人，对李天狗毫无愧意地说，他认钱不认人，而且编造了一个毁坏桃花名誉的黄段子。其次是人际关系的荒漠化。泮源村给观众的更多感受是冷漠和压抑，几乎让人喘不过气来。把"利益"放在唯一重要的位置，人与人之间的关系则必然趋于紧张，人们会渐渐不知同情心为何物，不知人道援助为何，这样的人是不会关心人、爱护人的。这种人际关系的荒漠化，是构建和谐社会的巨大阻力。而由此酿成的国民性格就是恃强凌弱、欺软怕硬、趁火打劫。经营小卖部的"厚眼镜"把趁火打劫真是做到家了，李天狗被禁水，他就乘机哄抬可乐价格，被断电，他就喊天价出售蜡烛，流血事件的导火线也是由他点燃的。"厚眼镜"、"老板筋"这类不温不火的人物身上，积聚了众多国民性的劣质，他们身上既有历史传承的沉重，也有转型期浮出的颓败，是中国农村艰难行进的缩影。

环境塑造人，人又适应和改造着环境，马克思主义经典作家曾反复论证过人与环境的关系。环境一旦形成，就对人产生巨大的影响，尤其是环境对新质的同化性。孔家兄弟是只有在泮源村一类的环境中产生的人物，他们是环境的产物，同时又反过来不断强化这种环境。孔青河原本是一个复员军人，和李天狗的人生经历很相似，但因为借了孔家兄弟的高利贷，而甘心作走狗和帮凶，被环境彻底改造。与其说影片表现的是李天狗与村民们的矛盾，还不如说是悲剧性地传达李天狗与环境的矛盾。李天狗身上的特质与环境的要求格格不入，是环境的同化力所不能兼容的，其最终的结果是，或者主人公被环境毁灭，或者主人公毁灭环境。主人公的最后命运是被环境所毁灭，成了一个植物人，丧失了生存的能力。而事实上，泮源村的人文环境远远不是李天狗的个人能力可以改观的，更不是他可以毁灭的。作为既成环境强有力的维护者的孔家三兄弟虽然被击毙，但环境的再生性及衍生邪恶的土壤却并没有被触动，更没有被消除，也许不久还会产生新的恶霸、新的国家利益的破坏者。因为不管是县长一干人，还是派出所工作人员，都没有认识到泮源村这个特殊环境亟待改造的紧迫性。这些方面是

《天狗》传达的最为深刻的地方，也是它作为现实主义影片最值得总结的地方。《天狗》告诉我们，某种意义上说，人文环境的改善有时比经济的增长要重要得多，建设社会主义新农村着实任重而道远。

《天狗》一问世就引起了研究者的注意，有人从类型片创作的角度阐释了它的电影史意义，指出《天狗》可能是"在大制作商业电影、类型片、小众艺术片、主旋律电影以外，重新开辟另外一种曾经在中国电影史上灿烂辉煌的道路：用当代观众认可的新现实主义修辞方式，关注当下中国现实"[①]。还有人从它的现实主义震撼力上、从它取得的成就上作出判断，认为"《天狗》是一部多年以来难得一见的具有强烈艺术震撼力的好影片，是一部关注当今中国现实和农村现实，关心当今中国农村老百姓的生存状态，把它的严酷性和复杂性通过艺术形象真实地揭示出来的好影片，是一部有深度、有力度的真正意义上的现实主义电影"[②]。4 月 13 日，国家电影局、第 13 届北京大学生电影节组委会在北京师范大学艺术与传媒学院还专门组织了关于《天狗》的学术研讨会，以总结《天狗》的现实主义创作精神及创作成就。这些活动都可以看作是权威机构和学者希望以《天狗》的出现为契机，来纠正当下电影创作中存在的偏失，也是他们对中国电影现实主义创作范式的发展期待。我们企盼着，中国电影能够真正从迷惘中走出来，回归

---

① 尹鸿：《〈天狗〉：最后的守护》，载《光明日报》2006 年 3 月 24 日第 7 版。

② 陈剑雨：《你比他们都牛》，载《大众电影》2006 年第 7 期。

现实主义的宽广道路。

第二节　大众文化的审美能指

——《喜耕田的故事》所昭示的底层历史命运

《喜耕田的故事》是近年来现实主义思潮中涌现出的翘楚之作，它以其典范的现实主义品格为后继的农村题材连续剧确立了新的范式，深刻描述了农民的现实境遇与历史命运，并以其厚重的情感书写了农民在新时代的精神履历，对农民的历史命运进行了深刻的探索。《喜耕田的故事》的成功，得益于其对现实主义精神的承继与拓展。

2007年暑期的中国荧屏可谓风云正酣，题材不同、风格各异的连续剧相继问世，展开了空前激烈的市场争夺战，而历史题材的荧屏话语仍占据了媒体的大部分空间，这类电视文本在"历史记忆"的大框架中生发结构，而且讲述视角也往往异于过去的作品。总体来看，除讴歌革命历史的主旋律剧作外，大多数历史剧受商业逻辑的控制，已逐渐由"一种文化行动策略""转向了某种自发主义的蛊惑术"，社会学家皮埃尔·布尔迪厄在研究法国社会的文化传媒之后，描述了电视的"隐形的结构及其影响"，指出"九十年代的电视为了能尽可能地招徕最广大的观众，竭力地迎合并利用公众的趣味，给群众提供一些粗俗的产品，典型的有脱口秀、生活片断、赤裸裸的生活经历曝光等等，往往很过分，用于满足某种偷窥癖和暴露癖"①，布尔迪厄认为，这个现象"与真正民主地利用大规模的传播工具，是背道而驰的"，布尔迪厄指出的这个媒体现象实在具有共时性的趋向特征。历史剧之外，几部再现当下弱势群体民生状态的作品，特别是《喜耕田的故事》，以其鲜活的现实主义品格形成了强烈的心灵冲击力，并产生了广泛的社会影响，其收视盛况直逼《渴望》等现实主义经典作品，从而给 2007 年的暑期留下了意味深长的荧屏记忆。

《喜耕田的故事》的成功，无疑得益于其对现实主义精神承继与拓展，它不同于以往那些虚构历史、渲染欲望、杜撰情感、滑稽搞笑的肥皂剧的根本点，就是深刻地关注民生、关注弱势群体真实的生命活动；它不同于一般意义上的主旋律作品的地方，就是如实地书写当下农民的精神状态，并通过农民喜耕田及其周围的人群，以回望数千年来沉潜于中国农民深层心理结构中的愿望诉求与人生期待，具有深厚的历史纵深感。《喜耕田的故事》集中表现了主人公喜耕田及与他有这样那样关系的人物的精神历程，描述了他们之间必然存在的错综复杂的社会关系网络。剧作有意识地将观众的视线从乡村延伸到城市，从农耕延伸到商业，从民间延伸到官场，从现实延伸到历史，呈现出交叉式、复线式的结构特点，也因此与过去农村题材的作品拉开了距离，为观众全方位地审视喜耕田这个人物提供了参照系。

---

① ［法］皮埃尔·布尔迪厄：《电视：隐形的结构及其影响》，见吴小丽主编《影视理论文献导读》（电视分册），上海大学出版社 2005 年版，第 231 页。

《喜耕田的故事》还为我们极力再现了各种人物形成其性格与生活姿态的原点——喜家庄，作为一个地处丘陵山区的农庄，喜家庄具有中国北方农村的众多特点：远离城市，矿产资源匮乏，土地有限，但农民依靠辛勤的劳作已经解决温饱，经济发展滞后，年轻的一代已渴望超越先辈们的生活方式。喜家庄其实是中国农村的一个缩影，这块土地上存在着的生生死死和欢歌悲歌都预示着中国农村虽然步履维艰但毕竟永不停歇其前进步伐的图景。《喜耕田的故事》的叙事也是不可忽视的重要环节，其在叙事视角的选择上，不同于以往农村剧的突出标志，是以农民的深切感受而不是居高临下的知识分子的悲悯情怀作为基点，以一个经历过离乡痛楚的农民工返乡之后的所见所闻作为基础，并以农民内在精神的细微变化作为反思现实与历史的标本。创作者事实上是站在了时代的制高点上，冷静观测和审视中国大地上正在发生的具有历史变革意义的新农村建设的进程，真实地描述了农民从疑惑到坚信，从坚信到果敢地实践其人生理想的充满喜剧意味但终究符合历史发展规律的心理变迁。本节拟把喜耕田的"返乡"、参与乡村管理事务、组建农业经济合作社等行动逻辑作为勘察点以把握和透视《喜耕田的故事》提供的多种阐释可能性。

喜耕田在2006年之前之所以会外出打工，是他与千千万万外出打工的农民一样，深感那块曾经生他养他的土地在商品经济的大潮中已不能给他带来劳动力自信，已不能实现他平凡的人生理想。他像所有背井离乡的农民工一样，日夜奋战在城市的建筑工地上，在陌生的、以经济背景作为衡量人生价值坐标的城市挥汗如雨，他行走在林立的城市高楼之间，以城市异乡人的茫然应对日常艰苦的劳作。他像那些梦回故乡的农民工一样，只有在梦里才能亲切地抚摸柔软的大地。他永远是城市"熟悉的陌生人"，城市既然不属于他，而脱离土地的他又深感无根的漂泊，他也像其他农民工一样，一旦时机成熟，必然毫不留恋地离开城市，回归其精神原乡——农村。《喜耕田的故事》成功地把握住喜耕田们的"城市心态"，也把握住农民复杂而微妙的心理状态。"喜耕田"根据自身的人生经验对土地、权力及农民的关系作了直观的体认："多少年来，权力把握着土地，而土地能把你的命运划到三十年前的河东，也可以划到三十年后的河西。"《喜耕田的故事》剧还从 96 岁高龄的七奶奶的遗言中进一步阐释土地之于农民的重要性："咱们都是农民，农民的命根子是地。为了地，土改出了人命，'文化大革命'也出了人命，如今为了修房子，也闹得不痛快。俺看，还是地少的过。"土地的有限性与欲望的无限性之间形成了一种悖论，作为一个经历过中国现代以来多次土地变革运动的见证者，七奶奶的体验更具有历史的沧桑感。当喜耕田们成为土地的主人和劳作的主体的时候，必然会焕发出前所未有的生活激情。但《喜耕田的故事》并没有浅层次地渲染喜耕田们的喜悦，而是将他们的喜悦化作疑惑、试探、实践等多重复杂的心理过程，从而为这种发自内心的喜悦赋予了历史的纬度与厚重。《喜耕田的故事》同样给我们呈示了喜耕田种地受到来自于家庭内外的不理解而产生的阻力，这突出表现在喜耕田之妻王秀兰的身上。喜耕田通过现身说法的策略开导王秀兰："昨夜里，俺把俺爷爷当年为了种地，跟人打赌一口气吃了五斤黄米糕要了命的事和俺爹 1960 年饿得吃过死老鼠的事，又给秀兰说了一遍，秀兰就听俺的了。婆姨到底还是个明白人。"喜耕田与王秀兰之间的沟通交流形成了一种历史与现实的对话关系。土地作为劳作对象和人生价值的承载体，对农民而言具有根本的意义，拥有土地意味着实现其人生价值已具有可能性，喜耕田的祖辈、父辈为争取土地的所有权曾付出了惨重的代价，但土地对他们来讲似乎是一种未知事物，只有到了 2006 年，喜耕田才真正触摸到了土地的真实感与确切含义。

喜耕田不仅是一个传统意义上的农民，而且是具有现代观念的新一代农民，他不再满足于日出而作、日落而息的传统农耕方式，不再以小农经济意识主导他的生活内容，而是积极地参与乡村的管理事务，以崭新的精神面貌处理和应对农耕文化的历史传承中遗留的陋习、商业文化带来的唯利是图的人性偏失，以及深植于农民和农村管理者观念中的官本位思想。推进社会主义新农村建设是一项宏伟的工程，在这一工程的实施过程中，必然会伴随众多的遗留问题以及探索中的新问题，但这一工程的实施不是只包含解决温饱、筑路修坝之类的简单内涵，它还应该包含身份确认、发展自觉、可持续未来等较为复杂的新内涵，需要更多的有着自觉意识的实践者参与到这一建设的洪流中来，而不能仅仅为了实惠的既得利益的获取。作为一个先觉者，喜耕田朦胧地意识到自己双肩上承担的历史任务，那就是疏导和化解新农村建设实践中的一切阻力。他不是以行政赋予的权力和官方立场处理及应对涌现出的新老问题，而是借助基层单位的舆论以民间方式化解和遣散矛盾，喜耕田作为新时代农民的特质恰恰就充分体现在这些方面，因而能够引起更大范围的认同与共鸣。

《喜耕田的故事》不仅以现实主义的严谨如实地描述了"喜耕田"们所进行的新农村建设的宏阔场面，而且对农民的历史命运进行了深刻的探索。传统的以家庭为单位的农业生产方式在商品经济为大背景的时代，其规模化运作和抵御风险的能力显然是极其有限的，如果一直囿于家庭式、作坊式的农业生产，则农民除了一定程度上解决温饱之类的基础生活问题外，并不会产生质的飞跃，农民只能在日益剧烈的市场经济中竞争能力日渐萎缩，而发展农业经济合作社组织是农业现代化过程的必然道路，也是农民最终的必然选择。《喜耕田的故事》也正是在这个意义上，彰显了超越同类剧作的深刻性。同样值得深思的是，喜家庄村民所进行的经济活动，不是依靠文化资源或矿产资源，而是在几近贫瘠的土地上进行的以农业生产为中心的经济活动，因此具有广泛的代表性，更能揭示出农业的发展可能性，揭示出农民的经济前途，也因此使剧作本身具备了史诗般的规模与品格。

总之，《喜耕田的故事》所营构的历史视界与历史语境终将成为一种恒久的人文生态标本，也将使我们每一个过来人深切回望历史的这一时刻，进而深刻反思农民沉重而复杂的精神履历，为推进和谐社会的建设作出贡献。

第三节 经典的逻辑与创造的逻辑

——从《断背山》看"传统"之外构建视听文本的可能性

《断背山》其实是一部游弋于电影传统（即经典逻辑）之外的力作，其颠覆"传统"的雄心贯彻于影片制作的始终，以《断背山》为契机，李安实际上是在"传统"之外探寻构建视听文本的可能性。《断背山》这部曾横扫欧洲电影节多项大奖、在第 78 届奥斯卡角逐中斩获四项金奖的影片使李安的电影事业走向了巅峰，《断背山》几乎标示着一种电影高度，一种好莱坞与东方叙事的交汇平台，一种深具李安风骨的范本。但似乎从影片问世以来，学术界对《断背山》多迁回于外围研究，很少有研究者追问《断背山》到底为当代电影带来了什么，《断背山》所营构的艺术世界到底在多大程度上偏离了传统。基于此，本节力图从题材选择、主题形成、叙事策略及类型改造四个层面切入以观测和析解《断背山》。

20 世纪中期以降，随着西方社会"同性恋者权利运动"的兴起，同性恋者由潜伏和沉寂逐渐发出种种声音，不同国度甚至亚非地区的同性恋者都对这一运动产生了回应，影响甚巨，并由最初的反抗同性恋歧视慢慢和政治压迫联系起来，成为西方国家继女权运动之后在更大时空中展开的又一社会运动。伴随着同性恋队伍的日益壮大和同性恋者的呼声日隆，同性恋现象已经渐成一个不容忽视的世界性的公共话题，渐成一

个让人担忧的偌大存在，同时也成为一个无法从根本上消除的
社会景观。影作《断背山》的题材源于普利策奖得主安妮·
普罗克斯1997年10月发表的短篇小说《断背山》，这篇刊登
于《纽约客》杂志的小说数年来曾被好几位好莱坞编导看好
并欲将其转化为电影文本，他们都注意到了这个题材内蕴的社
会价值。但因为操作难度太大，在李安接手之前，剧本《断
背山》已在好莱坞电影圈数度易手，却没有一个导演真正敢
于冒险执导这部以同性恋情为主要内容的剧作。甚至在李安接
手这个低成本投资的影片之后，制片人费了很大周折才筹集到
预算资金。对身处美国影业圈的李安而言，能不能正视同性恋
现象这一重大社会问题、从中挖掘出社会意义来，并以镜头语
言有法度地、艺术地表达自己的审美判断就成了他执导《断
背山》能否成功的决定性环节，而正是在这个意义上，《断背
山》彰显了题材的突破性。

颇耐人寻味的是，早在1993年，那部奠定李安影业地位
的《喜宴》就对同性恋题材进行了难能可贵的探索，不过那
个时候的李安对这一极少有人涉足的题材并未表现得很有自
信，多少有点半遮半掩。到了《断背山》，李安一扫《喜宴》
中多多少少流露出的窘态，而举重若轻地把同性恋情置于和传
统意义上的爱情同等重要的位置，一定程度上说，《断背山》
中的同性恋情也就是爱情的同义语。李安对此持有独特的见
解，他认为："当爱降临时，异性之爱与同性之爱是毫无差别
的。"① 但《断背山》对于同性恋情的合法性质疑显然已经退

---

① 《拍摄花絮：真爱无关性别》，http://ent.sina.com.cn，2006年3月2日。

居到次要地位，"人性"追问才构成它的真正主题。换句话说，李安在《断背山》中处理同性恋情这一棘手而敏感话题的方式，是巧妙地、几乎不露痕迹地将其转移到"人性"话题上来，以人性话题遮蔽同性恋话题，从而最大限度地消解了表现同性恋情可能带来的负面影响。在转移和遮蔽同性恋话题的同时，李安也没有忘记让"人性"从道德文化的层面浮现出来，这样就可以更纯粹地创造一个凡俗世界的人性传奇。

据社会学家考证，同性恋现象远在古希腊时代就已经存在，其历史差不多和人类的文明史一样长。同性恋情可能是人性结构的一个重要组成部分，虽然对绝大多数人而言，这种情感体验是飘忽的、不稳定的，并往往沉潜于无意识底层，呈现为隐秘状态。李安也正是在这个层面上理解人性的，因而李安眼中的人性是厚重的，人性内容是丰富的，这也能使我们理解何以《断背山》明明是同性恋题材的影作，却偏偏同样能够打动每一个观影者。李安在《断背山》的创作过程中，有意识地贯穿了他的人性观，那就是深刻展现出每个人心底的同性恋情结——"断背山"。用李安的话说，是"每个人心底都有一座'断背山'，有人正想回去，但有人永远也回不去了"。①正想回到"断背山"的是同性恋者，"永远回不去了"的是我们这些"正常人"。显然，《断背山》在主题的形成上是有其突破性的。

李安从早期影片"家庭三部曲"开始就以其温婉、细腻的影像风格备受关注，在侯孝贤、杨德昌这些台湾影坛宿将之

---

① 《拍摄花絮：真爱无关性别》，http：//ent. sina. com. cn，2006 年 3 月 2 日。

外另立门户。研究者认为，"由于深受儒家文化的熏陶，李安在电影中所表现出来的，更多的是一种温柔敦厚的人文情怀和美学风格"①。而多年的好莱坞经验又使李安熟谙好莱坞的叙事规则——经典的"透明"叙事规则，即从观众心理接受机制出发，尽可能隐藏电影叙述者，"似乎只有想象世界本身在被叙述着，叙述本文成为中性的或透明的，就像一块窗玻璃，观众透过它直接瞥见了想象世界"，其效果是"使电影故事显得真实，不可预料其发展，故事事件似乎是自然涌现的，这样也就掩盖了故事的叙事本文组织的任意性和叙事者的干预作用"②。"温柔敦厚"的东方叙事与好莱坞的"透明"叙事规则之间具有极大的趋同性，李安的创造性似乎是从"温柔敦厚"与"透明"的交叉点上寻找表述的可能性，即在"温柔敦厚"之外彻底隐藏叙述者，从"透明"之中注入东方式的人文内涵，《断背山》几乎使李安的这种叙事企图趋于极致。《断背山》自始至终是在理性的控制下叙事，尽可能地剔除了那种主观的叙述方式，剔除了旁白、内心独白、主观变形镜头等，叙述者最终也没有发出任何声音，而是保持着客观、中立、冷静的旁观者姿态。叙述者唯一的存在迹象，就是正在连续不断地为观众提供着演示故事的有声画面，在时间的流程中通过影像的切换交代故事的进展，李安的叙事掌控能力确乎非同寻常。

---

① 孙慰川：《当代港台电影研究》，中国电影出版社 2004 年版，第 225 页。
② 李幼蒸：《当代西方电影美学思想》，中国社会科学出版社 1986 年版，第 160 页。

　　埃德温·鲍特于 1903 年推出《火车大劫案》，奠定了美国西部片的基本范式，从 1930 年代末起，西部片建立起了自己的经典格局。《断背山》尽管不是严格意义上的经典西部片，但它无疑是一部"新型"西部片。它具有西部片的所有元素，如西部原野的展现、牛仔生活的揭示、一个简单而动人的故事、人物性格的定型化和类型化等。但《断背山》颠覆传统的企图也是有目共睹的，它展现的西部原野不再是苍凉的千里荒原和巨碑式的山崖，而是清丽高远的蓝天、巍峨雄壮的山脉、郁郁葱葱的森林、一望无垠的草场和清澈见底的溪流。西部牛仔不再是枪法超群、除暴安良的英雄，也不再是寻找战机的杀气腾腾的复仇者，更不是"美国神话"的缔造者，而是浸淫于情感涡流的同性恋者，是徘徊于道德边缘的小人物。《断背山》给传统西部片注入了活力，也为西部片的叙事提供了另一种可能，即西部片的呈示完全可以是另一种模样，西部片的类型元素完全可以作为观照深层人性演变的标本，这也许是《断背山》冲击好莱坞最具力度的地方。

第四节　侠文化、亚社会形态及母题图式
——香港武侠电影与传统文化底蕴

　　中国历史上的侠士产生于先秦，侠者大多被看作是言必行行必果的慷慨之士。侠义精神长期活跃于民间和市民文化之中。有研究者曾这样归结中国"侠文化"的意义，"体现市民文化精神的一个主要社会性格图像就是浸淫于自古至今市民文

学中的侠客形象"。① 在古代传奇、公案、戏曲和侠义小说影响下形成的中国近代武侠小说流脉，从 20 世纪 20 年代初开始亦与新文学运动一同蓬勃兴起且大有改观。但规模较大地赋予中国"侠文化"以新的内涵，并使侠义精神在现代语境中发扬光大的无疑首推中国电影，尤其是香港武侠电影。武侠电影作为中国独有的和影响甚巨的类型片种，在中国电影发展演变的历史中占据着重要的地位，电影人之于武侠片的探索从未停歇。早在 1928 年代前就出现了武侠片《女侠李飞飞》，而同年推出的《火烧红莲寺》取得轰动效应以后，武侠电影逐渐成为中国电影图式中一个独具文化内涵的传统电影类型。20 世纪 60 年代以来，武侠电影成为香港影坛的重心，至 70 年代而达到鼎盛，80 年代和 90 年代的香港武侠片又与多种类型片结合，取得了引人注目的成就。伴随着香港武侠片的横空出世，一些日后具有国际声誉的大牌导演相继推出了各自的代表作品，武侠片把香港电影推向国际化、品牌化和明星化的时代，形成了中国整体文化结构中一道独具魅力的景观。香港武侠影片的产量至今已超过千部，作为香港社会精神图景的展示，某种意义上说，正是这些武侠影片在视听层面支撑起了特定时期的香港文化。

从众多香港武侠片中归纳出隐藏于故事背后的另一层意义，即挖掘这些影片的深层结构，无疑对把握其创作规律具有重要意义。电影作品所表现的不仅是作者对生活的认识和理解，更重要的是表现作者对生活的感悟和对生命的体验。在电

① 高小康：《侠的演变与民间文化精神》，载《创作评谭》2004 年第 8 期。

影作品中，对生活的认识和理解是以理性和声画的形式表现出来的，这构成电影作品的表层叙述结构，而作者对生活的感悟和对生命的体验则是无形地投射到作品中去的，这就形成了作品的深层叙述结构，且深层结构是沉潜在表层结构中的。本节认为，"两极对立"是香港武侠片一个基本的叙事模式，而"社会神话"是贯穿于大多数香港武侠片的一个深层结构。

　　香港武侠电影精心建构的一个由侠客义士主持公道和伸张正义的社会神话，有着深厚的社会心理基础，首先是中国人数千年来形成的"侠客情结"，香港武侠电影取得巨大成功的深层原因，恐怕就是这些影片酣畅淋漓地表现了这种侠客情结。侠客情结是中华民族集体无意识的表现，而其形成过程可以在漫长的中国历史文化的传承中找到线索。在数千年的封建秩序中，中国人的思想言行处于禁锢之中，森严的等级、政治的黑暗、社会的不平、生活的贫困、婚姻的不自由，特别在一个混乱的时期更容易使中国人幻想出救世主，或明君，或清官，或神仙，或身怀绝技、行侠仗义之人，企盼他们能主持公道，伸张正义。在这个层面上，"侠客"是一个非常民间化的意象，侠客其实也就是平民行为的极端代言人。侠客的产生同样有着深厚的社会基础，"中国社会历来就拥有一个庞大的游民阶层，如僧道、巫卜、倡优、乞丐、匪盗之类，以及大批江湖中人和游手好闲之人。他们大多没有正当职业，谋生又多采取非常手段，而且往往与秘密社会有牵连。这是中国历史上最不稳定的一个社会阶层，常常被视为现存秩序的永恒挑战者"。[①]

　　① 陆草：《中国人的侠客情结》，载《寻根》2003 年第 4 期。

从现实身份上讲，侠客多为"布衣之徒"，原本就属于社会底层，与弱势群体可谓同声相应、同气相求，他们同时也是游民人群中最具游离性、最富冒险性的一群。显然，把对封建秩序的破坏寄托在侠客义士的身上是合乎逻辑的。透过侠客情结，我们不难发现中国历史上平民百姓的情感依赖和精神期待。一个由侠客义士主持公道和伸张正义的社会，无疑属于一种神话思维和神话方式，反映出电影作者对官方规则和律法执行的深刻质疑与隐性反抗。

在李小龙主演的影片中，主人公活动的主要场所多是一个相对独立却又绝对险恶的异域，这是一个兽性泛滥、没有规则的世界，代表法律的警察或者从不露面，或者只在收拾残局的时候才草草出场，也就是说，人们只能听任暴力疯狂的滋长和死亡无情的逼近。李小龙电影的主人公基本上处于社会的中下层，他们往往在无路可走的绝境中奋起抗争，最终以血腥的暴力制服暴力。有研究认为，"李小龙电影以激烈逼真的身体对打、戏剧化的'悬空三弹腿'、'双截棍'，以及犀利的啸叫和怒目特写，建立起一种欢畅的暴力美学形式"。① 的确，从《唐山大兄》、《猛龙过江》、《龙争虎斗》，尤其是《精武门》等影片可以看出李小龙电影对民族集体无意识的有力抒写。而胡金铨的电影作品有一种浓厚的人文主义色彩和悲天悯人的诗性情怀，在两极对立的人物体系和叙事框架中，呈现出纷乱的世情和孤立的场景。五代十国、明朝中晚期，以及元末等中国

---

① 卢非易：《台湾电影：政治、经济、美学（1949—1994）》，台湾远流出版公司1998年版，第186—187页。

历史上外敌入侵、内乱加剧的特定时段，是胡金铨作品选择最多的时代背景。残忍的蒙古王、奸诈的倭寇，以及无恶不作的东厂太监等，是一个个体现"邪恶"的化身。胡金铨在《大醉侠》、《龙门客栈》、《侠女》、《迎春阁之风波》、《空山灵雨》等影片刻画出许多忠义豪侠之士，他们或者积极保护忠烈之后，或者投身于保护文化典籍的正义行动中，形成恶势力的对立面。在成龙主演或导演的一系列影片中，始终贯穿着善必胜恶、正必压邪的浩然之气，以及以小搏大、以弱胜强的打斗机趣。在很大程度上，成龙的出现既是中国传统文化中行侠仗义、惩恶扬善精神的延续，又与20世纪70年代中期以来飞速发展的香港经济、相对乐观的社会心理联系在一起，更在全球观众中形成了一种屡败屡战、百折不挠的个人英雄主义的梦幻机制。颇有意味的是，成龙扮演的警察成为阐释大众自制和民主意识的代表。他对百姓从未恶语相向，倒是时刻充当着富有感情色彩的保护神亦即"社会保姆"的角色。成龙电影正是根植于香港民众渴望出现一个精神上的保护神的心理，来实现广大观众的观影梦幻。①

　　早在先秦时代，韩非就在《五蠹》中描述了"侠客"的行为特征，"儒以文乱法，侠以武犯禁"。朴素的正义感加上卓绝的武功，是侠士们"以武犯禁"的思想基础和技术手段。侠客形象不仅是市民文化的一个重要意象，而且也是沉潜于文人士大夫心灵深处的梦，侠客身上寄托着文人士大夫实现个人价值的梦想。科举应试虽不失为文人进身的一条终南之途，但

---

　　①　周星：《论成龙电影的东方文化特征》，载《当代电影》2000年第1期。

多数平民出身的文人还是终老于社会底层，其人生理想究竟难以实现，而即便是科场成功者也在险象环生的官场左右为难，有时连人身安全都难以保障，形神分离和人格分裂是长期官场生涯的必然结果，这也滋生了士大夫对现实人生的厌倦，进而对既存秩序产生某种心照不宣的叛逆倾向。而两相比照，那些侠客们却仗剑遨游天下，放浪形骸，天马行空，徜徉于世俗之外，凌越于律法之上，敢于白眼对公卿，怒目向王侯，世界之大任其放达。他们顽强地与逆境抗争，凛然地与命运搏击，出入于生死线上，威风于刀光剑影之中，爱得热烈，恨得真切，生也坦荡，死也悲壮。他们是封建秩序真正的破坏者，展示着潇洒的人生，实现着辉煌的生命。侠客义士做着文人士大夫敢想而不敢做的事情，更多的是做着文人士大夫想做而做不到的事情。如此人物，如此人生，不可能不对文人士大夫构成强烈的吸引力。文人士大夫在侠客身上寄托着自己对个人价值实现的渴望，几千年来，是文人不厌其烦地创造和讲述着侠客们的故事。有研究者认为，"文人之写侠客，可能感于时世艰难，也可能只是寄托情怀。也就是说，千古文人的侠客梦，实际上可分为两大类：一是以侠客许人，一是以侠客自许"。[①] 对"侠"的向往和崇拜构成了一种合理的人性释放途径，缘此也就成了人们获得心理平衡的独特方式。"侠文化"的出现和延续是现实压抑下人们对自由的呼唤，"侠"所蕴涵的自由境界，是人们追求自由、公正等人类固有个性的外化表现，是人们无意识深处对不公平的社会深恶痛绝的反映。正因为如此，

① 陈平原：《千古文人侠客梦》，新世界出版社 2002 年版，第 8 页。

中国的"侠文化"才千古不衰。

香港武侠电影准确把握住了"侠文化"的精髓，以民间方式作为观察人世沧桑的视角，以道德规范而不是律法作为武侠人物的行为准则，塑造了一系列具有艺术感染力的侠士形象。在侠士们惊心动魄的冒险生涯中，作者表达了、观众体验到了关于人生浓缩的事实与意义，人在世界上行走的命运，特定文化传统对个性存在的规定，人的欲望、焦虑、缺憾与困惑。香港武侠电影给我们展示着侠客义士风起云涌的生活，这种大起大落、充满了悬念与血腥的生活，恰恰与我们平淡的人生形成了两个极端。我们从武侠电影中能够找到体现我们心灵深处渴望的"英雄梦"，有关侠士的故事还有现实的影子，尽管有些甚至完全是虚幻的，但不管怎么样，这些武侠影片都通过象征形式把我们生存于其间的文化传统中一些深层的甚至是模糊不清的问题，或即使意识到也无法解决的问题和盘托出，让我们在虚拟中感受到，在虚拟中准备好，在幻想中觉悟，在幻想中成长。

徐克的武侠片在承继传统武侠片的基础上，将科幻性质的电影特技与怪力乱神的电影叙事结合在一起，极力刻画复杂多元、动荡不安的世事人情，以及末世感受、极端心态等香港体验。徐克作品的诸多特征在《蝶变》、《蜀山》系列，以及《倩女幽魂》系列中体现得格外突出。而他的《黄飞鸿》系列，以香港电影史上最著名的武侠人物黄飞鸿为主要角色，将其置于列强入侵、民族存亡的危急关头来展现这位民族英雄身处新旧变革与东西方文化夹缝中内心深处的矛盾、困惑与挣扎。徐克把黄飞鸿一如既往地塑造成了一个一呼百应、威震南国、魅力超凡的爱国英雄形象。在《英雄本色》、《英雄无泪》、《喋血双雄》、《喋血街头》、《纵横四海》和《辣手神探》等影片里，在血腥暴力的描述中，我们几乎能感受到吴宇森的影片"是刚劲去到顶点之际渗出浓重的悲情，是刚尽而悲起，一种东方的宿命，某种在狂乱的现世追求生命的意义、价值而不可得的悲愤，某种极度压抑后的情绪迸发"①，吴宇森的作品是不满现实的情感宣泄，是价值失衡之际重申善良、正义与友情的呐喊，是生命个体面向罪恶、暴力与死亡的精神救赎。

　　然而，抛开香港武侠电影给我们的观赏快感，我们同样发现，这些武侠片其实呈现给我们的是一个非现实的亚社会形态。在这个亚社会形态中，法律和法律的执行者几乎显得可有可无、无足轻重，而猖獗的恶势力以正常的行政途径来解决显然是靠不住的，不仅如此，邪恶势力还不断利用和破坏着律法执行。这时，代表正义力量的侠客出现了，在武侠片中，侠客们才是维护社会正常运转最主要的力量，侠客们常常要经过一番艰苦的搏斗，最终消灭恶势力，世界又恢复了自由与和谐的状态。这种结构模式透露出人类集体无意识中的价值观念，即人类需要一个自由与和谐的生存环境，需要一个尊重个人价值和互助平等的生存环境，武侠影片通过表层的叙事单元所透露出的这些深层信息，事实上反映了普遍的人类精神需求，或许

---

　　① 罗卡、吴昊：《香港电影类型论》，牛津大学出版社1997年版，第69—70页。

这才是武侠影片最迷人的地方，也是武侠片生产基地的香港成为中国式"幻梦工场"的根本原因。

不仅如此，武侠电影还自如地运用着神话思维，也就是说，武侠电影是以神话的方式组织故事的，但这些组织方式却能够表述种种神话母题，并由这些母题构建成一种特有的影像图式。"母题"原本是19世纪西方民间故事和神话学研究的主要范畴，20世纪以来对"母题"的探究已被放在更广泛的领域并产生越来越大的影响，母题与叙事有着天然的逻辑意义关联，弗兰采尔就认为母题"是较小的主题性的（题材性的）单元，它还未能形成一个完整的情节或故事线索，但它本身却构成了属于内容和形式的成分"①。而普洛普则认为，从母题可衍生出无穷无尽的叙事形式。在电影作品中，母题常常体现在特定的叙事模式中，尤其是体现在类型影片中，如美国的西部片就典型地体现了一种特有的话语方式和情节结构。所以在分析作品的深层意义时，如能将它们与某种原型和母题联系起来，就会更加深刻地认识作品的意义，发现其中积淀的某种特定的历史内容、人类经验和文化心理。

几乎在所有的武侠电影中，基本的行动元就只有两个：正义的维护者（侠客）和邪恶的体现者。这也是一种两极对立的结构方式，而所谓"两极对立"，在香港武侠片中鲜明地表现为"正义"与"邪恶"的对立、"诚实"与"阴谋"的对立、"人性"与"兽性"的对立等，最终的结果必然是"诚

---

① ［美］韦斯坦因：《比较文学与文学理论》，辽宁人民出版社1987年版，第136页。

实"战胜"阴谋"、"正义"战胜"邪恶"、"人性"战胜"兽性"。在具体的叙事中，虽然电影本文的细节和叙事形式可能存在天壤之别，但"正义战胜邪恶"仍然作为一个永恒的母题被呈现，而且故事往往要经历一个艰难曲折的过程：（1）起初恶势力非常强大，正义力量处于劣势地位；（2）正义力量和恶势力发生冲突、开始较量，恶势力暂时得胜，正义力量回避、养精蓄锐；（3）正义力量联络、集聚而变得强大，恶势力内部分化，力量被削弱；（4）正义力量与恶势力最后决战，邪恶势力溃败，故事结束。

这种叙事模式与中国古代流传深广的创世纪神话有着惊人的相似性，如《淮南子·女娲补天》所记载的故事，还有《淮南子·后羿射日》的故事，以及《山海经·海内经》中有关大禹治水的故事。《女娲补天》中的正义力量是"女娲"，而邪恶的体现者是"猛兽"、"鸷鸟"、"鳌"、"黑龙"、"淫水"、"狡虫"；《后羿射日》中正义力量是"后羿"，邪恶的体现者是"十日"、"猰貐"、"凿齿"、"九婴"、"大风"、"封豨"、"修蛇"；《大禹治水》中的正义力量是"大禹"，邪恶的体现者是"洪水"。透过这些神话故事的表象，我们仍能归纳出其基本的行动元：正义的维护者（神）与邪恶的体现者（洪水、猛兽等）。在这些创世神话中，保护人类的神都经过一定的曲折最终消灭了恶势力，而结局也往往是"顺民生"，或"九州定"，或"万民皆喜"。

香港武侠电影在采用神话叙事模式的时候，是指向社会存在的，尽管这个"社会"并不是真正意义上的现实社会，而是一个虚构的亚社会形态的东西，但它们所表述的人类情感与精神期待却是真真切切的。这些影片中渗透着的古老的人类的普遍情感及传递着的一个个人类的英雄梦都令我们无法拒绝和离去。从这个意义上说，香港武侠电影也许会永远讲述种种眩目的社会神话，编织斑斓的梦幻图景，而这些却并不会因为科技文明的进步而褪色。

第七章

路在何方：关于消费
时代文学艺术命运的思考

一

　　人们已经在不知不觉之间置身于消费文化符号的包围之中。文化工业及其产品的无时不在、无处不在，使人们忘我地经历着一系列泛化的感官体验与情感体验，而这些体验大多来自于"消费文化的直接性、强烈感受性、超负荷感觉、无方向性、记号与影像的混乱或如胶似漆的融合、符码的混合及无链条的或漂浮着的能指"①。消费文化以其表象的"漫不经心"和"无所事事"，实质性地参与（确切地说是"导致"）了作家、艺术家的价值观念和审美方式的深刻改造，其中最显著的

---

　　① ［英］迈克·费瑟斯通：《消费文化与后现代主义》，刘精明译，译林出版社 2000 年版，第 34 页。

莫过于"许多艺术家已经放弃了他们对高雅文化和先锋艺术的信奉，转而对消费文化采取日益开放的态度。现在他们又向人们表达了去追随其他文化媒介人、影像制作人、观众与公众的意愿"，于是，在作家、艺术家与消费文化的日益融合与密切共谋中，形成了两种"互动"的趋向，一是文学艺术文本中消费文化的比例直线加大，二是消费文化产品中文学艺术的作用被有意彰显。在这两种趋向中，前者使文学艺术大大弱化了"道义感"与"崇高感"，并成为一种特殊意义的"商品"，后者似乎是消费文化对文学艺术的格外器重，实则是使文学艺术蜕变为消费文化的附庸，使文学艺术最大限度地为之服务，而"随着消费文化中艺术作用的扩张，以及具有独特声望结构与生活方式的孤傲艺术（enclaved art）的解体，艺术风格开始模糊不清了，符号等级结构也因此开始消解"①。

不能不看到的是，消费文化借助于"全球化"使其在全球得以畅通无阻地推进，国家与国家、地区与地区之间的界限或壁垒也悄无声息地被打破，与此同时，一种新的意识形态表征——商品意识形态正在崛起。商品意识形态将所有人无一例外地预设为消费者，以消费和享受为终极目标，引导人们朝着消费和享受的方向一路狂奔，而这注定将是一场没有终点的马拉松，虽然它不断提供一系列规范比赛的硬性指标，但这种比赛却注定不会有永远的胜者。商品意识形态呈现了不同于政治意识形态的面目，它没有将人群区分为"敌、我"两种对峙

---

① ［英］迈克·费瑟斯通：《消费文化与后现代主义》，刘精明译，译林出版社2000年版，第37页。

的力量，也没有造成一种力量取代另一种力量的态势，它好像是温和的、与世无争的、我行我素的，但这并不意味着商品意识形态就真的可以给所有人以相类似的自由民主，也不意味着它就是人类意识形态体系中最高级的范畴。相反，在消费与享受的具体行为中，商品意识形态使人群显示了泾渭分明的差别，那些拥有权力话语的阶层不仅享受和主导着消费文化，而且还在有恃无恐地消解着失去话语权的人们的生存的可能性，这类人于是成为消费社会的"少数民族"，而他们却占有了消费社会最大的财富版图。马克思、恩格斯曾断言，"统治阶级的思想在每一时代都是占统治地位的思想。这就是说，一个阶级是社会上占统治地位的物质力量，同时也是社会上占统治地位的精神力量"①。权力阶层在消费社会是占主导地位的物质力量，因此他们也在消费社会主导着精神走向。而那些失去话语权的人们随之成为了消费社会的底层，他们实际在消费文化语境中变得愈加贫困，但他们在权力阶层的注视下却不得不加入到浩大的消费队伍中来，而消费指标的增长远比他们收入的增长快得多，两者的比差标明他们的"好日子"只能是一种暂时现象，底层虽然在消费社会占人群构成的大多数，而他们所占有的社会财富却少得可怜。底层如何才能过上一种永远衣食无忧的日子？他们如何才能得到基本的社会平等？他们的出路在哪里？他们到底有没有未来？毋庸置疑，底层现象构成了

①　[德]马克思、恩格斯：《德意志意识形态》，见《马克思 恩格斯 列宁斯大林论文艺》，作家出版社 2010 年版，第 50 页。

消费社会最大的社会问题。在权力阶层和底层之外，还有一种处于上升阶段的所谓中产阶层，他们已经摆脱了底层的困境，正在极力向权力阶层靠近，对他们来说，权力阶层所指明的消费与享受的目标是符合他们实际的，他们才是消费文化最坚定的支持者和实践者，也是被商品意识形态武装起来的群体，他们的物质追求与精神追求是孪生的，他们在追求物质利益的同时满足了物质利益所带来的精神快乐，他们的眼里只有权力阶层、无尽的文化符码和享受着的感官愉悦，他们根本就看不到底层的生存状况，他们生活在现时态，既不愿回顾历史，也不愿思考未来。

明确上述消费文化与文学艺术的合流的态势，以及消费社会中各种社会阶层的构成是我们展开论述的基本前提。谁都可以发现，文学艺术在中国式消费社会（若从1990年代初算起的话，已近20年的实践）所发生的变革，抵得上文学艺术在过去百年之中发生变革的总和。如果说20世纪的文学论争及其思潮演进都是在认可文学承担着社会责任的前提下进行的，那么，消费社会的书写者压根就不承认文学"应该"与"可能"承担任何社会责任，而是认为文学作品如西餐、香车、时装、威士忌等一样，不过是一种消费品，文学天生的孤傲气质在此被嘲弄、被祛魅、被消解。与此同时，消费文化中文学的作用的彰显，又显示着文学的某种切实存在。读者一面在远离文学，一面又在接近文学，因为他们"看到"、"听到"或"读到"的情感体验大多来自于文学。这就是中国式消费社会中文学艺术的现实境遇，有人称之为转型，有人视之为进步，有人欢呼雀跃，有人悲观绝望，种种迹象表明，尚未有人真正从理论的高度对文学艺术在消费社会的嬗变作出富有深度的分析与说明。

二

不可否认，消费文化的确具有强大的同化力与覆盖性，它以其难以阻挡的诱惑，如现实利益、欲望增长、身体展示、感官享受、品牌效应等，吸引众多的作家对其迅速做出反应，并使其从精神世界的探索者一夜之间蜕变为消费文化的支持者与书写者。我们认为，消费文化对当代文学的深刻影响尤其体现在"巫幻书写"、"小女人写作"、"日常生活叙事"等潮流之中，这既是对世界性消费文化的回应，也是对中国式消费社会的着意映像。但我们还必须看到，由于作家自身在消费社会不同的经济地位，其对消费文化的反应也有所不同。

文学担负着不容推卸的社会责任，这是历代作家都普遍认可的，即使古代理论家如中国的孔子、西方的柏拉图，也都是在这样的意义上解说文学的。而文学所担负的社会责任，概而言之，就是对民众精神的深刻影响及其对社会进步的推动作用。正是基于这样的认识，现实主义作家巴尔扎克才充满自信地说，"帝王统治人民不过一朝一代而已；艺术家的影响却能绵延至整整几个世纪；他能使事物改观，他决定变革的形式，他左右全世界并起着塑造世界的作用"①。这种文学创作的自觉，不仅没有让巴尔扎克的创作成为一种负担，反而使他具有了穿透事物表相的能力，使他能够从更高的视点上观察法国进行时态的社会变革，从而显示了一个作家超越时代、超越地域的洞察力，恩格斯是这样评价巴尔扎克的作品的，"他在《人间喜剧》里给我们提供了一部法国'社会'，特别是巴黎上流社会的无比精彩的现实主义历史，他用编年史的方式几乎逐年地把上升的资产阶级在1816—1848年这一时期对贵族社会日甚一日的冲击描写出来，这一贵族社会在1815年以后又重整旗鼓，并尽力重新恢复旧日法国生活方式的标准"②。以巴尔扎克的创作实践为坐标，来考量中国当下作家的创作，则不能不让人发出失望的叹息。中国社会在改革开放的几十年间所发生的巨大变革，特别是中国式消费社会在形成过程中各种社会力量的消长——如权力阶层的形成、底层群体的扩大和中产阶层的产生，足以构成一部又一部中国式的《人间喜剧》，但我们的作家对这种社会变革的现实不是有意回避，就是浅尝辄止、浮光掠影地书写一些表象事物，远没有沉入到社会脉搏的深层。以近年来的"反腐小说"而论，原本是要揭露权力阶

① 《古典文艺理论译丛》（第10册），人民文学出版社1965年版，第94页。
② ［德］恩格斯：《致玛格丽特·哈克奈斯》，见《马克思 恩格斯 列宁 斯大林论文艺》，作家出版社2010年版，第139页。

层在形成过程中对民脂民膏的鲸吞、对国有资产的侵占，但因为立场不明、把握不当，凸显了太多的消费文化的元素——如现代式豪宅、贵族式生活、交易式谈判、作秀式休闲，诸如此类的书写客观上倒成了消费文化的另一种形式的广告，非但没有让人认识到腐败者的罪恶，而且对上升阶段的中产阶层形成了强大的吸引。

如果说创作"反腐小说"的作家因为立场不明和把握不当而无意中凸显了消费文化元素的话，所谓的"美女作家"、"美男作家"、"上半身写作"、"下半身写作"等则无疑是消费文化的直接产物。这类作家大多属于城市中产阶层，他们有着稳定的收入，过着衣食无忧的生活，写作对他们来说不是要进行精神意义上的探索，也不是为了寻求底层的人生出路。我们不妨将他们的写作看作是一种宣泄、一种炫耀、一种作秀，在他们的"作品"中我们不难发现，其宣泄的往往是对物质享受与感官刺激的无尽的欲望，炫耀的是对情调、品位、品牌等体现中产身份的知识的了解与谙熟，而作秀指的是情感体验和身体行为的作秀。他们善于虚构凄美的爱情故事，男女主人公大多不食人间烟火，生为情生，死为情死，虽然这类故事在情感内容上有"机械复制"的倾向，但因为符合消费文化的题旨，所以大受中产读者的欢迎。与老套的爱情故事相对应的是身体的展示，"身体"在中产作家的书写中被无限放大，胸部、腰部、阴部，乃至无尽的性幻想、古怪的性体验等都得到夸张性的书写。一言以蔽之，中产作家的此类书写若套用迈克·费瑟斯通的话来说，即属于典型的"巫幻书写"①。巫幻书写是一种彻底的无深度的书写，它放弃了文学创作追求深度的传统，并企图对传统文学观念进行全面颠覆。尽管如此，因为它体现了消费文化的消费能指，依然可以找到生存空间，换句话说，巫幻书写是消费文化的必然产物，只要有消费文化存在，就少不了巫幻书写的存在。而需要指出的是，巫幻书写本质上是一种即时消费的文学，也是一种短命的文学，随着消费文化符号的更替，它很快会过时，并被新一轮的巫幻书写所替代。这样认定巫幻书写是必要的，可以澄清对它的判断，曾经有太多的研究者将恢复文学神话的希望寄托在巫幻书写上，这多少有点自作多情，对它的希望值显然有拔高之嫌。

当然，并不是所有的中产作家都走巫幻书写的路子，还有一类中产作家在着力经营着一种"有深度"的书写，其所谓"深度"主要体现在深层心理的展示上。这类作家的书写与巫幻书写一样，也在创造一种"防卫性的私人空间"，大千世界也好，柴米油盐也罢，他们只关注那些能够在深层心理激起反

---

① 迈克·费瑟斯通认为，"在伦敦的巴特西（Battersea），工人阶级居住的大批市建住房被卖掉，并被重新开发为雅皮市场（Yappie market）。在这种情况下，新的居住者在房屋周围设置防盗栅栏与门卫，以使自己的住房在他们下层阶级邻居面前固若金汤。返回城心区域的中产阶级，使这些地方越来越孤立，其过程还以后现代建筑如高塔、吊桥、壕沟为象征，它创造出防卫性的私人空间，以阻挡失业者、穷人、反叛青年及其他'危险阶级的残余'。它创造了戴维·哈维所谓的'巫幻城市'（voodoo cities），在那里，重新开发的后现代文化带着狂欢的面具，其他一切消退的东西，都掩盖在此面具之下"（迈克·费瑟斯通：《消费文化与后现代主义》，刘精明译，译林出版社 2000 年版，第 157 页）。在中产作家那里，无论是身体的狂欢，还是情爱体验，都是在消费文化的面具下展开的，除了这些是作为"内容"出现的，其他一切真正涉现实的东西都被过滤掉，因此这里呈现的是与"巫幻城市"相关的东西，故可以称之为"巫幻书写"。

响的事物，而这些事物常常不外乎身体、容颜、青春、化妆、衰老、做梦、暗恋之类，主人公经常性地想入非非、无中生有、天马行空，这种书写用中产作家林白的话来说，即是一种"飞翔"。林白说过这样一段话，"梦境是一种飞翔，看电影看戏是一种飞翔，创作是一种飞翔，吸大麻是一种飞翔，它们全都是一些黑暗的通道，黑而幽深，我们侧身进入这些通道，把世界留在另一边。"① "把世界留在另一边"——这不仅是林白的做法，实际是很多中产作家的共同做法，现实社会是怎样的与他们好像全然没有关系，他们只关心如何走进一己心灵的"黑暗的通道"。这类中产作家大多为城市职业女性，写作并非其固定职业，她们的收入主要来源于其他渠道，她们讲究有品位的生活，家务、休闲、美容之类有关日常生活的方方面面，她们可以说是样样精通，她们是实实在在的一类"小女人"。但被湮没在没完没了的日常事务中确非她们的本意，她们在工作、休闲和家务之余，还需要幻想，需要比日常生活丰富得多的想象，于是她们选择了写作，她们的写作可以命名为"小女人写作"。小女人写作与巫幻书写相比具有更大的迷惑性，这些写作似乎与文学传统有着很深的渊源，如追求深度、措辞精当、富于意境等，而这样说并不意味着小女人写作就不是反文学传统的写作，就不是一种消费文化的产物。诚如林白所说"把世界留在另一边"，管它社会怎么变，底层活不活，这些世界上的事情与自己没有关系，只要自己的小日子过得好

① 林白：《林白手记三篇》，见《中国当代作家面面观》，华东师范大学出版社 2002 年版，第 314 页。

就万事大吉。她们宁愿把自己关在屋子里想入非非，也不愿体察民情，小女人写作也是在这样的意义上体现了其充分的反文学传统性。那么，小女人写作的消费能指体现在哪里呢？体现在对读者"窥视"欲望的满足上。闺房、隐私、身体、性幻想等女性最隐秘的所在（即林白所谓"黑暗的通道"），在小女人写作中被展露无遗，其对读者（尤其是男性读者）构成的诱惑力可想而知。客观地讲，小女人写作对开拓当代文学的书写领域有一定的贡献，但不能据此就认为是多么了不起的创作，说到底，它仍然是一种典型的消费文化的产物。

在巫幻书写和小女人写作之外，还有一类所谓的"日常生活叙事"同样值得关注，事实上，就是在巫幻书写和小女人写作中，其对"日常生活"也都有着浓厚的表述兴趣。日常生活叙事将叙述的重点放在家庭、住房、烹饪之类的日常生活方面，其主人公大多仍是城市中产，他们的人生目标就是经营好一个家庭，并使之能够过上"高品质的生活"，其所作所为皆围绕这个目标展开。日常生活叙事从1990年代的"新写实小说"就初露端倪，从此以后这种风气愈演愈烈，而且据今天当红的评论家所论，似乎不是"日常生活叙事"就不是好的叙事。强调文学创作中对日常生活叙事的重视原本没有错，文学是人学，但凡人都离不开日常生活，《红楼梦》、《聊斋志异》、《儒林外史》等经典文学文本中都有大量的日常生活的叙事，但这些经典文本却不是为了日常生活叙事而日常生活叙事，其作者都有着更高的创作追求。日常生活叙事对日常生活只管做到入乎其内，而从未想过可能的出乎其外，也从未想过从更高的视点上把握日常生活所具有的哲学内蕴与历史规律，读者于是被浪潮般席卷而来的生活流所淹没，根本无法看到一个人狭隘的日常生活之外尚有更广阔、更有意义的世界。日常生活叙事的琐碎、冗长和无聊等征候，在王安忆的《长恨歌》中表现得尤为突出。《长恨歌》叙述了主人公王琦瑶40多年的人生历程，这期间爆发了影响中国历史进程的诸多重大事件，如解放战争、新中国成立、"文化大革命"等，但文本却对这些历史事件有意淡化和虚化，全然没有表现出探讨和追问在这些历史事件中个体生存命运变化的必然性与可能性，而作者几乎将全部笔力集中于表现王琦瑶的日常生活——衣食住行、柴米油盐、气味声色，即使身处动荡的年月，其也不曾降低对日常生活的精致追求和细密体验。如果阅读单个细节不能不感到新奇、精致、优美，但将众多的细节放在一起通观，又不能不感到散乱、琐碎、沉闷，使人如坠五里雾中，不知作者到底要说什么。但就是这样的文本却一再受到中产评论家的吹捧，甚至被视为文学经典。消费时代的文场难免让人想到情场和赌场。

日常生活叙事能如此受中产作家、评论家和读者的欢迎自有其内在的原因。迈克·费瑟斯通在《消费文化与后现代主义》这部重要的研究消费文化的著作中，曾将"日常生活的审美呈现"专设一章，可见日常生活的文学化是消费文化的一个必要构成。在迈克·费瑟斯通看来，这种书写潮流的出现"强调了艺术与日常生活之间界限的消解、高雅文化与大众通俗文化之间明确分野的消失、总体性的风格混杂及戏谑式的符码混合"①。但迈克·费瑟斯通在其后的论述中却没有指出"日常生活的审美呈现"所关涉的消费能指，不能不说是一个遗憾。我们认为，日常生活叙事兼容了巫幻书写和小女人写作的消费能指，但它的野心更大，企图在更大的时空范畴中体现消费文化的精要——那就是消费，永远的消费，在日常生活中处处表现出有品位的消费，《长恨歌》无疑是这种体现消费文化精要的范本。日常生活叙事是在"宏大叙事"崩塌之后，文学复归凡人、俗人、庸人的体现，也是文学从崇高走向卑俗的体现，而当文学与日常生活分不清彼此的时候，文学也就从人们的心中消失了。

三

消费文化除对作家造成深刻的影响外，还在改变着文学研究者的观念世界与判断方式，使其为商品意识形态的畅通无阻做出理论上的回应，以排除可能出现或业已出现的阻力。这实际上给我们从反面一个警示：轻易不要相信评论家的话。马克思、恩格斯在《共产党宣言》中做过如下经典性的判断，"资产阶级抹去了一切向来受人尊崇和令人敬畏的职业的神圣光环。它把医生、律师、教士、诗人和学者变成了它出钱招雇的

---

　　① ［英］迈克·费瑟斯通：《消费文化与后现代主义》，刘精明译，译林出版社2000年版，第94页。

雇佣劳动者"。① 我们看到，消费文化在今天同样"抹去了一切向来受人尊崇和令人敬畏的职业的神圣光环"，相当多的诗人与学者已经成了消费社会的"雇佣者"（这倒不是说他们有明确而固定的雇主，而是说他们在消费社会受益匪浅，故一个个甘心做没有雇主的雇佣者），不管他们喊出多么响亮、动听的口号，都不过是为消费文化的畅通无阻创造理论环境，为消费文化的进一步介入寻找舆论支持。从这样的视点出发，以怀疑的方式而不是认同的方式，来回顾新时期30多年的理论演进是必要的，也是极为迫切的，因为有太多的成长中的文学研究者为这些"消费社会的雇佣者"所蒙蔽，他们常常天真地以为，这些曾被自己尊崇的学者是不会说谎的，也是不会欺骗他们的。更何况，如果真的听了这些"消费文化的雇佣者"的话，并按照他们的说法去办事，文学就有可能堕入深潭而万劫不复。需要说明的是，我们这样来界定范畴，可能会激起有些研究者的愤怒，他会说"我也不赞成消费文化"，但事实上他参与了解构行为，只不过他是在无意中参与到解构大军中来的。在我们看来，新时期30年文学评论演进的历史就是为消费文化的大行其道排除阻力的历史，但并非一帆风顺，这是一个渐进的过程，经历了从解构宏大叙事，到新启蒙理论的出场，再到人性论及现代性论争等几个主题阶段。

宏大叙事是百年中国文学最为显在的标志。晚清以来的作家大多忧国忧民，积极探索振兴民族国家的可能之路，从而使

---

① ［德］马克思、恩格斯：《共产党宣言》，见《马克思 恩格斯 列宁 斯大林论文艺》，作家出版社 2010 年版，第 87 页。

第七章 路在何方：关于消费时代文学艺术命运的思考

晚清文学形成了雄浑悲凉的美学风格。鲁迅一代作家继承了晚清的宏大叙事，并从文化的层面开掘改造国民性的问题，以图民主国家的稳固。晚清的宏大叙事凸显的一个关键词是"国家"，而鲁迅一代的宏大叙事将"民族"作为叙事的关键词。1920 年代后期，尤其是 1930 年代初期，随着"左翼"文学的崛起，"革命"成了这个文学时期宏大叙事的关键词。1940 年代以延安文艺为代表的解放区文学，将"解放"视作其叙事的关键词。新中国的"十七年文学"乃至"'文革'文学"，是解放区文学和左翼文学的必然延伸，"革命"、"解放"、"民族"、"国家"等自然都成为叙事的关键词。不难看出，宏大叙事所以能够成为百年中国文学的重要标志，源于中国作家对积贫积弱的民族国家的深沉忧患，也源于中国作家强烈的民族自尊心和历史使命感。百年中国文学是一个需要和产生宏大叙事的时代，缺少了宏大叙事，20 世纪中国文学将会变得面目全非而价值锐减。

正因为宏大叙事对 20 世纪中国文学至关重要，所以，对那些"高瞻远瞩"的日后成为"消费文化的雇佣者"的学者来说，要拆解和否定宏大叙事远非易事。但如果不颠覆宏大叙事，体现消费文化宗旨的文学如何才能出场？从本质上来讲，宏大叙事和消费性文学是矛盾对立的，不将宏大叙事破解是难于立起消费性文学的，再难也要想办法。而他们终于找到了突破口——"'文革'文学"，客观地讲，"文化大革命"中一些非文学工作者的创作的确低劣，但"八个样板戏"何罪之有？"文化大革命"中的"潜在创作"何罪之有？因此，对于解构者来说，需要从文学制度、低劣创作及"文化大革命"中对作家的迫害等入手进行否定，这几个方面是"'文革'文学"的致命伤，也是最有说服力的方面，由此解构者顺利完成了对"'文革'文学"的否定。但解构者决不会就此罢休，而是循着颠覆"'文革'文学"的经验顺风而下，不断从西方理论家那里"拿来"一些谁也不太明白的理论，劈头盖脸地对"十七年文学"进行了否定，然后是延安文艺，再是左翼文学和革命文学。为什么这些解构者到鲁迅一代就不再解构了呢？其实，在解构延安文艺和左翼文学的时候，他们已痛感无能为力了，因为西方的文艺理论毕竟还有一个语境问题，许多理论是很难套得上的，这就好比用西餐的餐具吃中餐，总感到别扭、不适合。以延安文艺而论，原本是世界反法西斯文学的一个重要组成部分，就是西方文学研究者也不能不肯定延安文艺的正义性、人类性和世界性，解构者才突然意识到延安文艺是根本无从否定的。中国的左翼文学也是世界左翼文艺思潮的必要构成，这是一个内忧外患的文学时期，左翼文学顺应历史而生，如何解构？如何否定？况且，左翼文学的精神领袖是鲁迅。解构者明白，如果将鲁迅否定了就等于将中国现代文学否定了，而将中国现代文学否定了，自己的一切努力都将失去任何意义，这是他们不愿意看到的结局。表面来看，似乎解构者非常尊重鲁迅，其实是对鲁迅的另一种方式的亵渎与否定，因为鲁迅之从事文学创作，是出于救国救民的夙愿，如其所言，

第七章 路在何方：关于消费时代文学艺术命运的思考

"我的取材，多采自病态社会的不幸的人们中，意思是在揭出病苦，引起疗救的注意"①，这也就是说，鲁迅的创作是建立在宏大叙事的基础上的。虽然解构者屡屡碰壁，但还是有所建树，至少他们将"'文革'文学"进行了彻底的否定，对十七年文学也在相当程度上进行了颠覆。尽管对于解构者来说，其解构宏大叙事的"使命"远远没有完成，但经过一些年的解构实践，解构者给人造成了这样一个印象：体现"民族"、"国家"、"革命"、"解放"等宏大叙事的文学文本都应该进纪念馆或博物馆。从此，作家和研究者谈宏大叙事而色变，好像中国当代文学根本就不需要宏大叙事，有谁还在表现宏大叙事，那就是不识时务，就是老土。

在解构者大肆解构20世纪中国文学的宏大叙事的前前后后，新启蒙理论家出场了。新启蒙理论家与解构者形成了一种呼应之势，在理论上相互支持，一个明显的事实是，新启蒙理论家基本撇开1927—1978年的文学不谈，而在"五四"启蒙文学中寻找话语资源，用激进的新启蒙理论家的话来说，这个时段的文学皆属于"蒙昧文学"。新启蒙理论家认为新时期文学的最大贡献是"对人的重新发现"，而关于人的重新发现又体现在"人性"和"人道主义"的复归上。在对20世纪中国文学进行了人为的切割和主观认定之后，有理论家曾充满豪情地指出，"新时期文学的诞生，是对旧文学的形态的反动。开放的、充满创造精神的文学，实现了中国作家自'五四'以

① 鲁迅：《我怎么做起小说来》，见《鲁迅全集》（第4卷），人民文学出版社1981年版，第512页。

来痛苦以求的梦想。多元格局的形成，标志着这个新的文学时代所达到的最为激动人心的高度。中国文学的想象力和创造性在这个十年中发挥到了极致"①。同样都是张扬"启蒙"的大旗，新启蒙与"五四"启蒙有什么不同呢？

我们知道，"五四"启蒙者是在探寻民族国家解放与独立道路的过程中，也就是在宏大叙事的前提下，发现人的不自由和不自觉的，他们意识到，民族国家要真正获得解放与独立，非个体的人先解放与独立不可，因此，"人的启蒙"对"五四"启蒙者来说只是一个必要的环节，可见，"五四"启蒙有着确切的意义指向和目的建构；新启蒙理论家却始终在"人"这个抽象的范畴中纠缠，而令人吃惊的是，从未有人说明"人为什么要被解放"、"被解放的人"可能归于何处，他们只管把人从一元化的政治和文化体制"解放"出来就算了事，并没有提出明确的远景规划，这也就为后来的消费文化开辟了足够大的延展空间。如果说"五四"启蒙因为宏大叙事的存在而自有一种高度的话，新启蒙话语只不过一定程度上达到了某种深度，两者的价值取向实际是形似而神异，远不在一个层面上，这是我们需要注意的。

但从客观效应上说，新启蒙理论的出场为消费文化在中国社会的生成与盛行的确"功不可没"，首先是对人的信仰结构的彻底冲毁，如果说新中国建国以来一直在培养和强化人们的社会主义信仰的话，新启蒙理论则从根基上弱化甚至否定了这种信仰，有人曾将新启蒙理论家区分为三个流派——"西化

① 谢冕：《新时期文学的转型》，《文学自由谈》1992 年第 4 期。

派"、"科学派"和"传统文化派"①，但不管是哪个派别都没有认真研究社会主义理论的兴趣，由此，新启蒙思潮给人形成的最为直观的理论印象是，社会主义在中国诞生的时机不对，或者说根本就不应该诞生；其次是提倡多元化的价值判断，在一个民主的法制国家提倡多元化的价值判断原本也没有错，但对中国民众来说，所谓的"多元化"实际仍然是"一元化"，只是由政治意识形态的一元化滑向了商品意识形态的一元化，这是在社会主义信仰体系崩溃且未能建构起新的政治信仰的时刻必然出现的变异，而这种状况对消费文化在 1990 年代初的粉墨登场意义非凡；还有就是围绕"人道主义"所展开的讨论，衍生出了众多日后为消费文化所倚重的话题，如有人指出，新启蒙理论家力图"以人性理论为基础、以人道思想为武器，确立同封建理学相对立的、以'人'为中心的文学宗旨。反对神道、兽道，宣扬人性、人道，谴责蒙昧、禁欲，崇尚科学与天性，否定世俗生活理学化，而主张还现实生活以感性特征"②，对理性、神性的否决，对人性、感性的推崇，以及对"蒙昧"和禁欲的谴责，都是消费文化得以生存的温床，而这些话题在新启蒙理论中不仅都有所涉及，而且是作为重头理论被隆重推出的。经过新启蒙思潮的冲刷，中国式消费社会的理论氛围已经被创造出来，剩下的工作不过是理论上的"深化"了。

---

① 刘斌：《保守文化慧命，存续民族根基——访著名学者庞朴先生》，《山东社会科学》2006 年第 9 期。

② 宋耀良：《十年文学主潮》，上海文艺出版社 1988 年版，第 319 页。

　　我们再看看"人性论"。可能在整个 20 世纪的文学论争中，"人性"这个词属最高频词。在中国式消费社会降临之后，"人性"这个词又成了评论家手中的金箍棒，伸缩性极强，变幻性极大，几乎在论评任何作品时都要来一番人性说。据他们的说法，为民请命是不人性的，舍生取义是不人性的，视死如归是不人性的，忍辱负重是不人性的，像谭嗣同、陈天华、秋瑾、江姐、黄继光、雷锋、刘胡兰那样为政治理想宁愿被杀头、甘愿牺牲都是不人性的；相反，下半身写作是人性的，作品中父子同去嫖娼是人性的，权力人物损人利己是人性的，家庭主妇疯狂购物是人性的，富二代豪赌挥霍是人性的，千金一笑是人性的，少年吸毒做网虫是人性的，执法人员对弱者施暴也是人性的等，个体的任何不正常行为几乎都可以用"人性"这个谁也说不清楚的词来加以"说明"。

　　弗洛伊德在《自我与本我》这部心理学著作中，曾将完整的人格结构区分为"本我"、"自我"和"超我"三个部分。在弗洛伊德看来，"本我"是人格结构中原始的部分，也是生物性冲动和欲望的储存库，其按照"唯乐原则"自行运作，不顾一切地寻求着快感的满足，而这种快感特别指生理的、性的和情感的快乐。如果对那些评论家和作家的说法稍加分析，就不难推断，其所谓"人性"应该是指"本我"中那些非理性与无意识的生命力、内驱力、本能、冲动、欲望等心理能量的爆发及其表现形态。弗洛伊德还认为，"本我"虽然具有原始性的爆发力，但毕竟要受到"自我"的控制与调节，"自我"强调的是一种意识的能动性，是个体对存在的主体自觉性。弗洛伊德的"自我"说，与马克思对"人性"的界定不谋而合，马克思特别强调社会关系对人的塑造与制约，人只有在与"他人"形成的社会关系中才能显示出人的全部本质，"人的本质不是单个人所固有的抽象物，在其现实性上，它是一切社会关系的总和"①。而"超我"是对"现实自我"的超越，也是对代表群体的"普遍自我"的超越，"超我"处于人格结构的最高层，体现着人性的最高境界，但"超我"并不神秘，佛家有"放下屠刀，立地成佛"的说法，也是强调"超我"力量在人格结构中的苏醒。

经过这样的分析，应该清楚评论家所谓"人性"的实质了。评论家批评话语中的"人性"其实更多的是指人格结构中的"本我"，这也就不难洞悉，这些年流行的"欲望叙事"、"快乐原则"、"下半身写作"等无非都强调了非理性的"本我"。从理论的角度讲，评论家不可能对弗洛伊德的《自我与本我》这样的著作一无所知，但为什么就不提"自我"，更不提"超我"？很显然，只有"本我"才能够充分体现消费社会的核心命题——消费，疯狂购物也好，一掷千金也罢，都体现着"本我"的力量。但如果个体人格结构中"超我"的力量超过了"本我"的力量，如果"自我"处于理性和智慧状态，消费文化又如何有效实现其消费预设呢？评论家和消费文学的书写者对此心知肚明，所以联合起来对"超我"进行了全方位的解构与否定，而他们惯用的解构策略，就是将那些理性

---

①　［德］马克思、恩格斯：《马克思恩格斯选集》（第一卷），人民出版社1995年版，第56页。

的、智慧的、崇高的行为说成"非人道"、"不人性"，从而使个体对理性与智慧产生畏惧心理，并开始"躲避崇高"。

中国式消费社会的降生过程是"艰难"的，这中间理论家所作的清理工作可谓"劳苦功高"。但消费社会及其消费文化决不会满足于已有的成绩，发展是其内在的必然要求，这也就对理论家提出了新的要求：不断为其向纵深延展提供新的理论。在这样的消费文化背景中，"现代性"这个术语被引入了理论界。如果说"启蒙"、"人性"等术语早已有之的话，"现代性"则是与消费文化同时被引入中国的，可见其与消费文化的渊源之深。现代性讨论在中国发端于 1990 年代初，从那时到现在，在理论界形成的热浪未见衰减之势，至今已在所有人文社科的学科领域引发了震荡。这样，我们便不能不追问，现代性为什么会被理论家如此看重？它的内涵到底是什么？它与消费文化到底构成了什么样的关系？

在西方理论界，韦伯、舍勒、吉登斯、哈贝马斯等人都对现代性进行过探讨。吉登斯认为，现代性"首先意指在后封建的欧洲所建立而在二十世纪日益成为具有世界历史性影响的行为制度与模式。现代性大略等于工业化的世界"①。吉登斯的这个概念界定凸显其与工业文化（其演变的结果即消费文化）的关系。在鲍德里亚、利奥塔等人的论述中，对现代性与消费文化的交织状态展开了说明，在利奥塔看来，现代性主要指现代性体验，在这里，"现代性被看成是现代生活质量，

---

① ［英］安东尼·吉登斯：《现代性自我认同》，赵旭东等译，生活·读书·新知三联书店 1998 年版，第 16 页。

它产生非连续性的时间意义，它是与传统的断裂，对新奇事物的感觉以及对生命之短暂的敏锐感受，通过它，我们感知现实生活的短暂性与偶然性"，现代性承担着这样的任务，"这就是在新的城市空间和初生乍起的消费文化中理解生活体验的企图"。① 这个论断才清楚地说明，现代性理论的出现是为了更好地阐释消费文化的合理性与合法性。现代性的存在场域就是"新的城市空间"。现代性属于一种感性体验，诚如上述论断所言，其终极意图只在于"理解生活体验"。"与传统断裂"是现代性阐释的主要途径，这是因为消费社会是与历史上任何社会形式都不一样的社会形式，它的存在形式本身就是"断裂的"。这个"断裂"使现代性阐释形成了巨大的话语空间，只要与"传统"有别，便可以被认定为是现代性的，只要是新的、时尚的就是现代性的，由此也形成了其强大的知识"覆盖功能"，这就是现代性这个术语被过度使用而且颇具时尚性的原因。

但我们看到，现代性理论本身就显现着先天不足性，主要表现在：第一，它的理论基础是庸俗进化论，以为新的东西就必然好，现在的东西比过去的好，关于庸俗进化论的种种弊端哲学史上有多人进行过严厉的批驳，在此无需赘言。第二，"与传统断裂"显示了现代性的决绝姿态，但也只是一厢情愿的想法，与传统如何能彻底断裂？失去了传统这个参照系，所谓现代性便是空中楼阁，便是谁也弄不清楚的天外来客。既然

---

① ［英］迈克·费瑟斯通：《消费文化与后现代主义》，刘精明译，译林出版社2000年版，第5—6页。

与传统怎么也扯不清，就只好从传统中寻找现代性，这样一来，现代性反倒成了一个怎么说都像的四不像。第三，相对于理论家眼中的人性论，现代性尽管不断有理论家进行新的阐释，但越发显得其面目不清，诚如利奥塔在《后现代状况》中将"后现代"理解为"一种心灵状态"，现代性在某种意义上也不过是一种想象状态，就好比是"皇帝的新衣"，说它有就有，说它没有就没有。

因为现代性好比是"皇帝的新衣"，这给消费文化开拓出了可能的话语空间，颓废的可以被认定是现代性的，无用的可以被认定是现代性的，叛逆的可以被认定是现代性的，放纵欲望的可以被认定是现代性的，总之，一切无法说明、用不着说明的新生事物或想象中的事物都可以被认定是现代性的。消费性文学有了现代性这个法宝，便获得了无尚的法力，也使其终于在中国落地生根并枝繁叶茂。有论者指出，"'现代性'概念在当代文学批评中的广泛使用，一方面拓展了文学研究的思想空间，在它的吸引下，二十世纪中国文学各个层面的问题都聚集在一起，得到一种整体的观照；另一方面，'现代性'的过度使用和时尚化，也将掏空这一概念的内涵。许多时候，它或许只起着万金油式的消除皮肤瘙痒的作用"[①]。这个论断可谓一语道破天机。消费文化就是这样善于创造新的话题和术语，并为其服务。

有人曾这样对中国的社会状况进行概括，"当下中国社会

---

① 刘小新：《现代性》，见南帆主编《二十世纪中国文学批评的99个关键词》，浙江文艺出版社2003年版，第234页。

是一个尤其难以理解的社会，是一种难以置信的组合，它有着从接近远古的社会、传统社会到发达的近代社会的各种生活和生产方式，有着从前现代、现代到极端后现代的精神和观念；有着古代的各种权术和现代的各种骗术，有着从自信到自卑、开放和保守、自由和专制、贵族和民主……最大限度地胡乱包容着许多时代和各种生活，这种情况产生了荒诞而真实的中国经验"①。其实，当下中国的文学界何尝不是如此"荒诞而真实"？中国社会已进入了消费时代，而既有的一切理论知识都面临着挑战与考验，但不管消费文化的支持者如何解构、如何否定，我们都应该不失理性地做出冷静的判断，并及时揭示事实的本相，从而能够在信仰贫乏的年代坚守住信仰，在精神匮乏的年代重构精神空间。只有这样，我们才不至于被消费文化的迷雾遮住了慧眼，也不至于在五花八门的庸俗进化论面前丧失了主体性与能动性。我们在上文对新时期以来的理论进程从质疑消费文化的视角进行了分析，这样的分析尽管可能有过激之嫌，但矫枉有时需要过正，四平八稳地论说又如何能引起人们足够的警觉、足够的重视呢？

四

文学在消费时代能否有所作为？文学能否像 20 世纪前半

---

① 赵汀阳：《现代性与中国·前言》，广东教育出版社 2000 年版。

叶那样，成为推动历史车轮前进的重要力量？文学能否在消费时代创构一种精神的高度？如果文学真的能有所作为，到底路在何方？诸如此类的问题，都是摆在当下的文学研究者面前的极为迫切的问题。

要回答"文学在消费时代能否有所作为"的问题，我们不妨先看看文学史上 1930 年代前后的上海。历史总是以相似的面孔出现，1930 年代前后上海的社会结构与新世纪中国的社会结构有极大的相似之处，只不过在空间概念上有大小之别而已。那时的上海可说是一个典范的国际性的消费型城市，灯红酒绿，歌舞升平，文化工业极为发达，成为一个海外商品云集之地，因其商业文化之发达，被人称为"中国的巴黎"。就在这同一个城市却形成了众多的文艺思潮和文艺流派，以及由此产生的持久的文艺论争，那时存现的文学样态与今天存现的文学样态又何其相似。1928 年 3 月《新月》杂志在上海创刊，形成了"新月派"，其主要成员有徐志摩、罗隆基、胡适、梁实秋等，这是一派体现着权力阶层观念的理论家，在这一派的理论家之中，梁实秋就推出了"人性论"、"天才论"等理论，一方面为消费文化的合法性寻找根据，另一方面意在颠覆左翼理论家持有的"阶级论"。而海派作家的崛起更是上海消费文化的集中体现，研究者指出，"中国现代消费文化环境的形成，集中表现在 30 年代的上海"，"原先的纯文学作家如张资平、叶灵风等，嗅闻到这种气息，便脱离社会小说的轨道，带头'下海'，成为新海派作家"①。研究者将海派作家的小说创

---

① 钱理群等：《中国现代文学三十年》，北京大学出版社 1998 年版，第321 页。

作的特点归纳为四个方面：其一，新文学的世俗化与商业化；其二，过渡性地描写都市；其三，提出"都市男女"这个海派常写常新的主题；其四，重视小说形式的创新。从今天消费性文学的写作实际来看，其种种表现同样可以用这四个方面来加以概括，这也就提醒我们，文学史上1930年代前后的上海是我们观察、判断新世纪中国文学景观和走向的一个窗口，一种依据。

1930年3月"左联"也在上海成立，同样置身于这个国际性的消费型城市，左翼作家却没有走海派作家的道路，他们将笔触沉潜于社会土壤的深层，以真正人道主义的悲悯情怀书写着动荡年代底层人生的艰难与不幸，并以深刻的洞察力剖析着消费社会权力人物的伪善与狠毒，显示了对现实主义文学的深度开拓。茅盾的《子夜》等作品准确地把握住了1930年代中国社会各阶层、各阶层人的思想、性格、命运及其历史纠葛与演进，完整地反映了整个时代的丰富性与复杂性。柔石的《为奴隶的母亲》，通过对春宝娘这个底层人物的命运的叙述，揭示了中国普通农妇忍辱负重的灵魂，读来令人震撼。叶紫的作品，如《丰收》、《星》、《向导》等，呈现了一幅现代农村权力阶层与底层尖锐对立的图卷，使人仿佛能够触摸到那些充满了血与火的事实。张天翼的作品有一类表现的是"底层人民的挣扎和抗争"，他们"呻吟着，号叫着，跃入了他的作品"，"对于当时的读者来说，一接触到这种硬朗的血泪画面，顿觉耳目一新"。① 当然，张天翼的笔触有时伸向那些置身于

---

① 钱理群等：《中国现代文学三十年》，北京大学出版社1998年版，第302页。

消费语境中的权力阶层的权力欲望和无所事事（如《华威先生》），而书写更多的是那些接受了商品意识形态的庸俗的小知识分子、小公务员和小市民，如《包氏父子》、《万仞约》、《清明时节》等。沙汀、吴组湘等以深厚的现实主义功力，揭示了1930年代农村的破败、沉闷与闭塞，而萧红、萧军、端木蕻良等左翼作家"第一次把作家的心血，与东北广袤的黑土、铁蹄下的不屈人民、茂草、高粱，搅成一团，以一种浓郁的眷恋乡土的爱国主义情绪和粗犷的地方风格，令人感奋"①。丁玲的《一九三〇年春上海》等作品表现了巨变时代知识分子对人生命运的探索，而艾芜、周文等左翼作家的作品又给我们呈现了边地人生的状态及底层的挣扎与血泪。

回望左翼作家在消费文化语境中的文学诉求与文学成就，其意义显现在多个方面，尤其对于新世纪文学的何去何从具有巨大的启示性。左翼作家轻易就打破了消费文化营构的叙事神话，他们没有被席卷而来的消费狂潮遮蔽了慧眼，更没有被商品意识形态涂改了其探寻民主、公正、平等的社会理想，因为他们知道，那些表象的繁荣掩盖着的往往是更为浩大、更为真实和更为悲怆的血泪人生，是底层的困苦、不幸和绝望，同时也是底层的觉醒、奋争和期待。左翼作家是面向社会的作家，他们怀着某种深沉的历史感，悉心体察和深度反映中国城乡在资本主义化的过程中各种社会阶层（包括工人、农民、小市民、城市小资产阶级和民族资产阶级等）的历史命运，并以

① 钱理群等：《中国现代文学三十年》，北京大学出版社1998年版，第308—309页。

此为中心来建构各自的艺术世界。左翼作家坚守的是宏大叙事，是对民族国家命运的想象与期待，是对劳苦大众苦难人生的思考与探究，他们与消费性文学的创作者——海派作家如此的不同，所以他们就有足够的韧性与耐力抵抗商品意识形态的侵袭，并最终以其沉稳、厚重的创作抵达 1930 年代文学的高峰。

从左翼作家的历史经验我们不难看出，文学在消费时代不仅能够有所作为，而且可以说是大有可为。问题的关键在于，如何将左翼作家的历史经验转化为新世纪文学的指路航标。在我们看来，恢复宏大叙事的文学传统是当务之急。前文说过，新时期以来宏大叙事已被解构得面目全非，甚至被极大地妖魔化，这在很大程度上使中国作家丧失了历史的洞察力和真实传达历史的能力，历史从此成为了不可理喻的碎片，成为了被非理性的欲望操控的行为过程，我们今天的文学状况之所以如此混乱，与宏大叙事的缺失有很大的关联。我们看到，左翼作家因为有宏大叙事作为烛照，所以他们能够抵抗消费文化的侵袭，能够从历史和理性的高度发现真实的生存状态，能够从庸常的生活中发现潜在的革命性诉求，并形成其沉郁悲凉而深刻厚重的文学风格。历史是发展的，宏大叙事当然也应该是发展的，那么，对于新世纪文学来说，应该建构怎样的宏大叙事呢？随着从计划经济体制向市场经济体制的大规模转型，当代中国的社会结构发生了深度的裂变，一个突出的现象是地域差距、贫富差距和城乡差距的无限蔓延趋势。在这种背景下，我们渴望的是公平、正义和民主，而建构新世纪文学的宏大叙事无疑要以这些时代主题为前提，离开了这些时代主题而谈论宏大叙事的建构无异于缘木求鱼。这也就是说，新世纪文学的宏大叙事应该是从现实出发的宏大叙事，是建立在百年中国文学宏大叙事的历史经验基础上的宏大叙事，是关注所有人幸福的宏大叙事，是渴望一个民主、和谐、公平的中国的宏大叙事。有了这样的宏大叙事的预设，我们的文学将不再执著于虚妄的个体的悲欢，将不再被无尽的欲望、身体的冲动和物质的诱惑所异化，将不再被各种时尚理论所左右。别林斯基曾这样说过，"我们时代的精神是如此：无论怎样蓬勃的创作力，如果只把它自己局限于'小鸟的歌唱'，只创造自己的、与当代历史的及思想界的现实毫无共同之处的世界，如果它认为地面上不值得它去施展本领，它的领域是在云端，而人世的痛苦和希望不应该搅扰它的神秘的预见和诗的冥想的话，——这样的创造力也只能炫耀一时而已。它无论怎样巨大，由它产生的作品绝不能深入到生活里，也不可能在现代或后世人的心中引起热烈的激动和共鸣"[①]。别林斯基在这里同样强调了宏大叙事的意义。

左翼作家的成功还在于对历史情境的真切呈现，也就是上文所说的"悉心体察和深度反映中国城乡在资本主义化的过程中各种社会阶层的历史命运"。在当下中国大力推进现代性进程的时刻，中国城乡的各种社会力量都在进行着分化与组合，而各种社会力量又都显示了不同的历史命运，这一方面为

---

① ［俄］别林斯基：《别林斯基论文学》，梁真译，新文艺出版社 1958 年版，第 26 页。

第七章　路在何方：关于消费时代文学艺术命运的思考

新世纪文学提供了取之不尽用之不竭的题材资源，另一方面又对新世纪文学提出了新的要求，那就是对现实主义文学精神的张扬与发展。与现实主义文学相反，消费性文学是一种对现实的虚幻的、虚假的、虚拟的反映，我们从这样的文学根本就看不到现实社会的真实景观，也无法读出其对于民族命运的思考，它虽然能够满足人们的娱乐需求，却极大地消磨了人们的意志，使人们在某种梦幻情境中产生种种幻觉与错觉。消费性文学属于权力阶层和中产阶层，并不属于底层，列夫·托尔斯泰说过，"劳动人民（只要他们是劳动人民，而没有在某种程度上转变成被悠闲所腐蚀的人）从我们的精炼的艺术中不会理解到任何东西，即使理解的话，他们所理解的不但不会提高他们的心灵，而且大都会腐蚀他们的心灵。因而对于那些会深思的、直率的人说来，下面这一点是无可置疑的：上层阶级的艺术根本不可能成为全民的艺术"①。左翼作家为新世纪作家提供了必要的思路，那就是如何打破消费文化的神话并将现实主义文学发扬光大，如何从底层来观察中国社会的发展走向，如何从那些滚爬于生活边缘的人群来反思中国社会的未来，如何从那些充满了泪与血的人生体验来叙述中国社会的变革，他们是面对社会的作家，他们是一群"思想着"的作家，他们在所能把握的真理范围内探索着底层可能的救赎之路。难道这些经验不能为新世纪作家所认同、所继承、所延展吗？这些经验无疑对新世纪文学来说都是可转化的。

---

① ［俄］列夫·托尔斯泰：《艺术论》，丰陈宝译，人民文学出版社 1958 年版，第 69 页。

由此我们想到了新世纪以来的底层文学，底层文学从文学史的意义上讲，是对左翼文学精神的承传，是伴随着消费文化兴起的逆向性的文学潮流，也是对现实主义文学传统的复归。但底层文学在经过了一段时期的高潮之后，又跌进了低谷。其原因何在？我们认为是以下几方面的原因造成了底层文学的停滞不前：其一，底层文学的书写者没有像左翼作家那样怀着热切的探索底层出路的目的来写作。因此，这样的写作除了让人看到底层的苦难之外，并不能让人看到中国社会的某种前景，所以难免后继不力。其二，底层文学的书写者应该有一种自信，那就是相信中国社会将走向公平、公正、民主，这不仅是世界政治格局的整体性要求，也是中国社会的现实需要，没有什么人（包括权力阶层）能够阻挡历史前进的滚滚车轮。我们的作家所要做的，就是树立起充分的社会信仰，并将这种信仰的力量传递给底层，从而给底层以生存的勇气。当然，这不是要我们的作家肤浅地去歌功颂德，而是在深刻解剖现实社会的基础上，从历史唯物主义和辩证唯物主义的视角树立起有依据的社会信仰，而没有信仰的写作必然是没有希望的写作。其三，现实主义是一种发展着的创作范式，这就要求我们的作家能够不断开拓现实主义的可能途径，并给读者以全新的审美体验。正如左翼文学是对 1920 年代现实主义文学的承续与发展，新世纪的现实主义文学应该是对百年中国现实主义文学的承续与发展，雷·威廉斯曾精辟地指出，"现实主义的成就是不断取得布局和比例的协调。在当代小说的各种形式中，通常缺少这种协调，这既可以看作是个警告，也可看作是一次挑战。毫

第七章　路在何方：关于消费时代文学艺术命运的思考

无疑问，要获得当代的这种协调是复杂而艰巨的，但如果我们要保持创造性，这一努力是必要的，一种新的现实主义，是十分必要的"，而其所谓"协调"，就是"在一种可以交流的形式中达到的充满生气的紧张状态"①，底层文学的书写者应该从威廉斯的论述中得到启发。其四，左翼作家的成功有赖于其对生活的深切体验，他们不是靠才情写作，不是靠虚构来写作，而是用生命的全部来写作，这样，映像在他们作品中的生活才是深刻的、感人的、有力的，他们也才能给现代文学带来审美的多样性和题材的多样性。而反视新世纪作家，我们发现他们大多不重视体验生活，而太注重文学性、才情和虚构的能力，其后果是不仅重复别人，而且重复自己，这样的写作断然不会产生长久的吸引力。

消费社会在中国已成事实，而消费文化在野心勃勃地改变着我们所熟悉的一切，也改变着我们的文学传统和传播方式，这种"改变"的态势并不可怕，可怕的是我们在汹涌而来的消费文化面前的判断力的丧失。文学毕竟是文学，即使在消费时代也是如此，文学的本性是对精神世界的探索与书写，同时也是对真理世界的体验与表达，这虽然不是说文学与消费文化格格不入，但也表明真正的文学并不能被消费文化所同化，自有其天生的孤傲气质，海德格尔说过，"艺术的本性是诗。诗的本性却是真理的建立。在此我们所理解的建立的意义有三个方面：建立作为赠予，建立作为基础，建立作为开端。不过，

---

① ［英］雷·威廉斯：《现实主义与当代小说》，见葛林译《西方马克思主义美学文选》，漓江出版社1988年版，第661页。

建立唯有在守护中才是现实的。因此，对建立的各种样式而言，它们吻合于保存的样式"①。海德格尔所谓"建立唯有在守护中才是现实的"，其意在于对文学天性和文学传统的守护，我们也是在这样的理论预设中，对新时期以来的文学进行了反思性的回顾，并对新世纪文学可能的发展之路从左翼文学经验的视角进行了探索。在全书的结尾，我们愿意引用海德格尔的话来概括新世纪文学可能的发展之路，这就是"诗意并非飞翔和超越于大地之上，从而逃脱它和漂浮在它之上。正是诗意首先使人进入大地，使人属于大地，并因此使人进入居住"②。

---

① ［德］海德格尔：《诗·语言·思》，彭富春译，文化艺术出版社1991年版，第70页。

② 同上书，第189页。

到了不惑之年才走上学术路，却不得不直面众多的惑，如果说近年来我多少有所收获的话，就是对那些不断困扰着我的"惑"的解读与澄清。"学术何为"是我经常思考的问题，也是最让我困惑的问题。"学术"原本是一个让人敬畏的语词，但在今天的语境中，似乎变得格外沉重。原因之一，是这里面有着一个根深蒂固的悖论，作为研究者，我们应该回到学术本身，但并不是每个研究者都可能占有学术资源；原因之二，是我们有时不得不质疑学术活动到底能够在多大程度上发挥社会作用，其实相当多的研究成果仅仅停留在"发表"的层次，只是在同专业的人群中间交流，而根本就影响不了更多人；原因之三，是我们不得不怀疑诸多的学术活动能否给人传递某种信仰的力量，让人切实体悟到存在的喜悦。

这样来谈学术，并不意味着我对学术没有想法，相反，正因为我打算在后半生坚持从事学术活动，才会产生这样那样的疑问。虽然搞学术对我们这样的无名之人而言，将如徒手攀岩一般充满艰险和孤独，没有人会为我们喝彩，甚至没有多少人会在意我们的努力，但对真理的爱却不能让我停下来，一种来自内心深处的声音在呼唤我往前走，坚定地往前走不要停下来。我不再年轻，也不再轻信，当然更不会做无缘无故的梦。也许，人只有到了"不惑"之年才会对真理表现出前所未有的渴望，但我却并不希冀通过学术活动来得到真理之外的东西，梭罗说得好，"不必给我爱，不必给我钱，不必给我名誉，给我真理吧"。能将学术活动与真理的探求结合起来，能将其与大多数人的生存联系起来，能将其与社会生态的演进联系起来，这才是我观念中的学术活动。对我们研究者来说，学术应该成为一种信仰，成为一种宗教，应该倾注我们全部的热情、智慧和精力。

在拙著即将付印之际，我要将自己感恩的心传达给那些曾关心、关注、关切过我的人。首先要感谢陕西师范大学的赵学勇教授，如果说今天的我对学术活动有点认识和成绩的话，与他多年来的悉心指导是分不开的。十年前我风尘仆仆地投奔尚在兰州大学的赵学勇教授，先生不嫌弃我对科研的懵懂，收我做了他的硕士研究生，一步一步地引导我走向科研路，从那时到现在，我一直在他的指导下从事中国现当代文学的研究。先生为人敦厚儒雅，目光锐利，常常三言两语便击中要害，博士期间更是与我经常研讨前沿的学术问题，大大开阔了我的视野。先生待我如同兄长，充满关切与宽容之心，不管我提出多么尖刻的问题，总是耐心细致地予以解答。为了使我能够得到科研经费支持，从而更好地从事学术活动，先生督促我积极申报项目，这几年从国家社科项目到师大的研究生创新基金项目，都是在他的指导下申报成功的。人的一生就那么七八个十年，我有幸能与先生一起走过这个十年，是我的福分与造化。还要感谢陕西师范大学文学院中国现当代文学教研室的老师们——李继凯教授、王荣教授、张积玉教授、李震教授和程国君教授，他们在不同层面给我的帮助和指导令我终身难忘。岁月如流，时间可能冲刷掉我的困惑，却不能冲刷尽我对恩师们的深切感念。

在此特别要感谢中国社会科学出版社的门小薇女士和武云女士，她们对工作的严谨、认真和缜密让我感动，为拙著的出版她们付出了辛勤的劳动。

禅宗有云"能聚即是有缘"，感谢和我共事多年的同事们、朋友们，他们一起见证了我平凡人生中的求知岁月。感谢天水师范学院的雍际春教授、马超教授、王建斌副教授。感谢天水师范学院文史学院中国现当代文学教研室的所有同仁，曾经海阔天空的谈话仍在耳边回荡，一杯淡酒，数首新诗，几句知心话，想来倍觉温馨。感谢我的师弟魏巍、师妹张英芳。现实是贫乏的，也是缺少诗意的，但朋友们的相聚、相通和相知总是让我感觉到诗的存在。

我的妻子柴素芳女士多年来默默地坚定地支持我，使劳碌半生而无功业可言的我甚觉愧疚，只有在此借机向她致以最真挚的谢意。女儿王菡在我读博的时候上高中，现在已是个大学生，作为父亲没有很好地陪孩子学习，亦不甚惶恐，好在孩子经常安慰我，不让我牵挂，每念及此，不觉百感交集，感谢女儿的支持！